第二届文化传承和创新国际论坛开幕式

开幕式上的部分外宾 / 陈源茂摄

江西省外侨办主任
赵慧主持

抚州市委常委、宣传部部长
傅云致辞

全国对外友协文化交流部副主任
季伟致辞

英国驻广州总领事
梅凯伦致辞

东华理工大学校长
柳和生致辞

中国戏曲学院原院长
周育德致辞

英国斯特福德区议长
克里斯·圣致辞

西班牙塞万提斯协会主席
伊莎贝尔·洛萨诺·雷涅夫拉斯
致辞

俄罗斯彼尔姆芭蕾舞剧院院长波雷科夫在大会发言

新加坡华族艺术中心创始人郭绪欠在大会发言

香港非物质文化遗产咨询委员会
主席郑培凯发言

英国 TNT 剧院制作人
格兰特·马歇尔发言

上海戏剧学院教授
叶长海发言

美国北卡罗来纳大学教授
大卫·霍里发言

台湾"中研院"文哲所所长
胡晓真发言

北京大学教授
廖可斌发言

意大利维罗纳歌剧院总监
毛罗·特朗贝塔发言

武汉大学教授
邹元江发言

9 月 26 日英国 TNT 剧院
《第十二夜》 / 陈源茂摄

9 月 28 日埃及文化现代舞艺术团
《埃及博物蜡像馆》 / 黄震摄

9 月 30 日西班牙丝路剧团
《丝绸之路》 / 黄震摄

10 月 3 日毛里求斯雷珀非洲联合剧团
《生命之舞》 / 黄震摄

10 月 15 日意大利诺瓦拉科恰歌剧院
《卡门》 / 黄震摄

10 月 19 日中国国家京剧院
《党的女儿》 / 黄震摄

11 月 18 日中央芭蕾舞团
《牡丹亭》 / 黄震摄

12 月 29 日圣彼得堡古典芭蕾舞团
《胡桃夹子》 / 李勇摄

2017 年 9 月 24 日，"书写汤显祖"郑培凯书法展开幕式

书画雅集，现场创作
《临川秀色》长卷画

自左至右：
笛子伴奏　杜如松教授（浙江音乐学院）
绘画　林海钟教授（中国美术学院）
书写　郑培凯教授（香港非物质文化遗产咨询委员会主席）

2017 年 9 月 25 日，香港非物质文化遗产咨询委员会主席郑培凯教授在东华理工大学做《汤显祖对创新国际的启示》学术报告

2017 年 9 月 26 日，中国戏曲学院原院长周育德教授在抚州市行政中心"抚州大讲堂"做《永远的汤显祖》讲座

2018 年 1 月 16—20 日，乡音版《牡丹亭》在北京大学、清华大学、保利剧院巡演 / 张志坚摄

观众在保利剧院剧照前合影 / 陈强摄

外国友人争相与主要演员合影 / 李劼摄

北京大学专场，观众认真观看
/ 陈强摄

清华大学乌干达留学生称赞《牡丹亭》
/ 陈强摄

2018年1月21日，《中国文化报》"艺海问道"文化论坛专题研讨盯河高腔·乡音版《牡丹亭》/ 陈源茂摄

2017年12月27—28日，抚州汤显祖国际研究中心主任吴凤雏分别在北京大学、清华大学开讲《永远的牡丹亭》，图为清华大学现场 / 陈源茂摄

2018 年 4 月 21 日，校园传承版《牡丹亭》全国巡演抚州首站演出剧照
/ 中右图　游中堂摄

抚州汤显祖国际研究中心 2017 年年度会议

中图：研究中心主任吴凤雏做 2016 年度工作报告

下图：文化学者刘享龙等向中心捐赠书籍

观盱河高腔《牡丹亭》
步杜丽娘韵

临川有梦理当然，汤公飞举早成仙。
借问好戏何处有，老翁笑指盱河边。

周育德
二〇一八年一月二十日

第二、三辑合刊

二〇一八年

汤显祖学刊

邪洋城题

抚州汤显祖国际研究中心 编

商务印书馆
创于1897 The Commercial Press

2018年·北京

图书在版编目(CIP)数据

汤显祖学刊.第二、三辑合刊/抚州汤显祖国际研究中心编.——
北京:商务印书馆,2018
ISBN 978 - 7 - 100 - 16607 - 2

Ⅰ.①汤… Ⅱ.①抚… Ⅲ.①汤显祖(1550 - 1616)-
戏剧文学-文学研究-丛刊 Ⅳ.①I207.37 - 55

中国版本图书馆 CIP 数据核字(2018)第 211381 号

汤显祖学刊(第二、三辑合刊)
抚州汤显祖国际研究中心 编

商 务 印 书 馆 出 版
(北京王府井大街36号 邮政编码100710)
商 务 印 书 馆 发 行
山东鸿君杰文化发展有限公司印刷
ISBN 978 - 7 - 100 - 16607 - 2

2018 年 8 月第 1 版 开本 640×960 1/16
2018 年 8 月第 1 次印刷 印张 23.25 插页 10
定价:80.00元

荣誉顾问：郭汉城

顾　　问：肖　毅　张鸿星　傅　云

编委会

学术顾问：周育德　叶长海

主　　编：吴凤雏

编　　委：（按姓氏笔画为序）

　　　　　王永健　王安奎　叶长海　田仲一成　华　玮

　　　　　江巨荣　苏子裕　李　伟　吴凤雏　　吴书荫

　　　　　邹元江　周华斌　周育德　郑培凯　　赵山林

　　　　　徐国华　黄振林　龚重谟　康保成　　商　传

　　　　　曾永义　谢雍君　谭　帆

执行主编：谢雍君　李　伟

编辑部主任：陈伟铭

责任编辑：刘文辉　刘昌衍　梁家田　李　娟

主　　办：抚州汤显祖国际研究中心

地　　址：江西省抚州市竹山路规划展示馆三楼

邮　　编：344000

电　　话：0794-8266279

E-mail：jxfztxz@163.com

出版日期：2018 年 8 月

汤学时谭

"汤学"的历史机缘

叶长海

为研究汤显祖,2016 年的热闹犹如就在昨天,今天我们又相聚在一起。可见,"汤学"遇到了极好的历史机缘。

20 世纪 80 年代,在回顾汤显祖研究的历程时,我发现历史上有三个较为活跃的阶段:其一是在"临川四梦"问世之初的几十年间,着重的是对剧本的评论,可以称之为"剧本论";其二是在明末至清前期,主要是对"四梦"的表演和演唱的研究,可以称之为"演唱论";其三是在 20 世纪 50 年代至 60 年代初,重点在研究《牡丹亭》等剧本的主题思想及其社会意义,可以称之为"社会论"。

这三个阶段过去之后,汤显祖研究停滞不前。转机出现在 1982 年,以江西省纪念汤显祖逝世 366 周年的学术会议为转折点,汤显祖研究又掀起新的热潮。这种热情持续不断,至 2016 年达到了高潮。

2016 年,为纪念汤显祖逝世 400 周年,自年初至年末各种活动相继进行,终年不止。元月 5 日,新年的钟声刚刚响过,上海戏剧学院等单位主办的学术研讨会和新书发布会,拉开了纪念活动的序幕。4 月 9 日,浙江遂昌举办"汤显祖、莎士比亚文化的当代生命国际高峰学术论坛"。6 月 22 日,广东徐闻举办"岭南行与临川梦——汤显祖学术广东高峰论坛"。7 月 3 日,在香港举办"纪念汤显祖与莎士比亚逝世四百周年论坛"。9 月 14 日,国家文化部在首都北京举办"纪念汤显祖逝世 400 周年座谈会"。9 月 24 日,在江西抚州举办"2016 年中国抚州汤显祖剧作展演暨国际高峰学术论坛"。12 月 6 日,中国文化部和英国文化部在上海联合主办"跨越时空的对话——中英纪念汤显祖、莎士比亚逝世 400 周年研讨会"。12 月 10 日，上海大学等单位联合主办"汤显祖与明代戏曲——纪念汤显祖逝世 400 周年学术研讨会"。12 月 31 日，在南京举办由 2016 年跨越到 2017 年元旦的跨年纪念汤显祖演出活动。

2016 年的纪念性学术活动有几个特点：一是跨越时间长，自新年伊始直至年终，全年都有纪念活动；二是活动范围广，凡是汤显祖生活过的地方，抚州、北京、南京、徐闻、遂昌都举办有相当规模的纪念活动；三是研究队伍迅速扩大，特别是与汤公行迹有关的地方，如抚州、遂昌、岭南等地，涌现了一大批研究者；四是活动样式丰富，有的是专门的学术研讨会，有的是学术会议与隆重的社会纪念盛典及演出活动结合在一起，有的与新书发布会相结合，也有与外国共同合办的，等等。

在 2016 年的纪念时间里，《光明日报》《文学遗产》等国家级的媒体专门开辟汤显祖研究专栏，连续发表一批重头文章。郑志良先生与吴凤雏先生在《文学遗产》上发表的文章非常重要，他们宣布了 2016 年的两项重大发现。前者发现了汤显祖所著的多达 20 万字的《玉茗堂书经讲意》；后者发现了新出土汤显祖家族墓群里的两篇汤显祖撰墓志铭。这两项发现是"汤学"研究的重大突破。

由于这一新阶段的努力，"汤学"的空间在逐步拓宽，由《牡丹亭》研究走向"四梦"研究，现在已明显地进入了"汤显祖研究"的完整空间。

2016 年的高潮过去之后，我们担心会出现新的停滞。但现实消除了我们的担心。如今我们又相聚在一起，将"汤学"研究持续深入下去。《汤显祖学刊》的创刊为"汤学"研究提供了一个令人瞩目的平台，象征着"汤学"研究史上又一个新阶段的到来。

近期的"汤学"研究至少有这么几个"创新点"，或新的"热点"值得注意。一是《牡丹亭》等"四梦"演出水准的提升以及向各地方剧种的普及；二是对汤显祖诗文的全面解读与推广，其中的艰深篇章将由专家逐渐给予注释推介;三是将会有不少人关注对新出文献(如《书经讲意》)与文物(如汤氏墓群的出土文物)的研究。

历史为"汤学"研究准备了新的机缘,将有新的精彩篇章问世,我们期待着,并努力着。

作者单位:上海戏剧学院戏剧文学系

"汤学"研究的新篇章

吴书荫

    汤显祖的"临川四梦"(《紫钗记》《牡丹亭》《南柯记》和《邯郸记》),不仅受大广大读者和观众的喜爱,也为戏曲研究者所瞩目。特别是《牡丹亭》,更引起人们浓厚的探讨兴趣。从明末以来,许多学者对它做过大量的研究工作,其中不乏精辟独到的见解,但多偏重于本事的考证、剧本的评点和音律的审订。

    中华人民共和国成立后,才开始用历史唯物主义的观点和方法,考察和研究汤显祖的生平事迹,揭示其剧作的主题思想和社会意义,对创作方法和艺术风格也多有涉及。当然,研究的重点仍集中于《牡丹亭》。

    进入改革开放的新历史时期以后,汤显祖研究也呈现出生机勃勃的局面。1982 年 10 月,为了纪念汤显祖逝世 366 周年,在江西南昌举行了规模盛大的学术研讨会,取得了丰硕的成果,标志着汤显祖研究已经进入一个崭新的阶段。

    首先,老一辈专家学者不仅仍在辛勤地耕耘,而且热情扶植后进,使一大批中青年学者迅速成长起来,成为汤显祖及其剧作研究的中坚力量。其次,研究向纵深发展,开拓了汤显祖研究的一些新领域,对某些传统的看法提出了挑战。例如,过去受"左"的影响,贬低《南柯记》和《邯郸记》,甚至加以否定。如今不少研究者都提出相反意见,他们着重从汤显祖的世界观和创作思想出发,联系作者的政治斗争生活,将"四梦"作为一个整体来考察,从而充分肯定后"二梦"的价值。再次,近年来演出团体对"四梦"的改编、移植越来越多,从事戏剧表导演和戏曲音乐理论研究的学者也深入剧团,同编导、演员一起,紧密联系舞台演出实践,互相切磋,各抒己见,不仅提高新改编本的质量,而且发扬了理论联系实际的良好学风。

最近几年来,先后出版了一批汤显祖研究的著作,如徐朔方继《汤显祖年谱》后,又推出《论汤显祖及其他》,江西省文学艺术研究所编辑的《汤显祖研究论文集》(书后附《汤显祖研究资料索引》),收录 30 多篇论文,比较全面地对汤显祖及其作品进行了研究。作品校注本有钱南扬的《南柯梦记》和胡士莹的《紫钗记》(附《紫箫记》),以及江西抚州青年学者黄文锡和吴凤雏的《汤显祖传》。即将问世的还有徐扶明编著《牡丹亭研究资料考释》;已故老戏曲和民俗学研究专家黄芝冈的遗稿《汤显祖编年评传》,也将由吴启文校订出版。

汤显祖的研究正方兴未艾,可以预料,就像曹雪芹《红楼梦》研究有"红学"一样,我国将会出现一门新兴的研究学科——"汤学"。

(原载《人民日报》"海外版",1986 年 11 月 22 日)

作者单位:北京语言大学人文学院

多元化世界主义与"后汤显祖和莎士比亚 400 时代"

李伟民　胡　蓓

一　汤显祖剧作和莎剧是世界语言

2016 年,学术史将会永远铭记,对于世界范围的汤显祖研究和莎士比亚研究来说这都是一个极为重要的年份。围绕着纪念这两位杰出的文学与戏剧巨擘,中国、英国与世界开展了一系列隆重而盛大的文化与学术活动,中国先后在浙江遂昌举办了"汤显祖、莎士比亚文化的当代生命国际高峰学术论坛",在江西抚州举办了"2016 年中国抚州汤显祖剧作展演暨国际高峰学术论坛";英国举办了"第十届世界莎士比亚大会"。这些活动所产生的文化与学术的世界性影响也必将在汤显祖和莎士比亚研究领域产生深远和持久的影响。而且上述两个在中国举办的汤显祖研究国际盛会实现了汤学研究与莎学研究共同切磋,站在东西方文化的角度审视汤氏和莎氏这两位文化巨人何以成为世界文学戏剧经典代表的深层次原因。

为此,国内围绕着汤学与莎学研究,一改长久以来仅有汤显祖与莎士比亚比较研究论文的格局,相继推出了邹自振教授主编的"汤显祖研究书系"中张玲、付瑛瑛的《汤显祖与莎士比亚》(江西高校出版社,2016 年),以及李建军的《并世双星:汤显祖与莎士比亚》(二十一世纪出版集团,2016 年),汪莹的《艺术哲学视角下的莎士比亚与汤显祖戏剧美学观之比较研究》(中国水利水电出版社,2017 年),加上张玲的《汤显祖和莎士比亚的女性观与性别意识》(中国传媒大学出版社,2013 年)。"比较的观念使单一的视角让位于多元,从而'说者'亦被说、'看者'亦被看、编织想象者亦被想象所编织,任何一种叙述都不再具有'中心'的地位。因此成全的是不同于'我们'的'全然的他者'……'让他者成为他者','让上帝成为上帝'"①,让莎士比亚成为汤显祖,让汤显祖成为莎士比亚。这就犹如海德格尔哲学中的语言,第一种功能并不是说,而是听。②其中蕴含的潜台词,即单一"主体"之外的"他者"的出场。③显然,上述专著的出版,将汤氏与莎氏比较研究提升到新的高度,已经从单篇论文研究实现了专著比较研究的历史性跨越,这一跨越对于汤学和莎学研究都将产生深远的学术影响。

从传播的角度看,与莎学研究历史相似,汤氏"临川四梦"中的《牡丹亭》早在300多年前就以日文版远播海外,后以法、俄、英、德等多种文字为媒介,掀起了海外汤学和《牡丹亭》研究与演出热潮。其中尤以英语世界的汤显祖研究给中国莎学研究学者以更多的启示,促使他们的研究从更深的民族、社会、文化、哲学与美学层面探寻二者之间的异同。自徐朔方的《汤显祖与莎士比亚》开二者比较研究先河以来,其后有白之、龚文庠的《〈冬天的故事〉与〈牡丹亭〉》的比较,再后,在中国学术期刊上,汤氏戏剧与莎氏戏剧比较一直是热度较高的话题。但由于二者研究分属于不同研究领域,需要研究者具备中国古典文学、古典戏曲、汤学和西方文学、戏剧、莎学以及哲学、美学、文艺批评、翻译学等专深学问,故对汤氏和莎氏的比较还存在着很大的提升空间。

从整个人类文明的发展史看,尤其是从文学、艺术和戏剧的发展来看,在"文明因交流而多彩,因互鉴而丰富"④的历史进程中,中国现代文学、文化在受到西方文学和文化影响的同时亦获得了现代转型,具体

---

① David Tracy, *Dialogue with the Other: the Interreligious Dialogue*, Louvain: Peeters Press, 1990, p.49.

② [荷兰]谢列贝克斯著,朱晓红等译《信仰的理解:诠释与批判》,香港道风书社,2004年,第55—56页。

③ 杨慧林《"诗学"与"神学"的价值命意》,《基督教文化学刊》2017年第18辑,第1—2页。

④ 习近平《在文艺工作座谈会上的讲话》(2014年10月15日),中共中央宣传部编《习近平总书记在文艺工作座谈会上的重要讲话学习读本》,学习出版社,2015年,第119页。

到晚清以来中国人对莎士比亚及其作品的认知,从莎剧被视为"说部"的小说,"直抗吾国杜甫"的"诗人"的"诗歌",到受俄苏马克思主义莎学的直接影响,转变为视莎士比亚为一位伟大的文学家和一位创造了诸多舞台奇迹和舞台艺术精品的伟大戏剧家。我们对于莎士比亚及其作品的认知转型表明,我们在接受西方莎士比亚的同时也试图以我们的翻译、演出和研究,对于莎士比亚的剧作在人类社会创造的各种舞台艺术表现形式,通过对其主题和内容的理解与阐释,在审美借鉴的过程中,积极吸纳其中有益的成分,丰富和发展我们自己的演出和舞台艺术。"文艺是世界语言"①,对于莎剧这样的经典,我们学习和研究的目的在于借鉴世界优秀经典戏剧文化成果,并通过这种学习与借鉴,在开拓创新中融会中西,更好地丰富和发现、发展自己的戏剧艺术的独有魅力,从而实现与世界主流莎剧之间的持续对话。在学习借鉴世界最优秀的戏剧,将之与中华民族美学理念和审美习惯结合的同时,不以西方戏剧代言的写实,而是以写意或写意与写实兼具的中国风格、中国气派,重构形式单一的"话剧莎剧"的戏剧叙事,为全球范围内的莎剧舞台艺术提供中国气派、中国形式和中国风格的表演和舞台审美的作品、理论。

二 世界主义维度:汤显祖戏剧的再出发与多元"在地化"莎剧

"在诗与剧的结合上,中国戏曲与西欧的'戏剧体诗'并无本质区别。"浪漫主义的文学作品是包罗万象的、闪耀着人性光辉的诗。它的使命不仅在于把一切独特的诗的样式重新合并在一起,使诗歌同哲学和戏剧沟通起来,而且,在蕴含的对现实主义的思考中,通过浪漫主义的特性表达了生活的真谛和人对生活的看法。从审美的角度考察莎士

① 习近平《在文艺工作座谈会上的讲话》(2014年10月15日),中共中央宣传部编《习近平总书记在文艺工作座谈会上的重要讲话学习读本》,第9页。

比亚戏剧和汤显祖的戏剧,我们就会发现,以他们的剧作本身所具有的美学空间来阐释蕴含在这些不朽作品中的浪漫主义精神,为时代的发展注入了鲜活的思想。人们所刻意强调的莎剧和汤显祖戏剧的浪漫性表明,美存在于生活中,但不是生活本身,而是一种无限的象征性的表现。因为这才能说明汤显祖的"四梦"、莎剧何以能通过有限的现象表现不同时代的精神和困惑。浪漫主义文学主张所追求的浪漫之美,莎士比亚戏剧与汤显祖戏剧所蕴含的思想之力度和纯粹之美能够一举超越所谓的实用范围。汤显祖的戏剧和莎士比亚戏剧不受确定时空的限制,而这正是浪漫主义文学所一贯主张的审美创作原则的鲜明体现。

汤显祖的剧作不但受到中国人民的喜爱,在舞台上常演不衰,而且,在 17 世纪初《牡丹亭》就已经传到了日本。在 20 世纪二三十年代,《牡丹亭》还分别译为德文、法文、俄文、英文,并被改编为小说。自 20 世纪 90 年代以来,《牡丹亭》的多个演出版本分别以现代精神对其进行了全新的诠释,在国内外引起轰动。上海昆剧团的新版《牡丹亭》,在维也纳首演的歌剧《牡丹亭》,美国林肯艺术中心上演的《牡丹亭》、纽约多罗茜玩偶剧场的《牡丹亭》,以及苏州昆剧院的青春版、厅堂版《牡丹亭》均在国内外的汤显祖戏剧演出与研究领域掀起了高潮,在此基础上,汤学研究也显示了更为广阔的前景,汤显祖本体研究,汤显祖与莎士比亚的比较研究,汤显祖剧作与西方经典戏剧的比较,汤显祖哲学、美学、文艺批评思想与西方的比较,汤显祖剧作的舞台研究,汤显祖剧本的翻译研究,已经成为人们了解中国文化、中国戏曲和戏剧学术研究的一个重要窗口。汤显祖是一位堪与莎士比亚比肩、对后世有深远影响的伟大戏剧家,其作品的经典性和对后世文学、戏剧的深刻影响,将成为永远辉映东西方的经典。

汤显祖和莎士比亚都是时代的发展孕育的新旧更替的杰出代表,他们的创作和作品中所蕴含的文化价值观念,肯定人的生命价值、张扬自我、解放个性的主张不约而同催生了新的思想,对"人生而有情,思欢怒愁,感于幽微,流乎啸歌,行诸动摇。或一往而尽,或积日而不能自休"的"为情作使"的认识,对人性正当欲望的肯定和精神追求的礼赞,与文艺复兴时代的人文主义思想互相印证,极为契合,均为时代发展中振聋发聩的黄钟大吕和寂寞思想界的空谷足音。正如汤显祖所认为的:"情不知所起。一往而深,生者可以死,死可以生。生而不可与死,死而不可复生者,皆非情之至也。"东西方大文豪的经典创作促使了文艺在内容与形式上的变革,冲破了人们禁锢已久的思想。

　　莎剧的舞台演出和研究在当代社会所显示出的无穷生命力与其世界主义(cosmopolitanism)的内在因素有很大关系。从政治层面考虑,世界主义强调超越国家和民族的普世价值,这一西方的核心价值观具有相当的魅惑性,使人警惕。[1]但从文化层面进行关照,莎剧在世界范围的广泛传播又显示出莎剧内在的经典价值,原因在于,莎剧的世界主义与现代性、后现代性、后殖民主义以及全球化等演出实践和研究有着难以分割的密切关联。尤其是在当代,如果我们忽视了对莎剧的世界主义、现代性和后现代性的理论思考和研究,也就难以理解"不属于一个时代,而属于所有世纪"的莎剧成为经典,而且已经超越国家、民族、语言和文化界限所具有的内在潜质,以及世界主义性质的莎剧在文化、语言、艺术指涉上的宽容、多元与多样性,甚至不利于我们借鉴莎剧时,更深刻地理解汤显祖、关汉卿、王实甫、孔尚任、洪昇等伟大戏剧家剧作中所包含的人民性,也难以增强中国文化走向世界的过程中,"在世界文化激荡中站稳脚跟的坚实基础。增强文化自觉和文化自信"[2]。正如上海戏剧学院藏族班《罗密欧与朱丽叶》的导演徐企平所说:"莎士比亚的剧本更像一个剧本,它是一出戏,不是生活。当然它是反映了生活,但它是戏剧化了的生活,戏味特浓……扮演莎翁的剧中人最需要的是什么?我以为是一个解放了的人性,一个纯洁的人性,一个热情奔放的人性。"[3]所以,在排演该剧的过程中,他以传统为主,兼收并蓄,传统但不陈旧,现代而不怪诞,立足传统,力求创

---

①　吴兴唐《"世界主义"与"颜色革命"》,《红旗文稿》2015 年第 8 期,第 38 页。

②　习近平《在文艺工作座谈会上的讲话》(2014 年 10 月 15 日),第 28 页。

③　徐企平《〈柔密欧与幽丽叶〉导演技巧杂谈》,《戏剧艺术》1981 年第 4 期,第 7—15 页。

新,对现代主义的各种流派的导表演手法采取拿来主义。在导演中,以中国人对莎氏的理解,甚至以导演的主观理解为主导,创造自己的演出形象。

例如,该剧省略了械斗的原因,开幕就刀光剑影,一片厮杀、叫喊声,取得了震撼的效果;"喝药"一场,月光中朱丽叶外表宁静,内心激荡,"灯光用绿色的月光,投到她的雪白的衣裙上,把纯洁的朱丽叶形象照得透明,好像一座晶莹剔透的雕塑,很美"[①];再如,以灯光变脸,故意留下导表演"刀痕斧迹",强调的是现实主义与浪漫主义、幻觉与技巧、生活真实与形式写意、传神与变形之间的辩证关系。因为我们演出莎士比亚戏剧终究是为了演给中国观众看的,是世界的莎剧更是中国的莎剧。

对于莎剧来说,世界主义旨在超越文化传统、伦理和审美判断的指涉,已经证明并不断证明了莎剧含有至今仍然活跃于舞台,成为经典中的经典的深刻历史与现实原因。中西方戏剧分属于不同表演体系,以中国众多的剧种不断改编莎剧已经构成了莎剧中国建构的重要一环。在国际莎剧百花园中,以我们中华民族文化精神、美学精神对莎剧的中国阐发,是对多元世界主义的莎剧现代性宏大叙事的独特艺术贡献,而这种独特的叙事形式,又在解构所谓的单一"话剧性"所依附的当下语境中,实现和彰显了自身戏剧的特殊文化价值。对莎剧的当代重构可以展示中华文化独特的审美魅力,增强中华文化对世界的亲和力、辐射力和凝聚力,由此也就在跨越时空、超越国度、富有永恒魅力和当代精神的莎剧的演绎中既立足于本国文化又面向世界,从而能够为不断"提高国家文化软实力"[②]做出我们应有的贡献。

马克思和恩格斯早已发现和预示了全球化在经济和文化领域内运作的规律。[③]而在全球化的背景下,莎剧普遍被世界各个国家、民

---

① 徐企平《〈柔密欧与幽丽叶〉导演技巧杂谈》,《戏剧艺术》1981年第4期,第7—15页。

② 《习近平谈治国理政》,外文出版社,2014年,第160—162页。

③ 王宁《易卜生与世界主义:兼论易剧在中国的改编》,《外国文学研究》2015年第4期,第111—119页。

族、文化所接纳、改编、重写、解构的全球化现象,使在世界主义理论关照下的莎剧为全球化提供了理论话语与舞台实践的不竭动力,其审美理念甚至成为据以评价戏剧文本和舞台表演的唯一批评视角和审美艺术原则。以各种戏剧艺术形式,尤其是作为国家、民族、地域代表的传统戏剧艺术改编莎剧,其实就是超越舞台演出实践和莎学研究的欧洲中心主义和西方中心主义的美学范式,在全球化的莎学尤其是莎剧改编的全球化语境中,以"文化的多元性和多样性"①彰显莎剧的世界主义内在潜质。

民族色彩浓郁,地域特征鲜明的中国戏曲通过莎剧的"在地化"重构,获得了全球化的阐释空间。在西方戏剧中,角色类型指剧作中由剧作者创造出来的各类角色,角色类型不但是对角色的分类,也是对演员的分类,而中国"戏曲行当是对某种角色表演程式体系的载体","西方戏剧的角色类型不具备这种性质"②,这就为莎剧表演提供了更为丰富的表演形式。莎剧作为一种超越国家和民族审美形式的世界主义戏剧,在艺术和审美上的追求表现为现代主义和后现代主义的阐发及多元多样的艺术形式建构。世界主义视角下的莎剧成为莎剧在舞台上经常被肯定的理由之一,而这种演出形式恰恰反哺了莎剧的全球撒播。在莎剧的世界主义映射下,对于写实主义或现实主义的莎剧来说,其实就是对二者的颠覆,但也成就了可以融合现实主义、现代主义、后现代主义,融合话剧表演和戏曲表现的一种全新的莎剧。我们从世界主义的视角关照莎剧中的世界主义元素,就能够清晰看到,当下某些后现代主义的莎剧是对于僵化、封闭的抗拒,是旨在超越现实主义、现代主义莎剧大胆而勇敢的尝试,改编尽管不时出现伴随着内容而呈现出的不加节制的解构,但相对于原作,已经烂熟内容的观众也许对表现形式更为看重,对审美形式也更加在意,即使这种改编在

① Douwe Fokkema, "Towards a New Cosmopolitanism", in *The CUHK Journal of Humanities*, 1999, vol.3, pp.1-17.

② 陈世雄《西方戏剧的角色类型与中国戏曲的角色行当》,中国古代戏曲学会编《中国戏剧史新论》,上海人民出版社,2016年,第292页。

文本和舞台呈现上表现为指涉性的断裂,也会被视为不同于欧美莎剧甚至是具有世界主义莎剧视域的另一种独具魅力的阐释。

世界主义普遍关切人和人的境遇,承认人与文化的多样性,重视人类生活的价值,与文艺复兴时期对人的肯定相一致。分属于不同表演体系的戏剧既存在着差异性也存在着同一性。所以,我们对世界主义视域下莎剧的讨论将为中国莎学研究打开更为广阔、更加深入的理论视野。我们可以从以下几个方面认识莎士比亚与世界主义之间的关系。第一,莎剧具有世界主义的维度,注重莎剧对于文学和戏剧具有普遍人性的认知和审美价值的开拓。莎氏对人类情感现实主义、浪漫主义、表现主义,乃至象征主义描写的独特方式,以及把人类情感放在社会环境之中的深入描述,已经使莎氏作为人类共有的精神财富的公共性不断得以释放,具有世界视野的莎剧应该借用民族特色的艺术表现形式,协调文本与改编之间的文化与审美差异,在此层面获得阐释的普遍意义,甚至通过现代主义与后现代主义的某种呈现方式以互文、拼贴、变形、挪移、重构与解构映射出来,彰显莎剧传播的世界主义倾向。莎剧的跨文化、跨剧种改编的常态化让话剧形式的莎剧身份认同本身也发生了不断"裂变",从固定的话剧形式,裂变为多种不同的戏剧艺术形式,被不同文化、民族所认同与接纳。第二,作为一种文化范式和创作方法,莎剧在全球化时代身份认同的普遍意义,促使我们的审美思维能力和想象力都有了更为多维的视角,演绎莎剧"是为了展示自己的文化,并表明我们沉浸于其中"①,对莎剧的重构已经成为各种戏剧风格、流派吸收他者表导演理论、审美经验的一张畅通无阻的通行证,并且演绎出无数的莎士比亚副产品。莎剧与中国戏曲的结缘不是为了强求审美理念的一致,而是为了让它们以各自独特而鲜明的表现形式展示人性的复杂和戏剧审美的多元价值。第三,由于莎剧在世界范围内所拥有的经典性已经成为世界主义对民族戏剧的改编

---

① Jeremy Waldron, "What is Cosmopolitan?", *The Journal of Political Philosophy*, 2000, vol.8, pp.232-234.

标尺,对莎剧的搬演已经日益成为戏剧工作者学习经典、磨砺风格、体现创新、追求创意、实现深刻的必由途径。作为经典的莎剧在审美上具有某种标准性和评判艺术优劣的话语权,所以,人们常以是否成功导演、表演过莎剧作为自身艺术成熟的标志。第四,在全球化的背景下,莎剧所具有的全球化文化身份,通过文本和舞台改编的多元性与异质性,使人们更多地看到相同中的相异或相异中的相同。这种多元化中的异质性与同一性主要表现为从形式与语境出发,拉开当代观众与莎士比亚的距离,或者宣称遵循原著精神甚至细节的演出,希冀当下的观众能够重新回到莎士比亚戏剧产生的时代。第五,全球化与跨文化中的莎剧改编,表现为自我所拥有的个性化的本质,并不仅仅属于自我,强调建构本身是一种意义的再阐释,更是"过程"和"游戏"的不断增殖,而本质的东西主要体现在主体与客体的交互作用中,具有世界主义身份的莎剧成为建构多元文化莎剧、后现代主义莎剧的一股主要潮流。

　　长期的艺术实践证明,戏曲莎剧作为两种文化复合的特殊产物,对于中国观众具有其他艺术形式所难以完全取代的辐射力。一种异国文化能否在当代中国寻觅到知音,最终取决于有没有寻找到超越时代和国界的方式、方法,而又特别为我们今天所需要和认同的人类文明智慧和精神。中国莎剧中那些永恒的主题、共同的人性和戏剧审美技法,在叙事上体现为"在地化"与世界的对话与交流,例如:爱情、死亡、仇恨、嫉妒等本身就是世界主义观照的范畴。诚如马克思所说:"各民族的精神产品成了公共产品,于是有许多种民族的和地方的文学形成了一种世界的文学。"①莎士比亚超越国家和民族的世界性,以及超越特定民族文学、特定戏剧形式和跨时空的经典性使其已经成为一种世界戏剧语言。莎剧在现代社会的多元价值与无可撼动的经典地位也应该是莎士比亚的世界主义因素之一。进入 20 世纪下半叶,全球化的潮流为世界主义提供了必要的温床,也使莎剧在全球化呼声

---

① 　马克思、恩格斯《共产党宣言》,人民文学出版社,1966 年,第 30 页。

中获得了更多的青睐。全球化时代使莎剧呈现后现代主义特征,具体表现为普遍而集中地倾向于通俗艺术,后现代主义莎剧建构的舞台文本的词汇和语义场呈现的是公开、玩笑、祈愿、分离、移位或不确定的形式,它填补的是精英文化和大众文化之间的鸿沟,突显的是反解释和游戏性的格调。在后现代主义莎剧的建构中,主题、内容、情节不再能够从文本叙事中发现人性的丰富与复杂,阐释的唯一性依赖的是主题的戏仿、内容的互文、情节的拼贴、形式的翻新、话语的嫁接、情节的重组、人物的自嘲调侃和对现实的联想与映射。正如坎德尔所言,"全球化不是世界主义,但世界主义依赖于全球化"①,体现在莎学学术研究领域,具有世界主义身份的莎学不仅在文化、文学、戏剧领域与人类精神生活发生了紧密联系,而且当今的莎学研究已经成为许多人文、社会科学涉猎的对象,而莎学研究自身结合哲学、美学、文学、戏剧,在全面超越新古典主义、浪漫主义、现实主义理论莎学的基础上,也不断从微观走向宏观,或微观与宏观并重,从单一学科研究走向交叉学科研究,由单纯理论研究走向理论与戏剧演出实践并重的研究格局。莎士比亚已经成为宣示世界主义身份的手段和工具。而也恰恰是这种宣示,明白告诉了我们莎学研究自身与全球化有着难以分割的千丝万缕的联系。

莎士比亚在域外所获得的文学声誉,既取决于译者对其经典性的肯定,也取决于导演、演员在舞台上对其天才的搬演和改编,更在于研究者对其不断的发掘与解读。以多语种形式呈现出来的莎剧所具有的世界主义色彩,往往带给观众较强的文化、心理和语言承受能力,多元文化和审美形式的并存与融汇,消解了西方莎剧的中心意识和唯一阐释途径。从世界主义的视角出发,在莎剧的改编中我们就可以据此发现某些具有通约性的艺术、戏剧美学原理。当我们把莎剧放在一个更广阔的世界语境下进行审视的时候,可以据此认识到莎剧在何种程

---

① Gavin Kendall, *The Sociology of Cosmopolitanism*: *Globalization*, *Identity*, *Culture and Government*, London: Macmillan, 2009, p.14.

度和什么语境中才能够最大限度显示出内在的独创性与当代艺术价值。

三 汤学批评与莎学批评的世界视角

在莎士比亚的作品里,我们一再听到对青春、美、爱情和友谊的热烈礼赞。其中尤其值得一提的是《罗密欧与朱丽叶》,男女主人公的爱情生活是那么纯洁无瑕、热烈执着,达到莎士比亚爱情题材作品的极致,乃成为千古之绝唱。《牡丹亭还魂记》依据《杜丽娘慕色还魂话本》写成,但是如徐朔方所言,"话本只是一个单纯的爱情故事,汤显祖却赋予它酷似明代现实的政治社会背景"。16 世纪的中后期,明代的万历年间,正是中国思想界、文学界个性思潮涌动的时期。在这一时期,中国封建社会开始走向全面没落,而在其内部则已经萌发出某些资本主义生产关系的新因素,因而张扬时代的自由精神,构成了中国历史上一次空前的思想解放运动。《牡丹亭》通过杜丽娘这个形象"传达了在明代封建专制主义的重压下,广大青年要求个性解放,争取爱情自由和婚姻自主的呼声,暴露了封建礼教的虚伪和腐朽,以及它对人们幸福生活和美好理想的摧残"[1]。它向传统儒家思想中的所谓正统思想和观念发出了勇敢的挑战,带给人们重新思考和审视社会、人生与人的自身权利的契机,人们开始追求世俗生活、个体独立和人性自由,出现了宣扬真情、反抗"理学"压迫的思想解放的叛逆趋势,通过展示人的生命之必然,力图将生命的激情从理学的禁锢中挣脱出来。"汤显祖的伟大,正在于他第一次把淹没在神圣庄严的封建礼教模式下,个人的人性欲望作为一种合理的存在,提升到可以令人正视、令人崇尚、令人反省的高度;正在于他将人的生命的完美实现作为一种理想和憧憬,艺术地准确地展示出来;正在于他写出了觉醒的个人与整个社会之间的对立和冲突;正在于他推出了一个值得几代人去为之奋斗

---

① 张庚、郭汉城主编《中国戏曲通史》中册,中国戏剧出版社,1981 年,第 97 页。

的人生主题。"①汤显祖的《牡丹亭》就是在这一思想和个性解放的时代,以超现实的浪漫主义艺术创作手法,叙述了一个超越生死,超越理学的束缚,超越"存天理,灭人欲"的思想和精神禁锢的离奇的爱情故事,宣扬了生命的可贵和追求自由的勇敢而浪漫的叛逆精神。正如徐朔方先生所言,《牡丹亭》在思想内容上超越了《罗密欧与朱丽叶》:"富有积极浪漫主义精神的戏曲《牡丹亭》极其现实主义地描写了那个社会……又能强烈地写出当时人民反对封建婚姻制度的理想。"②而莎士比亚的伟大也在于通过具有卓越想象力的审美空间,建构了个性解放思想与理想主义精神,因为,"他赋予所表现的对象以尊严、热情和生命"③。汤显祖的《牡丹亭》的浪漫主义精神"是把梦中的境界、冥间的境界作为跟苦闷的现实对立的现象来描绘的"④。汤显祖和莎士比亚均"采用夸张的艺术手法,塑造现实生活中人们向往的激情与美好,既不是生活中人的直接表现,也不是原原本本的现实生活的反映,而是作家愿望中人的表现;它有离奇的情节,从生活中抽象出来的基本意义,反映的不是生活面貌本身,而是作家理解的生活与观念差距的充填材料,并以假想的逻辑推理提出的愿望。这种美之所以能影响欣赏者的思想感情是因为它是人的主观性的表现。所以,人也按照美的规律来塑造物体"⑤。他们作品中的浪漫主义精神,公开维护不受任何规律和标准束缚的创作自由,强调自发性和自主性。汤显祖和莎士比亚通过戏剧中的审美,所做的一切都是尽力克服主观与客观、自我与世界、意识与无意识之间的分裂的巨大努力。如周贻白先生所说:"(汤显祖)虽然把现实看成梦境,但对死亡却不以为完全绝望,只要能够解除礼教的束缚,达到她的愿望,就可以重又还魂。"由此杜丽娘死后还

---

① 孙海西《莎士比亚与汤显祖戏剧美学观比较》,山东大学 2004 年硕士论文。

② 徐朔方《汤显祖与莎士比亚》,《社会科学战线》1978 年第 2 期,第 213 页。

③ 张玉能、陆扬、张德兴《西方美学通史》第五卷,上海文艺出版社,1999 年,第593 页。

④ 《王季思学术论著自选集》,北京师范学院出版社,1991 年。

⑤ 李伟民《柯勒律治浪漫主义莎评解读》,《天津外国语学院学报》2003 年第 5期,第 60 页。

魂,与情人双宿双飞,以"点堪春风第一花"的"至情"反对封建伦理道德,塑造了个性自由的叛逆性格。当我们向西看,莎士比亚进行文学创作的背景是欧洲文艺复兴运动。"在思想上,文艺复兴运动要求打破封建教条尤其是宗教压制,尊重个体人格,高扬主体意志。文艺复兴运动所倡导的人文主义精神,其核心就是以人为中心而取代以神为中心,肯定人的价值和尊严。"①我们可以说,汤显祖所处晚明个性自由的时代特征与文艺复兴时代莎士比亚所面临思想解放的要求,都是时代在这些剧作家面前所提出的共同的个性解放和思想解放的要求。

经典的价值在于分享。莎剧的叙事是对人性的多元阐释,通过故事理解人性的最终意义;悲剧意识揭示了人类的受难情结、残忍及无法预料、无法控制的后果。当下的莎学研究,从文化唯物主义(新马克思主义)、新历史主义(福柯)、女性主义,到差异地理学均有不俗表现。莎学研究中的唯物论方法也成为新的主导性的批评、话语模式。在世界主义背景下,欧美学界的唯物论莎学话语背后潜藏着对后现代社会更为强烈的关切与焦虑。索绪尔结构主义语言学与弗洛伊德精神分析相结合成为拉康采用后精神分析理论验证其解释理论的武器。《麦克白》的非理性心理冲突,重构出异化社会的真实、开放、多元的叙事文本,并超越了黑格尔的"诗性正义观念"。莎学研究中的新历史主义贡献突出,强调莎学研究并非要精确地重现历史。当代意识形态批评、性别身份批评和宗教观念被用来解释莎剧。莎剧中的审美原创成为文学叙述和舞台表演技法的恒定评判原则,莎剧的美学价值已经成为西方文学中的最高尺度。

莎学批评也呈现出世界主义的发展趋势。西方莎学的多样性映射反映了人们对莎氏世界主义的自觉追求与开放心态。莎剧的美学艺术原则已经成为各种文艺理论产生的温床。新批评对莎士比亚诗歌和戏剧悖论语言的揭示、精神分析学俄狄浦斯情结对《哈姆雷特》的分析、新历史主义对莎士比亚戏剧社会能量"颠覆"与"含纳"的分析、

---

① 谭玉华《悲怆与伤怀》,《福建论坛·人文社会科学版》2013 年第 7 期,第 133 页。

女性主义批评对《驯悍记》的研究以及后殖民主义对莎士比亚《暴风雨》的研究等。①20 世纪西方文论的多种流派在很大程度上都与莎士比亚研究密切相关。如布鲁克斯和燕卜荪的新批评理论、弗洛伊德的精神分析理论、弗莱的原型理论、格林布拉特的新历史主义理论、西苏的女性主义理论和赛义德的后殖民批评理论等。俄苏马克思主义莎学批评的政治意识形态性质。总之,世界主义视角下的莎学批评超越了传统莎学批评,是从一个更为广阔的世界文学和世界戏剧的语境中探索莎剧的普遍意义和艺术价值。

在当代国外马克思主义莎学研究中,乔纳森·多利默、艾伦·辛菲尔德、加布里埃尔·伊根以及特雷·伊格尔顿等人的英国马克思主义莎评有较大影响。他们的莎评注重从社会角度出发阐释莎剧,尤为习惯从权力与策略角度对莎剧文本进行深度解读。伊格尔顿认为,马克思明确地"崇尚人类的自由"②。所以,伊格尔顿采用结构主义理论分析莎剧,强调从语言、自然、法律、欲望、价值、缺失层面研究莎剧。加布里埃尔·伊根着重从政治、文学、戏剧和文化批评视角分析莎剧。乔纳森·多利默与艾伦·辛菲尔德则从大众文化角度出发,挖掘文本和社会中隐含的非主流倾向,强调布莱希特戏剧理论和舞台实践与莎剧之间所具有的辩证关系。乔纳森·多利默揭示了权力运作、人性与意识形态之间的多元互动关系。格雷斯·霍克斯将莎剧阐释视为历史和政治行为,认为现代主义与马克思主义对莎剧的认知不无趋同之处。伊芙·堪布斯认为莎剧文本中所透露出来的意识形态倾向对当代读者和观众都有深刻的影响。斯蒂芬·格林布拉特为代表的新历史主义批评和吉恩·霍华德为代表的马克思主义莎评,与瓦尔特·科恩、司各特·舍肖从"幽灵"学说、女性与文化生产、海外贸易在莎剧中的描写等角度,研究了现代电影中的莎剧。

---

① 李伟民《莎士比亚批评中的中国马克思主义莎评》,《上海文化》2016 年第 8 期,第 33—37 页。

② Terry Eagleton, *Why Marx Was Right*, New Heaven & London: Yale University Press, 2011, p.52.

而吉恩·霍华德则从新历史主义、文化唯物主义、女权主义、后结构主义、现代主义以及法兰克福马克思主义视角对莎剧进行了再解读,认为马克思主义莎评已经形成了从历史唯物主义和辩证唯物主义理论分析莎剧的理论、概念、技巧的方法。西方文论离不开对莎士比亚的研究和阐释。西方文论正是借助于对莎士比亚的研究掀起了一次又一次的理论变革的潮流。

四　聚焦移位:"后汤显祖和莎士比亚 400 时代"

汤显祖、莎士比亚通过审美想象所创造的"典型并不重新再现任何个别的人。他不会完全与某个个人相重叠。他是在人的形态下概括和集中一群性格和一群人物。一个典型不会去'浓缩'别的人物,他是在浓缩。它不是一个,而是全体。把各有特色的人物放入磨里捣研,就铸造出一个幽灵,比他们还更实在的幽灵"。能够"浓缩"全体的秘密就在于汤显祖、莎士比亚充分发挥了"想象"的作用,典型人物包含了人的秘密,因此在浪漫主义的审美创作中,就有了典型人物超越时间和空间的审美价值。

从世界莎士比亚研究史的发展来看,19 世纪的莎士比亚评论是莎士比亚进入世界艺术宝库的最后一张通行证,这张打上了鲜明浪漫主义美学特征,畅通无阻的"通行证"是对莎士比亚作品总体价值的一次最高水平的评判。当时,席卷欧洲大陆的浪漫主义文学思潮对莎士比亚取得这张通行证起到了至关重要的作用。浪漫主义的文学创作不仅在理论上,而且通过文学艺术创作宣称,浪漫主义文学的特点不仅仅是美,而更表现为主观的审美,它深刻、崇高、玄奥与灵感地翱翔在人们的理想中。它们在文学艺术作品中就是通过想象去达到这个目的。站在时代的前列,《牡丹亭》中的情与《罗密欧与朱丽叶》都表现为一种强烈的浪漫主义和理想主义色彩。钱谦益在《列朝诗集》的《汤遂昌显祖小传》中说:"胸中魁垒,陶写未尽,则发而为词曲。'四梦'之书,虽复留连风怀,感激物态,要于洗荡情尘,销归空有,则义仍之所存略可见矣。""《牡丹亭》中许多出戏都是抒情的片段"①,都更为大胆、更加浪漫。因为这种想象的能力在艺术创作中起着主导作用,汤显祖的戏剧和莎剧均表现为"想象力而非知觉。想象力任意控制时间和空间"。"新生的爱恋正如日初上;为了朱丽叶的绝世温柔,忘却了曾为谁魂思梦想……幽闺中锁住了桃花人面,要相见除非是梦魂来去。"如果剧作家"有能力仅仅激起我们内在情感使我们主要在想象中看见这个场景,他就获得了运用时间和空间的权力。像它们在想象中的存在一样,仅仅服从于想象力活动的规律"②,从而彰显审美是艺术想象能力的表现形式。审美想象在文学艺术创作中具有举足轻重的作用。想象如果不存在了,美也就消失了。想象一旦脱离开情感,个别也就转化为一般了,具体鲜活的形象也就转化为理性的概念,直观感觉的表现性也就转化为抽象思维的逻辑性。尽管对象依然能保持原来的质量和形式,但是它的美却被真替换了,想象消失了美也就消失了。想象在文学艺术中占有重要的地位。《牡丹亭》和《罗密欧与朱丽叶》的审美想象,正如最荒芜的大自然打动人心的和谐,"艺术家用象征向我们谈话,而自然则是一种象征的语言。象征的特点是通过暂时,并在暂时中阐明永恒。象征的动力是想象力"③。在审美的想象中,"汤显祖所写的'情'最有意义和最富有生命力的,是包含着大胆反抗封建旧礼教、肆意抨击官场黑暗的两个内容"。当杜丽娘"没乱里春情难遣,蓦地里怀人幽怨"入梦之时,梦遇柳梦梅在似水流年中为"如花美眷"而来,二人在梦中欢会"是那处曾相见,相看俨然,早难道好处相逢无一言"。正如柯勒律治所说,梦中的审美想象成为人类心灵的一种综合力量。这种综合力量能够使人类的各种精神能力协调一致,融为一体。而且,想象也是一切人类知觉活动的原动力,是一种具有无限创造力的心灵活动。想象还是这种原动力的回声,并与自觉的意志并

---

① 徐朔方《汤显祖与莎士比亚》,《社会科学战线》1978 年第 2 期,第 212 页。
② 孙家琇《莎士比亚辞典》,河北人民出版社,1992 年,第 328 页。
③ [美]韦勒克著,刘象愚选编《文学思潮和文学运动的概念》,中国社会科学出版社,1989 年,第 177 页。

存。所谓的"梦中之境"就是充分发挥"想象和联想,运用表现深化、表象变异等手法,把生活真实和艺术虚构融合起来,借助'极幻''极奇'的梦中之境开拓创作视野"。

汤显祖和莎士比亚都是浪漫主义戏剧诗人的最高典范:"它的兴趣不是历史的,也不在于描写的逼真和时间的自然联系,而是审美想象的产物,并以诗人所认可或假设的要素的联合为依据,认为主要的和唯一真实的兴奋应该出自内心,出自被感动的和富有同情的想象力。"①想象是由意志和智力所发动和控制的一种才能,它使相反或不和谐的性质趋于平衡或调和,它把一切化成一个优美而明晰的整体。汤显祖和莎士比亚都有非凡的审美想象力,无论是在《牡丹亭》还是在《罗密欧与朱丽叶》中,这种想象力构成了人物情感的普遍基础。莎士比亚能够"像观察现实世界一样知晓想象的世界"②,如果没有想象力或缺乏这种想象力和由这些想象力引起的激情,那么这些历史或原来文本中的人物至多只是干巴巴的符号而已。汤显祖和莎士比亚"把最丰富、大胆的想象带进了自然世界,另一方面他又把自然带进了现实以外的想象世界"③。汤显祖和莎士比亚作为极富想象力的作家,当他们的内在感情分别挣脱了明代中晚期"理"的束缚,受到文艺复兴时期特殊生活形态和社会生活的刺激时,就必然会引起他们的内心情感的激荡,其情感的特征也会从弥漫状态中明确起来,"它指示给我们,这种强烈的感情曾给别人带来更大的痛苦与罪恶……它使人类的思想感情更为精致,使人类得到锻炼"④。汤显祖和莎士比亚都"直接深入到人心与人的事务中",建构了自己理想中的审美世界,所以,从某种意义上说,想象可以涵盖生活,这种想象所创造的抒情也会成为人物表达情感最直观的体现,例如在凯普莱特家的花园中,罗密欧情不

① 杨江柱、胡正学主编《西方浪漫主义文学史》,武汉出版社,1989 年,第 255 页。

② William Hazlitt, *Characters of Shakespeare's plays*, London: J.M. & Sons, Ltd, 1930, p.105.

③ Ibid., p.4.

④ 杨周翰编选《莎士比亚评论汇编》(上),中国社会科学出版社,1979 年,第 205—206 页。

自禁地赞美道:"那边窗子里亮起来的是什么光? 那就是东方,朱丽叶就是太阳。"抒情的建构促使人的知觉和情感在想象的作用下发生了紧密的联系。

在"后汤显祖和莎士比亚 400 时代",汤剧和莎剧本身已经成为世界主义的演出实践场域,成为超越国家、民族、语言"在原文化之外流通的文学作品"①。莎剧的世界性给我们的启示是,莎剧的未来在于其在非英语区的世界文化中的广泛传播,多语言、异形式的莎剧在语言的转换之中以文化的多元视角和开放的戏剧审美样式,打破了莎剧重构的中心与边缘界限,带来了背景、审美、文化、视角乃至学术聚焦的移位。改编借助于莎剧的内容表现人性的"在地化",形式不再归属于国家、民族和文化的某一体系,各种"异国莎士比亚"实验所提供的美学启示,以及对于人性的深刻理解往往也会超越很多一般英语莎剧的演出。作为莎学研究者和莎剧改编者,当我们更多地介入国际莎学讨论,更有文化预设地改编莎剧之时,我们就愈应以鲜明的民族文化魅力大胆展示说不尽的莎士比亚。因为在跨文化的改编和莎剧演出中,往往使我们能够具体看到莎士比亚的不同身份,以及我们自己在流变中的现代文化身份。

今天,我们的莎剧改编和演出,早已摈弃了那种仿古式的莎剧演出,在莎剧的改编中充分利用中国戏曲的优势,创造出了在世界上独一无二的莎剧演出形式,即使是采用话剧形式改编莎剧,也是接中国地气的莎剧②,中国国家话剧院的普通话版《理查三世》已经不需要借助翻译而能够为英语观众所理解③。莎士比亚现代性蕴藏着文化精神的自由流动,原文化之外流通的莎剧已经超越了民族、国界和文化成为世界戏剧,繁复多样的莎剧演出在舞台场域之中强调的是艺术的

---

① David Damrosch, *What is World Literature?*, Princeton: The Princeton University Press, 2003, p.4.

② 李伟民《血泊与哲思相交织的空间叙事——莎士比亚悲剧〈泰特斯·安德洛尼克斯〉的演绎》,《外语教学》2016 年第 6 期,第 77—81 页。

③ 王晓鹰、杜宁远《合璧:理查三世的中国意象》,文化艺术出版社,2016 年,第 177 页。

关联与形式的突破。

世界范围内的莎剧在当下亦可以表现为"秀"(Show)。"秀"乃是一种不同于西方审美经验的接地气的形式创新,是对传统莎剧演出形式的彻底解构。当今的莎剧演出可以说是利用各种艺术形式的五花八门的改编,原封不动地搬演已经少之又少了,也难以普遍获得观众的认同。"现代戏剧并不特别强调以忠实于原作的方式再现莎士比亚"①,因为莎剧已经为现代戏剧的导表演的创新提供了无限的可能,莎剧"已经成为众多戏剧艺术家磨砺风格、推陈出新的展示窗"②。而"秀"恰恰体现了莎剧改编的现代性,其精神内核是与当下社会紧密联系在一起的,在戏剧观念上,打破了单纯模仿西方莎剧的格局,既通过莎剧反映社会人生,表现人的价值尊严,也更为关注以审美娱乐大众,升华人格,陶冶情操。"秀"主要在于通过阐释莎剧丰富的内涵,揭示莎士比亚与现代文化乃至后现代文化之间的关系,以及在新的时代莎士比亚给人类社会所提供的精神资源。几乎所有的莎剧都被以新的方法来阐释,后现代性激烈地质疑各种知识定论赖以形成的基础,情节不断被复制或增殖,在新文本的自我形成过程中,寻求对原作的吻合或解构,莎剧已经在暗喻或换喻中形成新的意义。利用人们已经熟悉的经典,将观众带入经过解构的莎剧之中,为观众提供了认识经典与人性的新视角,将人性中的美与丑、善与恶、爱与恨、生存与死亡、平凡与伟大以及平和与焦虑展现给了中国观众,在解构与建构中使我们看到莎剧不朽艺术价值的同时,也以其全新思考和演绎,构成了世界主义视域下莎剧当代认识价值。

李渔在《闲情偶寄·词曲部·戒荒唐》中说:"凡说人情物理者,千古相传。"汤显祖、莎士比亚既让多产大胆的幻想在自然的王国中翱翔,又把自然导入超越现实界限的幻想领域。莎剧中众多的人物,血肉丰满、栩栩如生,尤其是主要角色,人各一面,鲜明突出,以不可重复

---

① 刘立滨主编《莎士比亚戏剧研究》(第一届世界戏剧院校联盟国际大学生戏剧节研讨会论文集),文化艺术出版社,2010 年,第 142 页。

② 同上,第 8 页。

的样式独立存在着,正如黑格尔所说,"每个人都是一个整体,本身就是一个世界"。以莎士比亚笔下的女性来说,有柔情似水的少女,天真无邪的公主,机智聪颖的女法官,放荡淫乱的贵妇,阴险凶残的妖巫,等等。但是,她们的个性、特点绝不雷同。莎士比亚在塑造人物,突出人物个性的同时,极力给他们注入思想的血液,融进时代的精神,使之上升为具有认识价值和历史意义的典型形象。如哈姆雷特最终成为人文主义思想家的典型。罗密欧与朱丽叶的爱情闪耀的是反对封建家长制、争取爱情自由的人文主义理想的夺目光彩。

"英国的世俗戏剧在 16 世纪末 17 世纪初的剧作家莎士比亚那里达到近乎完美的艺术境界"①,无论是神迹剧中的鬼魂、地狱,还是奇迹剧中的突变艺术,道德剧中的忠奸、善恶、美丑的说教与评判都对莎士比亚戏剧有深刻影响,也与中国戏剧的内容与表现形式相契。每一部中国的莎剧代表着一种独特的文化和精神,每一部戏曲莎剧也有着不可替代性。莎士比亚"同我们一起活在当下"②,在"后莎士比亚 400时代",全球化与跨文化的莎士比亚现代性与后现代性交织已经是一个不争的事实。世界范围内莎士比亚戏剧演出的国家交流和彼此接受能否成功的一个重要衡量标准体现为该舞台艺术实践是否成功地打破国家、民族、文化的界限。莎学研究也正处于全面超越以往莎学研究经验和理论的过程中,为文化、文学、艺术批评带来了更为丰赡的话题,也能让我们从更加多元的角度解读、认识莎士比亚文本的审美价值和对世界上众多戏剧的深刻影响。文化在本体论上是关系性的,莎剧的重构是在本文与他者之间不断建构与解构中形成、变形与发展的。在阐释原作主题和内容的同时,既改编了文本,也改变了形式本身。尽管鲁迅在 1907 年所作的《科学史教篇》还写下了"诗人如狭斯丕尔"这样的话,表明他并没有意识到莎氏是戏剧家,但鲁迅在《又是"莎士比亚"》和《"以眼还眼"》中提到,"马克思讲过莎士比亚。莎剧的

---

① 陈才宇《古英语与中古英语文学通论》,商务印书馆,2007 年,第 230—231 页。
② [美]大卫·贝文顿著,谢群等译《莎士比亚:人生经历的七个阶段》(第二版),上海外语教育出版社,2013 年,第 2 页。

确是伟大的。《资本论》里不也常常引用莎氏的名言",鲁迅针对徐志摩、陈西滢、杜衡等经常标榜只有他们懂得莎士比亚进行了讽刺。徐志摩在 1925 年 10 月 26 日《晨报副刊》发表《汉姆雷德与留学生》说:"我们是去过大英国,莎士比亚是英国人,他写英文的,我们懂英文的,在学堂里研究过他的戏……英国留学生难得高兴时讲他的莎士比亚,多体面多够根儿的事情,你们没有到过外国看不完全原文的当然不配插嘴,你们就配扁着耳朵悉心的听。……没有我们是不成的。"稍后的"第三种人"杜衡在 1934 年 6 月《文艺风景》创刊号发表的《莎剧凯撒传里所表现的群众》一文,也借莎士比亚来诬蔑人民群众"没有理性","没有明确的利害观念"①,鲁迅以莎士比亚为武器,对于这些中国文士对莎士比亚的认知,从文学论争角度进行了批判和讥讽,表明莎氏在中国已经参与了中国现代文学的建构,并在文学论战中被涂抹上各种油彩和换上了不同面孔。不仅在文学领域,莎士比亚的当代变脸,莎剧在异国文化中的"创造性叛逆",使他旧貌换了新颜,莎士比亚在世界,莎士比亚在西方,莎士比亚在东方,均以本土文化模式展现莎剧的故事、情节和人物形象②,从异质文化、文学、诗歌、音乐、美术、哲学获得的当代影响不断被重塑。莎士比亚自身永远不会过时,这是当下世界主义视域中拥有现代价值的明显标志,也正是莎士比亚剧作人文主义精神的最好证明。

作者单位:四川外国语大学;电子科技大学成都法语联盟

---

① 《鲁迅全集》第三卷,人民文学出版社,1981 年,第 6 页;《鲁迅全集》第二卷,人民文学出版社,1981 年,第 385 页。
② 尹锡南《莎士比亚在印度》,《印度比较文学发展史》,巴蜀书社,2011 年,第 656 页。

汤显祖与塞万提斯

龚重谟

前　言

　　共同生活在 16 世纪晚期和 17 世纪初的汤显祖与塞万提斯,一个在东半球的中国,一个在西半球西班牙,彼此不知道对方的存在。15 世纪初大明王朝曾命郑和七次下西洋,寻求海外世界,途经 30 多个国家和地区,并登上了美洲大陆。87 年后,西班牙女王支持一个相信地球是圆的,从欧洲西航可到达东方的印度和中国的意大利人哥伦布,带着她写给印度君主和中国皇帝的国书,率航从西班牙向东方探索。但四次的航行并没有走出西半球,而是错把新大陆——美洲当成东方的亚洲。然塞万提斯却在《堂吉诃德》第二部《献辞》中用开玩笑的口气说:"最急着等堂吉诃德去的是中国的大皇帝。他一个月前特派专人送一封中文信,要求作者——或者竟可以说恳求作者把堂吉诃德送到中国去,他要建立一所西班牙语文学院,打算用堂吉诃德的故事作课本:他还说要请我去当院长。"①可见,新航路开辟后,改变了以往相对隔绝的局面,使世界连成一个整体,促进了世界各国的交流、影响与融合。此时的塞万提斯,虽不知道东方有个同道汤显祖,但知道东方有个大国叫中国,那里的国王叫皇帝。

　　经过漫长的四个多世纪后,塞万提斯还有英国的莎士比亚,终在

---

　　①　朱景冬《塞万提斯评传》封底,百花文艺出版社,2009 年。

2016 年的 9 月 24 日在东方的汤显祖故里抚州市牵手了。这是全球第一次共同纪念这三位文学巨匠逝世 400 周年。西班牙塞万提斯故乡阿尔卡拉和英国莎士比亚故乡斯特拉福德都派代表团远涉重洋来参加纪念活动。然从 20 世纪以来，汤显祖与莎士比亚的比较研究成果不断，但汤显祖与塞万提斯的研究却鲜有人问津。其实莎士比亚的生平更是一团迷雾，传记写他的生平和创作生涯许多都是通过他的作品和人们对那个时代的了解去推测，而汤显祖与塞万提斯两者生平面目基本清晰，作品出于本人之手没有争议，可比的内容较真实丰富。兹我就汤公与塞翁这两位东西方不同民族的文化巨匠生平与著作试做比较，以作引玉之砖，并就正于方家。

一　共处的时代

塞万提斯和汤显祖都生活在由盛而衰的时代。美洲发现后，西班牙人对新大陆进行了残酷的殖民掠夺，成了"海上霸主"。16 世纪末，腓力普二世多次对外开战，随着"无敌舰队"被英国击溃，西班牙殖民帝国急遽衰落。16 世纪前半期因资本主义生产关系的萌芽，出现传播人文思想的学者，但遭到反动统治的摧残。到 16 世纪后半叶，西班牙的人文主义文学在同贵族骑士文学和宗教势力的斗争中得到大发展，涌现许多优秀的作家，以小说、戏剧成就最大。塞万提斯小说的《堂吉诃德》就是向"骑士文学"发难的代表作。

汤显祖生活在明嘉靖、隆庆、万历三朝。这是中国封建主义走向崩溃，资本主义出现萌芽的时代。明王朝的国势如溃瓜，手一动而流液满地。思想界王阳明的心学，动摇了程朱"存天理，去人欲"的伦理规范。以王艮、何心隐和李贽等为代表的泰州学派强调人的自心自性的醒悟，要求人性解放。文学、戏剧领域，出现一批离经叛道，追求人性解放的作品。汤显祖的"临川四梦"就是这一时期中国戏曲高扬人文精神，揭露中晚明黑暗社会现实的代表作。

二　家世与求学

　　塞万提斯于 1547 年 9 月 29 日生于西班牙中部阿尔卡拉·德·埃纳雷斯堡,施洗礼日期是 1547 年 10 月 9 日;三年后的 1550 年 9 月 24 日(农历八月十四日)汤显祖生于江西临川县城东文昌里。塞万提斯远祖努尼奥任过市长,祖父是法官,是个破落贵族。父亲是个善吟作歌谣的潦倒终身的外科医生。母亲操劳过度早衰。因为生活艰难,塞万提斯从小和七个兄弟姊妹跟随父亲从一个城市迁往另一个城市,过着颠沛流离的生活,直到 1566 年(19 岁)才定居马德里。汤显祖远祖汤季珍是唐代名臣,苏州籍,在抚州路宣慰使任内为国捐躯,葬抚州,后举家迁抚州。城东文昌里是其后代定居的祖地。到汤显祖高祖子高公这一代,已是临川城内家有良田百余亩、藏书万卷的耕读世家。从天祖汤伯清到汤显祖父亲这五代人,学历最高是秀才,没人中举,也没人做官,但在当地有一定的社会地位。祖父是秀才,被考选为国子监贡生,是个奉信道教的隐士;父亲是个主张积极入世的儒学者,他督教汤显祖这一代读书求功名。少年时代的汤显祖在这个书香人家接受了良好的教育。

　　塞万提斯从小机灵,十分喜欢读书。七八岁在其亲戚家的维埃拉斯学校里开始读书和写字,便对阅读非常感兴趣,"哪怕在街上遇到带字的烂纸也要拿来读"。约 8 岁父亲节衣缩食让他上当时最好的学校——天主教耶稣会的学校,14 岁进到塞维利亚大学预科学习,这是他的最高学历。汤显祖少小颖异不群,5 岁开始在家塾接受父亲的启蒙教育,当年就能对对子,而且连对几次都不怕。12 岁就有诗作。从 13 岁至 17 岁拜乡里名师徐良傅与罗汝芳门下,为他的文学和理学打下良好的基础。

　　塞万提斯家境贫寒,进不了大学深造,西班牙没有科举制度,也做不了科举梦,只有闯荡社会,读社会大学;汤显祖家境殷实,受教育方面比塞万提斯幸运得多。他 14 岁开始参加科举考试,院试才华惊动学政,当年就中了秀才。21 岁中江西乡试第八名举人。这时他已很博学,才名鹊起,不仅精通古文诗词,而且能通天文地理、医药卜筮诸书,人们以能见得汤显祖为荣幸,文学才华早熟似比塞万提斯表现更为突出。

塞万提斯 22 岁去到意大利充当红衣主教的随从,常住罗马,到过意大利许多城市,有机会接触当时许多文人学士,同时也利用主人丰富的藏书,读到许多拉丁文的经典著作和意大利的优秀作品;27 岁告别军人生涯,又在意大利阅读了彼特拉克、薄伽丘、阿里奥斯托、博亚尔多等名家的作品。汤显祖从 22 岁开始到 31 岁,在京试中屡屡受挫,按中国的科举制度,京试落榜的汤显祖曾两度进全国只有两所的官办最高学府——国子监游学深造。

三　社会经历

汤显祖本志在从政,"以修身、齐家、治国、平天下"为己任而积极投入科举。中举后,对仕途充满了信心,宣称:"某颇有区区之略,可以变化天下。"(《答余中宇先生》)"历落在世事,慷慨趋王术。神州虽大局,数着亦可毕。了此足高谢,别有烟霞质。"(《三十七》)即打算在政治上大显身手干一番事业后便隐居林下。塞万提斯也怀有政治抱负,日思夜想为国家建功立业,以致常睡不好觉,做些白日梦。他既多愁善感,又想象奇特,常恨自己生不逢时,没赶上祖先荣耀时的光景。

汤显祖一生壮心被抑,饱受"迫郁"的煎熬,令"天下惜之"①。21 岁乡试中举后,对仕途已雄心勃勃,可在 28 岁和 31 岁两科京试,当朝首辅张居正为了儿子高中来拉拢汤显祖陪考,汤视作"处女子失身"加以谢绝,因此遭到报复而落第。张居正死后,才中了个低名次的三甲进士,又遇新任辅臣来笼络,汤显祖照样拒绝,从而失去了选考庶吉士的机会。进内阁做高官没有台阶,只得到留都南京任太常寺博士

---

① (清)蒋士铨《临川梦·玉茗先生传》。

闲职。在南京,"从官迫郁",对政局多有不满,常和后成为东林党核心人物的同僚讽论朝政,以致第一次进京考核就受人中伤,七品太常博士四年任职期满也未得迁升,改官詹事府主簿还降了半级官阶。熬到万历十七年(1589),40 岁的汤显祖升为六品礼部主事,遇灾荒漫延全国,神宗派出的救灾官员却无钱不贪,汤显祖误认这是他政治作为的机会,愤然上《论辅臣科臣疏》揭发时弊,却被神宗贬到广东徐闻任典史。一年多后量移浙江遂昌县知县,在任五年,勤政爱民,政声冠两浙,深受百姓爱戴,可就是得不到迁升,"变化天下"壮志难伸,于是弃官归里。三年后还被当局夺去了官职,成一介平民。塞万提斯的一生受尽了"苦"的磨难,余秋雨先生说他命运苦得令人"心疼"。1570 年,23 岁的他不堪做个罗马红衣主教的随从,渴望有更大的作为。正在此时,西班牙爆发了与土耳其人的海战,他毅然弃笔从戎,参加了地中海沿岸基督教国家组成的联合舰队,抗击土耳其舰队的进犯。在著名的勒邦多海战中,带病冲上敌舰,骁勇无比,身负三处重伤,成了左手致残的"独臂英雄"。因左手残废而无晋升机会,出生入死的四年军旅生涯被迫结束。他带着联军统帅与西西里总督给西班牙国王的推荐信踏上返国的归途,不料在海上遭到土耳其海盗绑架。因交不出高额赎金,被虏至阿尔及尔做了五年囚徒,到 1580 年,已经 33 岁的塞万提斯才被亲友们筹资赎回。以英雄的身份回国的塞万提斯,并没有得到腓力普国王的重视,而终日为生活奔忙。他一面从事文学创作,一面在政府里当小职员,曾做过军需官、税吏,接触过农村生活,也曾被派到美洲公干。可他从 40 岁到 64 岁多次被捕下狱,原因有受乡绅诬陷、缴不了该收的税款,也有一位乡绅在他家门前被刺或为女儿陪嫁这样的无妄之灾。就连他那不朽的《堂吉诃德》也是在监狱里构思和开始写作的。

四　文学成就

(一) 诗歌

塞万提斯一开始是以诗歌创作走向文坛的。他从小热衷诗艺,一生酷爱作诗。他视诗为美的象征,是最崇高的艺术,是阳春白雪,是无价纯金。然而他的诗歌成就与小说和戏剧比起来微不足道,只好为自己的诗才而抱憾:

> 我一向勤奋通宵不寐,
>
> 似以为有些诗人天分,
>
> 怎奈上苍不肯赐我恩惠。
>
> ——《帕尔纳索斯之行》

　　青少年时代,他写过很多的谣曲,自己最满意的是一首《嫉妒》。他的第一首诗是 14 岁那年写的十四行诗《悼念堂娜伊莎贝尔·德·瓦卢瓦王后》,热情颂扬了伊莎贝尔王后的一生,1569 年发表在他的老师奥约师的著作中。他的十四行诗《拜谒塞维利亚吾王腓力二世陵墓》,几乎被当时所有的诗选选用,为他赢得了荣誉,被评为强调了“诗的人格”,“好汉的人的现实”。汤显祖与塞万提斯一样,最早也是以诗歌创作而名噪文坛,年纪轻轻就是出色诗人。26 岁就刊印了第一部诗集《红泉逸草》;次年刊行了他在南京国子监游学时的诗作《雍藻》,惜已佚;接上又将 28 岁至 30 岁之间的诗作结集《问棘邮草》刊行。徐渭读后,大赞“真奇才,平生不多见”[1];陈石麟评他“所著古文词,雄浑博大,坚洁深秀,直可与同叔(晏殊)介甫(王安石)二公,并寿千古”[2];好友帅机赞其为“明兴以来所仅见者矣”[3]。丘兆麟称“先生制义、传奇、诗赋昭代三异”[4],只是“临川四梦”问世后,他的戏曲成就掩盖了他的诗歌成就,以致“世但赏其词曲而已”[5]。汤显祖的诗歌成就仅次于他的传奇戏曲。

----

① 《汤海若问棘邮草》,古典文学出版社,1958 年。

② (清)陈石麟《玉茗堂全集序》,《汤显祖集全编》附录,上海古籍出版社,2015 年。

③ (明)帅机《玉茗堂文集序》,《汤显祖集全编》附录。

④ (明)丘兆麟《玉茗堂选集题词及序》,《汤显祖集全编》附录。

⑤ (明)钱谦益《汤遂昌显祖传》,《汤显祖集全编》附录。

　　塞万提斯的诗歌创作除一部气势恢宏的长诗《帕尔纳索斯之行》外,只有短诗 38 首,多为题赠、献词、书牍、赞歌、贺词等应酬之作。这些诗作中,有用诗《致我的主人马特奥·巴斯克斯》作信写给西班牙首相,陈述阿尔及尔俘囚生活的痛苦;有用十四行诗《献给无敌舰队的两首赞歌》颂赞西班牙"无敌舰队",讽刺统帅梅迪西纳公爵在战争中仓皇失措的丑态;还有用诗《在塞维利亚大教堂里,腓力普二世的灵台前》讽刺教会僧侣利用国王葬礼纵情铺张,此为塞万提斯最满意的诗作。汤显祖"诗集独富"①,现存诗歌 2 200 多首,数量上比塞万提斯多得多。保存下来的最早的汤显祖诗作是其 12 岁时写的一首《乱后》,描述了动乱对社会的危害。14 岁时的诗作保存下来的有 3 首,其中一首五言《射鸟者呈游明府》,送当时临川县令游明章,小小年纪竟用诗谏言地方长官重视猎鸟问题。汤显祖的诗题材广泛,内容丰富:有感于世事,关心民瘼;有写景寓情,壮志抒情;有赞美自然,向往田园;有师友交游,寄赠怀人;还有家庭悲欢离合。他的诗作涉及生活面很广,洞见社会各个方面,其中有揭发饥荒实为人祸给百姓带来的苦难,如《饥》《丁亥戊子大饥疫》等,发出了"精华豪家取,害气疲民受"的呼号,为同时代作家所罕见。汤显祖本是务政的,不忘用诗针砭时弊,在《感事》诗中,抨击最高统治者派出大批矿监税使搜刮民脂民膏;在《闻都城渴雨,时苦摊税》诗中,讥刺苛重的赋税对百姓的压迫。

　　塞万提斯的诗歌创作受埃雷拉、维加、莱翁修士、贡科拉、克维多五位名家的影响,他们的作品散发着人文主义思想。塞万提斯的诗歌无论在类型、结构样式、韵律、格调方面都有着他们诗歌的烙印。汤显祖对古典诗文"积精焦志",在《与陆景邺》信中坦言自己曾好华丽的六朝诗风,后学宋诗,从而形成自己的风格。他主张作诗要依基本法则,但又要"通其机",即懂得变化。在《答张梦泽》信中说他的诗"三变而力穷,诗赋外无追琢功"。所谓三变,就是从六朝诗风,到"四十以后,诗变而之香山(白居易)、眉山(苏东坡),文变而之南丰(曾巩)、临川

———————
　　① (明)沈际飞《玉茗堂选集题词及序》,《汤显祖集全编》附录。

（王安石）"①。汤显祖的诗文创作受以上先贤的文风影响,体现了对拟古派"后七子"文风的批判。

塞万提斯的长诗具有自传色彩,谈自己文学创作成就,还借太阳神之口展示了他不平凡的过去。汤显祖也用诗谈自己的经历,如诗《三十七》从他出生的颖异、受祖母宠爱,少年有文名,中举后的志向及官场的失意,写到 37 岁还是个太常博士,是典型的自传诗。他还用诗《诀世语七首》作遗嘱,交代自己的后事。

（二）戏剧

塞万提斯不仅是小说家、诗人,同时还是戏剧家。当他七八岁在耶稣会学校读书时,就迷上了戏剧。这时家住科尔多瓦,常有外来的木偶剧团演出,他常去观看,受到戏剧艺术的熏陶。约 18 岁在塞维利亚上学时,有位老师是喜剧作家,常把自己写的剧本给学生排练,然后公演,吸引一些上流社会的人来看,这促生了塞万提斯的戏剧创作欲望,他开始写作剧本。写了哪些剧本,已无从查考,只知从 1580 年到1586 年间,写的剧本有二三十部,有喜剧也有悲剧。保存下来的除《八出喜剧和八出幕间短剧集》外,还有单篇的《奴曼西亚》和《阿尔及尔的交易》两部。这是至今能看到的塞万提斯的戏剧创作的全部成果。汤显祖的文化建树也是多方面的,戏剧成就为他赢得世界戏剧大师的盛誉。他家有藏书 4 万多卷,不仅有经史子集、古文辞赋,而且还有举世难寻的元人院本千种。他从小读了不少元人院本,精彩处都能一一背诵。其父辈都有弹琴拍曲的爱好,尤其是他的伯父年轻时从事过戏曲活动,归家后还常在月朗星稀的夜晚弹琴拍曲唱戏。汤显祖青少年时,有宜黄人谭纶好戏曲,在浙江台州任太守(后升兵部尚书)时训乡兵抗倭寇,爱好当地海盐腔,父死回家守制,带军中海盐腔戏班回宜黄传教唱弋阳腔的宜黄戏艺人。该腔后与宜黄土调乡音结合成宜黄化的海盐腔,从业艺人发展有千余人,临川为这一新腔剧种的传播活动中心。汤显祖在家庭与乡里的文化环境中接

---

① （明)钱谦益《汤遂昌显祖传》,《汤显祖集全编》附录。

受了戏曲艺术熏陶。他故乡朋友中,不少都是擅登场演唱的戏曲爱好者。处女作《紫箫记》就是他与少年时代结社朋友在南京会聚时自编自演的消遣之作。

塞万提斯从事戏剧创作的重要原因是经济拮据。被海盗囚禁五年回到马德里的塞万提斯处于失业状态,这时西班牙的戏剧蓬勃发展,马德里已有了两座固定露天剧场,剧场经理每每要不断换剧本。塞万提斯认为写戏能较快在文学上获得成功并有好的经济收入,便从写诗转到写剧本。塞万提斯对自己的编剧才华颇为自负:"我写了二三十个剧本,却从未在舞台上丢人现眼,也没有人对它们喝倒彩、扔垃圾。"[1]汤显祖是进士出身的官员,志在政治大局上干"变化天下"的大事,奈因仕途壮志未酬,又深谙戏曲这一艺术形式的社会功能,于是他要用戏剧来救世,通过戏剧情节打动人的情感,唤醒人们对现实世态的觉悟。他的剧作"有讽有托",从小试牛刀的《紫箫记》开始就敢于触及时事,干预生活。他的"临川四梦"都是政治戏。"四梦"完成后,"把人情世故都高谈尽",寄望"世上人梦回时心自忖",胸中块垒既得到宣泄,就没有必要再写戏,故他的剧作不多,只有四部半传奇。

塞万提斯戏剧的一大特点是向现实世界取材。他以被俘到阿尔及尔期间的囚徒生活为题材,创作的剧本有喜剧《阿尔及尔的交易》《被囚禁在阿尔及尔》《西班牙美男子》和《伟大的苏丹王后》;幕间剧《审理离婚案件的法官》也是生活的写照。他也向历史事件取材,如悲剧《奴曼西亚》便取材自公元前罗马军队入侵西班牙的真实历史事件。另一个特点是塞万提斯的剧本和小说之间是存在一定的内在联系的。例如,幕间短剧中的《吃醋的老汉》出现在《训诫小说集》里为《妒忌成性的厄斯特列马杜拉人》。汤显祖的"临川四梦"取材唐传奇小说和明代话本进行脱胎换骨的再创造,但也有将自己的生活经历插入剧中。如《牡丹亭》的《劝农》一出,是他在遂昌任知县下乡劝农生活的写照;

---

① [西]塞万提斯《八出喜剧和八出幕间短剧集·序》,转引自陈众议《西班牙文学——黄金世纪研究》,译林出版社,2007年。

《南柯记》中的《风谣》一出,是他从政实践与治世理想的艺术寄托;其处女作《紫箫记》以杜黄裳影射当朝首辅张居正,道出了张居正学禅的生活经历;《邯郸记》的《夺元》一出中崔氏用金钱行贿朝中权贵,致卢生在会试中从"落卷中翻作第一",这是对他会试中拒绝首辅张居正结纳而落第经历的影射。

在艺术手法上,塞万提斯在《奴曼西亚》一剧中用死尸亡魂出场,营造阴森恐怖、令人毛骨悚然的舞台气氛和惊心动魄的艺术感染力;汤显祖在《牡丹亭》的《冥判》《魂游》《幽媾》《欢挠》《冥誓》等出中都出现鬼魂和阴曹地府,但汤显祖笔下杜丽娘的鬼魂是完全美化和理想化了的,是作者理想中"情之至"者的影子,故没有恐怖可怕之感。塞万提斯为了拓展戏剧的表现空间,还在喜剧《争美记》中塑造了墨林术士的幽灵,以荒诞的形式,讽刺了当时盛行的骑士小说;汤显祖的《南柯记》和《邯郸记》,用荒诞离奇的梦境,揭露官场的险恶,感叹"人生如梦"。

(三)杜丽娘与堂吉诃德

汤显祖是世界戏曲大师,代表作是《牡丹亭》;塞万提斯被尊为欧洲近代现实主义小说先驱,代表作是《堂吉诃德》。《牡丹亭》的主人公杜丽娘是二八妙龄的官宦人家的少女;《堂吉诃德》的主人公堂吉诃德是一个50多岁的下等的乡村绅士。现将这一东一西、一老一少、一男一女两个不同文学样式的主人公扯到一起,来考察一下他们的相通之处。

1. 创作动因

汤显祖身处程朱"存天理,灭人欲"为官方正统的理学时代,因政治失意,"胸中魁垒,陶写未尽,则发而为词曲"①。他创作《牡丹亭》,借梦境的创设,"因情成梦,因梦成戏"(《复甘义麓》),塑造了杜丽娘这个人物形象,通过其对自由爱情的炽热追求,达到宣扬"灭天理,存人欲",以"情"反"理"的目的。塞万提斯渴望功名,追求人人平等的人文

① (明)钱谦益《汤遂昌显祖传》,《汤显祖集全编》附录。

主义理想,在疆场上拼搏,与恶势力抗争,却终生贫困,受尽苦难和屈辱。他的理想与残酷现实之间的差距永远无法弥合,于是通过艺术创造和艺术想象写出了《堂吉诃德》,展现了他追求的人文主义理想。塞万提斯自己说:"堂吉诃德为我一人而生,我为他一人而活;他行事,我记述,我们两人融为一体。"骑士文学是盛行于中世纪西欧的封建世俗文学,在塞万提斯生活的年代虽大势已去,但西班牙的专制王权还在用骑士的荣誉和骄傲鼓动封建贵族去建立世界霸权,美化封建关系的骑士文学的幽灵并未散去,还在侵淫人的思想,在社会中作祟。塞万提斯憎恨骑士制度和美化这种制度的骑士文学,于是写作《堂吉诃德》"攻击骑士小说","把骑士小说的那一套扫除干净"①,让人们从脱离现实生活的无边无际的幻想里觉醒过来。

2."理之所必无,情之所必有"

汤显祖笔下的杜丽娘因塾师讲授《诗经·关雎》"讲动情场",在梦中与一书生柳梦梅幽会,醒后寻梦中情人不得相思而亡。三年后,梦梅赴京应试,借宿梅花观中,与丽娘鬼魂再度幽会。柳梦梅依丽娘嘱咐掘墓开棺,杜丽娘起死回生,有情人终成眷属。杜丽娘的这种因"梦而死","死而复生"的幻想情节在现实环境里是不可能实现的,是"理之所必无",可是在梦想、幻游的境界里,她终于摆脱了礼教的束缚,实现了梦寐以求的愿望。也就是说,从情的角度来看,至情所到,金石为开,任何人间奇迹都可能发生,为"情之所必有"。沉迷于读骑士小说的堂吉诃德,见耸立风车当凶恶的巨人,便持长矛刺去,被转动的风车抛到空中;路见两队羊群却视作两支交战的大军,便冲上去攻打其中一方;把皮酒囊当作巨人的头颅,把羊群当作魔法师的军队。在他眼里,处处有妖魔为害,事事有魔法师捣乱,因此他到处不分青红皂白,对着臆想出来的敌人横冲直撞,乱劈乱刺。这种以幻想取代现实,按常理来看实属荒诞无知,滑稽可笑,为"理之所必无"。然塞万提斯创作这部小说的意图"是要摧毁骑士文学在世俗间的信用和权威","把

_____

① [西]塞万提斯著,杨绛译《堂吉诃德》上册"前言",人民文学出版社,1978年。

骑士文学的万恶地盘完全捣毁"。堂吉诃德那种脱离现实、荒谬绝伦的骑士行为,正说明了骑士小说是"荒谬绝伦"的,应该将其"地盘完全捣毁",岂不是"情之所必有"。

3. 梦幻与爱情

汤显祖戏剧最大的特点是以"梦"为剧情的中心,故他的四部传奇戏曲叫"临川四梦";塞万提斯的小说《堂吉诃德》的情节不是因梦而展开,然堂吉诃德其实也是在做梦,做的是"骑士梦"。一部《堂吉诃德》就像汤显祖的后"二梦"一样是个长梦。堂吉诃德因游侠行为屡遭失败而醒悟,即是他"骑士梦"的觉醒。杜丽娘的梦幻爱情起于人的青春觉醒,从"惊梦"到"寻梦",从梦里到现实,从人间到地府,出生入死,最终回到现实是在皇帝的介入下得以"圆梦",表达了对人的天然之情的执着追求;堂吉诃德的爱情连梦幻都没有,完全是他的主观想象,只是柏拉图式的精神爱恋,因为他想象中的心上人杜尔西内亚从来就没有出现过,但堂吉诃德无论得意或失意、寂寞还是热闹时都想到她,并为她却受尽了磨难,尝尽了屈辱,实为可笑、可悲又可叹!

4. 悲剧还是喜剧

《牡丹亭》是悲剧还是喜剧一直争议不断。临川人游国恩教授认为"全剧笼罩着一股悲剧的气氛"[1];赵景深教授肯定《牡丹亭》是悲剧[2];我追随赵老,认为"杜丽娘为情而死是悲,为情死而复生还是悲。回生后父亲不仅不惊喜,还坚决不肯和女儿女婿相认,并斥女儿为'色精'。柳梦梅中了状元还遭岳父的吊打,即便是在皇帝面前丽娘理清了生死事实的真相,顽固的杜宝仍不肯释怀,丽娘只得痛哭呼喊'爹啊!'在皇帝的压力下,杜丽娘一家虽勉强团圆了,但留下疑虑与悲伤,留下父女、夫妻和翁婿之间没有完全缝合的情感裂痕。这种团圆是悲剧的团圆"[3]。而郑振铎先生认为《牡丹亭》"是一部离奇的喜

---

① 游国恩等编《中国文学史》,人民文学出版社,1993 年,第 92 页。
② 赵景深《〈牡丹亭〉是悲剧》,《江苏戏剧》1981 年第 1 期。
③ 龚重谟《汤显祖大传》,上海人民出版社,2015 年,第 232 页。

剧"①；陆炜先生则说上半部只有杜丽娘感梦而亡的几出有"一定的悲剧意味"，其他场都是"喜剧性的"②；叶长海教授说《牡丹亭》是"充满着凄艳的风趣和幽默的色彩，又交织着沉郁怨苦和悲伤的情调的悲喜剧"③。是喜剧还是悲剧？见仁见智尚无定论，但叶教授说法认同者较多：塞万提斯笔下的堂吉诃德是个既充满了喜剧色彩，又富于悲剧情调的人文主义者形象。他将堂吉诃德情理之中的悲剧结果在意料之外用喜剧的形式表现出来。俄国批评家别林斯基说："在欧洲所有一切著名文学作品中，把严肃和滑稽，悲剧性和喜剧性，生活中的琐屑和庸俗与伟大和美丽如此水乳交融……这样的范例仅见于塞万提斯的《堂吉诃德》。"英国大诗人拜伦说："《堂吉诃德》是一个令人伤感的故事，它越是令人发笑，则越使人感到难过。"德国的希雷格尔把堂吉诃德精神称为"悲剧性的荒谬"或"悲剧性的傻气"；而海涅对堂吉诃德精神则"伤心落泪"和"震惊倾倒"。

从艺术手法上来看，杜丽娘和堂吉诃德都是悲喜剧的结合体，都具有喜剧外套下的悲剧内涵。

五　文学主张

塞万提斯与汤显祖不仅是文学作家，同时还是有建树的文艺理论家。他们都没有文论方面的专著，塞万提斯的文学观念仅散见于其大量作品及其序言里；汤显祖的文学主张散见他的剧本题词、序跋、书信、文章以及对一些著作的评点中。他们所触及的都是文学创作中最为重要最为核心的理论问题。

第一，塞万提斯主张文学必须"摹仿自然"。在《堂吉诃德》的序言里，他借朋友之口说："它（《堂吉诃德》）所有的事只是摹仿自然。自然

---

①　郑振铎《插图本中国文学史》，人民文学出版社，1963年，第861页。

②　陆炜《下半部〈牡丹亭〉浅谈》，《剧影月报》1992年第9期。

③　叶长海《〈牡丹亭〉的悲喜剧因素》，《中国古典悲剧喜剧论集》，上海文艺出版社，1983年。

是它唯一的范本;摹仿得愈惟妙惟肖,你的书也愈加完美。"又借小说人物之口说"戏剧应该是人生的镜子","戏剧的原则是摹仿真实"①,等等。塞万提斯所说的"自然"即生活的真实,强调文学必须真实地反映现实,反映人生。塞万提斯的"摹仿说"来源于古希腊哲学大师亚里士多德提出的诗只能"摹仿行动"的论断,但塞氏用自己的创作实践,将摹仿的对象由人的行动扩展到人的情绪和心理,乃至整个自然界。因此塞万提斯所说的"摹仿"意味着"再创造",是对亚里士多德"摹仿说"的继承与发展,为旧的理论赋予了全新的活力与生命力。汤显祖则主张文学创作"主情说"。他认为"世总为情,情生诗歌"(《耳伯麻姑游诗序》),文学是人的思念、欢乐、怒怨、愁苦等各种真实自然情感的宣泄。这种"情""感物"而起,"缘境起情,因情作境"(《临川县古永安寺复寺田记》)。前一个"境"是指社会生活,即生活真实;后一个"境"是指作品的艺术环境,体现在他的戏剧创作中即"因情成梦,因梦成戏"。汤显祖提倡"文章之妙,不在步趋形似之间。自然灵气,恍惚而来,不思而至",要求作品"尚真色",抒"真情","不真不足行",作者要"意有所荡激,语有所托归"(《点校虞初志序》);戏剧作品要达到"入人最深,遂令后世之听者泪,读者颦,无情者心动,有情者肠裂"(《焚香记总评》)的效果。汤显祖还认为,时代是不断发展的,艺术作品应"文情不厌新"(《得吉水刘年侄同升书喟然二首》);"文情"的"新",体现在"因"(继承)"革"(创新)关系上,既不能"因"而不"革",一味拟古,也不可"革"而不"因",割断历史,自我作古。

如果说,塞万提斯的"摹仿说"是追求真头自然,对泛滥丁社会的骑士文学轻靡浮躁的文风进行抨击,摒弃落后文学形式,倡导人文主义精神的话,那么汤显祖的"主情说",则是对他所处的嘉靖、万历年间以李攀龙、王世贞为首的"后七子"打出"文必西汉,诗必盛唐"的口号,将文学创作引向模仿抄袭的邪路的批判。这种"情"在思想上是对程朱正统"理"学的挑战,为被禁锢的人的个性解放吹进了春风。

---

① [西]塞万提斯著,杨绛译《堂吉诃德》,第437—438页。

第二,塞万提斯强调文艺具有"娱人"和"教人"的社会功能。他认为,文艺要能"唤醒一切热情"。一部精心结构的戏,"诙谐的部分使观客娱乐,严肃的部分给他教益,剧情的发展使他惊奇,穿插的情节添他的智慧,诡计长他识见,鉴戒促他醒悟,罪恶激动他的义愤,美德引起他的爱慕",能"供人民正当的娱乐,免得闲暇滋生邪念"①。汤显祖在《宜黄县戏神清源师庙记》中则对戏曲寓教于乐的社会功能做了极其精彩的描述:"使天下之人无故而喜,无故而悲。或语或嘿,或鼓或疲,或端冕而听,或侧弁而咍,或窥观而笑,或市涌而排。乃至贵倨弛傲,贫啬争施。瞽者欲玩,聋者欲听,哑者欲叹,跛者欲起。无情者可使有情,无声者可使有声。寂可使喧,喧可使寂,饥可使饱,醉可使醒,行可以留,卧可以兴。鄙者欲艳,顽者欲灵。"戏曲这种艺术甚至能解决政治家解决不了的问题:"可以合君臣之节,可以浃父子之恩,可以增长幼之睦,可以动夫妇之欢,可以发宾友之仪,可以释怨毒之结,可以已愁愦之疾,可以浑庸鄙之好。……孝子以事其亲,敬长而娱死;仁人以此奉其尊,享帝而事鬼;老者以此终,少者以此长。外户可以不闭,嗜欲可以少营。人有此声,家有此道,疫疠不作,天下和平。岂非以人情之大窦,为名教之至乐也哉。"他认为戏道是"名教",戏神清源师与儒、释、道三教教主地位同等,应为他建庙立祠。

第三,在表现方法上,塞万提斯主张语言"简明、朴实、雅训、恰当","力求文章能悦耳和谐,能表现你的主旨,意思能明白易晓,不至流于芜杂或晦涩"。情节要求做到完整无缺,反对骑士书的"支离破碎",风格要求"自然愉快",反对骑士书的"粗犷"和"荒诞"。汤显祖对表现方法的论述要比塞万提斯丰富得多。最著名的是"凡文以意趣神色为主"。"意"指作品立意;"趣"指作品中情节新颖奇特;"神"指作品传神、有韵味;"色"是辞采,也就是语言。对戏曲"出之贵实"(以现实为依据),"用之贵虚"(合理的虚构)。在语言上,他自己有不断的探索过程:《紫箫记》辞藻华丽,骈四俪六,被批评为"此案头之书,非台上之

---

① [西]塞万提斯著,杨绛译《堂吉诃德》,第439页。

曲";改作《紫钗记》,脱胎换骨,语言上仍有"沉丽之思",但已克服了骈俪之病;《牡丹亭》的问世,"于本色一家,亦惟是奉常一人——其才情在浅深、浓淡、雅俗之间,为独得三昧"①;"二梦(《紫钗记》《牡丹亭》)已完,绮语都尽"(《答罗匡湖》),即华美绮丽的语言已然用尽,因而《邯郸记》与《南柯记》的曲词都比较淡雅本色。

汤显祖与塞万提斯两位文学大师,他们在东西方不同的区域心息相通,不谋而合,用亲身大胆的创作实践,取得登峰造极的文学成就,又总结出了具有代表时代前进方向的文学理论,给后世文坛以积极深远的影响。

六　唏嘘的身后

塞万提斯一生历尽坎坷,穷困潦倒,为谋生,他干过各种工作,做过布匹贩卖营生,也当过掮客类的中间人,甚至为卖唱乞丐编写歌词以分享一口饭食。直到晚年依然经济拮据。为了缓解生活困境,他在57岁时将《堂吉诃德》书稿卖给书商。在去世的前两年,不仅完成《堂吉诃德》第二部的写作,还写了另一个长篇《贝雪莱斯和西吉斯蒙达历险记》,虽比不上《堂吉诃德》但也被认为是"精彩之极"的书。汤显祖也是穷老蹭蹬,"白头还是债随身"。他不失操守,以高洁玉茗花自喻,不去拜官府,也不作客打秋风。从"平昌赤手而归","弃一官而速贫",为"治生诚急",他"不得已"为认识与不认识的"村翁寒儒"作"小墓铭时义序"之类的"承应文字",令他文学"声价颇减"。他虽没有小说创作,但对小说集《虞初志》和《续虞初志》进行了评点推介,扩大了该书的影响与价值。他还花了很多时间,修订《宋史》,校订《册府元龟》等史书,对新的文学样式词集《花间集》进行评点,提高了词学地位。这些成果体现了汤显祖的文化建树的多方面。

---

① (明)王骥德《曲律·杂论》,中国戏曲研究院编《中国古典戏曲论著集成》(四),中国戏剧出版社,1959年。

塞万提斯在长期的劳累中身患肝水肿和肝硬化,1616年4月22日在贫病交加中逝于马德里;汤显祖因父母接连去世,"创巨痛深","颓惫眩瘠,无复人形",1616年7月29日(据徐朔方考证)在玉茗堂溘然长逝。在弥留之际,塞万提斯还为长篇《贝雪莱斯和西吉斯蒙达历险记》写了"献词",成了他的绝笔。汤显祖则写下了具有反世俗传统的《诀世语》"七免":免号哭、免请僧人念佛超度、免用牲畜祭祀、免烧化纸钱、免写长篇奠章、免好棺木、免久厝延搁尽快埋葬。这体现了他真正看透人生的豁达态度和广阔胸怀。而他回给门人甘声伯的问病信和诗《忽忽吟》,则成了他的绝笔。

塞万提斯逝后被草草安葬在马德里蛙鸣街的三位一体赤足教团修道院墓地,连墓碑也没有立,只有他的朋友乌尔维纳用诗为他写了墓志铭,可后来因修道院的翻修竟连坟茔也长期下落不明。在塞氏去世200多年后的1835年,马德里才为他建立了一座纪念碑,将《堂吉诃德》中的堂吉诃德和侍从桑丘两个人物高立雕像在马德里广场。直到2015年3月17日才从马德里传来消息,说塞万提斯的遗骸已在马德里市中心的特里尼塔里亚斯教堂内找到。汤显祖逝后归葬祖坟灵芝山。他的墓茔比塞万提斯更为不幸:"甲申(1644)鼎革",明亡清兴。清兵攻克抚州,汤家灵芝山家族墓葬群被"蹂践且平",汤显祖的墓连墓碑都没有。光绪二十九年(1903)清明,临川知县江召棠为汤重立了新碑,并亲自撰写了碑文。"文化大革命"中,汤公的墓碑被当作"四旧"砸烂,墓冢也被挖(据笔者调查挖出不少瓷碗,未听说挖出骸骨),后来在墓地盖起了冰棒厂。到1982年为纪念汤显祖逝世366周年,当地文化部门在没有挖到汤的遗骸的情况下,将汤墓迁到城西人民公园内。汤公遗骸今落何处? 2017年8月28日江西省文化厅和抚州人民政府发布新闻:考古发现城东灵芝山汤显祖家族墓园,有明清汤家六代墓葬42座,其中一座确定是汤显祖墓。然开挖后未见遗骸,只得"义仍汤公之墓"残碑一块,刻有"汤临川玉茗先生之墓"压棺石两截,连墓志铭也没有,令人唏嘘! 汤显祖的遗骸何去处? 我在10年前发表过一篇小文《沧桑兴毁汤公墓》,对汤显祖的墓做过这样的推断:

"《文昌汤氏宗谱》载《祖基复还记》中说，1645 年战乱汤家墓冢遭'蹂践且平'，有可能就已被毁。如果这次仅是将墓的表面蹂践平，那么汤墓至今也许还在灵芝山被镇在冰棒厂之下。"[1]我希望抚州有一天也能像西班牙马德里寻找塞万提斯遗骸一样出现奇迹，向世界宣布：汤显祖的遗骸已找到。祝愿这一天能早日到来！

结　语

　　汤显祖与塞万提斯可做比较研究之处很多，他们都怀有建功立业的政治理想，因壮志难酬而从事文学创作。他们命运多舛，经历坎坷，生活困顿，精神压抑，却给人类留下了极为宝贵与丰厚的文化遗产。他们今天能为世人如此尊崇，固然是因他们的文章，然又不完全是，还有为世人所倾慕的高洁品格，永不向恶势力低头的铮铮铁骨。晚清光绪年间的临川知县江召棠为汤显祖重立墓碑同时还竖了一副石刻题联对其做了评价："文章超海内，品节冠临川。"今天的汤显祖已和塞万提斯、莎士比亚并肩为联合国教科文组织通过的世界 100 个文化名人之一，我要将这副楹联改动一下用作对汤显祖与塞万提斯两人的表彰："文章超海内，品节扬全球。"塞万提斯的墓地虽没有墓碑，但有他的朋友乌尔维纳用诗为他写的墓志铭：

　　　　　　　行人，旅行者，
　　　　　　　塞万提斯葬在这里；
　　　　　　　泥土盖没了他的肉体，
　　　　　　　没有盖没他的名字。
　　　　　　　总之，他走完了他的路；
　　　　　　　但是他的名声没有死去，
　　　　　　　他的作品没有死去，

---

①　《汤显祖研究通讯》，2008 年第 1 期。

> 它是毋庸置疑的瑰宝，
> 它可以从这种生命，
> 走向另一种生命，
> 没有遮掩的面孔。

汤显祖的墓没有挖出墓志铭，后人保存的两部清代《文昌汤氏宗谱》也没有他的墓志铭的记载，乌尔维纳用诗为塞万提斯写的这篇墓志铭正可作汤显祖墓志铭的代言，因为它道出了人们的心声：泥土盖没了他们的肉体，没有盖没他们的名字。这两位世界文化巨匠走完了他们的路；但是他们的名声没有死去，他们的作品没有死去。他们是世界文化的瑰宝，已从这种生命走向了另一种生命！

作者单位：海南省文化广电出版体育厅史志办

后汤显祖时代与新常态

邹元江

　　2016 年密集的汤显祖逝世 400 周年纪念活动结束后，汤显祖研究开始进入后汤显祖时代。所谓"后汤显祖时代"也即在 2016 年汤显祖被过度关注消费之后，在相当长的时间里汤显祖研究、汤显祖剧目表演会进入一个沉寂期。这就是后汤显祖时代来临的显著标志。历史上这种因特定的节点、特殊的背景被过度关注、阐释，甚至消费的对象比比皆是，甚至有的对象从此一蹶不振，再无人问津。这是学术研究的非常态现象。其起因往往不是关注文学艺术自身，而是出于更多政治的需要、政绩的考量和意识形态的诉求。所以，如何避免汤显祖研究的"后"时代沉寂期的非正常状态的重演，我们很有必要将汤显祖研究带入新常态。所谓"新常态"就是要理性回归汤显祖学术研究、剧目表演、传播交流的常态，从纪念性、政府主导型回归到学术性、民间自觉型。这涉及几个最基础的常态化视域，如：《才子牡丹亭》《玉茗堂书经讲意》等难点课题研究，抚州、遂昌、徐闻汤显祖研究中心资料库建设（纸本库存、电子版上网），申报汤显祖研究期刊公开发行等基础研究专题化；抚州汤显祖戏剧节，"临川四梦剧团"人才培养及纪念地固定演出等汤显祖剧作演出常态化；"临川四梦"剧目参加英国爱丁堡戏剧节、法国阿维尼翁戏剧节，汤莎剧目联袂世界巡演进校园，汤莎图书音像联展，汤莎剧目中英校园工作坊，汤莎专家中英高校系列讲座等域外传播民间化等。而这其中最为基础性的是如何组织汤显祖专家专题考察探讨抚州汤显祖祖居纪念地问题，南京汤显祖文化空间建构问题，大庾《牡丹亭》的故事来源地问题，徐闻、遂昌汤显祖文化空间拓展问题,统一设立永久性纪念遗址标志、各汤显祖纪念馆地域特色陈列展及汤显祖生平行迹考察线路等汤显祖遗址建设的系统化问题。

一　关于抚州汤显祖祖居纪念地的问题

我们先来看徐朔方基于文献对汤显祖祖居地的几则陈述。第一则,徐朔方说:"走出府城东门,经过横跨汝水的文昌桥,来到文昌里。这就是汤显祖的祖居所在。门联上大书:'北垣回武曲,东井映文昌。'隔江和城北的关帝庙(武曲)相望,东井连接着文昌桥。对联为住宅提供正确的方位。'武曲''文昌'又表明家族对于子孙的殷切期望。石造的文昌桥上有一排骑楼那样的长廊,俯临江流,气势雄伟。东北是钟楼高耸的正觉寺,王安石曾为它的篝龙轩题词。江边绿树葱茏,景色幽美。汤家附有一片园林,桃李春艳,桔栗秋实。疏桐迎风,修篁滴露。棕榈芭蕉,高下相映成趣;鱼池桑圃,不失农家本色。这是不脱离生产、所谓耕读传家的一户乡绅地主。明世宗嘉靖二十九年八月十四日卯时,即公元 1550 年 9 月 24 日清晨 5 时许,汤显祖就在这里诞生。"①

第二则,徐朔方又说:"汤显祖的祖居在抚州文昌桥外。至迟当他童年时,城内香楠峰下唐公庙附近就设有他家的学塾。在 23 岁那年除夕②,祖居遭受火灾。《吾庐》诗说:'十载居无常。'可能这时家塾逐渐改成住所。③后来赫赫有名的玉茗堂由此而草创。"汤显祖"遂昌弃官回来之后新买一所旧宅,恰好和家塾连成一片。这才奠定后来玉茗堂的格局,成为它主人常用的名号。整个家园占地约五市亩,大体呈矩形,每边 60 米左右。从此以后,他的弟弟留居祖宅,汤显祖则定居

---

①　徐朔方《汤显祖评传》,南京大学出版社,1993 年,第 4—5 页。
②　隆庆六年(1572)。汤显祖第一次春试不第的第二年。
③　汤显祖诗《岭外初归,读王恒叔点苍山寄示五岳游,欣然成韵》"临川小筑寄香楠"可证。

在城内。玉茗堂既是家园的总称,又是其中一个具体的厅堂名。……中国古代的南方住宅大都由家和园两部分组成。园子往往比住房大。汤显祖诗文集中提到的城内住宅有玉茗堂、清远楼、金柅阁、芙蓉西馆四处。《家谱》卷附有康熙年间的《抚郡汤氏廨宇规模记》,除以上四处外,还有兰省堂、寒光堂、毓霭澄华馆、四梦台。《抚州府志》还加上一座揽秀楼。"①也即,汤显祖玉茗堂是他退隐后经前后十年的扩建才完成的。康熙年间所记的汤家规模不是汤显祖生前的住宅。他的第三个儿子开远曾任南直隶按察司副使监安庐二郡军,正四品,《明史》有传,应当比他父亲富裕很多。兰省堂的命名和监军职务有关。而寒光堂是开远的堂名。

由以上的记载,我们该如何规划汤显祖的纪念地呢? 第一,城外的文昌里虽然是汤显祖的出生地,也是汤显祖家族的墓葬地(新近发掘),但汤显祖却是在城内的玉茗堂逝世的(万历四十四年六月十六日,即1616 年 7 月 29 日),而对汤显祖和世界而言,"玉茗堂"的名气及影响更大,所以,对汤显祖纪念地的保护和还原,不能只在文昌里祖居地、墓地加以大规模开发,这不符合历史事实。第二,需要重新规划还原汤显祖的家塾及玉茗堂的家和园。这个家园中的"家"也很逼仄。杨恩寿在《词余丛话》卷三说:"汤若士居庐甚隘。鸡栖栅之旁俱置笔砚。"这个家园中的"园"按照汤显祖诗的描写,除了一口有金鱼、荷花的池塘外,园中只有杨柳、芙蓉,没有假山和园林布置。汤显祖的诗《平昌齐发弟子数人从师吴越,里居稍有来问者二首》曰:"今朝得见柴桑叟,洛日寒园自荷锄。"《扫除瓦砾成堆,偶望达官家二首》诗曰:"偶然开扫到池林,瓦砾堆高一丈深。"这与江南一般的达官贵人的"园"子是很不同的,相当寒酸,有农家气息。第三,按照文化遗产的要求,应重新考虑汤显祖家园文化空间、文化场所的一体化构筑,形成抚州抚河两岸汤显祖文化走廊绿色通道,将具体的纪念地文化场所(汤显祖及其家族墓地、祖居、骑楼长廊文昌桥、家塾、玉茗堂及其附属建

---

① 徐朔方《汤显祖评传》,第 111—112 页。

筑、沙井巷、纪念馆、汤显祖大剧院等)放在更大的汤显祖文化空间
(南京汤显祖遗迹、大庾汤显祖记忆、徐闻贵生书院、遂昌遗爱祠等)
里整体布局,形成中国汤显祖文化空间概念,作为中国文化符号整
体推向世界。

二 关于大庾《牡丹亭》的故事来源地问题

2016年7月29日浙江卫视播出文艺专题片《汤显祖与牡丹亭》
上下集,提到大庾是《牡丹亭》故事的来源地。话本《杜丽娘慕色还魂》
与《夷坚志》记载的故事内容情节大同小异,足以推断《夷坚志》是话本
《杜丽娘慕色还魂》的来源和雏形。而且该话本正文的开头有一首诗
"闲向书斋览古今,罕闻杜女再还魂。聊将昔日风流事,编作新闻励后
人",更是直言不讳地说话本是闲着无事的时候浏览书斋,将"昔日"的
"风流事"演绎而编撰出来的。实际上,宋、元、明许多话本都是以《夷
坚志》《太平广记》等书籍记载的内容为蓝本写出的。万历十九年
(1591)汤显祖上奏了一道《论辅臣科臣疏》。皇帝朱翊钧大怒,把他贬
职到徐闻县去做小官。这是汤显祖第一次经大庾过梅岭;半年后汤显
祖升调浙江遂昌,又一次经大庾过梅岭,并在大庾逗留了一段时间,在
与当地贤达文人的闲聊中,汤公了解到大庾的历史和人文环境,了解
到《夷坚志》中谪居南安的邵宏渊笄女死后化成鬼魂,在当地宝积寺与
谪官解太尉之孙保义郎情爱事、流传于民间的故事、《杜丽娘慕色还
魂》的故事。他把这些民间流传故事、古籍记载故事、话本故事穿插、
糅合在一起,一个戏剧故事"杜丽娘牡丹亭还魂"的框架在他的胸中逐
渐构成。《夷坚志》所记南安府大庾人鬼情爱故事和流传在大庾的民
间传说,既是话本《杜丽娘慕色还魂》的源头,也是《牡丹亭》故事最早
的源头。大庾是《牡丹亭》故事的来源地应当无疑。1963年著名的现
代戏剧活动家、剧作家田汉偕同郑君里、周贻白在南昌观看赣剧《还魂
记》后,兴致勃勃专门到大庾来考察《牡丹亭》故事的发生地,写下诗句
"留得牡丹亭子在,晶莹应不让金沙",明确说到大庾是《牡丹亭》故事

的来源地。当然,关于这个重要问题,汤显祖学会还应专题召开研讨会加以深入研究论证。

三 关于徐闻、遂昌汤显祖文化空间的拓展问题

2016 年 6 月 22 日,由广东省人民政府文史研究馆与中共徐闻县委员会、徐闻县人民政府联合举办的"岭南行与临川梦——汤显祖学术广东高端论坛"在广东徐闻举行,来自全国各地的 30 余位专家学者与会。这是中华人民共和国成立以来徐闻首次举办全国性的汤显祖学术研讨会,是新世纪汤显祖研究热潮中出现的令人鼓舞的新亮点。但鉴于过去学界对汤显祖的徐闻行迹关注不够,未来如何更加具有学理性地构建和拓展徐闻汤显祖文化空间,这是急需汤显祖学界与徐闻县政府通力合作认真研究的。

明代大戏剧家汤显祖曾经在遂昌当了五年的县太爷,在那儿留下了美名,直到现在,遂昌人士还非常怀念他,有很多遗留物。1598 年,在遂昌县令位上已经五年的汤显祖因不满朝廷在遂昌开金矿加重百姓税赋,加之朝廷中有人对他的升迁作梗,他愤然挂冠离去。当地百姓思念他,十年间曾两度推举画师赴汤公的故乡临川为其画像,携归悬于专门为他所建的生祠内以志纪念。此后历任县令以前任为为官楷模,作《遗爱祠记》以共勉。如今,400 多年过去了,门额上书有"遗爱祠"三个字的祠堂的一面门墙尚存。原为俞平伯收藏的清道光年间江都陈作霖所临摹的汤显祖画像珍本也是目前唯一存世的汤公画像。汤显祖为遂昌留下了 278 首(篇)诗(185)、文(17)、赋(1)、哀辞(1)、像赞(4)、尺牍(70)。非常耐人寻味的是,当年汤显祖曾因向遂昌京官项应祥家族征赋税与这位当朝谏议大夫有过过节,但几百年后项氏的后人项兆丰在晚年拖着病体,从 1996 年 6 月开始,披阅十年,行程数万里,在全国各大图书馆查阅资料,数易其稿,终于在 1998 年 6 月内部初印《汤显祖遂昌诗文全编》成书,2000 年正月重印一次,2002 年初由浙江省文化厅艺术科研项目资助印制了修订本,2003 年 5 月又出了

四印本,2004 年 3 月又出《汤显祖遂昌诗文全编补正稿》,2006 年 7 月为迎接遂昌召开汤显祖国际学术研讨会自费再出修订六印本。这六个印本共 3 000 册。汤显祖曾在此"借俸著书",一般认为这所"著"之"书"即被列为世界百部名著之一的《牡丹亭》。

遂昌将汤显祖纪念活动纳入县域文化发展战略,起步于新世纪之初。2000 年 8 月 23—25 日在大连外国语学院召开的纪念汤显祖诞辰 450 周年国际学术研讨会暨中国汤显祖研究会成立大会上,遂昌县的宣传部部长王凤琴女士、文联主席包建国先生当即邀请与会专家次年到遂昌召开中国汤显祖研究会第一次年会。自 2001 年中国汤显祖研究会在遂昌召开了第一次年会之后,遂昌县就开始目标明确地打造"《牡丹亭》原创圣地"汤显祖文化品牌。这包括以下几个方面的重要举措:首先,2004 年冬季,县政府制订了《汤显祖文化发展规划》,向全世界"汤学"专家请教,并请专家签名支持将中国戏曲学会汤显祖研究会会址落在遂昌县汤显祖纪念馆。这个设想在 2006 年得以挂牌实现。第二,县财政每年拨付 100 万元专款用于打造遂昌县汤显祖文化系列基础设施,包括启明楼,金缕茗楼,汤显祖公园,汤显祖当年纵囚观灯河桥沿岸系列亭台、人物雕塑、《牡丹亭》曲文柱廊道景观,汤显祖纪念馆前古街修缮、牌楼营建等。第三,2004 年在县政府的支持下创办了由周育德主编、由笔者执行主编的国内外唯一一种"汤学"学术同人期刊《汤显祖研究通讯》(从第 21 期起更名为《汤显祖研究》)。该刊每期印制 3 000 册,国内外著名高校图书馆、相关院系、著名学者均有收藏,至今县府已为该刊投入了百万余元巨资(编辑印刷费、每万字千元的稿酬、邮寄费等),这就是一个只有 23 万人口的浙江省最偏远不发达的小县为世界所做的一件功德无量的"大事",也只有有几百年深厚的"汤公情结"的遂昌人才会如此心甘情愿地斥巨资"讲述一个不是遂昌人的遂昌故事"。到如今该刊已出刊 28 期,总计约 400 万字。2016 年为纪念汤显祖逝世 400 周年,由周育德和笔者主编在人民出版社出版了 125 万字的《汤显祖研究论文集萃》一书,代表了新世纪以来汤显祖研究的最新成果,在海内外产生了较大反响。第四,请上海

同济大学为 1995 年 4 月 5 日开馆的国内第一个汤显祖纪念馆①重新
设计布展,接收陈列了海内外专家捐赠的数万卷图书资料,仅胡忌先
生就捐赠了 1 万多册他所收藏的文献和昆曲评论手稿,还由专人负责
采编、购买了 6 000 余册国内外有关汤显祖的论文(包括硕博士论文)
和著作,并开通了中国遂昌汤显祖网站。第五,2006 年启动每两年一
届的汤显祖文化节,包括已举办了多次的汤显祖(莎士比亚)国际学术
研讨会、群众性彩街和演唱昆曲《牡丹亭》和《牡丹亭》昆曲曲牌"十
番"、从 2009 年加入盛大的已列入国家非物质文化遗产的"劝农"仪
式②、邀请全国各个剧种上演《牡丹亭》、举办"'牡丹亭杯'昆曲曲友演
唱大奖赛"③、开通多条汤显祖"仙县"旅游线路、创吉尼斯纪录的万人
齐唱《牡丹亭》等极为丰富的内容。

　　2010 年,浙江省遂昌县进一步开拓汤显祖研究的新局面,在浙江
大学文学院廖可斌、徐永明等教授的协助下,遂昌与莎士比亚的故乡
英国斯特拉夫德市开始接触,由此开启了汤显祖—莎士比亚文化交流
合作的序幕。2011 年 4 月 9—10 日,汤显祖—莎士比亚文化高峰论
坛暨汤显祖和晚明文化学术研讨会在遂昌成功举行。包括英、美、意、
新加坡等国及港台地区代表在内的 70 余名中外学者出席了会议,收
到论文近 60 篇。中国戏曲学会会长薛若琳、英国莎士比亚出生地基

---

①　1993 年,遂昌县政府决定筹建汤显祖纪念馆。
②　"劝农"仪式是根据《牡丹亭·劝农》一折恢复的,在每年清明前夕举行。
③　昆曲曲社一直就有曲友演唱请专家评点、评奖的传统,主要是激励曲友演唱水
平的进一步提升。近些年各曲社都举行过不同类型的曲友演唱比赛,最近规模较大的
一次是在 2014 年 4 月 11—14 日在遂昌汤显祖文化节期间举行的"中国遂昌 2014 年
'牡丹亭杯'昆曲曲友演唱大奖赛"决赛。这次大奖赛历时近一年,全世界的昆曲曲友几
千人参加了初赛、复赛。参加遂昌决赛的有 24 人。除了台北昆曲研习社外,有来自南
京昆曲社等在册的昆曲社曲友,但绝大部分曲友都来自像嘉兴玉茗曲社、杭州大华昆曲
社、深圳昆曲社、南京白下昆曲社等未在册的民间曲社或纯粹是个人爱好者。最引人注
目的是昆山淀山湖小学有五位小朋友进入决赛,其中最大的 12 岁,最小的洪奇文只有
10 岁,他的一出《西游记·借扇》在由国内顶尖的昆曲艺术家林为林、谷好好、李鸿良等
组成的评委会的认真评审下获得了唯一的金奖,浙江大学在校的博士生毋426等分别获
得了银奖、铜奖。这从一定程度上反映了近些年来昆曲在世界范围内的传承、普及和
提高。

金会会长戴安娜·欧文等参会。有 9 位来自海内外的专家发表了《莎士比亚与斯特拉福德：21 世纪的文化关联》《汤显祖与莎士比亚比较研究在中国》《汤显祖与莎士比亚：两种戏剧文化的全球视野》《浙江大学的汤显祖、莎士比亚研究》等专题报告，在国内首次将汤显祖文化和莎士比亚文化进行比较研究，加深了彼此之间的沟通。会议期间，中国戏曲学会汤显祖研究分会、浙江大学人文学院、丽水学院、英国莎士比亚出生地基金会、英国伦敦大学亚非学院语言和文化学院、英国斯特拉福德艾文学院举行了汤显祖—莎士比亚文化交流合作恳谈会，中国戏曲学会汤显祖研究分会和英国莎士比亚出生地基金会还签订了《文化交流合作协议》。这不仅增进了六方之间的友谊，也架起沟通的桥梁，搭建重要的交流合作平台，推动了政府与教科研机构和民间机构之间的良性互动。

2016 年 4 月 9—10 日，汤显祖、莎士比亚文化的当代生命国际高峰学术论坛在浙江遂昌举行。论坛由中国戏曲学会汤显祖研究分会、浙江省委宣传部、上海戏剧学院、浙江大学、武汉大学主办，丽水学院协办，遂昌县委、县人民政府承办。来自英、美、新加坡等国和台湾地区以及大陆知名高校、研究机构的 80 多位汤显祖和莎士比亚研究专家与会。英国莎士比亚出生地基金会副会长菲丽帕·罗林森，中国戏曲学会汤显祖研究分会会长周育德等做了主题发言，会议收到论文 60 余篇。会议期间，专家们还参加了遂昌汤显祖文化节开幕式、班春劝农、戏曲之夜等活动。

当然，在新时期遂昌如何在已有的高起点上拓展汤显祖的文化空间还需要进一步加以探索。

四 关于汤显祖南京文化空间的建构问题

过去，南京地区对汤显祖的关注一直较少，可事实上汤显祖与金陵有 21 年的交集，几乎占了他人生的三分之一。2016 年 9 月 19—23 日，伦敦设计节"南京周"活动展开，江苏省昆剧院与英国莎士比亚戏剧家合作在伦敦圣保罗教堂上演新概念昆曲《邯郸梦》,这是跨文化戏剧坚守戏曲主体性的成功尝试。也在同年,"南京·汤显祖跨年纪念演出"及"南京·汤显祖文化高层论坛·继往开来研讨活动"于 2016 年 12 月 31 日—2017 年 1 月 1 日在南京举行,会上提出《南京(2017—2027)纪念汤显祖行动方案》,从而开启了南京汤显祖文化空间建构的序幕。

(一)汤显祖与金陵的 21 年交集

汤显祖从隆庆五年(1571)途经南京到北京第一次春试不第(时年 22 岁),到万历十九年(1591)上奏《论辅臣科臣疏》,激烈抨击朝政被贬谪广东,5 月 16 日启程赴徐闻典史任(时年 42 岁),前后与南京有求学、任职、生活、交友等 21 年的交集:隆庆五年(1571)途经南京到北京第一次春试不第。神宗万历二年(1574)途经南京到北京第二次春试不第。万历四年(1576)他客宣城后回临川前,也曾和帅机在南京相见。后他游学南京国子监,读释典于报恩寺(上述"南京周"发布会所在地),甚至一度和帅机"比邻"而居。该年前后集南京所作诗文为《雍藻》(佚)。万历五年(1577)途经南京到北京第三次春试不第。万历七年(1579)前后,在南京清凉寺登坛讲法。1577—1579 年间,创作《紫箫记》,并在南京可能以昆曲形式上演了该剧。万历八年(1580)途经南京到北京第四次春试不第。万历十一年(1583)途经南京到北京第五次春试,以第三甲二百十一名赐同进士出身,观政北京礼部。万历十二年(1584)自请去南京任太常博士(正七品)。万历十九年(1591)从南京礼部祠祭司主事(正八品)仁上被贬谪广东徐闻典史任。

这其中,汤显祖在南京任职、生活了近七年的时光。万历十一年(1583)汤显祖赐同进士出身观政北京礼部,原本是等待晋升中央官衙高位的好机会。后因他不愿接受张四维、申时行前后两任相国的笼络,自请去南京任太常博士。这是一个主管祭祀的闲差。自明成祖朱棣在永乐十八年(1420)迁都北京后,留都南京仍保留中央六部的官僚机构,但很少处理实际事物,往往形同虚设。尽管如此,万历十二年(1584)七月汤显祖仍从北京启程,携原配夫人吴氏与新纳的妾傅氏,经两千几百里的运河旅程,在八月中秋节的前五天到他将任职的太常寺报到,三日后到国子监拜谒孔子,正式开始了他在南京留都的仕途人生,这一年他已经 35 岁。

万历十三年(1585)前临川知县、现任吏部郎中司汝霖(张汝济)来信劝说汤显祖与执政通好,可内调为吏部主事,汤婉言谢绝。

万历十四年(1586)在南京鸡鸣寺听罗汝芳师开讲。

万历十五年(1587)改编《紫箫记》未成稿为《紫钗记》。

万历十六年(1588)改官南京詹事府主簿。在太常博士和詹事府主簿任上,汤显祖校订了千卷类书《册府元龟》(此类书以北宋时官修的历代名人事迹为内容),又重修了《宋史》(后在达观的劝阻下未成)①。

万历十七年(1589)升南京礼部祠祭司主事,正六品。

万历十八年(1590)初会达观禅师于南京刑部主事邹元标家。

万历十九年(1591)上奏《论辅臣科臣疏》,激烈抨击朝政被贬谪广东,5 月 16 日启程赴徐闻典史任。

汤显祖与南京的关系直到万历三十四年(1606),赋闲在家已经57 岁的汤显祖将他一生的心血《玉茗堂文集》在南京出版。由此可见,汤显祖对南京的托付之深。

(二)汤显祖作于金陵的诗、赋、曲

关于诗。汤显祖诗曰"才情偏爱六朝诗"②。检视汤显祖一生的诗、赋、曲,就会让人吃惊地发现,他 55 年的诗人生涯中,他在留都南京为官不足七年,已能确认的诗作就达 329 首,年均四十七八首(万历四年[1576]游学南京国子监期间所写的诗文在已佚的《雍藻》里,另有他历次途径南京所作诗文尚未统计在其中)。而其他几个时段,除了贬官徐闻这个不足一年的特殊时期,他写诗达 148 首之外,他从 12 岁

---

① 《答吕玉绳》,徐朔方笺校《汤显祖全集》(二),北京古籍出版社,1999 年,第1301 页。

② 《初入秣陵不见帅生,有怀太学时作》,徐朔方笺校《汤显祖全集》(一),第213 页。

留下第一首诗,到34岁进士及第这23年间,作诗300首,年均不过13首。遂昌知县任上五年,诗作174首,年均也只是34首余。由此可知,除了在汤显祖贫病交加,生命力日渐衰落的最后18年间,即他49岁辞官家居直到去世前这个时段,他写下了一生中2273首诗中的1112首诗,占二分之一强,平均每年几达63首之多外(不包括赋,以及108篇文章中的绝大多数题词、记、碑、文、说、颂、哀辞、志铭、墓表、解、疏,以及447通尺牍中的相当一部分),留都南京期间汤显祖的诗文数量是最多的。

关于赋。万历八年(1580),31岁的汤显祖途经南京到北京第四次春试不第。而这已是他第二次拒绝张居正的结纳,"吾不敢从,处女子失身也"。汤显祖从京师返回临川途中,到南京游太学国子监。国子监祭酒是"容情俊远,谈韵高奇"①的戴洵。汤显祖与戴洵有着很深的师生之谊,戴洵赏识汤显祖的人品气质,将他称为"千秋之客"②。

在太学东厢向南,君子亭两边皆竹。栏杆外有一小方池,池外种植着紫牡丹、白芍药数株。而在牡丹、芍药中生有一竹,亭然直上,旁无附枝。而栏杆之内,也侧生一竹。许多太学生疑此竹将穿檐而出,提出应当砍去。可大宗师戴洵不许。此竹竟从横栏梢曲而上,两不妨碍。戴洵由此叹曰:"谁说此竹无知矣。"于是授笔汤显祖,让他立刻赋此两竹。由此,汤显祖写下了《庭中有异竹赋》。

关于曲。在1577—1579年间,汤显祖在南京创作(或与被汤显祖称为"临川四俊"的帅机、谢廷谅、吴拾芝、曾粤祥共同创作)了《紫箫记》,并在南京可能以昆曲形式("其音若丝")上演了该剧,"观者万人","莫不言好"③。万历十五年(1587)汤显祖又将《紫箫记》未成稿改编为《紫钗记》。

---

① 《青雪楼赋》,徐朔方笺校《汤显祖全集》(二),第993页。
② 《病中见戴师遗画泫然,忆庚辰岁别师时,师云子去此中无千秋之客矣,水墨空蒙,名迹如在,两人皆且为异物矣》,徐朔方笺校《汤显祖全集》(二),第860页。
③ 徐朔方笺校《汤显祖全集》(二),第1152页。

（三）汤显祖为官金陵的志趣与交游

汤显祖之所以在成进士后自请留都南京为虚闲之官达七八年之久，其志趣在馆阁典制、经史子集著记，在评论时事，也在抵制前后"七子"。著记馆阁典制、经史子集作为汤显祖为官之"意"所在，他在太常寺博士和詹事府主簿任上，校订了千卷类书《册府元龟》，又重修了《宋史》。修《宋史》虽在达观的劝阻下未成，[①]但或许正是在这校书修史的过程中，让汤显祖体验到作为进士所应有的"在著作之庭"的功业感。评论时事则使汤显祖广交"义气之士"，"日泮涣悲歌"[②]，议论朝政和天下事，或为天灾人祸慨叹，或为朝廷弊政上疏（《论辅臣科臣疏》），因而终遭贬官之祸。而批判前后"七子"，则表明汤显祖对"文必秦汉，诗必盛唐"的复古、模仿风气的深为不满。李攀龙、王世贞为首的这股复古潮流，以煊赫名位霸主文坛达 40 年之久，可在汤显祖眼里，这些人并非文章"大手"，早已"色枯薄"[③]，"李梦阳而下至琅琊（王世贞），气力强弱巨细不同，等赝文尔"[④]。所以，汤显祖在南京太常寺博士任上时，虽为王世贞（元美）的弟弟王世懋（敬美）的部属，却不愿与同在南京为官的王世贞等往来，"敬美唱为公宴诗"，汤显祖也"未能仰答"[⑤]，表明他不与复古派唱和结交的志意。

然而，"在著作之庭"的仕途功业体验，虽也与历史相摩荡，笔底生云烟，但也耗磨了汤显祖本就羸弱的身体和敏慧的诗兴。而广交天下志士，日泮涣悲歌，虽也痛快淋漓，但也往往流于浮躁。至若洁身自爱，不与复古派相往来，虽显名节志气，但亦失去了以迥异之诗赋文章与之相砥砺的机锋。

（四）《南京（2017—2027）纪念汤显祖行动方案》

关于南京未来的汤显祖研究，2016—2017 年跨年举行的"南京·

---

① 《答吕玉绳》，徐朔方笺校《汤显祖全集》（二），第 1301 页。
② 《秀才说》，徐朔方笺校《汤显祖全集》（二），第 1228 页。
③ 《答陆君户孝廉山阴》，徐朔方笺校《汤显祖全集》（一），第 689 页。
④ 《答张梦泽》，徐朔方笺校《汤显祖全集》（二），第 1451 页。
⑤ 《复费文孙》，徐朔方笺校《汤显祖全集》（二），第 1399 页。

汤显祖文化高层论坛·继往开来研讨活动"是很好的开端。这次会上初步达成的共识如下:

一是尽快组建中国戏曲学会汤显祖研究会南京工作委员会,尽快制定《南京(2017—2027)纪念汤显祖行动方案》,该方案的核心主旨是将学术研究、演艺探索和文化推广相结合,开掘南京汤显祖的地域性研究,拓展全国"汤学"研究的多维视野,推动汤显祖文化符号的世界传播。

二是要策划组织南京汤显祖系列纪念、展演和学术活动,比如2017 年就是汤显祖在南京将《紫箫记》改为《紫钗记》430 周年,完全可以开一个全国的研讨会,并演出《紫钗记》。这个剧目过去关注不多,届时可以专题加以深入研究,江苏省昆剧院也可借此机缘打造现代版《紫钗记》。又如 2018 年规划中的南京紫东"汤显祖剧院"落成,届时可举行全国各剧种汤显祖剧目展演学术研讨会;2020 年是汤显祖诞辰 470 年,可举行汤显祖国际戏剧季(节);2021 年是汤显祖在南京上书《论辅臣科臣疏》430 周年(汤显祖逝世 405 周年),也是汤显祖官场生涯的重大变故,被贬离开南京,可举行汤显祖"临川四梦"展演国际学术高峰论坛;2024 年是汤显祖从北京自请往留都南京 430 周年,可举行汤显祖南京行迹交游专题研讨会、汤显祖诗文书画邀请展;2026年是汤显祖、莎士比亚逝世 410 周年,可以举行汤显祖—莎士比亚国际戏剧展演暨高峰论坛等。

三是要加强对汤显祖研究的弱项南京从政的研究宣传力度,这是他后期所有政绩、创作、人脉等问题的重要起点。所以,可以在适当时机联合江西抚州、浙江遂昌、广东徐闻、江西大庾建立汤显祖学术联盟,做以汤显祖南京的行迹为起点,发散到其他汤显祖生平的重要地域节点的关联性研究。

四是南京要组织人力对汤显祖在南京近 7 年(乃至 21 年)的行迹进行考察、认定、标注,建立汤显祖南京行迹图谱,争取进入南京旅游线路图,强化汤显祖作为南京地域文化名人的意识,开发汤显祖在南京遗址的文化资源。

　　五是以江苏省演艺集团和江苏省昆剧院为依托,设立"汤显祖剧作国际演出季"项目,每两年举行一次汤显祖剧作世界各剧种展演活动,以昆曲为主轴,借汤显祖"临川四梦"的剧目展演平台,强力打造南京戏剧之都的国际形象。

　　当然,如何将以上的共识加以细化并落实,这也并不是一件容易的事,仍需要借助各方面的力量分步骤加以推进。

作者单位:武汉大学哲学学院

艺文哲思

从汤显祖论因革说起

——漫话戏曲艺术的传承与创新

周育德

在探讨当今戏曲艺术的传承与创新这个严肃的现实问题时,我不禁想到汤显祖逝世前八年写下的几句话。

万历三十四年(1606)汤显祖的同年进士李开芳升任江西按察使。次年,开始了一个修正按察使衙署的土木基建工程。万历三十六年(1608),工程竣工,汤显祖代李开芳写了一篇《江西按察司修正衙宇记》。李开芳和汤显祖都认为这个基建工程从规划设计到施工结果都是合乎理想的,主要是很好地处理了"因"与"革"的关系。汤显祖就这个问题发表了一段很有哲理的议论。他说:

> 事固未有离因革者。因而莫可以革,革而莫有以因,则亦犹之乎因革而已。惟夫因而必不可以无革,革而幸可以无失其因,则一不为过劳,而永可以几逸;法易以维新,而众可与乐成。此其善物也。①

他说的是江西按察司衙署修正工程成功的道理。用现在的话说就是"凡事没有可离开因革关系的。也就是说离不开传承与创新的关系。只知道传承因袭而不懂得改革与创新,或者只追求改革创新而没

---

① 《江西按察司修正衙宇记》,徐朔方笺校《汤显祖全集》(二),北京古籍出版社,1999 年,第 1165 页。

有传承因袭,那也是关于因革的问题。正确的做法是传承因袭而不可以没有创新,创新而不失其传承的基因。这样做来,则不必过劳,却可以接近永逸;法度很容易维新,而大众可乐观其成。这就是成功的事物"。

汤夫子的议论太高明了! 如果把这几句话拿来,检验一下我们正在从事的传统文化街区的规划与建设,那是大有参考价值的;拿来检验一下我们正在弘扬的民族优秀传统文化的代表品种——戏曲艺术,更是大有参考价值。

古老的城市大都有令人难忘的历史街区。成都有宽窄巷子,杭州有清河坊,福州有三坊七巷,抚州也有文昌里。如果说这些物质文化遗产的传承和创新取得某些成功的话,都是由于比较好地处理了因与革的关系。

因与革是一对具有普遍意义的哲学范畴。如果把汤显祖这段话拿来对照一下戏曲艺术,恐怕所得到的启发也是深刻而鲜活的。这种启发既关乎"非遗"的传承和发展,也关乎戏曲的创作。

抚州城里有不少明清时代遗留下来的赣东风格的"大夫第""进士第""状元第"等古老的大宅门,还有和它们毗邻的一些古老的普通宅院,这都是历史留给我们的物质文化遗产。就戏曲而言,它们就好像是戏曲的传统剧目。各地的传统戏剧差不多都已列入国家级和地方级的"非物质文化遗产"名录,各个戏曲剧种都有一批数量不等的传统剧目。

对待这些物质遗产和非物质遗产有两种不同的态度,一种是科学的理性的,一种是非科学的非理性的。非科学非理性的态度,一表现为粗暴,一表现为保守。

现在,抚州的老宅门越来越少了。为什么? 就是因为前些年人们采取了不够科学的态度。一种做法是消极保守,不加保护,也不加改善,任其自生自灭,天长日久,无人居住,慢慢倾圮倒塌;还有一种可怕的粗暴做法,就是开来推土机,三下五除二,铲掉算完。人们之所以不爱惜它,是觉得它们采光不足,通风不畅,开间不大,木料多年烟熏火燎,有的已霉变,又没有上下水设备,没有消防设施,所以现在的抚州人已经不爱在里面居住了。岂不知,毁掉的这些老宅门才是历史文化名城抚州的代表性建筑文化。因为毁了可惜,所以才有现在的重新规划和建设的工程。

其实,只要好好研究,费些心思,许多老宅院是可以为当代人所接受的,有的还可以发挥特殊的功能。有的老宅院本身就比较完美,是古代建筑的典范之作,不需要动它,保护起来就好,因为它们有很高的科学性和艺术性,所以即使住在里边也不会感到不适。有的老宅则存在明显的时代缺陷,只要保持老的格局和风格,按照宜居的要求稍稍改善一下采光和通风,安装上自来水,建设上独立的厕所,装上空调,加个车库,如此改造一番,恐怕抚州人也会出高价抢着进去居住的。

当年被汤显祖所肯定的江西臬司衙门的整修工程,虽然也有新的建筑,但是原来的规模和主体建筑是保留的。那座"拔地起如云"的高大的政事堂,没有再继续加高,只是在两旁"因其房而翼之",加了一些对称的附属建筑。同时又在其后院的低洼隙地上,新建了东井和水榭。衙署的建筑群变得"中正以通",整修后的江西臬司衙门,比过去更加宽敞明亮,变得严整而丰富。在这里"可以出宪令,可以时阴阳,可以式燕而嘉谋,可以退食而静思",既能处理政事,又能举办会议,还可宴饮休闲,功能齐全,又节省了物料和人工。

戏曲也是一样。那些作为"非遗"的传统剧目,都有着热闹而光辉的历史。其中有的传统剧目,比较接近完美,今天演来也不需要多大的改造。但是有些传统剧目,其内容有着深浅不同的历史烙印,其宣扬的价值观已经难以为当代人所接受。如何对待这些传统剧目?也有人对它们采取了消极的态度,或粗暴简单地一禁了之,或不肯清理它们,不肯改造它们,任其闲置一旁,慢慢失去了现代观众,渐渐地被人遗忘,所以,各个戏曲剧种能够演出的传统戏越来越少。

其实,从 20 世纪 50 年代以来,经过整理和改编的一大批传统剧目,因为下了一番去粗取精、激浊扬清、推陈出新的功夫,都变得绚丽可爱,赢得了当代观众的欣赏。各剧种许多能存活下来、传承下去的保留剧目,差不多都是这种整理改编过的传统戏。这就是"因而必不可以无革,革而幸可以无失其因"的成果,是戏曲艺术在积极传承的基础上,努力创新的成果。

戏曲传统剧目是一座丰富的文化宝库。传统剧目的整理改编,是大有可为的事情。经验证明,只要遵循"因而必不可以无革,革而幸可以无失其因",即尊重传统而不可以无创新,创新又不可以丢了传统,那么,成果是可以预期的,创作出来的戏剧因为既是熟悉的又是新颖的,所以可以得到观众认可,而且可以长久保存下去。当年梅兰芳先生提倡的"移步不换形",大概也是这个意思。近日看到台北新剧团的演出,他们打出的旗号是"新老戏",大体上也是这个意思。

现在人们越来越认识到,戏曲传统剧目的保护和传承,必须正确的处理"因"与"革"的关系。只讲究原汁原味,"因而莫可以革",只顾传承模仿,不加改革,"老演老戏,老戏老演",肯定要失去当代观众,传统剧目也不可能维持长久的生命。传统剧目的传承离不开在尊重传统的基础上谨慎的改革,有人把这种积极的传承叫作"动态的传承"。

以上是对"非遗"而言。同时,戏曲艺术的健康发展,只有"非遗"的保护和传承也是不够的,还必须有新的创作。但是新的创作不能离开戏曲艺术的优良传统,否则做出来的东西就不再是戏曲,而成了别的东西。

中国优秀的古代建筑体现着中国人几千年来积累的智慧,体现着中国特色的建筑美学原则,实行的是中国特色的营造法式,使用的是中国式的砖瓦木料,发挥的是中国工匠特有的技艺。这是中国人的骄傲,也是成熟的城市的物质代表。今天要做仿古的新建筑,也必须遵循这种特有的规律。否则做出来的必定是毫无欣赏价值的失败的假古董。

中国的戏曲艺术,在其发展的历史长河中,同样也形成了独特的舞台精神,形成了一套完整的舞台原则和舞台方法。从剧本的结构到舞台的呈现,无处不在遵循这种精神、原则和方法。这就是戏曲艺术的规律。比如,传统的戏曲剧本,是采用"转场式"的线型结构,舞台上不设布景,通过人物的"上下场"把时间和空间的转换处理得十分灵动自由。就舞台上的"人"与"物"的关系而言,传统戏曲把身外之"物"的功能尽量减缩,尽一切可能减少和摆脱"物累";与此同时,把"人"的功能尽量发挥到极致,是真正的"以人为本"。所以,传统的戏曲舞台上一般只设"一桌二椅",甚至连这"一桌二椅"也省略掉,让角色在空舞台上表演。但是,只要有了"人",有了从小练就"四功五法"的演员,通过他们准确而鲜明的表演,就可以在看似空洞的舞台上表现出大千世界的一切。有了演员的精彩表演,舞台就会立刻变得丰富多彩。唯其如此,中国戏曲在世界戏剧之林中,才能展示独特的风姿。这是中国戏曲被国外的戏剧家们特别欣赏和赞美之所在,是让中国戏曲"走出去"做文化交流的价值之所在。

遗憾的是,我们看到许多新创的戏曲剧目,并没有继承和发扬戏曲艺术的这种优良传统。突出的一点是"话剧化"的现象。从剧本写作,到舞台表演,无不显示着话剧的特征,传统的长处已经被轻易地舍弃了。比如,剧本结构已经是近代西洋话剧式的分场分幕,舞台上都设计和制作了布景,舞台的空间已经被种种物质手段所固定住,角色的表演已经失去自由地处理时间和空间的合理性。如果演员还想发挥一下"四功五法",那浑身的功夫也变成一场不和谐的表演。"现代戏"如此,新编古装戏也如此。这样的作品,离戏曲艺术的舞台精神和舞台原则已经很远。观看这种新作,给人的感觉就好像走进了一座毫无特色的城市。看到的建筑,一律都是钢筋水泥的框架,外贴一层瓷砖,豪华的则外加一层玻璃幕墙,装上霓虹灯,如此而已。

这种做法当然是不值得提倡的。可是,戏曲舞台上的"大制作"依然层出不穷。大剧团大肆挥霍,极力装点豪华的舞台。小剧团也趋之若鹜,想尽办法搞钱来设计舞台的布景和灯光,虽然感到心痛,但是也不得不如此苦撑。人们不禁要问,难道非如此不可吗?我想,如果真正尊重优秀传统文化,把戏曲视为中华民族优秀传统文化的一个代表性品种,就应该积极地继承和发扬戏曲艺术的优良传统,包括戏曲艺术特有的舞台原则和舞台方法。编剧和导演好好地研究传统戏曲的舞台规律,处理好"因"与"革"的关系,在"因"的方面多做些学问,"革而莫失其因",是可以创作出花费较少,表演精湛,既有新的发明,又可以为大众所接受,更可以长久保留下来的好戏的。按汤显祖的说法,就是"则一不为过劳,而永可以几逸;法易以维新,而众可与乐成"的"善物"。

临川的先贤汤显祖先生是有文化头脑的思想者。他说的许多话,很值得我们去做跨界的体味!

作者单位:中国戏曲学院

汤显祖戏曲创作的创新性

廖可斌

　　我们在这里纪念汤显祖，同时我们在这里探讨文化传承与文化创新，这两个命题之间存在着内在联系。汤显祖之所以能成为汤显祖，取得巨大成就，赢得当时及后来人的尊敬，获得他在中国文学史、思想史的历史地位，从主观方面看，除了他具有良好的家庭环境和学缘关系、过人的文学天赋并且异常勤奋努力等原因外，在很大程度上就因为他具有强烈的创新精神。他的不朽的戏曲作品，具有鲜明的创新性，就是他的创新精神的产物。

　　汤显祖在戏曲创作上的创新精神，首先体现在他选择了戏曲这种文体。在中国古代社会，戏曲小说历来被视为小道，是不登大雅之堂的东西。虽然宋元以来，已有不少文人通过将戏曲小说与《诗经》、《楚辞》、汉乐府和史传挂起钩来的做法，肯定了戏曲小说的作用和价值，但在当时绝大多数人的心目中，戏曲小说的地位还是远远不能与正统的经史子集相比的。从事戏曲小说创作，不仅不能为作者带来声誉和利益，反而有可能给作者的名声和前途带来不利影响。汤显祖对戏曲的态度实际上也经历了一个发展演变过程。作为生活在当时历史环境里，深受传统人生观、价值观影响，又具有过人的天赋、远大的抱负的一个知识分子，汤显祖最初的人生理想自然是按照中国知识分子的传统观念，以实现"立德、立功、立言"三不朽为目标，在政治、经济、道德、学术、文学等方面都取得重大成就。他心目中的人生楷模，实际上就是他的临川同乡前辈王安石。他首先是希望自己能登上政治舞台，进入决策中枢，在政治上大有作为，泽被苍生，光宗耀祖。他之所以不愿意受当时的权相张居正的笼络,除了对张居正的一系列作为不以为然外,也是因为他深谙盛极必衰、物极必反的道理,预见到如日中天的张氏很难避免遭到清算的一天,他不愿意为了眼前的短期利益,影响自己将来的政治前途。其次,仅在文化学术事业方面,汤显祖也希望在传统的经学、史学、佛学、道教、文学方面都有所建树。他对宋明理学和心学、佛学、道教造诣精深;曾盼望自己能进入翰林院,撰写朝廷的"大著作",成为文坛领袖;曾准备重编规模巨大的宋史和关于明朝的历史著作,并做了大量准备工作;曾追随当时文坛上盛行的复古派,熟读复古派领袖李梦阳、何景明、李攀龙、王世贞等人的著作,对《文选》等文学经典"篇篇成诵",在创作上也追摹《文选》和复古派的作品,细心讲求古典诗文的体裁法度要求。虽然他 30 岁左右创作过传奇《紫箫记》,但那还是年轻才子一时兴起的游戏之笔。他并没有在戏曲方面花费太多精力,也没有将之视为自己人生事业的重要组成部分。此后虽然在政治上迭遭打击,在学术、文学等方面也屡经挫折,他仍然一直在忍受心灵的痛苦煎熬,等待机会的降临。直到万历二十六年(1598)他 49 岁辞官归里时,才基本上对自己的政治前途绝望了,对一系列学术工作计划也感到心灰意冷了,对古典诗、文、赋已经不可能有重大创新有完全清醒的认识了,转而专心从事戏曲创作,以惊人的爆发力,在很短的时间内,写出了《牡丹亭》《南柯记》《邯郸记》,成就了他在中国戏曲史、文学史上的地位。

实事求是地说,传统的影响是深入骨髓的。即使在汤显祖奋力创作了《牡丹亭》等不朽之作后,他对自己没有能在经学、史学和传统的诗、文、赋等方面取得预期的成就,还是深感遗憾的。他对自己的戏曲创作究竟有多大价值,在文学史上能占有怎样的地位,甚至对自己的诗、文、赋创作与戏曲创作究竟哪一方面更有价值,在文学史上更有地位,仍然是怀有疑问的。但到晚年,他越来越清楚地意识到,尽管他在诗、文、赋上花费了远比在戏曲上多得多的心血,但他的作品能传之久远的,可能只有戏曲。他一方面为自己在诗、文、赋上没有取得预期的成就感到悲哀,同时也为自己选择了戏曲多少感到欣慰。在汤显祖的时代,一流的文学家还都主要在诗、文、赋上用心,很少有人选择戏曲小说作为自己的文学创作的主要文体。康海、王九思、李开先、徐渭等算是汤显祖之前一流文人从事戏剧活动的先驱,但他们也只是一时兴之所至,偶尔染指,其中只有李开先投入的时间精力稍多。汤显祖做出这种选择,尽管还处于自觉和不自觉之间,但在当时历史环境下,这已是非常难得的一种举动,充分体现出了他敏锐的创新意识和探索精神。因为我们知道,当一种事物已经成为大家共同认可的对象时,某些人顺势而为,用力于斯,取得较大成就,固然令人敬佩,但这还不是最了不起的。唯有当人们都找不到新的出路时,或者当人们都还认为现存的一切完全正常,根本没有意识到大家共同信奉的东西实际上已经走到穷途末路时,有人能够率先清醒过来,敏锐地感受到这种历史动向,从而做出新的探索,这才是最难能可贵的。

顺便谈一下汤显祖与莎士比亚比较的问题。汤显祖和莎士比亚这两位东西方著名戏剧家都在 1616 年去世。自日本学者青木正儿1930 年提到这一事实后,人们一直乐于谈论这一话题,将汤显祖与莎士比亚做比较。2016 年是两位戏剧家逝世 400 周年,这种讨论和比较更达到高潮。中国人常喜欢说汤显祖是中国的莎士比亚,我想西方人现在恐怕还不会说莎士比亚是英国的汤显祖。作为戏剧家,汤显祖的成就是否能与莎士比亚媲美,则恐怕不仅外国人,而且连中国人也内心有所疑虑。一个显而易见的事实是,莎士比亚一生共著有 37 部(一说是 38 或 39 部)戏剧,现存的还有 32 部,汤显祖则只留下了"临川四梦"四部剧本,数量悬殊。对这一问题可以做出多种解释和评判,我觉得不能忽略的一个重要因素是,汤显祖与莎士比亚的身份和人生道路很不一样。莎士比亚时代的英国,新兴市民阶层已经具有相当规模。从事戏剧事业,为他们提供文化服务,已经成为一种正常的职业。所以莎士比亚能专心于此,并因为从事戏剧事业的成就而得到贵族头衔。戏剧几乎是他终生的职业,他的才华智慧几乎全部凝聚在戏剧上。而汤显祖所处的明朝,还是一个沿袭古老传统的王朝。知识分子以读书、考科举、做官为最理想的人生轨道。汤显祖的人生目标不是成为一个戏剧家。他只是在一生中大约两三年这么一小段时间,产生了从事戏剧事业的冲动,戏剧只是他的人生事业的很小的一部分。这是不同社会历史环境造成的差异。我们评价汤显祖与莎士比亚的异同时,不能不考虑到这一点。

汤显祖戏曲创作的创新精神,更重要的表现还在于他的戏曲作品中思想倾向的创新性。当时从事戏曲创作的文人也有不少,其中不乏一些文学修养比较深厚的人,如沈璟等,但只有汤显祖的作品才具有如此强烈而深刻的感染力和持久的艺术生命力,根本原因就在于汤显祖的作品具有创新性的思想内容,代表了当时最先进的思想观念。汤显祖受当时特定的时代环境的影响,接受阳明心学特别是左派王学以及佛学、道教的启发,对人的生命的本质和意义,对人的自然情欲的合理性,对伦理道德规范与人的生活权利要求之间的关系,有了全新的理解。他在《牡丹亭》等作品中,赞美人间美好的爱情,讴歌青春、生命和世间的美好事物,鞭挞那些丑恶的事物和虚伪的教条,这种新的思想观念是汤显祖戏曲作品的根本价值所在。《牡丹亭》等作品是晚明时期新的社会生活风尚和思想观念的结晶,是晚明思想解放潮流在文学领域的重要体现。它们因此成为晚明思想解放潮流的一面旗帜,成为几百年来人们特别是青年男女追求自由真挚爱情、思考人生意义的精神指南。

汤显祖戏曲创作的创新精神,还体现于他对戏曲艺术创作规范的创新性运用。汤显祖从事戏曲艺术创作之时,昆曲经过吴中文人和戏曲艺术家们的持续改造,已经成为一种非常完善的戏曲形式,成为当时戏曲艺术特别是上层戏曲艺术的主流,形成了一整套艺术规范,特别是音律方面的规范。吴中地区的戏曲艺术家,限于乡邦优越感和艺术眼光,把昆曲当作最优越的戏曲艺术形式,把吴中昆曲当作昆曲的唯一正宗,用吴中昆曲的规范来衡量其他地区的戏曲形式和其他戏曲艺术家的作品。他们对汤显祖的作品不尽符合吴中昆曲的音律规范提出许多批评。其实这完全是一种偏见。如他们指责汤显祖的作品常常用弋腔土韵、"歌戈""家麻"通押之类,实际上宋元以来的南戏作品中就存在大量类似现象。汤显祖的作品首先是为他的家乡江西地区的戏班即"宜伶"创作的，是面对江西地区的观众的，他自然可以用而且应该用当地的语音来创作。每个地方的戏曲都有每个地方的语言特点，即使是昆曲，蔓延到全国各地后，也会适应当地的环境，吸收当地的艺术元素，包括方言，形成了种种支派，如京昆、浙昆、湘昆及各种各样的"草昆"，这就充分证明了汤显祖当时灵活地、创造性地运用昆曲格律的合理性，充分显示了他的先见之明。而那些指责汤显祖戏曲创作不符合吴中昆曲格律的说法，恰恰属于胶柱鼓瑟，刻舟求剑。汤显祖因此能够创作出为当地民众喜闻乐见的戏曲作品，受到广泛欢迎，并因此能不受吴中昆曲音律的束缚，自由表达自己富有创新性的思想，充分显示自己的文学才华，从而取得了巨大成功。他的戏曲作品思想上的创新性与它们艺术形式上的创新性是互相适应、相得益彰的。因此，汤显祖在戏曲艺术形式上的创新性，也是他的戏曲创作取得巨大成就的重要原因。

我们现在纪念汤显祖，就要总结汤显祖戏曲艺术创作的成功经验，继承他在戏曲艺术创作上的这种创新精神，使之成为我们实现文化创新、构建当代先进文化的重要思想资源。

作者单位：北京大学中文系

试论汤显祖的赋学修养及赋的创作

赵山林

汤显祖的赋学修养及赋的创作,以及二者与戏曲创作的关系,讨论者尚不多,本文拟提出一点粗浅看法,以求教于大方之家。

一

汤显祖赋学修养深厚。他在《与陆景邺》中自述:"弱冠,始读《文选》。辄以六朝情寄声色为好,亦无从受其法也。规模步趋,久而思路若有通焉。"①在《答张梦泽》中亦云:"弟十七八岁时,喜为韵语,已熟骚、赋、六朝之文。然亦时为举子业所夺,心散而不精。乡举后乃工韵语。"②骚、赋对汤显祖的文学创作影响很大,当然创作成就的高低,主要取决于作家的主观因素。

在这个问题上,汤显祖青年时代的好友谢廷谅曾经提出疑问。钱谦益《列朝诗集小传》载:"友可名廷谅,与其弟曰可名廷赞,皆举进士,宦皆不达。义仍晚岁以词赋倾海内,而二谢著作庸猥,为时所轻。友可心不能平,尝语予曰:'汤生少游贱兄弟间,贱兄弟读《文选》,汤生亦读《文选》。'余笑应之曰:'词人读《文选》,正如秀才读《四书》,看作手何如耳。'"③钱谦益这里拈出"作手何如",即各人的创造力如何,点明

---

① 徐朔方笺校《汤显祖全集·诗文卷四十七》,北京古籍出版社,1999 年,第 1436 页。

② 同上,第 1451 页。

③ (明)钱谦益《帅思南机》,《列朝诗集小传》丁集中,上海古籍出版社,1983 年,第 565—566 页。

了问题的关键。

汤显祖的戏曲创作与其赋学修养有着密不可分的关系。祁彪佳《远山堂曲品》以《紫箫记》入"艳品"，评曰："工藻鲜美，不让《三都》《两京》。写女儿幽欢，刻入骨髓，字字有轻红嫩绿。阅之不动情者，必世间痴男子。"①

其实，《紫箫记》受辞赋影响不仅在于辞藻，更重要的在于重情的倾向。

《紫箫记》第十一出《下定》写李益读《文选》：

> 昨日到鲍四娘闲亭，许为媒求霍郡主小玉。归来春宵枕上，睡得不沉，醒得不快，是真是假，且把《昭明文选》来醒眼。（翻书介）呀！好采头！就翻着第十九卷一个"情"字。过了便是《高唐赋》，第二篇《神女赋》，第三篇《好色赋》，第四篇《洛神赋》。呀！由来才子都是这般有情！
>
> 【皂罗袍】《高唐赋》呀，忆昔高唐枕席，正择日垂旒，把诸神醮礼。只见高唐去处，凄切杳冥，相似鬼神来了一般。抽绽障袂好增悲，松声直下深无底。怀王正望间，忽见朝云之女，侍他昼寝。可惜止是朝暮之间，若久长相处，真个延年益寿。霓旌翠盖，登高此时；朝云暮雨，相逢美姬，教人九窍都通利。
>
> 看《神女赋》呀，
>
> 【前腔】见一妇人奇异，似屋梁初日，照耀堂墀。人间那得更须臾，神心早逐流波去。襄王呵！这样神女，只梦一梦也够了，醒后又想他怎的？玉鸾低盼，芳菲已离；精神记取，私怀语谁？教人向曙空垂涕。
>
> 再看《好色赋》呀，
>
> 【前腔】何处东家之子，嫣然一笑，下蔡魂迷。谁教宋玉有微

---

① （明）祁彪佳《远山堂曲品》，中国戏曲研究院编《中国古典戏曲论著集成》（六），中国戏剧出版社，1959年，第17页。

辞,兼他体貌天闲丽。宋玉呵！你有这样人做邻,自然文赋生色,说甚邯郸郑卫！三年未许,东墙自窥;芳花有意,春风几时? 教人顿有章台思。

再读《洛神赋》呵,

【前腔】正自凌波拾翠,向神宵解玉,纵体通辞。流风娇雪映绡裾,轻云蔽月笼华髻。子建呵！这样有情仙子,不得早就,后来懊恨,可如何矣！当年未偶,明珠献迟;人神异路,君王怎归? 教人洒遍长川泪。

看这四篇赋呵,洛川形貌千秋恨,江汉风流万古情。小生虽无好色之心,颇有凌波之想,不免抛书枕几,也学高唐昼寝,想将巫峡云来。小玉姐呵！不知你为是瑶台客? 为是宋家邻? 为是章华艳? 为是洛川神? ……①

《文选》中所收的赋共分十五类,第十五类是"情",收的就是宋玉《高唐赋》《神女赋》《登徒子好色赋》和曹植《洛神赋》四篇。前引汤显祖《与陆景邺》自言"弱冠,始读《文选》。辄以六朝情寄声色为好",由此可以得到证明。"由来才子都是这般有情",通过剧中人李益之口说出,实际上却是汤显祖本人的结论。从《紫箫记》的创作来说,这是塑造李益形象的需要。从汤显祖的创作生涯来说,这是他以情写戏、以戏写情的创作道路的开端。当然,从《紫箫记》的李益,到《紫钗记》的李益,再到《牡丹亭》的柳梦梅,在"有情"这一点上,是逐步得到提升的。

李慈铭《越缦堂读书记》云:"病渐愈能起,看书数行,便苦心目不继,因捡汤若士《牡丹亭》阅之。临川此书,全是楚骚支流余裔,不得以寻常曲子视之。"②

钱静方《小说丛考》在谈到杜宝、柳梦梅、郭橐驼等人命名时说:

① 《紫箫记》,徐朔方笺校《汤显祖全集·戏曲》,第1758—1759页。
② (清)李慈铭《越缦堂读书记》八《文学》,毛效同编《汤显祖研究资料汇编》(下),上海古籍出版社,1986年,第960页。

"余意杜也、柳也,皆系草木之名,橐驼又系种花能手,此盖美人香草,借景言情,非事实也。"①

他们都说《牡丹亭》的创作深受楚骚的影响,继承了楚骚美人香草、比兴寄托的传统,包含丰富的情感意蕴,但这些在《牡丹亭》里都是如盐入水,略无痕迹的。

二

汤显祖赋的创作亦有可观成就。

沈际飞《玉茗堂赋集题词》:"玉茗堂赋有二体:一祖骚,如至方不能加矩,至圆不能过规,多僻字险句;一祖汉、晋,感物造端,材智深美,洋洋洒洒,而浮曼浅俚处,亦不乏。大抵铺张扬厉,长于序述,于风比兴雅颂之义,未之有获焉。"②

沈际飞说汤显祖"赋有二体"是对的。如汤显祖 28 岁所作的《广意赋》③,徐渭评曰:"调逼骚。"④28—31 岁所作的《感士不遇赋》⑤,徐渭评曰:"逼骚矣。"⑥34 岁所作的《酬心赋》⑦,中有"遂乃怅寄兼深,形响多致"之句,沈际飞评曰:"郦道元佳句。"⑧这些都是或祖楚骚,或祖汉、晋,"赋有二体"的证明。但沈际飞说汤显祖赋"于风比兴雅颂之义,未之有获焉",就不一定尽是如此了,下文将会论及。

汤显祖创作的赋今存 31 篇,内容主要是三方面,一是述志怀人,二是纪行游览,三是赋物寓意。

先讨论述志怀人类。《文选》所收赋十五类中,第十一类"志",第

---

① 钱静方《小说丛考》,毛效同编《汤显祖研究资料汇编》(下),第 968 页。
② 毛效同编《汤显祖研究资料汇编》(上),第 378—379 页。
③ 徐朔方笺校《汤显祖全集·诗文卷五》,第 143—146 页。
④ 同上,第 148 页。
⑤ 同上,第 152—154 页。
⑥ 同上,第 154 页。
⑦ 同上,第 1032—1034 页。
⑧ 同上,第 1035 页。

十二类"哀伤",大体似之。汤显祖这类作品有《广意赋》《龄春赋》《感士不遇赋》《匡山馆赋为友人豫章胡孟弢作》《怀人赋》《哀黄生赋》《青雪楼赋》《西音赋》《感宦籍赋》《怀恩念赋》《高致赋》《酬心赋》《哀伟朋赋》等。

这类作品都是出自具体情境,有感而发,不作无病呻吟,其中最值得注意的是《感宦籍赋》①。万历二十一年(1593)三月十八日,汤显祖就任遂昌知县。四年之后,万历二十五年(1597)三月,汤显祖赴京上计,途经杭州,逗留多日,欲读《高士传》,寻之未得,童子以《宦林全籍》进,汤显祖读之,认为"反覆循玩,亦可以奋孤宦之沉心,窥时贤之能事",遂感而作赋。

《感宦籍赋》大体可分四段。第一段写《宦林全籍》"书官,书名,书地,书号"之"大若麟角,细若牛毛。晰矣备矣",亦可见明代官僚系统之复杂严密。

第二段写各色人等取得宦籍的不同途径,真可谓五花八门,大相径庭。有的人纯凭门第,"幸者乃为公侯之子,卿相之孙。前书厥考,有阶有勋。后列环卫,如官如恩。托江河而猥大,依日月而常新。不必学书学剑,自然允武允文"。有的人凭裙带关系,"又若骑马都尉,一体天人。在既富其何费,获至贵而无勤"。有的人以钱买官,权钱交易,"次则纳赀而为郎,亦以财而发身"。没有门路的穷书生,只有发愤苦读,"清流之迹,奋以文词,则必没身乎藻缀,噪吻于吟呻。寒暑侵而靡觉,骨肉怨而不辞"。其中种种苦楚,真是一言难尽。

第三段是赋的重点,写各色人等取得宦籍之后,由于背景不同,品格不同,所遭遇的不同命运:

> 有终身于帝所,有绝望于廊阿;有十年而不调,有一月而屡加;有微敏而辄振,有一蹶而永蹉;有弱冠而峥嵘,有白首而婆娑;有受万金而无讥,有拾片羽而为瑕;有拥旄于华羡,有投牒于荒

① 徐朔方笺校《汤显祖全集·诗文卷二十四》,第 1007—1011 页。

崖；有提醢而拟方伯，有守郡而无建牙；有赡僮客而鸣豫，有绝父母而劳歌；有长孙曾而袭珪，有鬻子女而还家；有上寿而赐尊，有自经于幽遐；丽风者衎言笑而加翼，绝津者謦劾咷而靡槎；得时者随俯仰而皆妙，失志者任语嘿以无佳。①

有的人不学无术，却步步高升，有的人才识兼茂，却沉沦下僚；有的人劣迹斑斑，却平安无事，有的人夙夜在公，却动辄得咎；有的人养尊处优，骄奢淫逸，有的人不遑将母，无以为家；有的人春风得意，左右逢源，有的人举步维艰，投诉无门。作者连用十多组对比，将当时官场黑白混淆、贤愚颠倒的极端不合理现实揭示得淋漓尽致，入木三分。

第四段更进一步发挥，集中揭示朝廷选人、用人极大的不公：

迨其甚也，且有人焉，巧若穷奇，昧若浑敦，名可以冠楚《杬》，貌足以铸神奸，物论之所必去，兹籍之所独存。方灾木而未已，或阅季而弥尊。亦有行若处子，智若耆旧，望足以压折非是，才足以蕃藏可否。谓周行其必先，视百尔而岂后。比索名于右方，复展转而乌有。或置无人之境，或寄冗从之薮。冷之以所必灰，障之唯恐不走。彼拙效其常然，岂削籍之所朽。②

黄钟毁弃，瓦釜雷鸣，善恶倒置，一至于此，真令恶者弹冠相庆，贤者彻骨心寒。必须指出，汤显祖这样写，并非一时心血来潮，而是多年应举、为官亲身经历，感慨万端，蓄积于心，不得不发。有了这种思想准备，所以他此次赴京上计，便向吏部递上辞呈。万历二十六年（1598）三月，未经吏部核准，便毅然弃官回归临川故里。从这个意义上说，《感宦籍赋》是他辞官归去的一份宣言。

这里还需要指出，《感宦籍赋》所写的明代官场怪现状，有一些经

---

① 徐朔方笺校《汤显祖全集·诗文卷二十四》，第1009页。
② 同上，第1009—1010页。

过汤显祖的选择和提炼,运用于《南柯记》《邯郸记》,丰富了有关描写。如《南柯记》第十六出《得翁》写淳于棼与公主互相调侃"做老婆官",公主说:"便做老婆官,有甚么辱没你淳于家七代祖";第十九出《荐佐》写淳于棼推荐周弁、田子华,主要理由是"二人与臣有十年之旧";第二十一出《录摄》写淳于棼和公主来到南柯郡,建驸马府、公主殿,大兴土木,生事扰民;等等①,都可以在《感宦籍赋》中找到相关的印证。《邯郸记》的情况亦如此。吴梅读曲记《邯郸梦(二)》说:"记中备述人世险诈之情,是明季官场习气,足以考镜万历年间仕途之况,勿粗鲁读过。"②

三

再讨论纪行游览类,《文选》所收赋十五类中,第五类"纪行",第六类"游览",大体似之。汤显祖这类作品有《吏部栖凤亭小赋》《游罗浮山赋》《秦淮可游赋》《四灵山赋》《霞美山赋》《豫章揽秀楼赋》等。这类作品,汤显祖随意挥洒,可长可短,各极其致。

《吏部栖凤亭小赋》是一篇小赋,作于供职南都期间,只有一百多字:

> 游龙巨川,栖凤名园,蘋池蔽景,竹町笼暄。吹台之梧对植,暗河之桂双掀。果多梅荚,草则兰荪。锦云披而花笑,珠露零而叶翻。地则铨流之署,人非华竞之轩。况复选部群公,简要清通,并挺瑶山之干,俱韵竹林之风。赏心惟会,镜影弥空。缓带而临清燕,搁管而和雕虫。可以永庆朝伦之穆,均欢臣誉之融。汰灵襟于草陌,送柔抱于花丛。芳尊之友无恙,折杨之调谁工。有如仆者,周行有命,孔德无容,虽焕发于霞藻,终睎昀于云松也。③

① 《南柯记》,徐朔方笺校《汤显祖全集·戏曲》,第 2336、2342、2348 页。
② 《吴梅全集》理论卷中,河北教育出版社,2002 年,第 855 页。
③ 徐朔方笺校《汤显祖全集·诗文卷二十二》,第 982 页。

寥寥数笔,写栖凤亭景色如画,"蘋池蔽景"二句,沈际飞评曰:"整洁得体。"①而栖凤亭之所以令人难忘,非唯景色之清,更由于游亭诸人之雅:"并挺瑶山之干,俱韵竹林之风","缓带而临清燕,搦管而和雕虫",与兰亭宴集颇有神似之处。在这样的环境里,人的心灵得到净化:"汰灵襟于草陌,送柔抱于花丛。"臻于这种境界,所以陆云龙《翠娱阁评选诸名家小品》本评曰:"声嗷嗷其和雅,乘的的而辉煌。"②这种情景交融、诗意盎然的园林描写,在《牡丹亭·惊梦》一出达到极致,可见汤显祖这种艺术情趣是随时随地自然流露的。

《豫章揽秀楼赋》是一篇大赋。楼在南昌古章江门内,万历三十四年(1606)江西布政使陆长庚等所建。登楼可俯瞰城墙雉堞,苍翠四围,赣江如带,为当时南昌一大景观。万历三十六年(1608)九月初九,陆长庚等在此楼宴请汤显祖,汤显祖感而作此赋,序云"一言均赋,敢居王子之先;九日登高,辱在大夫之后云尔"③,可见是要力争与王勃的《滕王阁序》相媲美的。

此赋连序洋洋洒洒五千余字,规模宏大。序概述建楼经过、宴集盛况、作赋缘由、总体构思,沈际飞评曰:"事详致尽,《滕王阁序》流风。"又评曰:"非徒流览景物,抑亦盱衡教养,才有关系。"④可见汤显祖此赋的总体构思,自然景观与人文景观是并重的。进入赋的正文,先总后分,先景物后人文,先古后今,由远及近,层层铺叙,分毫不乱。沈际飞对赋总体评价云:"目光如炬,墨沈如波。累累数万余言,物华天宝,有美必传,无胜不具。"⑤其中精彩段落,如写景的:

　　若乃湖圩宕迭,五百余里。黄荆白沙,松蒲柏子。柘叶长坺,桃花浅水。皭莲芡于蒲稗,唼鲦鲌于鲲鲤。列渔步之攸界,緊泽梁之所坻。风鲜景明,烟消水平。凫鸣榔其如织,鼓钓丝

---

①② 　徐朔方笺校《汤显祖全集·诗文卷二十二》,第 983 页。
③ 　徐朔方笺校《汤显祖全集·诗文卷二十七》,第 1040 页。
④⑤ 　同上,第 1048 页。

而互经。拂鸰翎于旅雁,杂渔唱于高莺。昼炊烟乎樵舍,夕弭枻于吴城。喜多鱼而献公,佐凉酎于轩楹。逗沧洲兮岁晚,莞江潭而独醒。①

湖光山色,历历在目,人天和谐,恬静悠然,诚如沈际飞所评:"悉山川风物之美钜。"②

写人生遭际,境遇不同,心情各异:

闵吾流兮阅世,塞川途而独诣。南上濑以忘疲,溯通津而必暨。楼舰分风而转帆,铙鼓接韵而浮吹。路八达以如丝,坐交衢而委辔。畴四方之都雅,极宦游之体势。公应接以余闲,客周咨而有寄。或雅歌兮投壶,试清倡兮举袂。足登高而送远,具成欢而既醉。乃至放臣泪国,迁客思乡,赴建康而不果,适交笺而未行。亦有贤士失志,游子迷方。睹迁谢而多悲,感留滞而自伤。一登楼而慷慨,冀宣写于毫芒。③

开始写游而有欢,"乃至放臣泪国"以下写游而有悲,沈际飞评曰:"欢往悲来。"④可见人生多舛,悲欢无常,此时已经 59 岁、闲居故里的汤显祖对此有着切身的体会,而且对普天下失志贤士寄予深挚的同情。

由以上赋作可以看出,汤显祖写作的时候全局在胸,精心布置,铺叙能力极强。刘勰《文心雕龙 诠赋》:"《诗》有六义,其二曰赋。赋者,铺也;铺采摛文,体物写志也。"⑤可见铺叙是赋的一项重要艺术特色。作为文体,赋与曲有着相通之处。刘熙载《艺概·词曲概》说:"词

---

① 徐朔方笺校《汤显祖全集·诗文卷二十七》,第 1043 页。

②④ 同上,第 1048 页。

③ 同上,第 1045 页。

⑤ (南朝梁)刘勰著,范文澜注《文心雕龙注》卷二,人民文学出版社,1958 年,第 134 页。

如诗,曲如赋。赋可补诗之不足者也。昔人谓金、元所用之乐,嘈杂凄紧缓急之间,词不能按,乃更为新声,是曲亦可补词之不足也。"①"曲亦可补词之不足",不仅可以从音乐角度来看,也可以从艺术手法角度来看。汤显祖深谙作赋之道,则其深谙作曲之道,也是顺理成章的。

四

最后讨论赋物寓意类。《文选》所收赋十五类中,第九类"物色",第十类"鸟兽",大体似之。汤显祖这类作品有《庭中有异竹赋》《愁霖赋》《嗤彪赋》等。

先看《庭中有异竹赋》。万历八年(1580),汤显祖 31 岁,由于拒绝张居正的笼络,第四次会试落第。从京师返乡途中,汤显祖往游南京太学,为南京国子监祭酒四明戴洵所赏识。当时国子监君子亭周边种竹。亭边的小水池外的花坛中生有一竹,亭然直上,旁无附枝。而亭栏之内,也侧生一竹。不少太学生担心此竹将穿檐而出,打算砍掉了事,戴洵独不许。最终此竹竟从横栏稍曲而上,于亭檐并无妨碍。戴洵不禁感叹:"谁谓子无知矣!"于是命汤显祖赋此两竹,汤显祖欣然命笔,写下了《庭中有异竹赋》。赋的后半写道:

> 众疑萃于孤高,谓妨檐而欲剪。竟自出以委蛇,挹清池而迥展。玩此幹之生成,象至人之舒卷。尔其为状也,虚中忌实,疏节简密,临流似渊,依岩类逸。贞俪乎淑美之操,直比乎君子之笔。影防露以婵娟,响应律而萧瑟。兹筼筜之一态,未若夔标而巧出。乃其芳根独远,一志玄通,绝左右之葳蕤,贯青荧而在中。匪临深而表劲,繄溶子以明冲。岂太山之茬苒,似高冈之梧桐。若其迸石而立,磬折伛偻,下不碍于凭轩,上不亏乎承宇。羌有心乎云步,乍低回而矫举。贵托根以自全,异当门之锄去。

① (清)刘熙载《艺概》,上海古籍出版社,1978 年,第 124 页。

故孤生者常直,近人者常曲。直有取于明心,曲亦时而卫足。明心靡退,卫足匪他。一鸾一凤,一龙一蛇。自歌自舞,或屈或伸。君子仪之,素体圆神。左右贞风,学士如林。敬吟箓竹,遑嗣青衿。①

赋中"众疑萃于孤高,谓妨檐而欲剪。竟自出以委蛇,挹清池而迥展。玩此箨之生成,象至人之舒卷"数句,翠娱阁本评曰:"楚词中佳句。"赋中"匪临深而表劲,繄溶子以明冲。岂太山之荏苒,似高冈之梧桐"数句,翠娱阁本评曰:"巧于写象。"赋中"下不碍于凭轩,上不亏乎承宇。羌有心乎云步,乍低回而矫举。贵托根以自全,异当门之锄去"数句,翠娱阁本评曰:"可作太学士型。"全篇,翠娱阁本评曰:"思微而理,可嗣风雅。"赋中"故孤生者常直,近人者常曲。直有取于明心,曲亦时而卫足"四句,沈际飞评曰:"比物连类,是得赋情。"②

"比物连类,是得赋情",不正是"风比兴雅颂之义"吗?可见沈际飞这里的评论与他《玉茗堂赋集题词》中所说的"玉茗堂赋……大抵铺张扬厉,长于序述,于风比兴雅颂之义,未之有获焉"是矛盾的。相比之下,评点的说法正确,《题词》的说法有偏颇之处。

总之,汤显祖此赋以竹喻人,要像花坛中竹一样亭然直上,旁无附枝,但有时又要像倚栏侧生竹一样,能屈能伸,倔强生长。汤显祖何尝不懂大丈夫能屈能伸的道理,但总的来说,他做人是以"直"为本的。阅读本篇,我们可以体味汤显祖的生命观、艺术观。

回过头来看戴洵,就在汤显祖和他见面的次年,万历九年(1581)四月,戴洵因失意于张居正,遭人弹劾,"着以原职致仕"③。多年之后,汤显祖作诗《病中见戴师遗画,泫然忆庚辰岁别师时,师云子去此中无千秋之客矣,水墨空蒙,名迹如在,两人皆且为异物矣》:"子墨英

---

① 徐朔方笺校《汤显祖全集·诗文卷二十二》,第 968—969 页。
② 以上评语均见徐朔方笺校《汤显祖全集·诗文卷二十二》,第 970 页。
③ 《明实录》册三七三。

游怀旧都,师门高盼古人无。楼头不奈将离色,为写清斋却扫图。"①

汤的独立不羁的人格更让戴洵赏识,欣然将汤称为"千秋之客"。戴对汤语意蕴深的四字评价,因为实在精到,故被后世学人每每引用。汤在后来写的《青雪楼赋》中也赞美戴宗师"容情俊远,谈韵高奇"②。

再看《嗤彪赋》③,其序云:

> 予郡巴丘南百拆山中,有道士善槛虎。两函,桁之以铁,中不通也。左关羊,而开右以入虎,悬机下焉。俄之,抽其桁,出其爪牙,楔而锯之,絙其舌。已,重俄之,饲以十铢之肉而已。久则羸然弥然,始饲以饭一杯,菜一盂,未尝不食也,亦不复有一铢之肉矣。以至童子皆得饲之。已而出诸囚,都无雄心,道士时与扑跌为戏,因而卖与人守门,以为常。率虎千钱,大者千五百钱。初犹惊动马牛,后反见犬牛而惊矣。或时伸腰振首,辄受呵叱,已不复尔。常置庭中以娱宾。月须请道士诊其口爪,镂剔扰洗各有期。道士死,其业废。予独嗤夫虎雄虫也,贪羊而穷,以至于斯辱也。赋之。

作者先从各个方面极力铺陈虎之声威,继而写其被道士驯化之后,变成这样一副柔弱的模样:

> 遂乃改山林之性气,狎鸡犬之见闻。遇夫人之下视,即弭耳而意亲。谅厓柴之已去,放野牧以逡巡。非止柔性,兼弱其筋。圆腰纤而肋息,艳斑摧而褮皴。抚之而亦喜,扑之而不嗔。似巨狸之扰足,若卑犬之缠身。偶循隅而吐喑,辄蒙呵而怆魂。昔有大虫之号,今有小畜之云。

---

① 徐朔方笺校《汤显祖全集·诗文卷十九》,第 860 页。
② 徐朔方笺校《汤显祖全集·诗文卷二十三》,第 993 页。
③ 同上,第 998—999 页。收入黄宗羲编《明文海》卷四十二赋四十二禽虫五,《四库全书》本。

赋最后写道：

> 伟兹灵之巨猛，郁有武而有文。偶唇吻之所及，皆性命之相因。论雄心与刚力，固决乾而倒坤。略网纭而风飞，触㶿燎以雷喷。哮怒则千人自废，愤蹶而万瓦犹震。匪胥疏其有欲①，何牢槛之敢陈。偶朵颐于跛羊，落一发于千钧。饥窘来而饵施，利器往而性泯。足人间之玩扰，何气决之可存。谅如此而久生，固不如即死之麒麟。

《嗤彪赋》的寓意，从虎来说，是"无欲则刚"的问题。《论语·公冶长第五》："子曰：'吾未见刚者。'或对曰：'申枨。'子曰：'枨也欲，焉得刚？'"②钱穆《论语新解》解"枨也欲，焉得刚"："人多嗜欲，则屈意徇物，不得果烈……此章仅言多欲不得为刚，非谓无欲即是刚。如道家庄老皆主无欲而尚柔道，亦非刚德。"③贪羊之虎因为"多欲"，所以最终被道士驯服，"不得为刚"，从这篇赋中，我们也可以体味汤显祖的生命观、艺术观。

汤显祖的生命观、艺术观，简单说来，就是摆脱名利之羁绊，回归自然之本性。在这方面，汤显祖受魏晋风度影响极大，他最主要的观点是做人要做"真人"，为人要有"真气"。魏晋名士中，嵇康提出的做人原则是"真""任实""任自然"④，即按照自己的自然本性行事。与嵇康的看法相类似，汤显祖明确提出做人应当做"真人"。他指出这种"真人"应当是："孝则真孝，忠则真忠，和则真和，清则真清。"⑤

---

① 胥疏，出自《庄子·山木》："虽饥渴隐约，犹旦胥疏于江湖之上，而求食焉。"郭庆藩集释："胥疏，疏也，言足迹之所未经也。"王夫之解："胥疏，与人相远也。"

② 杨伯峻译注《论语译注》，中华书局，1980年，第46页。

③ 钱穆《论语新解》，生活·读书·新知三联书店，2002年，第88页。

④ （三国魏）嵇康《与山巨源绝交书》："又读《庄》《老》，重增其放，故使荣进之心日颓，任实之情转笃。"《释私论》："矜尚不存于心，故越名教而任自然。"

⑤ 《寿方麓王老先生七十序》，徐朔方笺校《汤显祖全集·诗文卷二十八》，第1053页。

怎样才能成为"真人"？汤显祖认为要有"真气"。他说："某少有伉壮不阿之气,为秀才业所消,复为屡上春官所消。然终不能消此真气。"①汤显祖这种"真气"的突出表现,是万历五年(1577)、万历八年(1580)两次谢绝张居正的笼络,万历十一年(1583)中进士时,又谢绝张四维、申时行的笼络。再一次是万历十三年(1585),时任吏部郎的前临川知县司汝霖给汤显祖一封信,说只要汤显祖对执政有所表示,他本人再从中撮合,汤显祖就可以到北京吏部当官。汤显祖在《与司吏部》中对这番好意明确加以谢绝,表明自己愿意留在南京而不愿调往北京的态度。信中列举"断不可北者有五"②,与嵇康《与山巨源绝交书》拒绝山涛推荐的理由"七不堪、二不可"极为神似。这正是汤显祖的"真气"的流露。③可以说,汤显祖借助《嗤彪赋》中多欲丧刚的老虎形象,鲜明地揭示了保持"真气"对于坚持做一个"真人"的极端重要性。类似的立意,在汤显祖的辞赋中多次出现,这是值得深入研究的。

作者单位:华东师范大学中文系

---

① 《答余中宇先生》,徐朔方笺校《汤显祖全集·诗文卷四十四》,第 1320 页。
② 《与司吏部》,徐朔方笺校《汤显祖全集·诗文卷四十四》,第 1289 页。
③ 参见赵山林《汤显祖与魏晋风度及文学》,《戏剧艺术》1999 年第 4 期。

文献文物

汤显祖家族墓园——灵芝园考

吴凤雏　刘昌衍

2016年11月,抚州市文昌里历史文化街区改造在拆除灵芝园地表原制冰厂自来水塔时,带出了地表下的几块古墓砖。由于这里是400年前汤显祖的原葬之地,所以当地政府随即报告了上级主管部门。根据国家文物局《关于江西抚州汤显祖家族墓园遗址2017年考古工作方案的批复》,由江西省文物考古研究院主持,启动了汤显祖家族墓园遗址的考古调查、勘探与试掘工作。至2017年8月,先后出土了汤显祖直系亲属六方墓志铭[1]。一座早已淡出世人视线的文昌汤氏古墓葬群,随即显现了出来。同时也将灵芝园的研究摆到了面前。就此,笔者爬梳剔抉,不揣谫陋,提出拙见。

一　灵芝园名称由来

"敝庐前江后丘墓,相传百叶孙曾住。"[2]文昌汤氏的先祖是在唐末宋初来到抚州的,其中一支在临川文昌里生息繁衍。文昌汤氏认定生于明永乐初年的汤伯清[3]为第一世祖,其主要缘由是,汤伯清为第一位安葬在文昌里灵芝园的先人。清光绪三十二年(1906)七修《文昌

---

　　① 六方墓志分别是汤显祖的高祖《明故义士汤公子高墓志铭》、高祖母《明故汤母孺人艾氏墓志铭》、祖父《明故西塘汤君墓志铭》(汤显祖书丹)、《祖母魏夫人迁祔灵芝园墓志铭》(汤显祖撰文与书丹)、汤显祖夫人《明敕赠吴孺人墓志铭》(汤显祖撰文、汤大耆书丹)、汤显祖大弟汤儒祖《明故敕赠文林郎少海汤先生元配潘太孺人合葬墓志铭》。

　　② (清)汤秀琦《祖基复还记》,清光绪三十二年七修《文昌汤氏宗谱》。

　　③ 由于汤伯清生卒不详,故从第二世汤子高生于宣德癸丑年(1433)推算。

汤氏宗谱》云："玉茗集之予祖文德、友信公父子耳。生、娶、殁、葬未详。惟伯清公以下历历可考。"其中固然有"元季谱谍散亡"①的因素，但最主要的还是当"以卒葬而论，自伯清公、子高公以下诸祖，悉数葬于承塘公捐赀所购之灵芝园"②。可见，在 1906 年之前，"灵芝园"即早已作为文昌汤氏家族墓园的代指了。

那么"灵芝园"名称是怎样来的呢？以往的文献鲜有就此做专门考证与论述。新近发现的汤显祖 1606 年撰写的《祖母魏夫人迁祔灵芝园墓志铭》为我们提供了依据，据此，至迟在 1606 年前，"灵芝园"即已成为墓园的代指。而且，从铭文中"吾祖茔产芝"可以得知，汤显祖祖父酉塘(懋昭)的坟茔上确曾生长出真实的灵芝草。然而爬梳文献，"灵芝"二字见诸文字则更早些。在汤显祖的《吾庐》③诗中：

> 大父喜书诗，大母爱林池。
> 嘉鱼荐君子，嘉树引其薆。
> 藏书倏以火，林藻积披离。
> 十载居无常，辛勤严与慈。
> 连石构川崎，凿翠启堂基。
> 四阿长中绳，三门映重规。
> 文昌通旧观，东井饮余晖。
> 出入桥梁望，郁葱佳气微。
> 层台对金玉，隈阼隐灵芝。
> 吾庐亦可爱，复此倦游时。

徐朔方先生根据"藏书倏以火……十载居无常"句，推算《吾庐》作于万历十年(1582)。这是一个重要的时间节点。因为这是汤显祖在两

---

① 《吉永丰家族文录序》，徐朔方笺校《汤显祖全集》(二)，北京古籍出版社，1999年，第 1067 页。
② 《抚郡汤氏廨宇规模记》，《文昌汤氏宗谱》。承塘公为汤显祖之父汤尚贤。
③ 徐朔方笺校《汤显祖全集》(一)，第 166 页。

年前的春试中，再次拒绝首辅张居正的延揽而又一次落第之后，并准备第五次进京考试之前。这年六月，张居正也因病去世了，汤显祖的科考路显露了些许明朗的色彩。"神州虽大局，数着亦可毕。"①十余年前中举之时的"狂狷"之态又出现在了诗句中："层台对金玉，隈阡隐灵芝。"前半句巧妙地将"金石台分宰相出，文昌堰合状元生"②的临川古民谣浓缩在一起；后半句则是借用唐诗"灵芝非庭草，辽鹤委池鹜。终当署里门，一表高阳族"③的意韵。并可推论，《吾庐》诗作之时，祖坟山上或已经长有灵芝草，故而作者借景生情，托物言志，表达对科考中遇到的不公正待遇的高昂、不屈的心绪和对再次进京科考必中的信念。同时，从上引《魏铭》中所叙"吾祖茔产芝，而吾成进士则其吉也"句中，可以明白无误地得出结论："祖茔产芝"当在汤显祖中进士之前。由于诗中的"隈阡隐灵芝"喻指水曲山隈，阡陌之中的祖坟（灵芝园），所以，这也是目前所有能及的文献资料中，我们看到的较早对文昌汤氏桥东祖坟山冠以"灵芝"二字的描写。通过对新出土资料的考析，进而可知：

一是在汤显祖高祖父（子高）和高祖母（艾氏）逝世之前，并无"灵芝园"称法。如新发现的撰于1514年的《明故汤母孺人艾氏墓志铭》，撰于1520年的《明故义士汤公子高墓志铭》，均为"葬于先陇之次"，并无"灵芝"或"灵芝园"一说。

二是在汤显祖祖父（酉塘）1566年逝世之时，也没有将此地称作"灵芝园"。1566年汤显祖书丹的《明故酉塘汤君墓志铭》载："嘉靖丙寅（1566）念三日子时，卜葬于后园，依于伯清公、子高公之墓案塘墩……涓十二月庚

① 《三十七》，徐朔方笺校《汤显祖全集》（一），第245页。
② 据清道光《临川县志》卷十七《古迹志》，宋景定家坤翁《记》云："临汝东西涯两阜相望，各以台名，一曰金石，一曰玉石，谓两台为地灵……旧有谶语云：'金石台分宰相出。'传者以为晏（晏殊）王（王安石）两相国之祥。"宋咸淳八年（1272）州守黄震《记》云："抚州故老，相传有谣曰：'文昌堰合状元生。'堰在城东杨家、聂家二洲间……按，文昌堰旧志未详其处，疑即千金陂。唐初汝水从此处决口，冲成支港，正道淤塞。筑堰堵之，使河归正道。故有金石台分文昌堰合之谣。盖正道淤则金石台之水亦枯，堰口合则金石台之水亦壮。金石分入江中与东厓之玉石俱浮，故堰合则合分，以水分之也。"
③ （唐）韦应物《送丘员外还山》，《全唐诗》第一卷，海南国际新闻出版中心，1995年，第641页。

寅日巳时而葬之。"此时尽管将墓园称为"后园",但仍无"灵芝园"之说。

三是直到 1606 年,在汤显祖撰写的《祖母魏夫人迁祔灵芝园墓志铭》中,才第一次见到灵芝园之名称。可见,以"灵芝园"指代家族墓园的时间,应是在嘉靖四十五年(1566)其祖父去世之后,至 1606 年汤显祖撰写《魏铭》之间的这段时间内。若进而推论"祖茔产芝"是灵芝园得名的原因,那得名的时间或可测定在 1566—1583 年这十六七年之间。另外的依据,一是如前所述,托祖茔灵芝所佑考中进士,二是取灵芝还魂之愿,企盼至亲至爱的祖父祖母永佑后世。如《魏铭》曰:"有园葱菁,华芝载荣。祖遇其妣,永保后生。"这在与祖母魏夫人同时迁葬的吴孺人的安葬方式上也可略见一斑。吴孺人墓不仅紧挨祖母魏夫人墓,而且头脚摆向相反。即魏夫人墓的摆放是头西脚东,而吴孺人墓摆放不仅是头东脚西,且略下尺余,以示时刻服侍(见图一)。这种极为罕见的安葬方式,也充分说明了汤显祖对祖母的尊爱与期盼之情。

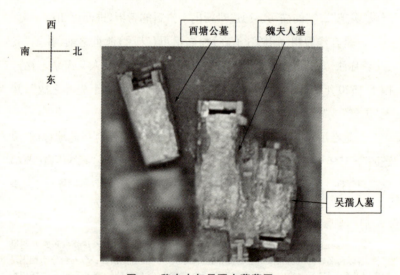

图一　魏夫人与吴孺人墓葬图

二　灵芝园规模考

由于汤氏古墓群的意外发现,其基本位置已无须赘述。这与黄芝冈先生 1956 年亲眼目睹是相一致的。"汤墓在文昌桥下太平街十七号怡茂烟号屋后的小块隙地里面。"①"怡茂烟号"是清末的建筑,现内部已经倾圮,但整体结构仍在。黄芝冈先生还提供的重要信息是:"在汤墓的右方西首是汤家祠堂的遗址,墓地左方东首有一藕塘。"②如今汤家祠堂的遗址已无法辨认,藕塘也只存有遗迹,但其提供的有关灵芝园的最后记载,仍可与撰于康熙五十二年(1714)的《抚郡汤氏廯宇规模记》等相对照。

> (灵芝园)其墓道在太平庵左,隔高碑,右手仅四丈穿廛屋间,向西出大街,中有墓道,碑座石尚存,墓前有塘,形家谓之明堂,更前有印山,方而条,犹官府之方印、条印,形家谓之案山,案山东南隔有半亩方塘,形家谓之砚池塘,墓左手廛屋,后有墙……皆园之屏蔽……承塘公建祠于灵芝园之右……灵芝园北有经纬楼,凡子孙擢科登仕归而拜墓封陇,礼毕饮福于上,取文经武纬之义也。楼前有一勺亭,取义于亭边一小塘也。

又《文昌汤氏宗谱》铭四公条:

> 公捐赀买灵芝园葬伯清子高诸公,其墓道在太平庵左隔高碑,右手仅四丈穿屋舍直出大街,中有墓道,碑座石尚存,后渐变易,又建祠于山之右,后至山前至山官沟。

又《承塘公支下正旦诣祖簿序》③(汤秀琦④撰):

> 予宗立庙自承塘府君于神宗朝诰封太常寺博士始,立庙以祀

---

①② 黄芝冈《汤显祖编年评传》,中国戏剧出版社,1992 年,第 3 页。
③ 《文昌汤氏宗谱》。
④ 汤秀琦(1625—1699),字小岑,号弓庵,汤寅祖之孙,史学家。

其人，而以家政传之子若孙。由府君而上考……合为一庙而祀之墓道之南，庶几王制官师一庙之意……

《新建承塘公祠记》①道光戊戌年(1838)：

承塘公于灵芝园右建立祠宇，祀其先人。甲申鼎革，祠屋荡毁为圩……（庚辰冬）合房公议将承塘公所遗店基一片，变卖钱肆百千，兴工建立厅屋二栋，周围砖墙，门外店房二所……但祠虽成功，而借贷无从清偿，只得将祠堂左隔巷店房二所作价抵偿贰佰千……

《立议暂赁屋店字人汤熊氏缘夫腾芳前赁外房》②光绪二十三年(1896)：

承塘公祠地盖店二所……正屋面前空地横一丈三尺一寸，直齐土墙牵至街心，俱系承塘公祠基。

据上所存文献归纳，灵芝园原有的地表建筑归纳起来有太平庵、汤氏祠堂、经纬楼、一勺亭、廛屋(即小平房)、店房等(后附初考示意图)。

至此，我们已经得知了墓园地形地貌与地表建筑的大体情况。但墓园有多大呢？《文昌汤氏宗谱》给出的数据是：

灵芝园，上截横九丈五尺，中南至北十四丈，中直至塘塝十二丈一尺。

———————

① ② 《文昌汤氏宗谱》。

古今计量尺度虽有所不同,但相差不是太大,换算下来相当于现在的 1 400 多平方米。据《文昌汤氏宗谱》所载统计,该墓地共安葬了从生于永乐年间(1403—1424)的第一世祖汤伯清到乾隆庚子年(1780)第十四世汤俊升①约 72 位文昌汤氏家族中的部分先人,时间跨度近 400 年(详见表一)。

表一　灵芝园主要墓葬者简表

谱　名	名	字(号)	生	卒(殁)	备　注
伯清公	亮文				第一世
	艾氏				合葬文昌汤家山(灵芝园)
子高公	峻明		宣德癸丑(1433)	正德乙亥(1515)	第二世
	艾氏		宣德癸丑(1433)	正德辛未(1511)	合葬于先陇之次
廷用公	子高公幼子	勷胜			第三世
	郑氏				合葬于先陇之次
乔一公	懋昭	日新　酉塘	成化丁未(1487)	嘉靖丙寅(1566)	第四世
	李氏				公妣合葬后园(灵芝园)
	魏氏		弘治戊申(1488)	万历己卯(1579)	1606 年迁祔公茔之左尺余灵芝园内
铭四公	尚贤	承塘	嘉靖戊子(1528)	万历乙卯(1615)	第五世
	吴氏		嘉靖庚寅(1530)	万历甲寅(1614)	公妣合葬灵芝园
	李氏		隆庆丁卯(1567)	顺治丁亥(1647)	葬公之左
若士公	显祖	义仍　海若	嘉靖庚戌(1550)	万历丙辰(1616)	第六世,葬于灵芝园
	吴氏		嘉靖甲寅(1554)	万历乙酉(1585)	克祔于祖姑魏夫人
尊宿公	大耆		万历庚辰(1580)	康熙乙巳(1665)	第七世,显祖二子
	钱孔中女				
	胡氏(副室)				公妣俱葬灵芝园
季云公	开先	潭庵			第七世,显祖四子

---

①　最后一位安葬在灵芝园的是第六世汤儒祖的后裔第十四世汤俊升,生于乾隆甲戌(1754),卒于乾隆庚子(1780)。

续表

谱 名	名	字(号)	生	卒(殁)	备 注
	高氏				俱葬灵芝园
少海公	儒祖	醇甫	嘉靖己未(1559)	万历甲午(1594)	第六世,显祖大弟 家谱中失载安葬地
	魏氏		嘉靖戊午(1558)	万历丙戌(1586)	
仪亭公	奉祖				第六世,显祖二弟
	杨氏				
	继王氏				公妣合葬灵芝园
素其公	会祖				第六世,显祖三弟
	何氏				合葬灵芝园
亦士公	寅祖	羲仍	万历丙戌(1586)	崇祯戊辰(1628)	第六世,显祖幼弟
	胡氏		万历乙酉(1585)	万历甲寅(1614)	合葬灵芝园
生甫公	维岳	山公	万历辛巳(1581)	顺治乙未(1655)	第七世,儒祖之子 公妣合葬灵芝园
子杰公	伯清公幼子				第二世
	黎氏				葬灵芝园
廷蔚公	子高公长子				第三世
	阙氏				合葬灵芝园
廷辅公	子杰公仲子				第三世
	万氏				公妣俱葬灵芝园

三 灵芝园之兴废

追溯文昌汤氏灵芝园的兴废史,大体可以划分为以下几个阶段。

(一)从"后园"到"灵芝园"

如前所述,灵芝园安葬的第一人为文昌汤氏一世祖汤伯清,其时该山地权属可能尚不明晰,因而有二世祖子高公"葬于先陇之次",到安葬第四世祖西塘公时,已是"葬于后园"了。之所以称作"后园",则是因墓园位置在其"去家居百步许"①的祖居后面(即祖居之北,据笔

———————

① 《明故义士汤公子高墓志铭》。

者考证,其祖居应在现在的官沟上南延伸段与榔树下的交界处)。后来,由于"吾祖茔产芝",接着汤显祖又中了进士,灵芝园的名称便渐渐叫开了。到了汤显祖的父亲汤尚贤时代,还"建祠于灵芝园之右",在园的西向,建有不少店面①。

(二) 兵祸

明末清初改朝换代,兵戈扰攘,孤悬于桥东的文昌里,每逢战事,毫无例外地成为交战双方的主要战场。覆巢之下,安有完卵。在战火的蹂躏中,文昌里几度成为废墟,灵芝园亦难于幸免。其中《临川县志》记载:顺治二年(1645)夏,清军大兵压境,临川白城(现为南昌县管辖)詹更一、揭重熙、曾亨应纷纷举兵反抗;继而建昌(今南城县)益藩王招集兵马数千,驻扎抚州府,在清军的强势攻势下兵败,死数百人。时隔几月,永宁王自福建率兵万余入据抚州,在清军的围困下,第二年三月败。"近城民居被冠焚毁,数十里外皆被掠。"②

又:顺治三年(1646),建昌益藩王等数次由金溪、东乡进攻抚州府城,清军江西总兵金声桓遣兵剿洗,"近东一带有数百家之聚落绝人迹者"③。后王得仁④反清,入驻抚州,见灵芝园"故基垣墉",残垣断壁,遂在这片废墟上造起了马王庙。从此文昌汤氏的"数百年产业一变为异域矣"⑤。该马王庙直到雍正七年(1729),还与一世祖汤伯清建的太平庵一起⑥,作为地标性建筑标注在雍正《抚州府志》的治图中。

(三) 抗争

文昌汤氏数百年积累下来的祖业(祖宅地和灵芝园)废而被占,后

---

① 从《文昌汤氏宗谱》所载道光戊戌(1838)所撰《新建承塘公祠记》"是年冬,合房公议将承塘公所遗店基一片,变卖钱肆百千……将祠堂左隔巷店房二所作价抵偿贰佰千……"中推知。

②③ 道光《临川县志》卷十四《武事》。

④ 王得仁,出生于明朝末年,原是闯王李自成旧部。李自成遇难后,降清军移师南昌。永历二年(1648),王得仁叛清归明。

⑤ 《抚郡汤氏廓宇规模记》,《文昌汤氏宗谱》。

⑥ 《伯清公传》,《文昌汤氏宗谱》:"(汤伯清)世居河东大街……构文昌阁于桥右,建太平庵于桥左,复建正觉寺于长春坊,置贾田产供佛齐僧……"

辈们潸然,并进行了长达数十年的诉讼。顺治八年(1651),寅祖长子应台偕同显祖之子大耆等,呈文巡按张嘉①,诉"毁折值有害其成",张以任职将满而搁置。如此过了几年,官府竟在此地基上建起了仓廪,收蓄漕粮,成为了官地。康熙二十六年(1687)冬,寅祖之孙,应台之子汤秀琦与知府张四教②在府署相接甚欢,汤秀琦"具述其事,以请命"。张知府查复说:此地贮漕已久,边上又是市场,内外都是一副败象,不好处理。知县李天植③也站在知府一边。秀琦虽再三辩驳,也无法成议。加之张知府任职期满,所以又一次搁置了起来。康熙二十七年(1688),宋荦④巡抚江西,重道崇儒,秀琦以所著书请教宋公,宋公亲自到秀琦居住的旅店迎接,相交甚欢。第二年春,宋荦问起秀琦家世,秀琦将家族之事详细诉说了一遍,宋很是同情,复审了张知府的批文,提出"移仓给还之议"。李天植"坐价三十六两以赎质",恰新县令储抡⑤到任,宋召集多方议定,腾仓归还。新仓当年八月动工,第二年(1690)九月竣工,文昌汤氏的墓地——灵芝园终得以复还。历时45年。⑥

　　道光八年(1828),万寿宫道士欲买灵芝园案山侧的八亩田盖造栈房,榆坊等房后人"恐闭塞祖坟明堂,祖墓不安,子孙丁财有碍",合伙捐赀承买田八亩,为伯清公祭产,传遗后代,并将原出租藕塘积存下的租金,购买地基一所和修理旧宅倾颓等。道光十六年(1836)冬,将所存租钱新构祠屋一栋,道光十八年(1838)祠堂开局,重修宗谱。⑦

　　由于在明末清初的数次兵连祸结中,"庙已毁而为圩,予宗皆转徙

　　① 光绪《江西通志》卷十五:张嘉,顺治八年,巡按。
　　② 雍正《抚州府志》卷十四:知府,张四教,康熙二十三年(1684)升任江西驿盐道副使。
　　③ 道光《临川县志》卷十九:知县,李天植,康熙二十年(1681)任。
　　④ 光绪《江西通志》卷十五:宋荦,康熙二十七年,巡抚。
　　⑤ 道光《临川县志》卷十九:知县,储抡,康熙二十九年(1690)任。
　　⑥ 本段以《文昌汤氏宗谱》汤秀琦撰于康熙二十九年的《祖基复还记》为据。
　　⑦ 本段以《文昌汤氏宗谱》撰于道光十八年(1838)的《伯清公祠宇暨田租塘租记》为据。

侨居"①,灵芝园遂渐被人"蚕食"②。其凋敝之状,在康熙至雍正年间之人冯咏(约 1672—1731)的《灵芝山汤祠部墓》诗中可略见一斑:"步出城东桥,杨柳夹河路。居民百千家,中有玉茗墓。是山名灵芝,四面逾百步。其上列祖茔,其旁昆弟祔。昭穆虽分明,碑阡半欲仆。野豕拱墓道,疯人息荫树。路旁况粪埌,溷秽多所污。先生神仙才,乃复遭冥数。白云起混茫,青山变朝暮。喟焉念文采,焉有金石固。"③

清朝晚期,从咸丰六年(1856)到同治三年(1864),太平天国军与清政府军为争夺抚州城,进行过数次激烈的战斗,文昌桥头的灵芝园又屡遭兵毁。

光绪二十九年(1903),安徽桐城人江召棠(1849—1906)任临川知县,江召棠十分钦慕汤显祖的文章品节,当他在桥东看到汤墓荡然无存,连墓碑都没有时,很是悲戚。在文昌汤氏后裔的指认下,江县令捐出自己的俸银,重修了汤显祖墓,刻立了墓碑,并亲书"皇清光绪二十九年清明吉立　诰赠巡抚都察院汤显祖公字若士名贤　姒吴氏夫人

姒赵　傅氏夫人之墓　权知临川县事江召棠敬"的碑文与"文章超海内,品节冠临川"的碑联。值得提示的是,新资料已经证明,汤显祖原配吴夫人并未与他合葬一茔,而是"祔于祖姑魏夫人"之左下侧。

(四)再毁

1930 年 12 月动工修建赣闽公路温家圳至临川文昌桥段,这是抚州境内的第一条公路,次年 8 月竣工通车。④文昌桥也由原来从两侧上桥的人行桥,改建为直行汽车的公路桥。受此影响,墓园以北被填埋加高,成为了公路引桥的一部分,文昌桥也易名为"行易桥"。

---

①　《承塘公支下正旦诣祖簿序》,《文昌汤氏宗谱》。

②　《文昌汤氏宗谱》所载汤秀琦撰《兴复曾祖承塘祠堂纪略》:"近年间适有租吾祠地而造居者,族众以其地在墓道之侧,因以祠近,故往来斥责,马牛践踏,亦听其建造,以为坟墓捍围,计可也。去年冬,其人遂将此屋举偿债主折移,将有目矣。向之借为捍围者今能恃以为安乎?"

③　(清)冯咏《桐村诗》卷三,南京图书馆藏清康熙刻本,第 21 页。

④　《大事记》,《抚州市志》第一册,方志出版社,2013 年,第 44 页。

1940 年 4 月 13 日,日军飞机轰炸抚州城区,炸死数百人。1942 年 5 月下旬,日军第八军调集三万余兵力,编为三个兵团及预备队,分三路入侵抚州①。"日本兵在这里(墓园)挖战壕,把这里的坟墓都铲平了……汤墓(即 1903 年江召棠修建的墓)得以保存,是因为烟店老板用竹篱把墓地圈入自己家里,想作为他自己的私有土地。"②

就这样,几百年来,虽经汤氏后裔的不断抗争,但在战火的蹂躏中,灵芝园渐渐地淡出了世人的视线。

(五)保护

中华人民共和国成立以后不久,汤显祖墓即被列入省级文物保护单位。1957 年,国家文化部决定在江西举办纪念汤显祖逝世 340 周年活动(当时将汤显祖逝世时间误为 1617 年)。抚州专署拨专款,以残存下来的江召棠修的汤显祖之墓碑为依据,重新修葺,并在墓旁增盖了"牡丹亭"。

惋惜的是,1966 年"文化大革命"中,1957 年所修的汤墓墓冢及牡丹亭也遭到了彻底的破坏。1968 年,当时的行署商业局在墓址上建起了一栋东西长 31 米,南北宽 11 米,占地 340 平方米简陋的冰冻厂单层式车间,车间周围建了自来水塔与低矮的宿舍等辅助设施。也就是说,整个墓园的地表基本上都被占用了。也许是得益于这种占用,从对墓园的挖掘考古情形来看,除汤显祖墓以外,整个墓园核心部分在地层之下保存得还是比较完整的。

1982 年,抚州市有关部门鉴于文昌里汤墓损毁严重,遂将其移迁到了市中心的人民公园内。③

① 《大事记》,《抚州市志》第一册,方志出版社,2013 年,第 49 页。
② 黄芝冈《汤显祖编年评传》,第 3 页。
③ 据当时参与迁墓工作的傅林辉先生撰文回忆:"1982 年 8 月 24 日早晨八点,开始对原汤墓进行开挖,直至次日凌晨二点三十五分结束……挖入深度为 3.2 米,开挖面积约 4 平方米。""只挖到许多古砖,规格为长×宽×厚 = 40 cm×16 cm×7 cm。还有不少碗、钵碎片,棺材板、骨骼均不见,只有少许腐烂的木屑,有一支发黑的发簪,洗干净后发现是银质的。"

四　补遗与疑窦

2017 年 8 月 28 日，江西省文化厅、抚州市政府召开新闻发布会，宣布灵芝园的考古情况。由于笔者跟踪了中后期的考古过程，并对灵芝园的遗存进行了相关比对，发现以下几项有必要深入补证。

首先，考古中新发现的"汤临川玉茗先生墓"（228 厘米×60 厘米×12 厘米）、"玉茗公墓"（108 厘米×40 厘米×8 厘米）两块压棺石，是否就是汤显祖墓原墓的压棺石，有待进一步考证与确认。有一种可能是，此二石并非汤显祖原墓所有。其理由是，"玉茗堂"是汤显祖的堂号，生前也曾以堂名出版过其著作《玉茗堂文集》。后人十分钦佩汤显祖的文章与品节，所以他在晚年及逝后，被人广称为玉茗先生。如《文昌汤氏宗谱》中保存的汤显祖晚年的学生陈际泰①作于明崇正（祯）五十三年（1640）的《文昌汤氏宗谱序》中将汤显祖称为"玉茗夫子"；康熙四十三年（1704）抚州府知事张伯宗所作《谱序》也将他称为"玉茗先生"，这些文献记载皆可印证。但其在家谱中的称谓则是若士公而非玉茗公。因此，"玉茗公墓"的压棺石或许是后人加盖的，或许是康熙二十九年（1690），在巡抚宋荦的帮助下，灵芝园得以复还后，其后裔在对汤显祖墓进行整修时加盖的。"汤临川玉茗先生墓"的压棺石年代可能更晚，具体年代待考。另外，此次家族墓园遗址的"试掘"，尚留下许多疑窦：如"初步确定"的汤墓位置准确无误吗？汤显祖 1616 年逝世后是何年下葬？傅氏夫人何年逝世？真是与汤显祖合葬一茔吗？等等，均有待认真考论。

其次，发布会上宣布的刻有"……義仍汤公之墓"六字的半截墓碑，从残字看，并非是"義"字，而是"羲"字（见图二）。"羲仍"是汤显祖幼弟汤寅祖（1559—1594）的字。另外，从形制看，此残碑高 117 厘米

---

① 陈际泰（1567—1641），字大士，号方城，68 岁中进士。与罗万藻、章世纯、艾南英并称为"江西四家"或"临川四大才子"。其墓地在距市内约 40 千米的临川区鹏田乡陈坊村。

（高度有缺少）、宽 64 厘米、厚 13 厘米，这与 68 岁考中进士,曾任七品行人的汤公门人陈际泰的墓碑高 212 厘米、宽 97 厘米、厚 18 厘米相差甚远。相比之下,汤显祖作为曾经的六品官员,其逝后的墓碑怎么也应与陈际泰的墓碑相当,才符合当时的墓葬规制和汤公的影响力。所以,无论是从字形与碑形分析,都应是汤寅祖的墓碑。汤显祖的墓碑现已无存,但在灵芝园内一旁静静躺着一方长 158 厘米、宽 54 厘米、高 51 厘米,且风化十分严重的花岗岩趺座,从其安放碑石的凹槽长 85 厘米、宽 19 厘米的尺寸来看,或许是汤显祖墓碑趺座的原件。这也是目前灵芝园中发现的唯一一块碑石趺座。

图二 "羲""羲"与残碑

第三,"文昌通旧观,东井饮余晖。"[1]诗句中的"文昌"指的是文昌桥,"旧观"则是玉隆万寿宫在当时的旧称"游帷观"。那么"东井"呢？它与雍正《抚州府志》卷之五《邑里志》中"港东厢……其井一,曰文昌桥头井"是同一所指吗？如果是的话,这个井现在还在吗？巧合的是,

---

① 《吾庐》,徐朔方笺校《汤显祖全集》(一),第 166 页。

在灵芝园西侧一倒塌房屋的草地里,隐藏着一口井圈内径 48 厘米,井壁呈弧形向下扩展达 1.5 米以上,内壁由红石砌接的已弃用的水井(此距文昌桥头仅 50 余米)。已倒塌的房屋为清代建筑。据耄耋者说,在 20 世纪五六十年代,这里是一所茶社,店面迎街,井在后厨烧水房内,是茶社的专用水井。从井的内壁形制看非常古老,这会是汤显祖时代的"东井"吗?期待下一步的考古认证了。

最后,原制冰厂建厂时间。笔者寻访到了在灵芝园居住近 40 年,时任抚州饭店革委会副主任,后任制冰厂厂长的刘建华老人。他告诉笔者,灵芝园当时叫汤家山,是一座露天菜市场。制冰厂是 1968 年夏由当时的行署商业局投资 10 万元,委托抚州饭店负责建设的国营商办企业,正式人员编制为 14 人。当时的饭店经理、南下干部张永久建设初期为抓进度,曾搬竹床睡在灵芝园工地上。第一批职工全部由抚州饭店制冰室抽调组成。他们是刘建华(时任抚州饭店革委会副主任)、徐生根(时任抚州饭店工会主席)、胥寿庆、付柳根、江显进、吴银宝、王小毛、万早香、杨早红。制冰厂 1969 年建成,夏秋两季生产市民食用的冰棒与冰块,结束了当时抚州地区境内无制冰企业的历史。

作者单位:江西抚州汤显祖国际研究中心

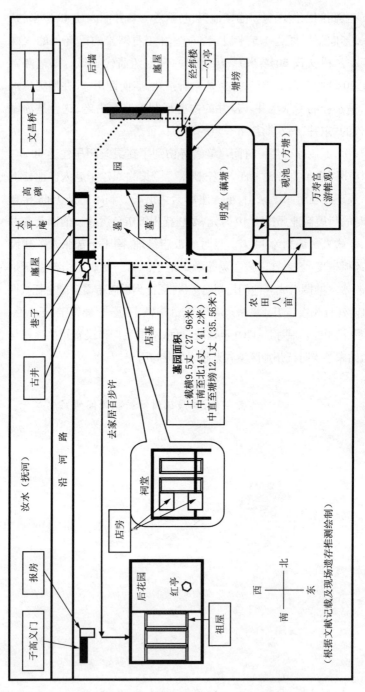

图三　灵芝园初考示意图

（根据文献记载及现场遗存推测绘制）

汤显祖三篇佚文新辨伪

周明初

汤显祖佚文,学界续有刊布。由于刊布者对于佚文的考证辨伪工作做得不是很充分,常常将一些伪作或者篡改之作当作佚作发表,造成以讹传讹。近年来笔者对于学界所刊布的汤显祖佚作颇多留意,发现了其中不少其实是伪作或篡改之作。本文所举三篇为最新的辨伪成果。

一 《记山阴道上》

渡江而迤越之乡,则首西兴。诗所谓"西陵松柏下"者此也。二百里许过东关,即山阴道,亦曰剡溪。曹能始先生谓越中之水有三胜:其清彻底,其色拖蓝,一。青山当面,若穷若不穷,二。所至辄有嘉名古迹,三。昔王右军云:每行山阴道上,如镜中游。王子敬又曰:镜湖澄澈,清流泻注,山川之美,使人应接不暇。父子高致如此,亦山水会心远也。

此文收入新近出版的《汤显祖集全编》之《汤显祖诗文续补遗》①中,系江巨荣先生据崇祯六年(1633)墨绘斋刻《名山胜概记》辑佚。文后有按语称"此文真伪存疑",可见也怀疑此文的可靠性。其实,江巨

---

① 徐朔方笺校《汤显祖集全编》(四),上海古籍出版社,2015 年,第 2231 页。按:《记山阴道上》原文见《名山胜概记》卷十四,《四库全书存目丛书》史部第 253 册,齐鲁书社,1997 年,第 33 页。《汤显祖集全编》收入时有些错字和脱字,现根据原书做了校正。

荣先生曾经作过《汤显祖的两篇佚文》,明确认为《记山阴道上》"当属伪作"①,不知这次整理修订《汤显祖集全编》,为何仍然将它作为"真伪存疑"的作品收入《汤显祖诗文续补遗》中。今考这篇佚作的主体部分取自曹学佺(字能始)的《适越记》,该文开头部分为:

> 渡江而适越之乡,则首西兴。即所谓"西陵松柏下"者此也。百里至绍兴郡,又百里至东关,即山阴道,亦曰剡溪也。越中之水有三胜:其清彻底,其色拖蓝,一胜也;青山当面,若穷若不穷,二胜也;所至辄有嘉名古迹,三胜也。余入越,则探禹穴、登越王城焉。穴以空石异,城相传为范蠡所筑,其方向位置悉按例法,余见惟越中独耳。兰亭、鉴湖不无今昔改移,是专以人胜也。东关渡姚江,则入甬东……②

两相对照,可知《记山阴道上》正是捏合了曹学佺的《适越记》及王羲之、王献之父子的言论而成,而主体部分则是曹学佺的《适越记》的开头部分,只是将《适越记》中的"百里至绍兴郡,又百里至东关"修改成"二百里许过东关",在"越中之水有三胜"前加上了"曹能始先生谓"这样几个字。而后面王羲之、王献之父子的言论,也有现成的材料可以利用。《太平寰宇记》卷九十六《江南东道八》"越州·山阴县"条说:"《宋略》云:'会稽山阴编户三万,号为天下繁剧。'王羲之云:'每行山阴道上,如镜中游。'王子敬见潭壑澄澈,清流泻注,乃云:'山川之美,应接不暇。'"③此条又见《太平御览》卷一百七十一《州郡部十七》"江南道下·越州"。④又晚明张溥所编《汉魏六朝百三家集》卷六十《王献

---

① 江巨荣《汤显祖的两篇佚文》,《汤显祖研究论集》,上海人民出版社,2015 年,第 96 页。该文原载 1998 年 5 月 30 日《文汇读书周报》。

② (明)曹学佺《适越记》,《石仓文稿》卷三,《续修四库全书》第 1367 册,上海古籍出版社,2003 年,第 895 页。

③ (宋)乐史撰,王文楚等点校《太平寰宇记》第四册,中华书局,2007 年,第 1924—1925 页。

④ (宋)李昉等编《太平御览》第一册,中华书局,1960 年,影印本,第 832 页。

之集》中收入王献之《镜湖帖》，全文为："镜湖澄澈，清流泻注，山川之美，使人应接不暇。"其后附注曰："王右军云：每行山阴道上，如镜中游。与此可互观。父子高致如此。"①可知《记山阴道上》后小半段文字，当是抄摘了当时能见到的某种现成的材料。

再看曹学佺的《适越记》，此文收录于《石仓文稿》卷三中。其文在正文前还有一个副标题"壬寅秋日同吴德符、陈惟秦"，可知曹学佺是在万历三十年（1602）的秋天游览越地并写下这篇游记的。曹学佺在万历二十八年（1600）由户部主事左迁为南京大理寺正（添注）这一闲职后，曾经多次在东南一带出游，并写下游记。如收入同一卷中的《泛太湖游洞庭两山记》作于万历三十年（1602）的春天、《游天柱山记》作于万历三十一年（1603）冬天、《游匡庐记》作于万历三十二年（1604）夏天。《适越记》这篇游记写他在越地的全程游踪，篇幅很长。从游记可知，曹学佺从东关渡姚江进入上虞后，过曹娥庙，转至嵊县、新昌进入台州境内，经由天台、临海、黄岩进入温州境内，由乐清、永嘉入处州（今丽水），过青田、缙云折向金华方向，由永康而至兰溪。沿途饱览了风景名胜，在其笔下有一一记述。该文最后说"兰溪为归余闽路"，可知曹学佺在游览越地后，回到了福建侯官老家。所以《适越记》的作者是曹学佺，可说是无可争议的。

那么有没有可能是汤显祖在到过绍兴后，利用曹学佺这篇游记的开头部分，加上其他材料，拼凑成了《记山阴道上》呢？那也绝无可能。像汤显祖这样的诗文大家，难以想象会剽窃别人的文章内容，拼凑出一篇新的文章来。更何况，曹学佺是在"壬寅秋日"即万历三十年（1602）的秋天游览越地后写下《适越记》这篇游记的，而《记山阴道上》不仅截取了《适越记》的开头部分，而且在文中明确说"曹能始先生谓"，这表明这篇《记山阴道上》只能写于曹学佺的《适越记》之后。而汤显祖在万历二十六年（1598）就已经从遂昌知县的任上弃官回到老

①　（明）张溥编《汉魏六朝百三家集》，影印文渊阁《四库全书》第 1413 册，台湾商务印书馆，1986 年，第 701 页。

家江西临川。回乡后他自号"茧翁",很少外出。所到足迹,不出江西境内,最远也只是到过省城南昌。①既然再也没有到过浙江,也就没有了写作《记山阴道上》的可能。

可见《记山阴道上》署名为汤显祖作,实际是伪托之作。此文是江巨荣先生"据崇祯六年墨绘斋刻《名山胜概记》"辑佚而来。《名山胜概记》是部什么样的书呢?《四库全书总目提要》卷七十八史部三十四地理类存目七"《名山记》四十八卷《图》一卷《附录》一卷"介绍说:"盖因何镗之书而增葺之。凡北直隶二卷、南直隶十卷、浙江十卷……所录古人游记十之三,明人游记十之七。采摭颇富,而庞杂特甚。如郦道元《水经注》、徐兢《高丽图经》、张敦颐《六朝事迹》之类,皆割裂饾饤,改易名目。至于孔稚圭《北山移文》、骆宾王《冒雨寻菊序》、宗懔《荆楚岁时记》、周密《武林旧事》、杨衒之《洛阳伽蓝记》、王观《扬州芍药谱》、张镃《梅品》、王世贞《题洛中九老图》之类,阑入者不可殚述。不知其与名山何与?其图首有篆字题识曰'崇祯六年春月,墨绘斋新摹',则出自坊贾之手可知。"②《四库提要》已经讲得很清楚,这部书是书坊商人利用已有资料,"割裂饾饤,改易名目",拼凑而成。可见《记山阴道上》一文也是书商利用了曹学佺的《适越记》,加上像《太平寰宇记》一类的地理类图书资料,加以拼凑而成。署名汤显祖,是因为他的名头在晚明实在太大的缘故。③

二 《送友游庐山诗》(二首)

一行归雁蠡湖停,荡漾峰头几叠青。

试就匡庐骑鹿去,银河瀑布泻云屏。

①　徐朔方《汤显祖评传》,南京大学出版社,1993年,第201页。

②　(清)永瑢等《四库全书总目》上册,中华书局,1965年,影印本,第677页。又见《四库全书存目丛书》史部第254册《名山胜概记》书后所附,第467页。

③　按此文资料搜集上,施懿真同学也有贡献。本人所布置的《汤显祖诗文续补遗》辨伪作业中,施懿真同学有对这篇文章的初步辨伪,本文在写作中吸收了该作业的部分成果。特此说明。

> 王孙原是净居身,草色乡心一半春。
>
> 堂上白鸦飞欲尽,钵中香饭施何人。

此两首诗系江西师范大学杜华平教授《辑汤显祖集外佚诗二首》中刊布①,据该文介绍,辑自清人毛德琦的《庐山志》。杜文说:"笔者反复翻查徐先生笺校本,未见毛德琦《庐山志》所收《送友游庐山诗》二首。考虑到可能是汤集中不同题名、文字小有差异的流传本,我对汤集所存诗做了逐首翻阅,未见近似之诗。可以确定,二诗实为汤公集外佚诗。汤公涉及庐山的诗约有 30 首,此二诗为其中颇为出色之作,从内容看,似作于中年以后,可能并非已佚的《雍藻》中零落片羽,而是后期未收之散篇。其见录于毛志,弥足珍贵。"②可谓言之凿凿,不由人不信。

然而,稍加考查,便可知杜文所说其实是不确的。此两首诗,汤显祖生前好友所编辑、明天启年间所刊刻的《玉茗堂全集》诗集卷十七中已经收录,不过诗题作《送客麻姑便过庐岳饭僧》,且诗作有较多的异文。现录于下:

> 湖阳归雁雪纷纷,映漾峰头几叠云。
>
> 不向麻源问清浅,龙沙高已半匡君。

> 王孙高兴逐年新,草色乡心一半春。
>
> 堂上白鸦飞欲尽,钵中香饭俟谁人。③

在徐朔方先生所笺校的《汤显祖集》诗文集部分,据天启刻本编在第十九卷"玉茗堂诗之十四"中,编年为"1598—1616,49 岁—67 岁。

① 杜华平《辑汤显祖集外佚诗二首》,《纪念汤显祖逝世 400 周年剧目展演暨国际高峰学术论坛论文集》第四册,2016 年 9 月,中国抚州,第 15 页。此两首诗原载毛德琦《庐山志》卷十五,《四库全书存目丛书》史部第 240 册,第 229 页。

② 同上,第 15—16 页。

③ (明)汤显祖《玉茗堂全集》,《续修四库全书》第 1362 册,第 889 页。

作于弃官家居后,年月不详",后来在各个时期所出版的各种修订本中也都有收录。①杜文据《庐山志》所录两首,其实徐朔方先生在修订《汤显祖诗文集》时,早就注意到了。《汤显祖全集》中这两首诗下有笺云:"此二诗又见《庐山志》卷十五,而文字颇有出入。诗云:……"②所引二首诗,此处略。

通过对照可知:第二首诗除首句有较多的异文外,后面三句基本一致,其为同一首诗非常明显;而第一首诗简直面目全非,如果不同时对照第二首诗,很难想象这是同一首诗的不同版本。这也难怪杜华平教授认真翻查后,没有能够在汤集中发现这两首诗。

现在的问题是:为何在《玉茗堂集》中所收与《庐山志》中所收的同一首诗,差异均有如此之大?因为材料缺乏,很难说得清楚。不过存在着这样两种可能性:一种可能是《庐山志》中所收的是汤显祖所作诗的原稿,《庐山志》据当时保存下来的原稿录入,或者是据原稿收录的某种资料而来,而《玉茗堂集》中所收应当是据汤显祖诗作的修改稿或者写定稿而来。由此造成两个版本中的同一首诗作有如此大的差异。古代的诗人出于应酬的需要,常常会临场赋诗,因为事出仓促,所作诗作不一定工整妥帖,而在事后又会精心修改自己的诗作,使之成为定本,并收入自己的诗文集中。另一种可能是《庐山志》中所收是经过后人的篡改的。明清时代的人均有篡改别人作品的喜好,所以我们常常会发现某个作家的作品,在本人的别集中及在各种不同的选本中会有较多的异文,而且常常会面目全非。③《庐山志》是康熙五十三年

---

① 徐朔方笺校《汤显祖集》(二),中华书局上海编辑所,1962 年,第 772 页;上海人民出版社,1973 年,第 772 页;《汤显祖诗文集》下册,上海古籍出版社,1982 年,第 772 页;《汤显祖全集》(二),北京古籍出版社,1999 年,第 829 页;《汤显祖集全编》(三),上海古籍出版社,2016 年,第 1147 页。不过,对照天启刻本,徐先生笺校诸本均有误:第一首诗首句首两字,天启本作"湖阳",徐校本作"阳湖";第二首末句第五字,天启本作"嚫",徐校本"口"旁作"贝"。不知何据。

② 《汤显祖全集》(二),第 829 页;《汤显祖集全编》(三),第 1147 页。

③ 关于清人擅改明人作品的现象,叶晔的《清代词选集中的擅改原作现象——以〈明词综〉为中心的考察》(《中国文化研究》2006 年春之卷,第 109—116 页)中有较多揭示,可参看。

(1714)任星子知县的毛德琦,在明桑乔《庐山纪事》、清吴炜《庐山续志》等书的基础上增补而成,资料来源庞杂,其卷十四、十五为《艺文志》,其中卷十五所收为自晋代至清代之历代诗人所咏诗中与庐山有关的诗,在"汤显祖送友游庐山诗"之后,紧接着三首为"刘一焜送友游庐山诗""刘一爌送友游庐山诗""曹学佺游匡庐诗",可知"送友游庐山诗"之类题名不是原作确切的诗题,而是编纂者概括所加。诗题既然经过篡改,则诗作本身经过篡改的可能性也是比较大的。

三 《晋孝子参里黄先生祠记》

嗟嗟！先生,孝德信诸里人,里人以方子舆氏至今。参里之山,世表南海,而俎豆向不与于学官,非阙事耶？万历甲戌,邑董侯始奉诏,以诸生言,请诸督学使者,入祀乡贤。会其时,新安析治,而参里割隶新安。或有为两端议者,赖侯断断持不可。顷之,董侯召入,而礼臣适下郡国,厘正祀典,其斤斤于去留之际,直为挽近世、杜幸径,不及先贤何者？其事久而论素定也。乃摄邑者不深维其义,概谓先生故居参里里新安,则祀新安足矣,遂祧主尊经阁中。悲夫,异时先生隐约蓬藋,何所蕲尸祝以为名高,顾民彝世教,非孝不植,后之人自以其心之同然者而景慕,与南极并久,是先生不以参里重,而吾邑世以先生重,至章章也。顾独据里而议裁罢,则参里在晋,隶东官郡。邑则郡之幅员,历今千百余年,始析而置新安,孰非东官故封,而先生所视为桑梓地耶？何存祧之异议也,斯亦浅之乎视孝德矣。岁丁亥,惠郡理王侯以摄邑。甫至,资访谣俗,亟取诸生言以上郭督学,请专祀。报可。乃拓地于邑之郭北关为祠,而俾临川汤显祖记之。

此文系同事徐永明教授在《汤显祖佚文〈晋孝子参里黄先生祠记〉

考》中刊布,材料来源于《(崇祯)东莞县志》卷之七《艺文志》下。①现本人录入该文时,在标点上有所修改。其实,徐永明教授在写作此文前曾经与笔者交流,说在《东莞县志》中发现汤显祖一篇佚文,内容与收入别集中的某一篇相近,并介绍了两文的大致情况。我当即表示这篇佚文很可能是伪作,建议从辨伪的角度考察。但他坚持认为这篇应当是汤显祖的佚作,在写出论文初稿后,又发给我提意见,后在定稿中部分吸收了我的意见,也回答了我的质疑。但我认为他的考辨并没有说服力,我依然认为这篇佚文是伪托汤显祖之作。为便于对照并说明问题,现录出自明天启刻本《玉茗堂全集》文集卷八②、徐朔方先生笺校《汤显祖集》编入诗文集第三十五卷的《东莞县晋黄孝子特祠碑》的前半部分于下:

> 今上辛卯夏,余以言事尉海北。冬,道南海,过哭再从父墓东莞焉。抚友人祁衍曾之孤,遂如罗浮。而诸生陈君启心者,乃以书来,为其先贤晋孝子黄公舒特祠,欲有以记也。然孝子生处,其地乃割在新安界中。孝子晋人也。家贫,自力养侍。虽盛暑未尝不冠带。亲意所在,千里之外不以为难。亲死,皆身为坟而庐。深野中无人,猛兽左右噪,安之也。每夜定,或寒月,号哭声常飘萧出林薄,随悲风远闻,人为泣下。独日饮一杯糜,形色枯槁。人劝其还,哭而不答。行路之人皆曰:"黄舒,今之曾参也。"有司表旌其居曰参里。里有山,岑蔚可爱,为参山。有孝著闻如此。至于今,且千年矣。学官阙焉不祀,何也?而诸生中,若李元表、祁衍曾、陈启心,此三人读书而豪,以言于县令乐女董君。董慨然曰:"此岭表人士之初也。曲江诸贤,犹在其后。"而郡以上学使者,莫不欢动焉。然有以新安疑者。董君曰:"入新安界者今,为莞人者昔也。"乃择日附主学官。亦十有余年矣。妄一人来视县

---

① 徐永明《汤显祖佚文〈晋孝子参里黄先生祠记〉考》,《纪念汤显祖逝世 400 周年剧目展演暨国际高峰学术论坛论文集》中册,2016 年 9 月,中国抚州,第 175 页。

② 汤显祖《玉茗堂全集》,《续修四库全书》第 1362 册,第 461—462 页。

事,竟议祀之新安,而主在东莞学官者,遂置屏处。

是时祁生病且死,李生一人不能争。而陈生目又废,然独发愤抱其主以出,且言曰:"仁人孝子,天下一家。东莞、新安,故非两邑也。今已罢祀,主无所归。生等愿不烦费县官一人一缗钱,但得城北空外地七丈余,足以容主,令东莞之人有父母者得望见焉。"视学者许之。三年而后克成。多里中贤豪长者营之。陈生首义。嗟夫,陈生有其心,无其目矣。犹感愤好德千载之前,举义如是,况夫有心有目者哉。①

本人认为出自《(崇祯)东莞县志》的《晋孝子参里黄先生祠记》为伪作的理由如下。

首先,如果没有特殊情况,同一位作者没有必要也不太可能会在间隔不长的时间内为同一对象写作两篇性质相同的记文。这两篇文章虽然题目有所不同,但都是为新建的黄孝子特祠而作的碑记文。虽然内容有详有略,但大致所讲的是同一件事:东莞的诸生倡议将晋代黄孝子入祀学宫,得到董知县的积极响应。由于新设立的新安县当时已经从东莞县分出,而黄孝子的出生地参里划入新安县境,于是有人对黄孝子入祀东莞县学宫提出异议,黄孝子的神主又被撤出了学宫。在诸生的努力下,后来在东莞城北特设了祭祀黄孝子的祠堂。《东莞县晋黄孝子特祠碑》中,有明确的写作时间"今上辛卯夏"即万历十九年(1591);《晋孝子参里黄先生祠记》中的写作时间是模糊的,而据"岁丁亥,惠郡理王侯以摄邑。甫至,资访谣俗,亟取诸生言以上郭督学,请专祀。报可",则是在万历十五年(1587)以后。如果《晋孝子参里黄先生祠记》确实也是汤显祖所作的话,那么在短短的四年时间里,为了黄孝子特祠,写作了两篇碑记文,这是难以理解的。

其次,作文的缘由在该文中没有交代清楚。对比两篇文章,《东莞

---

① 徐朔方笺校《汤显祖集》(二)、《汤显祖诗文集》下册,第 1133—1134 页;《汤显祖全集》(二),第 1193—1194 页;《汤显祖集全编》(三),第 1604—1605 页。

县晋黄孝子特祠碑》在开头就清楚地交代了写作此文的缘起:万历十九年(1591)汤显祖因为上疏言事遭贬,前往徐闻上任的途中取道南海,经过东莞时祭拜自己的堂叔之墓,去罗浮安抚友人祁衍曾的遗孤,收到了东莞诸生陈启心请求为黄孝子特祠作碑记文的书信。而《晋孝子参里黄先生祠记》并没有交代写作此文的时间和缘由,连请托者是谁也没有予以交代。显然,作伪者只知道汤显祖曾经为黄孝子特祠写过碑记文,但具体情况并不清楚,所以只好在伪作中进行模糊处理了。徐永明教授在其文章中猜测《晋孝子参里黄先生祠记》是黄孝子特祠报批兴建的时候写的,作于万历十五年(1587);而《东莞县晋黄孝子特祠碑》则作于特祠完工之后的万历十九年(1591)。这就使人感到疑惑了,同一个人竟然会不厌其烦地为同一个建筑物从兴建到建成各写作一篇记文,此人为何会乐此不疲? 退一万步说,如果真有这样的事,那么四年后汤显祖写作《东莞县晋黄孝子特祠碑》,为什么没有在文章中提及四年前曾经为特祠兴建写过一篇记文? 为什么不交代清楚为何在特祠建成时又写作了一篇记文? 而从《东莞县晋黄孝子特祠碑》中"诸生陈君启心者,乃以书来,为其先贤晋孝子黄公舒特祠,欲有以记也"的语气来看,显然是还没有为特祠写过记文。再说四年前汤显祖正在南京太常寺博士任上,却为与自己毫无瓜葛的千里以外的东莞县一个孝子的特祠写作记文,如果他不在文章中交代作文的缘由,别人不会觉得太奇怪吗?

第三,从写作水准上看,该文文字滞碍,表达不清,很多地方似通未通,也不像汤显祖这样的文章高手所作。对比着看,收入《玉茗堂全集》的《东莞县晋黄孝子特祠碑》不仅将修建特祠的曲折过程、自己受托写作碑记文的缘由交代得清清楚楚,文章富有条理,而且叙事生动,腾挪跌宕、张弛有度,体现了文章高手的写作水准。反观出自《东莞县志》的《晋孝子参里黄先生祠记》,虽然大致也能够将特祠修建的曲折过程说清楚,但总觉得文字滞碍生涩,缺乏文采,甚至有些地方似通非通,表达不清。如文章开头说:"嗟嗟! 先生,孝德信诸里人,里人以方子舆氏至今。参里之山,世表南海,而俎豆向不与于学宫,非阙事耶?

万历甲戌，邑董侯始奉诏，以诸生言，请诸督学使者，入祀乡贤。""嗟嗟"是叹词，古人一般在一段文字之后需要发感慨了，才会用"嗟嗟"两字，而用在整篇文章的开头显得非常突兀，只有苏轼、王安石等人在告祭文中偶一用之，如苏轼的《告文宣王文》、王安石的《祭王回深甫文》等。而《晋孝子参里黄先生祠记》是一篇碑记文，用"嗟嗟"开头，显然不妥，因此后来的《（雍正）东莞县志》在录入此文时省去了此两字。曾参字子舆，故文中称他为"子舆氏"，但这样写并没有能够解释"参里"地名的由来，不像《东莞县晋黄孝子特祠碑》中"行路之人皆曰：'黄舒，今之曾参也。'有司表旌其居曰参里"，看似闲笔，实际把黄孝子其里名"参里"的由来说清楚了。而"参里之山，世表南海，而俎豆向不与于学宫"，这是一句夹缠不清的话，原意是想要表达参里在南海边，地处僻远，因此参里所出的人物没有能够在县学宫中得到祭祀，但文章中这样的表达法，"俎豆向不与于学宫"的对象成了"参里之山"了。后面几句承接而来，入祀乡贤的对象也由"参里黄先生"变成了"参里之山"。像这样似是而非的文字，后面还有不少，如"或有为两端议者，赖侯断断持不可"，不知是否在说有人提议东莞、新安两地的学宫中都入祀黄孝子，而董知县坚决不同意？反正没有说清楚是什么意思。又如"董侯召入，而礼臣适下郡国，厘正祀典，其斤斤于去留之际，直为挽近世、杜幸径，不及先贤何者？其事久而论素定也"，不知这礼臣到底厘正了什么祀典，是否确定由东莞学宫来祭祀黄孝子？反正也没有说清楚。又如"后之人自以其心之同然者而景慕，与南极并久"，也表达得疙里疙瘩，使人难受。又文章末尾"乃拓地于邑之郭北关为祠，而俾临川汤显祖记之"，谁拓地建祠，谁"俾"汤显祖记之，均没有交代清楚。整篇文章只有 300 多字，但不通处甚多，似乎出自文墨不精的落第秀才的手笔。

第四，从行文的语气看，该文显然是当地人所作。该文中说："是先生不以参里重，而吾邑世以先生重，至章章也。"称东莞为"吾邑"，而且"世以先生重"，这显然是东莞本地人的语气，不可能是汤显祖这样与东莞毫无关联的人的口气。文章中不经意间流露出来的这句话，彻底暴露了作伪者的真面目。后来续修的《(雍正)东莞县志》显然注意到了这是个大漏洞,将"吾邑"改成了"莞邑",无意中消灭了此文作伪的一个直接证据。《(雍正)东莞县志》对这篇文章做了一定程度的修改,但有些地方改错了。如"参里在晋,隶东官郡",雍正志改"东官"为"东莞",此误。东晋咸和六年(331),分南海郡置东官郡,同时置宝安县,以宝安县治为东官郡治。唐至德二年(757),才改宝安县为东莞县。①也由此可知,"吾邑"与"东官郡"一样,是原文如此的。

第五,从文风上看,此文也不可能是汤显祖所作。黄孝子真名为黄舒,《晋孝子参里黄先生祠记》只有短短的 300 多字,而通篇称黄孝子为"先生",共计六处,连姓也不带,更不要说提及其名讳了,显得极其恭敬;而《东莞县晋黄孝子特祠碑》中通篇不称"先生"而是称"孝子",甚至在开头还提及孝子的名讳称"晋孝子黄公舒"。如果两篇文章同为汤显祖一人所作,为何前一篇态度恭敬有加,而后一篇则并不如此? 其实,这后一篇倒是符合汤显祖一贯的为人和为文的。徐朔方先生在辨汪廷讷《坐隐先生集》卷首署名汤显祖的文章《坐隐乩笔记》为伪作时说:"全文不足四百字,称汪廷讷为先生或径称先生而不加名号的凡十二次。汤显祖替他年高德劭的老师罗汝芳、徐良傅、张振之写的文字,态度都没有这样恭谨,为什么独独对汪廷讷这样一个后生小子竟会如此尊敬,这是难以想象的。"②这段话用在辨《晋孝子参里黄先生祠记》为伪作上同样合适。

第六,据史料,当时为黄孝子特祠写作碑记的有三人,难以解释其他两人的记文失传而汤文独存。据《(雍正)东莞县志》卷九之三《祠庙》"孝子祠"条:"在北关右。祀晋黄先生舒。临川汤显祖、江东瞿九思、邑人袁昌祚记之。"③其后并引汤显祖《晋孝子参里黄先生祠记》全

① 参见薛国屏编著《中国古今地名对照表》,上海辞书出版社,2010 年,第346 页。
② 徐朔方《汪廷讷行实系年》,《晚明曲家年谱·皖赣卷》,浙江古籍出版社,1993 年,第507 页。类似的表述又见《汤显祖年谱》,同上,第435 页。
③ 《(雍正)东莞县志》,《故宫博物院藏稀见方志丛刊》第 97 册,故宫出版社,2013 年,第 220 页。

文。又《(民国)东莞县志》卷十八《建置略三·坛庙祠》此条在引《(雍正)东莞县志》中这段话后,有双行小字注说:"周志。按:三记碑未见。汤记文载张志,瞿、袁二记文无考。"①其后也引署名汤显祖的全文。这里所说的"周志",正是指《(雍正)东莞县志》,为周天成所修;而"张志"正是指《(崇祯)东莞县志》,为张二果所修。经查,在《(崇祯)东莞县志》中也只有署名汤显祖的《晋孝子参里黄先生祠记》,而没有瞿九思、袁昌祚两人所作的记文。

瞿九思,《明史》卷二八八《文苑传四》有传,据该传可知:九思字睿夫,湖广黄梅(今属湖北)人。十岁从父晟宦吉安,事罗洪先。十五作《定志论》,后从同郡耿定向游学,益进。举万历元年(1573)乡试。万历三十七年(1609)以抚按疏荐,授翰林待诏,力辞不受。《明史》称他"学极奥博,文章不雅驯,然一时嗜古笃志之士,亦鲜其匹"②。可知他是万历年间著名的布衣文士。而袁昌祚,据《(雍正)东莞县志》卷十二之二《人物传》:字茂文,原名柄。嘉靖四十四年(1565)乡试第一,隆庆五年(1571)成进士。除广西左州知州,改湖广夷陵知州,迁户部员外郎,擢广西提学佥事,转四川布政司参议。以父忧解职,旋丁继母。丧起,补广西,不赴。优游岩壑者三十年。年七十九卒。③

可知瞿九思、袁昌祚与汤显祖是同时代的人,主要生活在嘉靖、万历年间。因为都是当时的名人,所以受人请托写作黄孝子特祠的碑记文,但不知什么原因,三人的记文后来可能均没有刻在碑上,所以《(民国)东莞县志》才说"三记碑未见"。征集来的碑记文没有及时刻碑的话,时间既久,是很容易遗失的。但奇怪的是征集来的三篇记文,至崇祯年间修《东莞县志》时,瞿九思、袁昌祚的遗失了,只有汤显祖的还存在,并且收入了该县志的《艺文志》中。按理,要遗失的话,三篇记文全部遗失才是常理。毕竟,崇祯年间重修县志时,离黄孝子特祠建成的时间已有50来年了。

---

① 《(民国)东莞县志》,《中国地方志集成·广东府县志辑》第 19 册,上海书店出版社,2003 年,第 155 页。

② 《明史》第 24 册,中华书局,1974 年,第 7390—7391 页。

③ 《(雍正)东莞县志》,《故宫博物院藏稀见方志丛刊》第 97 册,第 421—422 页。

　　因此,合理的推测是:汤显祖的碑记文与瞿九思、袁昌祚的一样,在崇祯年间重修县志时其实已经遗失了。因为汤显祖是名满天下的大文豪,能够为本县的黄孝子特祠写作碑记文,是本县的光荣,但原文遗失了,终究是很遗憾的事。其实,这时候候韩敬所编刻的《玉茗堂全集》已经出版多年了,如果修志者有心的话,是可以从中找出来收入县志中的。可能是因为东莞地处南海,地理较僻,信息不流通,不知道汤氏文集已经出版,更不知道为黄孝子特祠所作的碑记文已经收入该集中。既然原文找不到了,那么就伪托其名重写一篇收入县志中吧。正因为这是伪托之作,对汤显祖受托的情况一无所知,所以文中对写作缘起加以回避。又因为是修志时期,对于主政东莞的官员有档案可查,故文章中对董裕在万历二年(1574)任东莞知县的时间("万历甲戌,邑董侯始奉诏")以及万历十五年(1587)惠州府推官王栋代理东莞知县的时间("岁丁亥,惠郡理王侯以摄邑")很清楚,对万历元年(1573)新安县从东莞县析出之事(谓董裕任东莞知县时"会其时,新安析治")也很清楚。

　　第七,由瞿九思写作黄孝子特祠记可反证《晋孝子参里黄先生祠记》为伪托汤显祖之作。瞿九思是湖广黄梅人,为何会为远在南海边的东莞县一孝子特祠写作碑记文呢?因为他曾经到过东莞。从《(康熙)新修广州府志》卷三十九《人物志》十《儒林列传·陈襄传》可知:东莞人陈襄为万历十九年(1591)举人,"为人朴素谦和,笃志向学","所交游率以真心相许,务期黜浮靡之习。瞿九思入莞,与辩论古今,欢然相得"①。瞿九思入东莞,还拜谒了阳信知县陈建的墓,并作有谒墓文。据《(光绪)广州府志》卷八十七《古迹略五》"知县陈建墓在金牛岭"条后所收瞿九思谒墓文之节文可知:嘉靖三十九年(1560)庚申,瞿九思尚在幼年,就读到了陈建所作的《皇明通纪》,得之大喜,震动很大。②因此后来瞿九思来到东莞时,就专程拜谒了陈墓,

---

　　① 《(康熙)新修广州府志》,《北京图书馆古籍珍本丛刊》第39册,书目文献出版社,1988年,第953页。
　　② 《(光绪)广州府志》,《中国地方志集成·广东府县志辑》第2册,上海书店出版社,2003年,第493页。

据《(民国)东莞县志》卷五十八《人物略五·陈建传》,知瞿九思这次拜谒,"徒跣行数十步,为谒墓文,并焚所著书以献"。①又据《(雍正)东莞县志》卷十二之四《理学传·刘鸿渐传》,东莞人刘鸿渐因笃信程朱理学,排斥阳明心学,与瞿九思反复论难。②这也很可能是在瞿九思入东莞之时。瞿九思入东莞的具体时间虽然不可考知,但由以上材料可知,他在东莞应当是逗留了一段时间的,他为黄孝子特祠写作记文,应当是在这段时间里。

由瞿九思曾入东莞,从而有写作特祠记文的机会,也可推知汤显祖尚在南京太常博士的任上时,因为还没有到过东莞,是不太可能为当地的黄孝子的特祠写作记文的。徐永明教授在文章中用了很大的篇幅来推测汤显祖写作《晋孝子参里黄先生祠记》,或者是受时任南京光禄寺少卿、曾任东莞知县的董裕所托,或者是受友人祁衍曾所托。如果是这样,为何不像《东莞县晋黄孝子特祠碑》那样在文章中交代受托人是谁? 祁衍曾的具体情况已不可考,但董裕任职南京的情况是清楚的。徐朔方先生《汤显祖年谱》"(万历十七年)七月,作诗《董光禄招游城南三兰若,同南海曾人蓓即事》"条中考证说:"据《实录》,万历十六年十月升尚宝司丞董裕为南京光禄寺少卿,十八年正月改北。董裕唯是年新秋于南光禄任。"③可知董裕在南京任职并与同乡汤显祖交游是在万历十六年(1588)十月以后,而徐永明教授既然已经认为《晋孝子参里黄先生祠记》作于万历十五年(1587)特祠报批之时,那么这个时候董裕尚在北京任尚宝司丞,还没有开始与汤显祖交游,又何以转请汤显祖为远在千里之外的黄孝子特祠作记文?

作者单位:浙江大学人文学院

---

① 《(民国)东莞县志》,《中国地方志集成·广东府县志辑》第 19 册,第 568 页。
② 《(雍正)东莞县志》,《故宫博物院藏稀见方志丛刊》第 97 册,第 529—530 页。
③ 徐朔方《汤显祖年谱》,《晚明曲家年谱·皖赣卷》,第 302 页。

"节编全本《牡丹亭》"考述

陈 均

全本《牡丹亭》演出现在已成为常事,甚至可称为一个新的"当代传统"①。自 2004 年青春版《牡丹亭》巡演,"全本"成为一个流行概念。2014 年 12 月北京的《牡丹亭》会演,全国七大院团演出不同版本的《牡丹亭》,还有主要由老艺术家演出的"大师版"《牡丹亭》。虽然这些版本大约都可归属到三或四个全本《牡丹亭》系统,但也可以看出,所谓全本《牡丹亭》已成为昆曲院团的基本剧目。这些"全本",分为一本、三本,也曾出现过二本、六本等类型,总体而言,实际上应称为"节编全本"。如果追溯这一演出方式在近代以来的缘起,一般都会提到1957—1959 年间由北京昆曲研习社排演的"节编全本《牡丹亭》",因为虽然明清及民国时期,皆可能有全本或"节编全本"《牡丹亭》的排演,但往往仅有少数笔记提及,或见之于戏单,或见之于报刊戏目,详情尚难以考察。而北京昆曲研习社排演的"节编全本《牡丹亭》"大概是现今记载、述闻较为详细的全本《牡丹亭》的演出,而且往往被当作当代中国排演的第一部全本《牡丹亭》,因此成为叙述全本《牡丹亭》演出史的一个起点。其中,写作时间较早,也较多为人征引的是吴新雷在《一九一一年以来昆曲〈牡丹亭〉演出回顾》一文里的描述:

> 1957 年 10 月,由俞平伯主持的北京昆曲研习社演出了华粹

---

① 参见拙文《一种"当代传统"? ——从〈牡丹亭〉会演说起》,《中国昆曲年鉴 2015》,苏州大学出版社,2015 年。

深缩编的《牡丹亭》全本戏,全剧共十一折:

《肃苑》《游园》《惊梦》《慈戒》《离婚》《冥判》《忆女》《叫画》《魂游》《婚走》《杖圆》。

除了保留原著的精华外,在前后串联处也做了一些简编和改动。其中《婚走》《杖圆》两折是过去舞台上少见的,排演时请"传"字辈名师朱传茗、沈传芷、张传芳来导演。担任演出任务的则是曲社的业余曲友,由袁敏宣扮小生柳梦梅、周铨庵扮小旦杜丽娘、张允和扮小丑石道姑。1959 年 10 月 3 日、6 日、8 日,还在长安大戏院做了全本《牡丹亭》的公演,受到观众的热情称赞。①

这一段描述基本概括了此版《牡丹亭》的基本情况。此外,在关于《牡丹亭》的当代改本及舞台演出的文章,一般都会提及此版《牡丹亭》,但多以吴新雷文为依据,或者基本未超出吴新雷文章的范围,因此不再赘举。

而在一些叙述里,尤其是关于北京昆曲研习社的介绍里,此版《牡丹亭》也被当作一个固定的历史起点来追溯,如 2016 年 11 月 28 日北京昆曲研习社与北京大学京昆社联合演出《临川梦》,在该场演出的纪念册里,有《我们的〈临川梦〉》一文,开篇即介绍"上世纪 50 年代末,即排演了缩编全本《牡丹亭》,由周铨庵、袁敏萱主演,作为建国 10 周年的献礼剧目,这也是新中国《牡丹亭》全本搬演之始"②。以此可知,此版《牡丹亭》为当代中国排演的第一部全本《牡丹亭》,已成某种习以为常之"常识"了。

但是,此版《牡丹亭》真的是"新中国《牡丹亭》全本搬演之始"吗?一个偶然的机缘,我读到了俞平伯写于"文化大革命"期间的交代材料,其中涉及此版《牡丹亭》的演出情况。因此引发了笔者了解此版《牡丹亭》的兴趣,但收集阅读材料之后,却发现此说尚有疑问。特撰此文以考述之。

---

① 吴新雷《一九一一年以来昆曲〈牡丹亭〉演出回顾》,《昆曲史考论》,上海古籍出版社,2015 年,第 420 页。

② 《〈临川梦〉纪念册》,未刊,第 8 页。

一 "节编全本《牡丹亭》"的缘起、筹备与排演

1956 年 8 月 19 日，北京昆曲研习社成立大会召开。张琦翔在《辛亥以来京津业余曲会一瞥》一文里介绍说："1956 年俞平伯领导组织北京昆曲研习社，委员有：项远村、许时珍、伊克贤、袁敏宣、张允和、周铨庵、许宝驯、郑缤、钱一羽等。1964 年停止活动。1979 年恢复活动，推张允和为主任委员，周铨庵、楼宇烈为副主任委员。"①一般认为北京昆曲研习社由居住在北京的昆曲爱好者组成。民国期间，北京先后出现了北京大学音乐研究会昆曲组、言乐会、谷音社、国学学会"昆曲研究会"、北文曲社、北平昆曲学会、北京京剧基本艺术研究社昆曲组等，北京昆曲研习社往往被认为是这些民国时期北京曲社的重新整合及延续。

在俞平伯的"文化大革命"交代材料②里，也有关于北京昆曲研习社的介绍：

北京昆曲研习社（下简称曲社、京社）并非突然地办起来的，其前身为北京基督教青年会内所附设的"昆曲会"，在解放后不久就没有了。其主持人为伊克贤（已故）、叶仰曦等。（叶后在北方昆曲剧院工作）教师徐惠如（已故）。该会的活动除清唱以外，也有彩排串戏，如曾演前半本的《长生殿》。到 56 年夏，徐惠如另有他就，北京市文化局给他干薪养老，同时青年会也不肯再借给地方，曲会不能维持下去。我那时是一个普通社员，没有职务，就有些人要我来主持重办，因我于抗战前曾在清华大学办过"谷音曲社"，有些经验，我当时很不愿意干，他们再三恳劝，也就答应了。以项衡方（字远村，时在轻工业部工作，后退休病故）年纪最高，推

---

① 欧阳启名编《昆曲纪事》，语文出版社，2010 年，第 89 页。
② 未刊。见于《俞平伯(1900—1990)张允和(1909—2002)赵景深(1902—1985)等 南北昆曲研习社材料一批》，西泠印社拍卖有限公司。

他领衔,共三十多人为发起人,1956 年八九月间,送呈文化部请求立案……得准于注册,领有证件……

从俞平伯的叙述里,可知"彩排串戏"是北京昆曲研习社的前身北京基督教青年会附设"昆曲会"的日常活动之一,而且"曾演前半本《长生殿》"。北京昆曲研习社成立后,彩串演出时或有之,如 1956 年有两次:9 月 28 日在东皇城根 9 号演出《游园》,10 月 3 日在统战部演出《游园》;1957 年有三次:2 月 16 日在市文联礼堂演出《思凡》《寄柬》《痴梦》《游园》《寄子》《小宴》,4 月 20 日在文联礼堂演出《扫松》《定情赐盒》《见娘》《学堂》《游园》《惊梦》,11 月 2 日在文联礼堂演出《守岁》《胖姑》《出猎》《絮阁》。就业余曲社的彩串而言,应算是较为频繁了。在 1956 年 9 月袁敏宣写给吴必忠的信里,也谈及彩串之事:"这次演得颇为齐整。最难得是纯粹昆曲彩串,其中两位小曲友的《游园》,演得非常精彩……下次如有彩串机会,必再相告。"①

1957 年是汤显祖逝世 340 周年,在中国大陆有一些范围并不算小的纪念活动,譬如《文艺报》1957 年 12 月 7 日发表《纪念汤显祖逝世 340 周年》的社论,《戏曲研究》《戏剧报》《解放日报》《文汇报》等报刊也发表了关于汤显祖的文章②。江西省演出了石凌鹤改编的弋阳腔剧本《还魂记》,并由长春电影制片厂摄制成彩色戏曲艺术片,产生较大影响。1957 年 12 月,上海市戏曲学校校长俞振飞、副校长言慧珠演出了苏雪安改编的本戏《牡丹亭》。正是在这种氛围里,北京昆曲

<hr>

① 吴必忠《北京曲社忆旧》,欧阳启名编《昆曲纪事》,第 104—105 页。
② 据《晚明文学思潮研究》所列,有《汤显祖年谱》(黄芝冈,《戏曲研究》1957 年 2 月 3 日)、《纪念汤显祖》(戴不凡,《戏剧报》1957 年第 22 期)、《纪念汤显祖逝世 340 周年》(《文艺报》1957 年第 38 号)、《试论汤显祖及其剧作:纪念汤显祖三百四十周年》(石凌鹤,《江西日报》1957 年 1 月 12 日)、《纪念汤显祖 学习汤显祖》(俞振飞,《文汇报》1957 年 12 月 8 日)、《汤显祖和他的传奇》(周玑璋,《解放日报》1957 年 12 月 7 日)。吴承学、李先摩编《晚明文学思潮研究》,湖北教育出版社,2002 年,第 531 页。

研习社的节编全本《牡丹亭》开始筹备、创作并排演。据《俞平伯年谱》①《苏州昆剧传习所师生与北京曲家曲社的渊源》②《北京昆曲研习社大事记》③等文,大致过程如下:

  1957 年 2 月 18 日,华粹深邀请部分社员在北京饭店谈整编《牡丹亭》之事。

  1957 年 3 月至 4 月间,俞平伯校订华粹深删节的《牡丹亭》剧本。

  1957 年 5 月 3 日下午,第一次"节编全本《牡丹亭》"剧本讨论会召开。俞平伯强调一场演完,只删节压缩而不改写汤显祖原作词句。

  1957 年 6 月 30 日下午,曲社社务会议上,俞平伯提议请传字辈老师朱传茗、张传芳、沈传芷、华传浩暑假期间来京指导。

  1957 年 7 月 9 日,"节编全本《牡丹亭》"学习排练时间表制定。

  1957 年 7 月 19 日,朱传茗、张传芳、沈传芷、华传浩来京指导排演全本《牡丹亭》。

  1957 年 7 月 21 日下午,"节编全本《牡丹亭》"排演工作座谈会召开,欢迎四位传字辈老师。俞平伯致欢迎辞并详述此戏编写、排演主旨(鼓励大家努力排好《牡丹亭》,要打破清规戒律,要一面保存,一面改革)。

  1957 年 8 月 25 日,"节编全本《牡丹亭》"公演委员会成立。但因华粹深被定为"右派分子",排演暂时搁浅。

  1957 年 12 月 1 日,曲社社员大会上,"节编全本《牡丹亭》"排演重新启动。

---

  ① 孙玉蓉编纂《俞平伯年谱》,天津人民出版社,2000 年,第 303—319 页。

  ② 朱复《苏州昆剧传习所师生与北京曲家曲社的渊源》,欧阳启名编《昆曲纪事》,第 144—147 页。

  ③ 张允和《昆曲日记》,语文出版社,2004 年,第 726—739 页。

1957 年 12 月 15 日，"节编全本《牡丹亭》"首次响排。

1958 年 1 月 5 日，"节编全本《牡丹亭》"二次响排。

1958 年 1 月 12 日下午，"节编全本《牡丹亭》"在文联礼堂首次试演。此为纪念汤显祖逝世 340 周年活动。俞平伯的讲话里有"要纪念汤显祖，最好就是演出他的代表作《牡丹亭》"①。

1959 年 5 月 15 日下午，"节编全本《牡丹亭》"排演小组扩大会议召开，商谈确定剧本、分配角色等事情。

1959 年 5 月 24 日下午，曲社社务（扩大）会议召开，商定于 7、8 月间组织响排、彩排并演出"节编全本《牡丹亭》"之事。

1959 年 6 月 28 日，曲社社务（扩大）会议召开，决定响排、正式彩排昆剧"节编全本《牡丹亭》"的时间。

1959 年 7 月 20 日，"节编全本《牡丹亭》"排演小组扩大会议召开，商谈改进《牡丹亭》剧本和提高演出效果的问题。

1959 年 7 月 26 日，"节编全本《牡丹亭》"在京剧院第二次响排。

1959 年 8 月 2 日，曲社在京剧院上装排演"节编全本《牡丹亭》"。

1959 年 8 月 8 日，曲社在京剧院彩排"节编全本《牡丹亭》"。

1959 年 8 月 15 日，"节编全本《牡丹亭》"在文联礼堂彩排演出。

1959 年 10 月 3 日，"节编全本《牡丹亭》"在长安大戏院首次公演。

1959 年 10 月 8 日，"节编全本《牡丹亭》"在长安大戏院第二次公演。

以上排列，可见筹备、排演过程的基本过程大约是分作两个阶段：

---

① 王湜华《红学才子俞平伯》，北京大学出版社，2006 年，第 115 页。作者所写《牡丹亭》试演时间有误。

第一阶段是纪念汤显祖的"试演",在 1958 年 1 月 12 日。第二阶段是纪念建国 10 周年的"公演",在 1959 年 10 月 3 日、8 日。从这一时间来看,与吴新雷所叙述的"节编全本《牡丹亭》"排演情况有一些差异。吴新雷文章记录"节编全本《牡丹亭》"演出于 1957 年 10 月,但从以上排演过程来看,1957 年 8 月 25 日至 12 月 1 日,因华粹深被定为"右派",排演搁浅,至 1958 年 1 月 12 日方首演。而且,如前所述,为纪念汤显祖诞辰 340 周年,1957 年 12 月上海市戏曲学校校长俞振飞、副校长言慧珠演出了苏雪安改编的本戏《牡丹亭》。与"节编全本《牡丹亭》"正式首次试演的 1958 年 1 月 12 日相比,时间要更早一些。如此说来,俞言版《牡丹亭》应是当代第一部公演的本戏《牡丹亭》。

二 "节编全本《牡丹亭》"的演出情况

笔者搜集到一则 1959 年 8 月 15 日晚上 7:30 在文联大楼礼堂试演此剧的戏单。从署名信息可见,此剧全名为《节编全部牡丹亭还魂记》,节编者华粹深、俞平伯,乐谱整理吴南青、朱传茗,导演沈传芷、朱传茗、张传芳、华传浩、沈盘生及本社《牡丹亭》排演小组。这应是此剧的主创名单。

在《苏州昆剧传习所师生与北京曲家曲社的渊源》一文里,朱复整理了 1958 年 1 月 12 日首次试演此剧的演职人员名单,此处录下:

胡保棣(春香)、钱一羽(陈最良)、周铨庵(杜丽娘)、徐再萌(花郎)、刘煌(睡魔神)、袁敏宣(柳梦梅)、傅润森(大花神)、王剑侯(正月花神)、姜宗禔(二月)、杨大业(三月)、单方群(四月)、樊书培(五月)、张毓文(六月)、张守蕴(七月)、邵怀民(八月)、钱一羽(九月)、许宝骙(十月)、刘煌(十一月)、杜廉(十二月)、伊克贤(杜母)、张允和(石道姑)、范崇实(杜宝)、沈学敏(家院)、张守蕴、张毓文、傅丽德、徐再萌(四小鬼)、杨大业(大鬼)、苏靖(判官)、樊书培(癞头鼋)、王剑侯(船夫)、傅润森、胡忌、苏靖、姜宗禔(四军校)、杨大业、邵怀民、张守蕴、张毓文（四青袍）、王剑侯（解差）、单方群（家院）（以上以出场为序。有的曲友担负两三个角色）。

音乐伴奏：李金寿、沈盘生、徐惠如、徐振民、许雨香、王振声、李伯琴、谢锡恩。①

综合这两份材料，可知此剧之参演人员基本面貌②。关于演出的情况，偶可从相关叙述、会议里见到，如俞平伯 1968 年 9 月 20 日关于北京昆曲研习社的交代材料里写道：

> 1959 年庆祝建国十周年，在西单长安戏院演出缩编全本《牡丹亭》，凡两晚场，售票情形还好，没有赔。第二晚场，有陈叔通先生，康生、欧阳予倩两同志均来观，会后并摄影。其主要演员为袁敏宣（饰生），周铨庵（饰旦）。
>
> 历次彩排到场来观的，我无从知道其详。就主要的、记得的来说。康生同志是常来的，有时一人来，有时偕他爱人曹同志来，有一次偕胡乔木来。③

演出之后的评价，据俞平伯的叙述，"舆评称可"。不过，俞平伯则自认为有"顾此失彼"之缺点。

> 及五十年代又偕君改编《牡丹亭》，缩全本为一剧，由京中曲社试排，于 1959 年参加建国十年国庆献礼，在北京长安戏院演出两场，舆评称可。此记流传已久，前后重轻不匀，今本删繁就简，

---

① 朱复《苏州昆剧传习所师生与北京曲家曲社的渊源》，欧阳启名编《昆曲纪事》，第 145—146 页。

② 试演、首演、公演，若干配角有所变动，如樊书培在《一点更正引起的回忆》一文里，就忆及他在几次试演里扮演癞头鼋，庆祝国庆 10 周年公演里由王剑侯饰演癞头鼋（欧阳启名编《昆曲纪事》，第 116—117 页）。此处不赘述。

③ 未刊。见于《俞平伯(1900—1990)张允和(1909—2002)赵景深(1902—1985) 等 南北昆曲研习社材料一批》。

不免顾此失彼……①

吴小如在《关于〈牡丹亭〉的几件小事》一文里,专节谈及关于《牡丹亭》的改编,并引述了俞平伯对此版《牡丹亭》改编的评价,认为对于古典名剧的改编不如另写。②陈朗在评述北方昆曲剧院于 1981 年改编的全本《牡丹亭》时,也以俞平伯主持的"节编全本《牡丹亭》"作为参照:

> 把《牡丹亭》压缩成为一个晚会演出,解放之后并不始于今天的北昆剧院,一九五七年北京昆曲研习社就曾排演过,本子是经华粹深先生整理和该社社长俞平伯先生校订的,当时还特地从上海请来了朱传茗、张传芳、沈传芷、华传浩四位老师来为社友们排戏,参加演出的有袁敏宣、周铨厂(庵)、张允和、范崇实等。那次是为了纪念汤显祖逝世三百四十周年而演出,也可以说是一次盛举。当时只作为内部观摩,曾在文联礼堂等处先后演出过好几场。一九五九年为建国十周年献礼时,又在长安戏院公演过两场。接着上海戏校由俞振飞、言慧珠两位校长率领师生们到北京也演出过,所演的即是部分参考了华、俞整订本。③

陈朗所述"节编全本《牡丹亭》"创演之经过,大体如此。不过,如前所述,俞言版《牡丹亭》在上海首演时间要在"节编全本《牡丹亭》"之前,"参考"之说,或另有来源。

"节编全本《牡丹亭》"一般被认为是当代第一部全本《牡丹亭》,此说流传甚广,如张允和在 1985 年所写的《北京昆曲研习社的过去和现

---

① 俞平伯《序》,《华粹深剧作选》,中国戏剧出版社,1984 年。
② 《汤显祖研究论文集》,中国戏剧出版社,1984 年,第 282—285 页。
③ 陈朗《亭外的旁白——看北方昆曲剧院新排〈牡丹亭〉》,《人民戏剧》1981 年第 11 期。

在》一文中提及"节编全本《牡丹亭》"是"新中国成立后第一个演出的
全本《牡丹亭》,颇得当时好评"①。朱复在《苏州昆剧传习所师生与北
京曲家曲社的渊源》一文里,亦认为"这是长期沉寂后,全国专业和业
余昆曲团体中,首次较完整地排演《牡丹亭》全剧,这也是四位'传'字
辈老师心血的结晶。嗣后上海等昆曲专业团体才开始着手整理演出
全本《牡丹亭》"②。《中国昆剧大辞典》里关于"新编《牡丹亭》"的条
目,列有十部新编《牡丹亭》,而据演出时间排列,因认为"节编全本《牡
丹亭》"演出于 1957 年 10 月,故排在第一部。俞言版则排在第二
位。③如前所述,此版《牡丹亭》虽是策划排演在前,但正式演出(试演、
公演)却是在俞言版《牡丹亭》之后。

　　在 1980 年复社后,北京昆曲研习社曾试图恢复排演"节编全本
《牡丹亭》",张允和在一篇由周铨庵、沈性元与她共同署名、写于 1980
年 5 月 30 日的文章《致爱好昆曲者及各界人士》里,即说明因排演"节
编全本《牡丹亭》"的计划而筹款:

　　　　今年 9 月 24 日,是我国明代著名戏剧家汤显祖四百三十年
　　诞辰。我社准备重排华粹深先生整编、俞平伯先生校订的全本
　　《牡丹亭》,及时演出,但排练、演出及其他费用,均无来源。因此,
　　我们希望昆曲爱好者及各界人士,大力协助,予以经济上的支持。
　　让我们大家共同完成纪念我国杰出戏剧家汤显祖的任务!④

　　与"文化大革命"前北京昆曲研习社有一笔不菲的政府津贴相比,
此时经费尚无着落,故张允和筹款来排演,得到 200 元捐款,但最终并
没有演出。张允和解释说:"《牡丹亭》演不出有种种原因,无人排练下

---

① 　张允和《我与昆曲》,百花文艺出版社,2014 年,第 129 页。
② 　欧阳启名编《昆曲纪事》,第 145 页。
③ 　吴新雷主编《中国昆剧大辞典》,南京大学出版社,2005 年,第 161 页。
④ 　张允和《致昆曲爱好者及各界人士》,《我与昆曲》,第 156 页。

半本,又无场址排戏。"①事实上,没有固定的政府拨款,也无固定的活动场所,一直持续了很多年。与20世纪50年代相比,境况可谓大相径庭。

此后"节编全本《牡丹亭》"再无演出记录。在张允和的《昆曲日记》里,录有数次关于"节编全本《牡丹亭》"的公期演唱的安排。从最详细的两次日记②里,可知《牡丹亭》公期的大致安排:

8 月 23 日

9 月 21 日《牡丹亭》公期剧目如下:

(1)《学堂》:春香(樊翠云)、杜丽娘(邹慧兰)、陈最良(吴鸿迈)

(2)《游园》:杜丽娘(姜若瑾)、春香(樊翠云)

(3)《惊梦》:杜丽娘(吴受琚)、柳梦梅(许淑春)、春香(樊翠云)、睡魔神(王湜华)、杜母(肖漪)

"堆花":大花神(朱家溍)、一月(马英环)、二月(程燕)、三月(王纪朝)、四月(王纪英)、五月(佟书田)、六月(李花君)、七月(朱尧亭)、八月(张光中)、九月(刘景义)、十月(欧阳启名)、十一月(杨大业)、十二月(张春荣)

(4)《寻梦》:杜丽娘(王颂椒)散曲

(5)《慈戒》:杜母(肖漪)、春香(崔洁)

(6)《离魂》:杜丽娘(周铨庵)、杜宝(赵笠天)、杜母(肖漪)、春香(樊翠云)、石道姑(张允和、林蕊)、陈最良(赵履中)、院子(徐书城)

(7)《冥判》:判官(胡文华)

(8)《拾画》:柳梦梅(徐书城、樊书培)

(9)《叫画》:柳梦梅(宋铁铮)

(10)《魂游》:杜丽娘(周铨庵)、柳梦梅(李小蒸)

---

① 张允和著,欧阳启名编《昆曲日记》(上),中央编译出版社,2012 年,第 269 页。
② 同上,第 263—265 页。

(11)《婚走》:杜丽娘(王纪英、周铨庵)

(12)《枉圆》:柳梦梅(李小蒸、楼宇烈)、杜母(肖漪)、杜宝(赵笠天)、石道姑(林蕊)、春香(樊翠云)、四军校(佟书田、朱尧亭、王纪朝、马英环)、解差(杨大业)

8 月 24 日

《牡丹亭》场面:

笛——沈化中,鼓——张荫朗,二胡——崇光起,三弦——关德泉,唢呐——黄振瀛,小锣——张琦翔,大锣——张荫朗,铙钹——张鸿明,琵琶——欧阳启名,笙——许声甫。

在 1980 年 9 月 21 日的日记里,张允和记下了《牡丹亭》公期的简况:

> 在工商联礼堂,举行纪念汤显祖诞辰 430 年《牡丹亭》公期,签到者 131 人。有叶圣陶、金紫光、刘导生、胡絜青、徐聪佑、章元善、任桂林、赵荣琛、陈慧、王金璐、吴景略、吴文光(古琴)等人。下午 2 时半开始,我讲话 2 分钟,楼宇烈谈《牡丹亭》,然后唱曲,由徐孜报幕。①

此次北京昆曲研习社纪念汤显祖诞辰 430 周年的《牡丹亭》公期,或许就是此版"节编全本《牡丹亭》"完整呈现的最后记录了。此版《牡丹亭》以纪念汤显祖逝世 340 周年始,以纪念诞辰 430 周年告一段落。

三 "节编全本《牡丹亭》"文本的特点及其时代印记

在近代以来的昆曲史上,"节编全本《牡丹亭》"被当作第一部改编

---

① 张允和著,欧阳启名编《昆曲日记》(上),第 266—267 页。

的全本《牡丹亭》,从现存史料可知,在 20 世纪 30 年代,仙霓社曾演出《牡丹亭》的整本戏,但已无传。1957 年,北方昆曲剧院的演出也曾有《牡丹亭》折子戏串演的舞台演出形式。在"节编全本《牡丹亭》"同时,俞振飞、言慧珠主演的《牡丹亭》亦编演。20 世纪 80 年代,北方昆曲剧院演出了由时弢改编、蔡瑶铣主演的《牡丹亭》,江苏省昆剧院演出了张继青主演的《牡丹亭》,并拍摄成电影,流传甚广。亦有张弘改编、石小梅主演的《牡丹亭》。上海昆剧团有岳美缇、华文漪主演的《牡丹亭》,今有录音存世。梁谷音、蔡正仁亦改编演出《牡丹亭》。至 20 世纪 90 年代,又有陈士铮导演的全本《牡丹亭》、上海昆剧团的三本《牡丹亭》。2004 年,白先勇策划的青春版《牡丹亭》由苏州昆剧院演出,形成"《牡丹亭》热"。2014 年 12 月,全国七大昆曲院团组织《牡丹亭》会演。至此,《牡丹亭》全本的演出蔚为大观。

如果将俞平伯策划、北京昆曲研习社演出的"节编全本《牡丹亭》"放置在这个历史脉络里,可以说是一个别样的起点。其一,此版《牡丹亭》是最早策划演出的《牡丹亭》,俞言版《牡丹亭》虽然演出时间略前,占去第一的位置,但其创意、编演应是受到此版《牡丹亭》的影响。其二,此版《牡丹亭》为全本,也即其情节大致包括了《牡丹亭》整个故事,相比之下,之后的一本版《牡丹亭》多集中于《牡丹亭》前半部分,直至 20 世纪 90 年代之后的陈士铮导演的全本《牡丹亭》、上海昆剧团的三本《牡丹亭》、白先勇策划的青春版《牡丹亭》才将范围扩大至全部《牡丹亭》。其三,此版《牡丹亭》是文人理念的产物。从其创演过程可知,其创意、编撰皆来自文人(俞平伯、华粹深),演职员则是昆曲爱好者,在表演上则借助艺人之力,请来四位传字辈艺人作为身段指导与导演。因这一特殊构成,使得此版《牡丹亭》不同于其后各版全本《牡丹亭》。当代以来,《牡丹亭》改编整理的原则,有串折与新创二途,此版《牡丹亭》为俞平伯等昆曲曲家研究昆曲之产物,因此以保存原貌为主,采用串折的方式。之后各版《牡丹亭》虽多以《牡丹亭》原折子戏为基础,处理原则也大体不出这两种方式。总体而言,因文艺体制之限定,以新创为整理改编《牡丹亭》的主要路径,直至青春版《牡丹亭》以

"只删不改""原汁原味"为号召,以原本为基础,以串折形式来改编昆曲,方成为保存传统的一种主要观念。至于各版《牡丹亭》之具体比较,则需要更细致的工作,这大概是另一篇文章或专著的任务了,关于俞平伯策划、北京昆曲研习社演出的"节编全本《牡丹亭》"的考述也就此打住。

作者单位:北京大学艺术学院

案头场上

春情难遣
——杜丽娘形象核心与明清女性读者接受重点

明　光

一

　　汤显祖《牡丹亭》的杜丽娘,其形象特点最突出之处何在? 多数人都会根据汤显祖对该剧的题词"情不知所起,一往而深。生者可以死,死可以生。生而不可与死,死而不可复生者,皆非情之至也"答道:至情。这当然正确,但太概括。我的回答是四个字:春情难遣。

　　其一,游园伤春。一见姹紫嫣红开遍,便感伤"良辰美景奈何天,赏心乐事谁家院";一闻"生生燕语明如剪、呖呖莺歌溜的圆"的成对儿莺燕,便感伤自身孤单,无心赏景,一意要离开花园。游园场景表现了春情萌动的细腻情感和伤春的无绪,初步隐略展现其春情满怀。

　　其二,春梦无边。杜丽娘在游园之后的春倦中进入梦境。睡前,一曲【山坡羊】"没乱里春情难遣,蓦地里怀人幽怨。则为俺生小婵娟,拣名门一例神仙眷。甚良缘,把青春抛的远",杜丽娘静坐沉思,一吐胸怀,明确而强烈表达追求爱情的渴望,点出春情难遣,感受到青春被压迫、拘束,更感受到青春流逝,而有时不我待的怨怅。

　　春情难遣,杜丽娘因情感梦,现实中的苦闷在梦中得到释放;现实中难以实现的追求,只有梦中才能得到实现。梦中,情人柳梦梅上场的台词"小生顺路儿跟着杜小姐回来……",明确交代乃是杜丽娘思念所致。梦中丽娘果然体验到两情相悦的自由解放,"是那处曾相见,相看俨然,早难道这好处相逢无一言"。伤春,在梦中得到了补偿。

其三,寻梦追求更伤情。梦境,成为现实的对立面,成为理想的代名词;惊梦,则是理想对现实的超越。出于"惊梦"的清晰梦境和朦胧而切身的情爱体验,杜丽娘按捺不住重温的冲动,必然要有"寻梦"的举动,这也是春情难遣的舞台行动。恰恰通过这外在行动,深刻展现了丽娘丰富的春情。惊梦虽假犹真,寻梦物是人非,只看到"牡丹亭、芍药栏,怎生这般凄凉冷落",幸福的梦境与凄冷的现实形成物是人非的反差,愈发增添了杜丽娘的伤心。丽娘从而进一步产生对礼教的怨恨,唱出"花花草草由人恋,生生死死随人愿,便酸酸楚楚无人怨"追求自由情爱的心声,代表着要求个性解放的时代精神。紧接着一句"待打并香魂一片,阴雨梅天,守的个梅根相见",其不懈寻情、钟情的顽强意志,亦暗示出杜丽娘寻情的道路险关重重,非以生命的全部精力和坚持到底的至情不能赢得美满。传说当年有个女演员唱到"香魂一片"句时,悲从中来倒在舞台上,气绝而亡,足见唱词刻画女性内心世界相当真实、传神,难怪《牡丹亭》深得历代女性的共鸣。梦不可续、不可寻,寻梦遣情更伤情,终至病体不起,意欲相思而亡。

伤春,并不出奇。特殊的是,意识如此明确强烈和惊梦寻梦的诗意行动。《西厢记》崔莺莺也伤春:"人值残春蒲郡东,门掩重光萧寺中。花落水流红,闲愁万种,无语怨东风。"但显然,伤春情绪较为浮泛,所谓"闲愁万种",故情感表现较为含蓄,所谓"无语怨东风"。杜丽娘则"怀人幽怨",如此明确是对异性的追求,且不再是无语之怨,游园时已怨怅"锦屏人忒看的这韶光贱",此时更是按捺不住地责怪父母,为了所谓门当户对的良缘,耽误了自己的青春。崔莺莺伤春,是淡淡的惆怅,待遇见张生,并在张生的追求下才慢慢热起来;杜丽娘是强烈的怨怅,感受到情欲萌动并意识到现实中的无出路,表现出强烈的反弹,这就是主动追求。

杜丽娘的情欲意识来自何方? 一是大好春光感召下被唤起的本能。男大当婚,女大当嫁,无须论证,但在艺术中却需要恰当、精致的表现。汤显祖有充分的描写:初则曰"恁今春关情似去年"——今年又添一岁,春情比去年更浓;继则曰"袅晴丝吹来闲庭院,摇漾春如线",

终呐喊出一句"不到园林,怎知春色如许!"这正是《游园》这折戏的深意所在。二是文学修养起到思想启蒙的作用。《闺塾》一出中,面对老师解释"窈窕淑女,君子好逑",春香追问一句"为甚好好的来求他",插科打诨中也传达出杜丽娘的内心解读。故杜丽娘明言道:"常观诗词乐府,古之女子,因春感情,遇秋成恨,诚不谬矣。"两者融会作用,丽娘反观自身,长叹"年已及笄,不得早成佳配,诚为虚度青春"。

需要特别注意的是,丽娘相思的并非生活中具体可感的恋爱异性,只是梦中幽会的男人。结合前情,梦中男子其实也是她感念之极的精神外化。这种伤春、相思源于情欲发动后的憧憬追求与现实抑郁的冲突,而不是相逢某位实体思慕对象,因而具有张扬人性本能的意义,这也是杜丽娘超越崔莺莺的所在:借春情难遣而超越爱情层面以张扬对感性生命快乐的追求。

其四,钟情梦中之人,生死相随。一意追寻梦中之人,杜丽娘冥魂还要判官查查自己的丈夫是谁。在柳梦梅"拾画、叫画"的呼喊声中,杜丽娘游魂从自己的画像中走下来,与柳梦梅再度结合,结为夫妇。两人爱情坚似铁,杜丽娘的追求和一往情深才突现其美好价值。第三十六出《婚走》,柳梦梅掘墓得人,杜丽娘因情而生,重获现实生命,有情人终于在阳世成为夫妇。这段,杜丽娘的努力争取与主动较生前有所发展,突出表现了"一灵咬住"绝不放松的强悍精神。现实的婚媾遭到父亲的坚决反对,她在金銮殿上,大胆与父亲开展针锋相对的辩驳斗争。她坦言正是"无媒而嫁",保亲的是母丧门,送亲的是女夜叉,回答父亲的责问,堂堂正正,理直气壮,并无半点心虚之词。虽然这番话并不能说服顽固的父亲,但充分表露了她保卫爱情成果的斗争决心。杜宝坚持要她单身回娘家,她就闷倒昏死,殊死斗争,奋力捍卫自己的爱情。

二

《牡丹亭》问世后,受到普遍欢迎,其中女性读者观众尤其喜爱,

"闺阁中多有解人",引起当代学者的注意。经研究者统计,根据现有资料,可知姓名的《牡丹亭》女读者,在明代末年有俞二娘、冯小青、叶小鸾、黄淑素、金凤钿等,在清代有陈同、谈则、钱宜、林以宁、冯娴、李淑、顾姒、洪之则、浦映渌、程琼、吴兰徵、王筠、张襄、吴藻、吴规臣、林陈氏、程黛香、姜映清等;其中做出系统研究的有四位女性,即《吴吴山三妇评点牡丹亭》之陈同、谈则、钱宜,《才子牡丹亭》之程琼。她们如此喜爱《牡丹亭》,到底是什么打动了她们呢?

答案是春梦——爱情的憧憬和精神体验。明末娄江有位俞二娘,十五六岁,未有所适,读《牡丹亭》,凝睇良久,情色黯然,乃曰此书为"真达意之作"。于是饱研丹砂,密圈旁注,往往自写所见,出人意表。俞二娘于《惊梦》一出注云:"吾每喜睡,睡必有梦。梦则耳目未经涉,皆能及之。杜女故先我着鞭耶。"耳目未经涉皆能及之,所指甚广,然"杜女先着我鞭"之语,则透露其梦境必有如杜丽娘一般的梦里幽会情爱之事。她深感爱情压抑,梦中频寻,年十七郁郁而亡。剧作者汤显祖听闻此事,挥笔写下《哭娄江女子》二首:"画烛摇金阁,真珠泣绣窗。如何伤此曲,偏只在娄江。""何自为情死,悲伤必有神。一时文字业,天下有心人。"这是剧作者与女性读者的交叉互动,俞二娘深感作者写得真,作者深为二娘情深难遣而感动,也引以为知音,因为唯其如此,方得剧作神髓,即所谓"文字业、有心人"的对应关系。

吴吴山三妇评点《牡丹亭》也十分有名,其第一妇为吴吴山的未婚妻陈同,她酷爱诗书,尤视《牡丹亭》为珍宝,逐一收集当时市面上不同版本的《牡丹亭》,加以点校。后来得到汤显祖的玉茗堂定本,遂开始评点,共完成了两卷,可惜未及与吴吴山成婚,16 岁就病逝了。残存的评点本遗物辗转到了吴吴山手中,"密行细字,涂改略多,纸光闶闶,若有泪迹"。现存七绝一首:"昔时闲论《牡丹亭》,残梦今知未易醒。自在一灵花月下,不须留影费丹青。"她意识中最重要的也是"春梦",而自己的绮梦一直未醒;她不满意丽娘的写真留影,以为得享爱情的愉悦欢快,远胜于美貌留影。可见其心中爱情火焰之炽烈。剧中写真留影,自有勾连人物、推动剧情发展的作用,但陈同渴望"自在一灵"的爱情追求与"花月"流连的共时性,实即两情相悦的世俗享受(包括梦境的情感体验),自与杜丽娘的爱情憧憬和强烈追求如出一辙。

陈同 15 岁就名花有主,未婚夫也是才子,憧憬日后的爱情生活,应该是信心满满的,这与俞二娘、杜丽娘"甚良缘,把青春抛的远"完全不一样,却怎么也春梦沉沉,对杜丽娘的春情难遣能够感同身受呢?是女子天生的同情心使然吗?不是。陈同虽有未婚夫,但从来接触过,未婚夫只是概念,可在梦中求晤。如此,陈同与杜丽娘其实有着同一性,缺少现实的情爱,情感需求的满足只在梦境中实现。陈同的未婚而亡,除了本身有病外,也因为封建礼教的束缚,不能与未婚夫相识交流互通,以致"残梦"绵绵,精神抑郁;且得阅《牡丹亭》,激起强烈共鸣,爱不释手,为之评点,终至耗尽精神。

流传最广的是明末冯小青阅读《牡丹亭》后的那首题诗:"冷雨幽窗不可听,挑灯闲看牡丹亭;人间亦有痴如我,岂独伤心是小青。"据说她还有评、跋,可惜不存,我们只好就其生平来理解这首诗。冯小青好读书,解音律,善弈棋。十五六岁嫁为人妾,正妻奇妒,凌逼万状,逼小青独居于杭州孤山佛舍,所谓"冷雨幽窗"是也。此时此景阅读《牡丹亭》,丽娘思春不得其人亲近,寻梦难以再睹梦中情人的伤心郁闷,正道出冯小青虽为人妇实乃寡居、多情痴想的悲苦境遇,故引丽娘为"如我"之精神同调,既为丽娘伤心,更为自己伤情。冯小青不久即郁郁而亡,恰如剧中丽娘思念不得而消损夭殇一样,似乎更证明丽娘春情难遣的精神特点,是冯小青喜爱《牡丹亭》的主要内容。

封建社会中女性的情感世界,较男性有着更多束缚,她们的感情长期被压抑着,因此《牡丹亭》所构造的爱情世界对她们充满了吸引力,杜丽娘的内心剖白触动了她们的心灵,代她们倾诉了对情爱的憧憬、想象、苦闷、挣扎,因此,她们从春梦不断、春情难遣的杜丽娘形象中印证了真实的自我,并获得某种自我肯定。

当然,剧中杜丽娘终嫁给自己挑选的、钟情不二且科举及第的柳梦梅,也是女性读者非常艳羡的内容。完满爱情的实现需要男女双方的配合,如只有杜丽娘一个人,无论她怎样的多情、痴情都没有用,而男主人公柳梦梅对杜丽娘的真情才使得这部爱情传奇得以实现。首先,柳梦梅对春情难遣的杜丽娘有着深刻的理解。三妇评《惊梦》云:"(柳所唱)如花美眷、似水流年照青春虚度一段,柳生顺路跟来故幽闺自怜之语历历闻之,几句伤心话儿能使丽娘倾倒也。"意谓柳梦梅此处几句唱词,"如花美眷",点明了丽娘的青春美貌;"似水流年"则暗示了青春易逝、美貌难长,正照应着前面杜丽娘的内心怨怅,应和着杜丽娘的心理需求,赢得杜丽娘芳心暗许。其次,吴吴山三妇的评点,揭示其"志诚"的形象特点:"偏是志诚人容易着迷,稍不志诚,便将无可奈何,一念自开解矣!"(第三十出《欢挠》批语)这种志诚有时必然表现为"情痴、钟情",如:"小姐、小娘子、美人、姐姐,随口乱呼,的是情痴之态。"(第二十六出《玩真》批语)石道姑感叹亡逝的杜丽娘"偏她没头主儿年年寒食",柳梦梅哭道"杜小姐就是俺娇妻",三妇评曰"此时一哭足见钟情若此"(第三十三出《秘议》批语)。故柳生娶丽娘为妻的选择也大受论者欣赏:"必定为妻方见钟情之深;若此际草草便为露水相看矣。"(第三十二出《冥誓》批语)

作为杜丽娘的恋人,柳梦梅对杜丽娘一往情深,矢志不移,在夫权社会里,实属难得。柳梦梅不仅仅是杜丽娘的佳偶良伴,也是众多女子心目中理想的夫君。所以,女性评点者都给予他极高的赞美,甚至超过了女主人公杜丽娘,如三妇在《硬拷》中有特别赞美柳梦梅的批语:"此记奇,不在丽娘,反在柳生。天下情痴女子如丽娘之梦而死者不乏,但不复活耳。若柳生者,卧丽娘纸上,而玩之、叫之、拜之;既与情鬼魂交,以为有精有血而不疑,又谋诸石姑,开棺负尸而不骇;及走淮、扬道上,苦认妇翁,吃尽痛棒而不悔,斯洵奇也!"(第五十二出《硬拷》批语)在吴吴山三妇看来,柳梦梅的"情痴"较杜丽娘的"情至"更为难得,她们对柳的情深、至诚都给予了称颂,柳梦梅也成为她们眼中的理想的爱人。《牡丹亭》有了柳梦梅的陪衬才使得整个剧目感人至深,给女性以爱情的希望。她们不仅仅从杜丽娘身上看到了大胆追求自己爱情和幸福的魄力,更从柳梦梅的身上看到了获得"有情郎"和赢得幸福婚姻的希望。

扬州女子金凤钿,艳羡杜、柳美好结合,清楚剧作只是虚构,作者深情描写的是真人,遂视作者为意中人:"汤若士多情如许,必是天下奇才……我将留此身以待也。"这个故事虽是附会、编造出来的,但其反映的女性读者喜爱杜、柳爱情故事进而敬佩作者的心理应当是真实的。

程琼夫妇的评点,则又借题发挥,站在女性立场,还借杜、柳结合,提出"智不盖世,貌不入格,材不善狎,心不解情,皆非良缘"的理想婚姻的主张。比如色,从女性爱美之心出发,所恋"男子亦必须姝好有色方为良配",而"女之贪男色较男看女尤甚,何也? 以男子有色者尤少也"(第十出《惊梦》批语)。这对男性的相貌提出了很高的要求,认为女子慕色并不是什么值得羞愧的事情,爱美之心人皆有之,男子要求女子美貌,女子一样可以要求男子有美的容颜。批者还借题发挥,就理想的婚恋色、才、情三要素的内涵和关系,提出看法。色,美貌,这是前提、基础。才,"亦不必作诗写字而后为才也。但能深知色触之妙,好以巧思极情致,不以杂恶事间之、杂恶念败之、杂恶态乱之,即才也,如妒亦杂恶念也"。可知其才,并非指世俗所谓的才华或科举做官之才,而是不为世俗杂念男女杂念所侵扰,纯然欣赏对方美貌、品性的审美能力。情,在感情的基础上,强调日常生活中浪漫情趣。才、情的关系是"无才者虽有情不能引之使长、潜之使深,是才者情之华亦情之丹也",欣赏对方,是产生感情、制造情趣保持长久的核心,推导出"有色无情则色死,有色无才则色止"的观点,指出才、情在婚恋状态中的重要作用。这个观点,较世俗长期流传的"男才女貌"的婚恋观,更注重当事人双方情感享受、精神质量,较具现代意识。

杜丽娘不愿虚度青春的怨怅,也是众多女性读者强烈共鸣的内容。程琼大胆明言,"天上人间第一妙事,而触者受者,全在女子十三至十八之五年,过此皆为坏形之花"(第十出《惊梦》批语);由此赏析杜丽娘"春呵,得和你两流连"之句,谓"春者,身面之色也,我者,性灵之才也。才虽在而色已衰,才将焉施,色虽在而才本蠢,色亦减趣,是不得不两流连之旨"(第三十九出《如杭》批语)。所以陈同也有相同认

识:"青春去了,便非良缘,此语痛极!"(第十出《惊梦》批语)青春爱情
最美丽纯洁,也最荡人心魄;迟暮的爱情,固然也使人幸福,但到底不
是春光灿烂。青春爱情的良缘,符合人性自然规律,剧中杜丽娘不愿
虚度青春、春情难遣的呼唤,激活了女性读者的情爱体验和不负年华
的潜愿;但在封建礼教的无情环境面前,良缘的自觉无助于良缘的实
现,反而带来精神的极端痛苦,陈同"此语痛极",反映出封建时代受礼
教束缚的青春少女的强烈不满。

认同杜丽娘虚度青春怨怅、春情难遣的最有代表性的女子是《红
楼梦》中的黛玉:"偶然两句吹到耳朵内明明白白一字不落道'原来姹
紫嫣红开遍,似这般都付与断井颓垣'。黛玉听了倒也十分感慨缠绵,
便止步侧耳细听又唱道是'良辰美景奈何天,赏心乐事谁家院'。听了
这两句不觉点头自叹,心下自思原来戏上也有好文章,可惜世人只知
看戏,未必能领略其中的趣味。想毕又后悔不该胡想,耽误了听曲子。
再听时恰唱到'只为你如花美眷,似水流年',黛玉听了这两句不觉心
动神摇,又听道'你在幽闺自怜'等句越发如醉如痴站立不住,便一蹲
身坐在一块山子石上,细嚼'如花美眷,似水流年'八个字的滋
味。……仔细忖度,不觉心痛神驰眼中落泪。"曲词全是《牡丹亭·惊
梦》的精华句子,正是杜丽娘伤春自怜、梦会柳梦梅的内容,黛玉听来
句句触动心弦,恰是芳年青春,偏是风刀霜剑,虽有木石之盟,婚姻如
何自主,一朝春尽红颜老,红消香断有谁怜,纵有人怜已迟了。黛玉绝
对是杜丽娘的知音。

二

综上所述,明清女性读者对《牡丹亭》的接受,重点集中在对杜丽
娘春情难遣的体认、共鸣上。如何看待这种接受?

首先,为何这里强调女性读者,而非女性观众?目前收集到对《牡
丹亭》发议论的女性,大多数都是剧本读者,很少能反映出是以观众的
身份谈感想。一是女性观众相对少;二是看后能发表感想并记录下来

的则更少;三是看戏注意力在舞台表演,无暇琢磨文辞内容,表演也许很深刻,观者当时却未必能了悟。正如黛玉所言:"可惜世人只知看戏,未必能领略其中的趣味。"这怪不得世人,要在看戏时领略文辞的神色意趣,需要专业水平,非一般观众所能。而阅读剧本则可前后翻阅,反复揣摩,仔细体味。《牡丹亭》一剧,意蕴深厚,曲词典雅,有一定文化修养者初看演出,也就了解剧情而已,欲深究其意,必得研读剧本方得其妙。

其次,这种接受,是符合剧作基本题旨的。《牡丹亭》主人公就是杜丽娘,剧中性格虽有发展,也具有一定的复杂性,但其核心及其给观众、读者的深刻印象,就是春情难遣。前文已有论述,不赘。只补充一点,剧作者对这种接受表示认同。汤显祖《哭娄江女子》诗云"如何伤此曲,偏只在娄江",意味剧作者预料必有"伤此曲"的反应,只是没料到娄江女子的反应如此强烈;"一时文字业,天下有心人",表明汤显祖从娄江女子俞二娘故事中,认同作者与读者这种互动关系及其互动内容。当然,程琼夫妇的《才子牡丹亭》,多所借题发挥,另当别论。

第三,当今有人认为,明清女读者期待的是和拥有共同情感体验的丽娘一样,觅到一位能拯救自己脱离苦海的如意郎君,在明媒正娶之下,光明正大地共同沐浴在自由自在的爱情情欲之下;背后隐藏着的仍是一个等待男性救赎,女性卑微而脆弱的男权世界。从这个层面上说,《牡丹亭》并没有引领女性读者走向反抗男权,追求自我解放的道路,反而在无形中更加巩固了封建礼教纲常伦理的统治。这种看似高大上很有理论性的观点,其实用错了地方。一则,《牡丹亭》本无反抗男权的题旨,奈何有此要求?二则,女性憧憬理想爱情,当然离不开对男性的美好想象,缺少这个对象,哪来理想爱情的呈现?作为一部以女性为主角的爱情剧,必然要刻画对男性的爱恋,理论批评不能凿空而论,将女性对男性的爱恋和期盼实现爱情幸福,简单地阐释为等待男性救赎。

我以为,明清女性读者的这种接受,代表着多数观众的观感、读者的理解,反映出《牡丹亭》在全社会的接受水平。前述女性读者的议论,大多数以自己的情感体验来理解剧情、人物,感同身受,印证着剧作人物刻画的准确性、现实性、细腻性。尽管这些读者的文化修养高于社会上一般观众,但她们毕竟不是批评家,更不是理论家,其议论批评总体上属于戏剧鉴赏的层次,当然其中也不乏真知灼见。有人认为,《牡丹亭》吸引古代女读者的主要不是对传统礼教的反叛精神,这个论断我很赞成。需要补充的是,认同宣扬女性的春情难遣,这是女性读者感性批评的特点,具体观点实际体现着对礼教的反叛,尽管不是全面的、深刻的、自觉的反叛,因而不应贬低这些女性批评的意义。应当承认,这些女性读者的批评议论是非常接地气的认识,具有鲜明的时代感。所谓时代感,就是真实反映了汤显祖那个时代少女所受的束缚和春情难以抑制的内心矛盾及其精神追求。故而,今日女性读者一般不会有古代女性读者那样的共鸣,因为古代女子所受的束缚已不复存在。今日一般民众阅读剧本、欣赏演出,主要接受点在文学价值,即其描写的真实细腻、诗意表现。

作者单位:扬州大学文学院

汤显祖《牡丹亭》六出戏的下场诗与徐旭旦的《汉宫词》

黄　强

　　清康熙间人徐旭旦的集句诗集《世经堂集唐诗词删》①（下文简称《诗词删》）卷四有《汉宫词》组诗六首：

《汉宫词》

门前梅柳烂春晖，梦见君王觉后疑。

心似百花开不得，托身须上万年枝。

（张窈窕　王昌龄　曹　松　韩　偓）

《闺怨》

也曾飞絮谢家庭，欲化西园蝶未成。

无限春愁莫相问，绿阴终借暂时行。

（李山甫　张　泌　赵　嘏　张　祜）

《有赠》

乌纱巾上是青天，俊骨英才气俨然。

闻道金门开济世，临行赠汝绕朝鞭。

（司空图　刘禹锡　张南史　李　白）

---

　　① 北京师范大学图书馆编《北京师范大学图书馆藏稀见清人别集丛刊》第六册，据康熙间世经堂刻本影印，广西师范大学出版社，2007 年。本文引《诗词删》均据影印本。

《即事》

烟水何曾息世机,高情雅淡世间稀。

陇山鹦鹉能言语,乱向金笼说是非。

(温庭筠　刘禹锡　岑　参　僧子兰)

《旅况》

应陪秉烛夜深游,恼乱春风卒未休。

大姑山远小姑出,更频飞梦到瀛洲。

(曹　松　罗　隐　顾　况　胡　宿)

《忆旧》

千愁万恨过花时,人去人来酒一卮。

唱尽新词欢不见,数声啼鸟上花枝。①

(僧尤则　元　稹　刘禹锡　韦　庄)

　　虽各首皆有题,但第一首的标题《汉宫词》涵盖以下五首,故应视为组诗。令人诧异的是,只要熟悉汤显祖《牡丹亭》的人,一眼就能发现这六首集句体绝句分别与《牡丹亭》六出戏的下场诗相同,只不过原出戏的标目皆被新的篇名替换,显得不伦不类。

　　徐旭旦何许人也,他的集句体诗集中何以会出现汤显祖《牡丹亭》的下场诗?

　　徐旭旦,顺治十六年(1659)生,字浴咸,号西泠,浙江钱塘人。康熙十一年(1672)拔贡士,十三年(1674)充大将军尚善幕,从戎湖湘,十八年(1679)荐举博学鸿词,未获录用。二十五年(1686)受荐监理河工,三十二年(1693)河工告成,历补兴化知县。康熙四十二年(1703)移任湖南浏阳县丞,后擢广东连平知州,康熙五十九年(1720)卒于任

---

　　① 北京师范大学图书馆编《北京师范大学图书馆藏稀见清人别集丛刊》第六册,第258—259页。

上,得年六十二。①著述存世者除《世经堂集唐诗词删》8 卷以外,尚有《世经堂初集》30 卷、《世经堂诗词乐府钞》30 卷以及杂剧《灵秋会》;编有《九疑山志》4 卷、《惠州西湖志》10 卷。

　　《牡丹亭》的集句体下场诗出现在徐旭旦的集句体诗集中,这种情况肯定不是引用,因为字里行间没有一处提及汤显祖和《牡丹亭》。为谨慎稳妥起见,宜先排除《诗词删》编集时无意中混入汤显祖集句之作的可能性。《诗词删》卷首有郑晃一序,署"康熙甲午仲夏粤东督学使者年家眷门侄闽中郑晃顿首拜撰",此甲午为康熙五十三年(1714)。然序中有云:"幸癸巳视学东粤,西泠作宦连平,惠阳聚首,行馆依依,因出集唐全集示余,余始得全读之。"②据此,此集于康熙五十二年(1713)已经编成,而且由徐旭旦本人编定,绝无可能无意中将《牡丹亭》集句体下场诗混入。不仅郑晃在《诗词删》序中反复强调,而且书中各处的署名也无不突出徐旭旦乃此集中每一首诗词无可置疑的作者。全书总目前署"世经堂集唐诗词删总目",卷一目录前首行顶格署"世经堂集唐诗词删卷之一目次",第二行下方署"钱塘徐旭旦西泠著",余各卷依次类推,只是卷八因系集改唐句为词,故改署"世经堂集唐词删卷之八目次"。各卷正文前首行顶格所署同目录,只是去掉"目次"二字,第二行上方再醒目标示"钱塘徐旭旦西泠著"。"世经堂"为徐旭旦书斋名,这样的题署也一再表明:此《诗词删》非"世经堂主人"莫属。至于徐旭旦何以将自己这部集句体诗词集命名为《集唐诗词删》,"删"字何所取义?不外乎两种可能:其一,他的集句体诗词原本更多,删去一部分后编成此集;其二,"删"乃"删述"之略,用以谦称自己这部集句体诗词集。无论哪一种可能性,都不意味着其中包含对他人集句之作的袭用。

---

　　① 徐旭旦传记资料主要见于《世经堂初集》徐元正序、《继配安人任太君传》、《显继妣沈太君行状》,《四库未收书辑刊》第七辑第二十二册,北京出版社,2000 年,第 106、269、603 页;康熙刻本《惠州西湖志》卷七《名宦·署惠阳刺史徐公传》。
　　② 北京师范大学图书馆编《北京师范大学图书馆藏稀见清人别集丛刊》第六册,第 186—187 页。

　　既然此集由徐旭旦自己编成,不可能无意中混入他人的作品,徐旭旦又通过文本多处署名,确认自己是集中每一首诗词的作者,再辅以其他有力的证据,可以确定:见之于《诗词删》中的《牡丹亭》集句体下场诗均出于徐旭旦抄袭。

　　需要说明的是,集句之作中,两句甚至三句与他人偶同,而且排列顺序亦同,可能性虽小,还是有的,但四句偶同,而且排列顺序亦同,这种可能性只是理论上存在。迄今为止,从未见两首四句以上文字及顺序均偶然雷同的集句之作,便是最好的证明。至于不同作者笔下若干首集句体绝句无意识雷同,理论上的可能性更是微乎其微。不过为了谨慎起见,本文对《诗词删》中与《牡丹亭》下场诗相同的集句体绝句仍然从其他角度予以考辨和分析对比,以排除这种理论上的可能性。

　　更为重要的是,戏曲作品中集句而成的下场诗,与一般的集句诗又有不同,每一出的下场诗都与该出剧情有水乳交融的关系:或概括本出剧情,或点明本出主旨,或预示下一出剧情的发展,或兼有以上两项以至于三项功能,因而是每出戏的有机组成部分。名作《牡丹亭》的下场诗更是如此,徐旭旦割取而占为己有,实在是弄巧成拙。分析对比之,尤可见汤显祖匠心之所在。

　　徐氏抄袭之作与原作相比稍有改动,为了便于对照指证,故对比分析时不妨将原作照录。

　　七言绝句《汉宫词》抄袭《牡丹亭》第二出《言怀》下场诗:门前梅柳烂春晖(张窈窕),梦见君王觉后疑(王昌龄)。心似百花开未得(曹松),托身须上万年枝(韩偓)。[1]

　　剧中此出下场诗概括剧情,点明出目"言怀"的主旨。一、二句紧扣柳梦梅的梦境:"忽然半月之前,做下一梦,梦到一园,梅花树下,立着个美人……说道:'柳生,柳生,遇俺方有姻缘之分,发迹之期。'"已

――――――――――

　　① 汤显祖《还魂记》(《牡丹亭》),(明)毛晋编《六十种曲》第四册,中华书局,1958年,第3页。下文引《牡丹亭》皆出此本,不另注。

经暗示后来柳梦梅考中状元，皇上证婚的情节，故有“梦见君王”云云。但此时柳生虽然满腹抱负，尚不知如何结果，不敢深信梦境，故三、四句写其一腔幽怀，既踌躇满志，对后来充满期盼，又不知能够“托身”的美好机遇在何处。“万年枝”者，喻能令其托身青云之上的美好机遇也。韩偓原句作“托身须是万年枝”，汤显祖改“是”为“上”，义更显豁，徐旭旦诗中亦同，故必是抄自此下场诗。

七言绝句《闺怨》抄袭《牡丹亭》第七出《闺塾》下场诗：也曾飞絮谢家庭（李山甫），欲化西园蝶未成（张泌）。无限春愁莫相问（赵嘏），绿阴终借暂时行（张祜）。

《闺塾》写青春少女杜丽娘有咏絮之才，怀春之情，多少愁思，却碍于礼教，无由倾诉，明媚的春日，只能与丫鬟春香一起，在闺塾中听腐儒陈最良曲解《诗经》，令人黯然神伤，恨不得化作西园之蝶，自由飞翔。此下场诗一、二句所由出也。与全剧主题紧密契合的是三、四句，突出杜丽娘从天真活泼、不受礼教束缚的春香那里得知府衙中有座花明柳绿的大花园，即将有游园之举，预示她反抗家规礼教将由思想发展到行动。显然，离开了《闺塾》剧情和杜丽娘的形象，这四句诗集合到一起是难以想象的。徐旭旦将此首下场诗割取下来，改题为“闺怨”，作为自己的作品。

七言绝句《有赠》抄袭《牡丹亭》第二十一出《谒遇》下场诗：乌纱巾上是青天（司空图），俊骨英才气俨然（刘禹锡）。闻道金门开济世（张南史），临行赠汝绕朝鞭（李白）。

这首下场诗两处改动原句：第二句中“俨然”，刘禹锡原句作“褎然”；第三句中的“开”，张南史原句作“堪”。这两处徐诗与汤诗均相同，可见其来源。汤诗第一、三句由柳生念诵，照应正文中唱词：“无过献宝当今驾，撤去收来再似他”；“由来宝色无真假，只在淘金的会拣沙”。足见柳梦梅对自己的才学饱含自信，对朝廷招纳贤才也充满信心。第二、四句由钦差苗舜宾念诵，对柳生表示赞赏与祝愿，照应正文中唱词：“一杯酒酸寒奋发，则愿你呵，宝气冲天海上槎。”除了汤显祖依托特定剧情集此四句，其他人笔下出现此四句，不问而可知为抄袭。

徐氏取诗题为"有赠"亦甚拙劣,与内容不符。末句只是比喻而已,非真有"绕朝鞭"可赠也。剧中苗钦差倒是慨赠"三千里路资"给柳生,徐氏题曰"有赠"或许是暗指此事,然则更见其抄袭之迹。

七言绝句《即事》抄袭《牡丹亭》第二十九出《旁疑》下场诗:烟水何曾息世机(温庭筠),高情雅淡世间稀(刘禹锡)。陇山鹦鹉能言语(岑参),乱向金笼说是非(僧子兰)。

《旁疑》一出演清幽的梅花观中,被陈最良收留在此养病的柳梦梅,与杜丽娘的鬼魂夜晚相会,窃窃私语,为受命看守此观的石道姑听到。石道姑疑心是云游到此的韶阳小道姑与柳梦梅有染,既恨陈最良收留柳梦梅在此,更质问小道姑,孰知小道姑受此冤屈,反诬石道姑,于是清幽之地掀起一场是非波澜。下场诗四句正概括此剧情也,与石道姑上场白"世事难拼一个信,人情常带三分疑"遥相呼应。徐旭旦改题为"即事",亦知此四句须依傍实事而存在,真所谓欲盖弥彰。

七言绝句《旅况》抄袭《牡丹亭》第三十出《欢挠》下场诗:应陪秉烛夜深游(曹松),恼乱春风卒未休(罗隐)。大姑山远小姑出(顾况),更凭飞梦到瀛洲(胡宿)。

《欢挠》的下场诗紧扣剧情,四句皆有着落:首句喻柳梦梅与杜丽娘夜深欢会;次句喻石道姑与小道姑前来一探究竟,孰知惊散了一对佳人好事;第三句喻二位道姑既探明就里,皆以为是画中美人转而成精,于是释然离去;末句喻被惊破好事的柳生,只能凭借梦境与美人相会,再续前缘。即使在《牡丹亭》全剧中,这首下场诗也显得格外巧妙,妙就妙在第三句乃神来之想。顾况原句头写人姑(孤)山渐渐远去,小姑(孤)山又渐渐出现,汤显祖以"大姑"巧指石道姑,以"小姑"暗喻小道姑,"出"不是指出现,而是指出去,原句之义被化用,谓大小道姑一齐离去。在此,汤显祖借用相同的字面,将诗句所写与剧中实景巧凑妙合,信手拈来,以少胜多。如非此出有大小道姑二人,顾况此句或许很难有用入集句诗的可能性。徐旭旦改题为"旅况",脱离了剧情本身,四句诗之间失去了必然联系,变得不知所云。大姑山在彭蠡湖中,小姑山在彭泽县北的大江中,湖上江面之舟中,何可行夜深秉烛之游?何以"大姑山远小姑出",便"更频飞梦到瀛洲"? 此"频"字原句作"凭",汤诗同,徐氏此改,更不可理喻,真是抄得破绽百出。

七言绝句《忆旧》抄袭《牡丹亭》全剧下场诗:千愁万恨过花时(僧无则),人去人来酒一卮(元稹)。唱尽新词欢不见(刘禹锡),数声啼鸟上花枝(韦庄)。

《牡丹亭》传奇第五十五出《圆驾》,也就是全剧末尾,共有八句集句诗,现代排印本大都不加区别。实际上此八句诗分为二首:前四句为《圆驾》一出的下场诗,后四句乃总结全剧的下场诗,徐旭旦抄袭的是后一首。此首第二句元稹原作"人去人来剩一卮",汤显祖因为剧情的需要,改"剩"字为"酒",徐诗此字同汤诗,故留下抄袭的确证。汤显祖所集此四句,各自独立看,颇为一般,但融为一体,概括剧情,却于平淡之句中寓以深层之思,将杜丽娘的青春悲剧推及古代无数在礼教黑暗笼罩下的女性:"千愁"句喻少女"如花美眷",却"似水流年",在痛苦的煎熬中耗尽青春的生命;"人来"句喻世间观众纵然出入戏场,知晓《牡丹亭》,也不过作为酒后的谈资,将青春女性的悲剧等闲视之;"唱尽"句谓如此则《牡丹亭》虽有而若无,现实生活中无数"杜丽娘"所"惊"之"梦"永远不可能实现;"数声"句喻鸟啼花枝,世情依然,礼教黑幕下沉重的女性生活一切如旧。因此,没有《牡丹亭》震撼人心的主题作为灵魂,平淡的这四句诗不可能集聚到一起,迸发出叛逆思想的光辉。徐旭旦将这首集句诗从《牡丹亭》的艺术整体上阉割下来,改题为"忆旧",失去了厚重的剧情背景,也就失去了汤显祖悲天悯人的博大胸怀,失去了笼罩千古的悲剧意识,实在是点金成铁,化神奇为平庸,令人可叹!

考证和分析对比至此,可以确定无疑的是,所谓《汉宫词》所属的六首集句体绝句的原作者是汤显祖,而非徐旭旦。在汤显祖笔下,《牡丹亭》的每一首下场诗都是紧扣剧情的金针暗度之笔,移花接木之文,都可能有连环细笋伏于其中,牵一发而动全身。脱离每一出剧情,该出的集句体下场诗也就失去了集聚的灵魂而不知所云。企图将这些集句体下场诗阄割下来作为独立的作品,只能是徒劳。徐氏抄袭其中六首而成组诗,不仅每一首抄得支离破碎,而且各首之间完全缺乏应有的逻辑联系,就是这个道理。而这,恰恰证明了《牡丹亭》艺术整体的完美与不可分割。

作者单位:扬州大学文学院

汤显祖与宜黄腔的传承

苏子裕

明嘉靖末年谭纶把海盐腔引进家乡宜黄,经过谭纶和宜黄艺人的努力,使海盐腔"宜黄化",产生了宜黄腔。而汤显祖正是宜黄腔的传承人。他以创作、理论、教学、推介等多方面的戏曲实践为宜黄腔的传承做出了重要贡献。

一 谭纶引进海盐腔,宜黄子弟变新声

谭纶①把海盐腔引进到宜黄老家一事,汤显祖《宜黄县戏神清源师庙记》一文记载得很清楚:

> 此道有南北。南则昆山,之次为海盐。吴、浙音也。其体局静好,以拍为之节。江以西弋阳,其节以鼓,其调喧。至嘉靖而弋阳之调绝,变为乐平、为徽、青阳。我宜黄谭大司马纶闻而恶之。自喜得治兵于浙,以浙人归教其乡子弟,能为海盐声。大司马死二十余年矣,食其技者殆千余人。②

① 谭纶(1520—1577),字子理,宜黄县人。明嘉靖二十三年(1544)进士,曾任浙江台州知府、浙江按察使司巡视海道副使,抗倭屡立战功。嘉靖三十九年(1560)升为浙江布政使司左参政,仍兼巡视海道副使。其于万历元年(1573)任兵部尚书,故汤文称其为大司马。

② 《宜黄县戏神清源师庙记》,《汤显祖集》,上海人民出版社,1973年,第1127页。以下同。

《庙记》是为宜黄县艺人建立戏神清源师庙而撰写的,谈到抚州宜黄县一带戏曲的流行情况:"江以西弋阳,其节以鼓,其调喧。至嘉靖而弋阳之调绝,变为乐平、为徽、青阳。"①谭纶讨厌家乡流行的乐平腔、徽州腔、青阳腔,决意改变这种状况,"以浙人归教其乡子弟,能为海盐声"。谭纶"治兵于浙"抗击倭寇,在明嘉靖三十三年(1554)至三十八年(1559)任浙江台州知府、浙江按察使司巡视海道副使,嘉靖三十九年(1560)升为浙江布政使司左参政。嘉靖四十年(1561)三月丁父忧回籍,为时三年。以"浙人归教其乡子弟"当是这一时期。台州当时流行的是海盐腔。谭纶很可能是把台州的海盐腔艺人带回家乡的。据清代宜黄人黄兰茂写的《谭襄敏公墓》诗序所言,谭纶有寓馆在县城凤山下,"园池最盛,其楹联云:'栖凤林中几处笙簧吹夜月,化龙池畔许多鳞甲待春雷。'"②。谭纶不仅引进了海盐腔,而且还进行教演和改革创新。正如明江西人郑仲夔《冷赏》卷四"歌声"条所说:

> 宜黄谭(大)司马纶,殚心经济,兼好声歌。凡梨园度曲皆亲为教演,务穷其妙,旧腔一变为新调。至今宜黄子弟咸尸祝谭公惟谨,若香火云。③

谭纶"兼好声歌。凡梨园度曲皆亲为教演"使"旧腔一变为新调",使海盐腔在宜黄县扎下根来,海盐腔在宜黄"地方化",变为海盐"新调"——"宜黄腔"。所以宜黄子弟都把他像戏神一样供奉,"若香火云"。

---

　　① 笔者按:有不少人据汤文中有"弋阳之调绝"之语,认为弋阳腔在明代嘉靖年间就已经"调绝"了。实则不然,汤显祖所言是指宜黄县的情况,而不是指全省、全国的情况,实际上明清时期弋阳腔在江西乃至南北各地都在流行。流沙先生和笔者均有专文论及。

　　② 清道光五年《宜黄县志》卷三十一之六《艺文》,第41页。

　　③ (明)郑仲夔《冷赏》卷四,(明)金中淳辑《砚云乙编》,第4页,清光绪间上海申报馆本。

二 宜伶享名于世,标志着宜黄腔盛行

徐朔方先生提出汤显祖剧作为宜黄腔而创作的观点,是戏曲史界争论颇多的一个问题。但至今尚有一些专家朋友不同意这个观点,认为汤显祖的诗文只记载了宜黄子弟唱海盐腔,而没有记载宜黄腔。所以认定汤显祖不是用宜黄腔写作剧本,甚至由此否认明代宜黄腔的存在。

的确,汤显祖的诗文中只有宜黄子弟唱海盐腔的记载,没有出现过"宜黄腔"这个名词。从戏曲声腔发展史的历史事实来看,旧腔演变为新腔,而当地仍沿袭其旧称的情况司空见惯。如湖北黄梅采茶戏,当地只称采茶戏。只有流传到外地(安徽怀宁)之后,才被称为"黄梅戏"。京剧产生于北京,原名"二黄戏"。即使后来西皮加盟,仍被称为"二黄戏"。流传到天津、上海等地称为"京二黄""京戏",最后才定名为"京剧"。明代宜黄腔也是这样,在汤显祖家乡临川一带一直被记载为海盐腔或"越调",只是流传到南昌等地后,才有宜黄腔见诸文献记载。

在汤显祖的诗文中多次出现"宜伶",即宜黄腔子弟。有人认为,宜黄子弟、宜伶是指宜黄县的艺人,并不是指宜黄腔艺人。这就不合乎历史事实。例如"弋优"是指弋阳腔艺人,并非都是弋阳人。晚明和清代的"昆伶"并不一定是昆山人,苏州人也不一定就唱昆腔。《金瓶梅》中的苏州人荀子孝就不唱昆腔,而是"海盐子弟"。《宜黄县戏神清源师庙记》记载,当时以演出海盐腔为生的职业艺人已经有近千人。这是一支可观的戏曲队伍。他们都是宜黄人吗? 不可能。宜黄县是个山区小县。据清康熙十八年(1679)知县尤稚章主修清《宜黄县志》三卷《户口》记载,明永乐、宣德年间以来,由于赋税过重加上凶荒疫疠,"十室九空",至嘉靖十一年(1532)人口只有 23 374,至万历十年(1582)只有 18 795 人。汤显祖写《宜黄县戏神清源师庙记》约在明万历三十年(1602)。其时宜黄人口缺乏统计数字,充其量也不过就是

2万多人。一个县这样少的人口,会有1 000多名职业戏曲艺人吗?就当时海盐腔戏班的规模来看,每个戏班也就只有20多人,1 000人可以组成40来个戏班,贫瘠的宜黄县如何养活这么多的戏班?现在我们经济发展了,人口多了,但也没听说有哪个县能有1 000多职业戏曲艺人。再说,宜黄县与抚州府治临川县毗邻,宜黄的海盐腔不会流传到临川去吗?临川本地不会有人学演海盐腔吗?临川本地不会有海盐腔戏班吗?清乾隆五年(1740)李廷友修、李绂撰《临川县志》卷十六《风俗志》说:

> 吴讴越吹,以地僻罕到,缫官长则呼土伶,皆农闲习之。

临川"土伶"所唱的吴讴是指昆腔,越调是指海盐腔。即汤显祖时代"宜伶"所传下来的宜黄化的海盐腔——宜黄腔。可见临川有本地的宜黄腔戏班。

如果我们结合汤氏有关宜伶的记载,就可以发现,这些宜伶大多都生活在汤氏身边,都和汤显祖保持密切的联系,有"宜伶相伴酒中禅"[1],这说明这些宜伶都是长期生活在临川的。另外,他还劝临川友人帅机之子帅从升兄弟蓄养"小宜伶"在园林中演唱。《帅从升兄弟园上作四首》诗记载:

> 小园须着小宜伶,唱到玲珑入犯听。
> 曲度尽传春梦景,不教人恨太惺惺。[2]

帅从升兄弟蓄养小宜伶,没有必要到宜黄去招收学员吧。尽管临川已经有宜黄腔戏班,而且汤显祖自己还在临川当地培养了不少小宜伶,但他却没有记载"临川伶""土伶",而仅记载"宜伶""小宜黄""小宜

① 《唱二梦》,《汤显祖集》,第766页。
② 《帅从升兄弟园上作四首》,《汤显祖集》,第731页。

伶"。这说明"宜伶"在当时已经是习称,就是指宜黄腔艺人,而不是专指"宜黄一地的艺人"或宜黄籍的艺人。宜伶之享名,标志着宜黄腔盛行于世。

三　曲畏宜伶促,剧用宜黄腔

谭纶引进并改革海盐腔于前,汤显祖及其友人踵武其后,添薪助燃。汤显祖对谭纶十分敬仰,明万历元年(1573)写有《送谭尚书巡边》《重酬谭尚书》二诗,并赠送刀、琴、扇等礼品。万历二年(1574)赴京春试时还拜见谭纶。谭纶谢世后不久,汤显祖开始创作《紫箫记》。汤显祖以其光辉的"临川四梦",传承和发展了宜黄腔。万历二十六年(1598)汤显祖辞官回家,"为情作使,劬于伎剧"①。伎剧即戏剧。他给好友吕麟趾的诗中说"曲畏宜伶促"②,显然他是为宜伶写戏的,当然要用宜伶熟悉的宜黄腔写戏。明清两代文献中多有证据。

(一)汤显祖"四梦"带"乡音"

地方戏曲剧种的主要特点之一是带有"乡音",即方言俗语。凌濛初在《谭曲杂札》中批评汤显祖:"填调不谐,用韵庞杂而又忽用乡音,如'子'与'宰'叶之类,则乃拘于方土,不足深论。"③明范文若《梦花酬·序》说:"临川多宜黄土音,板腔绝不分辨,衬字衬句凑插乖舛,未免拗折人嗓子。"④汤显祖是临川人,故用"临川"代指汤显祖。范文若明明知道汤显祖是临川人,却偏偏说汤显祖的剧作"多宜黄土音"。临川话与宜黄话虽则同属于临川方言,但还是有区别的。汤显祖的剧作用韵不用家乡临川土音,而用宜黄土音,这正好说明,汤显祖剧作的腔调用的是宜黄腔。

---

①　《续栖贤莲社求友文》,《汤显祖集》,第 1161 页。
②　《寄吕麟趾三十韵》,《汤显祖集》,第 565 页。
③　中国戏曲研究院编《中国古典戏曲论著集成》(四),中国戏剧出版社,1959 年,第 254 页。
④　蔡毅编著《中国古典戏曲序跋汇编》(二),齐鲁书社,1989 年,第 1364 页。

(二)"四梦"曲调带有江西"土曲"

戏曲声腔支派的产生,除了在语言上采用方言俗语以外,常常会把本地原来流行的戏曲音乐或民间音乐吸收进来,因而在音乐上带有地方特色。海盐腔在宜黄"地方化"的过程中,必然要吸收当地流行的戏曲音乐、民间音乐。晚明吴越曲家批评汤显祖的剧作带有弋阳腔的味道,臧懋循"四梦"改本中有几处眉批指出"四梦"中某些曲牌有"误入弋阳腔""皆弋阳派""此弋阳语也"的情况。臧懋循评《南柯记·围释》【四块玉】说:"此曲已见《牡丹亭》。中间音调需与深于曲者商之。而临川以惯听弋阳之耳,矢口而成,其牴宜矣。"①凌濛初在《谭曲杂札》中批评汤显祖:"况江西弋阳土曲,句调长短,声音高下,可以随心入腔,故总不必合调,而终不悟。"②必须指出的是,根据汤显祖《庙记》所言,在明嘉靖年间,宜黄县已经没有弋阳腔了,宜黄腔吸收的戏曲音乐不是弋阳腔,而是弋阳腔的支派徽州、青阳腔。宜黄县原来唱徽州腔、青阳腔的艺人改唱海盐腔,自觉或不自觉地带入旧腔的音调或唱法。宜黄腔糅合了徽州腔、青阳腔的旋律和唱法,这正是海盐腔"宜黄化"的结果。这就使汤显祖的剧作带有这些"土曲"特征。

(三)汤显祖"四梦"用宜黄腔撰写剧本

汤显祖的剧本不是为昆腔而创作的,这一点从汤显祖的书信中也可窥知一二。他在《答凌初成》一信中说道:"不佞《牡丹亭记》,大受吕玉绳改窜,云便吴歌。"③此处所谓"吴歌",当指昆腔。需要改动才能用昆腔演出,这就表明《牡丹亭》与昆腔格律不尽吻合,汤显祖不是依照昆腔格律撰写剧本的。明臧懋循用昆腔改编的"四梦",倒是透露了汤显祖的剧本是依照海盐腔格律创作的消息。

臧改本《紫钗记·钗圆》之【不是路】眉批曰:

---

① 转引自周育德《汤显祖论稿》,文化艺术出版社,1991年,第238页。

② 中国戏曲研究院编《中国古典戏曲论著集成》(四),第24页。

③ 《汤显祖集》,第1345页。

　　　　原曲有四,今删其半。予谓此宜用海盐板,知音者请详之。①

　　按:臧氏认为,【不是路】宜用海盐腔演唱,不用昆腔,故而仍保留汤剧原词,适可证明汤剧本是用海盐腔创作的。

　　又,臧改本《牡丹亭》第九折《写真》之【尾声】眉批曰:

　　　　凡唱尾声末句,昆人向喜用低调,独海盐高揭之,如此尾,尤不可不用昆山调也。②

　　按:从这则眉批看来,昆腔与海盐腔的同名曲牌【尾声】在结尾处曲调旋律有所不同,所以,臧氏特别注明,此【尾声】不要用海盐腔“高揭”的唱法,而要用昆腔低调的唱法。这也证明汤剧是用海盐腔来填词的,所以臧氏改本特别注明该曲牌“尤不可不用昆山调”。宜黄腔是海盐腔支派,“四梦”虽有创新之处,但不会脱离海盐腔的基本规范。当时宜黄腔尚未流传到吴越,所以仍被人称为海盐腔。

　　但晚明吴越曲家以昆腔为南戏正宗,认为汤显祖“四梦”不合音律,而且,在戏曲剧本创作的问题上,汤显祖主张以意趣神色为主,而沈璟、臧懋循等吴越曲家主张以曲律为主,这就成为后人所谓的“汤沈之争”③。晚明吴越曲家断章取义抓住汤显祖说过“不妨拗折天下人嗓子”这句话,批评汤显祖不懂音律。臧懋循《玉茗堂传奇引》说:“今临川生不踏吴门,学未窥音律,艳往哲之声名,逞汗漫之词藻,局故乡之闻见,按无节之弦歌,几何不为元人所笑乎?”④

　　明末清初文学家、音韵学家毛先舒(1620—1688,浙江杭州人)就

---

　　①②　转引自周育德《汤显祖论稿》,第 237 页。
　　③　周育德、叶长海曾著文否认“汤沈之争”,笔者予以支持,认为晚明吴越曲家爆炒的汤沈之争,不过是为了立昆腔为南戏正宗而兴起的一场议论而已,汤沈之间并未直接交锋笔战。见《借“拗嗓”说曲律　立昆腔为正宗——我看晚明吴越曲家爆炒的“汤沈之争”》,《中华戏曲》2015 年第 1 期。
　　④　毛效同编《汤显祖研究资料汇编》(下),上海古籍出版社,1986 年,第 776 页。

不同意沈璟、臧懋循等吴越曲家的观点，他在《诗辩坻》卷四"词曲"条写道：

> 曲至临川，临川曲至《牡丹亭》，惊奇瓌壮，幽艳淡泡，古法新制，机杼递见，谓之集成，谓之诣极。音节失谱，百之一二；而风调流逸，读之甘口，稍加转换，便已爽然。雪中芭蕉，政自不容割缀耳。"不妨拗折天下人嗓子"，直为抑臧作过矫语。今唱临川诸剧，岂皆嗓折耶？而世之短汤者，遂谓其了不解音。①

毛先舒此论，切中肯綮，可为所谓"汤沈之争"做公允、精彩的小结。那些自命不凡的昆腔"行家"，如沈璟、臧懋循等改编的"四梦"，往往是点金成铁，在音律上也常常力不从心、违背格律。明末浙江湖州文学家茅暎明朱墨本《牡丹亭》"凡例"说："臧晋叔先生删削原本，以便登场，未免有截鹤续凫之叹。"②

入清以后，"四梦"各种版本迭出。对汤显祖"四梦"不合格律的非议逐渐少了下去，而赞美之声多了起来。清乾隆四十七年(1782)冰丝馆快语堂撰《冰丝馆重刻还魂记叙》云：

> 世有见玉茗堂《还魂记》而不叹其佳者乎？然欲真知其佳，且尽知其佳，亦不易言矣。……《还魂记》一传奇耳，乃荟天地之才为一书，合古今之才为一手。……以为曲，则度曲家之清浊高下，宫商节族，靡不极其微妙，中其窾隙也。噫，观止矣。③

《重刻清晖阁批点牡丹亭凡例》把汤显祖尊为"曲仙"。还说：

> 玉茗所署曲名，因填词时得意疾书，不甚检核宫谱，以故伪舛

① 毛效同编《汤显祖研究资料汇编》(下)，上海古籍出版社，1986年，第880页。
② 同上，第854页。
③ 蔡毅编著《中国古典戏曲序跋汇编》(二)，第1229页。

致多,然被之管弦,竟无一字不合,且无一音不妙,益服玉茗之神明于曲律也。

　　是剧刻本极多,其师心改窜,自陷于庸妄,如臧晋叔辈,著坛已明斥之矣。①

　　其实,汤显祖是精通戏曲格律的,也善于唱曲,汤显祖"每谱一曲,令小史当歌,而自为之和,声振寥廓",而且"往往催花临节鼓,自踏新词教歌舞"②。试想,一个不懂音律的人,能像汤显祖那样写戏曲剧本,和声而歌、教唱曲文吗?

　　"四梦"用宜黄腔写就,在海盐腔和宜黄腔流行的地区备受欢迎。

　　汤显祖在做官之前,就开始创作《紫箫记》,汤显祖周围有一批热爱戏曲的同乡好友,一道研讨剧本创作。汤显祖《玉合记·题词》记载当时写戏度曲的情景:

　　　　第余昔时一曲才就,辄为玉云生夜舞朝歌而去,生故修窈,其音若丝,辽彻青云,莫不言好。观者万人。乃至九紫君之酬对悍捷,灵昌子之供顿清饶,各极一时之盛也。③

　　玉云生所歌"其音若丝,辽彻青云",正是宜黄腔的音乐特色。明姚旅《露书》云:

　　　　歌永言。永言者,长言也,引其声使长也。故古歌者上如抗,下如坠,曲如折,止如槁木。倨中矩,勾中钩,累累乎端如贯珠。按今唯海盐曲者似之,音如细发,响彻云际。每度一字,几近一刻,不背于永言之义。

---

① 蔡毅编著《中国古典戏曲序跋汇编》(二),第 1230 页。
② 《寄嘉兴马乐二丈兼怀陆五台太宰》,《汤显祖集》,第 537 页。
③ 《汤显祖集》,第 1092 页。玉云即吴拾之,九紫即谢廷谅,灵昌即曾粤祥。三人皆临川人,汤显祖好友。

姚旅所记海盐腔"音如细发,响彻云际"与临川玉云生所歌"其音若丝,辽彻青云"如出一辙。可见汤显祖所写之曲传承了海盐腔支派宜黄腔的音乐特色。玉云生唱曲时,"观者万人",可见演出场面是非常轰动的。演出地点是在南京,而南京曾是海盐腔盛行之地,所以能有万人观剧听曲的盛况。

四 汤词端合唱宜黄,丽词新腔传四方

汤显祖以"四梦"很好地传承和发展了宜黄腔。《牡丹亭》问世之后,很快就在江西省会南昌演出。汤显祖在滕王阁观看王有信演出,称赞其"韵若笙箫气若丝,牡丹魂梦去来时"①。与当年汤显祖及其友人在南京所歌"其音若丝,辽彻青云"的韵味完全相同。晚明时期南昌宁王后裔有很多出色的文士,他们与汤显祖有较深厚的友情。宁王后裔图南特意邀请汤显祖到王府观看《牡丹亭》。能应邀到王府私邸观看自己的得意之剧演出,汤显祖十分兴奋,写下了"高情传唱牡丹词"②的诗句。宁王后裔邀请汤显祖到府邸观剧,除了因为交情深厚和《牡丹亭》享誉剧坛之外,还因为王府很早就有海盐腔戏班,王府中的人熟悉海盐腔。明陈弘绪《江城名迹记》卷上"考古二"记载:

> 匡吾王府,建安镇国将军朱多煤之居。家有女优,可十四五人。歌板舞衫,缠绵婉转。生曰顺妹,旦曰金凤,皆善海盐腔。而小旦彩鸾,尤有花枝颤颤之态。万历戊子(十六年,1588),予初试棘围,场事竣,招十三郡名流,大合乐于其第,演《绣襦记》。③

---

① 《滕王阁看王有信演牡丹亭二首》,《汤显祖集》,第 780 页。
② 《图南邀宴其先公瀑泉旧隐偶作》,《汤显祖集》,第 712 页。
③ (明)陈弘绪《江城名迹记》卷上"考古二",清乾隆刻本,第 36 页。

"四梦"在南昌的演出,受到王府和市民观众的热烈欢迎,以至于乡间都有宜黄腔的演唱。南昌文人万时华(生活于明万历至崇祯初年)《棠溪公馆同舒苞孙夜酌二歌人佐酒》诗云:

> 野馆清宵倦解装,村名犹识旧甘棠。
>
> 松邻古屋霜华净,虎印前溪月影凉。
>
> 寒入短裘连大白,人翻新谱自宜黄。
>
> 酒阑宜在高山道,并出车门夜未央。①

按:棠溪,村名,在南昌市郊区罗家集附近。所谓"人翻新谱自宜黄",亦即歌人所唱"新谱"传"自宜黄",这种"新谱"当是指宜黄腔。为何称为"新谱"? 因为南昌在明万历初年就有海盐腔流传,宁王府的戏班就是唱海盐腔的。宜黄腔是海盐腔的支派,由于在宜黄"地方化"之后,与南昌流行的海盐腔有所区别,所以人们称其为"新谱"。这则记载也证明,至少在明崇祯初年以前已有宜黄腔之名。

至清初,宜黄腔戏班还到南昌演出。南昌有一班明朝旧臣因各种情况退休回到家乡。汤显祖的得意门生李明睿(1585—1671),字太虚,以字行,南昌人。明天启壬戌(1622)进士,改翰林院庶吉士,历坊馆,罢闲六七年。廷臣交荐擢中允,清初起用为礼部侍郎,署尚书事。李明睿著述甚丰,是吴伟业、谭元春座师。汤显祖是戏曲家,吴伟业也是戏曲家,李明睿是戏曲鉴赏家,这就形成了一条不可多得的戏曲人物链。另外,笔者还发现,李明睿的学生黎元宽有一位门生查伊璜,是清初著名的戏曲家。而且李明睿的家庭戏班与查伊璜的家庭戏班在清初擅名剧坛,还曾经相约会演于扬州。李明睿还送演员叶些给这位徒孙,这也是戏曲史上的一件趣事。这又形成另一条戏曲人物链:汤

---

① (明)万时华《溉园诗集》卷三,《丛书集成续编》第 171 册,新文丰出版公司,1989 年,第 178 页。

显祖—李明睿—黎元宽—查伊璜①。黎元宽虽然不是戏曲家,但他也是李明睿家乐的鉴赏家,写了不少观剧诗。李明睿所蓄养女乐一部,皆"吴姬极选",唱昆腔。李明睿还特意在南昌城西蓼州修建沧浪亭作为演出场所,邀请地方名流、文人朋友观剧赋诗。所演多为南戏经典名剧,演出最多的剧目是老师汤显祖的《牡丹亭》和门人吴伟业的《秣陵春》,李明睿偶尔也邀请民间戏班到沧浪亭演出。其中就有宜黄腔得得新班,以汤显祖的"临川四梦"为看家戏。

清顺治庚子十七年(1660),友人熊文举在李明睿家观看宜黄腔艺人演出,演出剧目为汤显祖的《紫钗记》和梅鼎祚的《玉合记》,写了《宜伶泰生唱〈紫钗〉〈玉合〉,备极幽怨,感而赠之》诗五首②。其一云:

宛陵临汝擅词场,钗合玲珑玉有香。
自是熙朝多隽管,重翻犹觉艳非常。

按:宛陵,安徽宣城旧称,梅鼎祚是宣城人,宛陵代指梅鼎祚。临汝,即江西临川,此处代指汤显祖,汤为江西临川人。汤、梅二人自青年时代起即为挚友。"钗合玲珑玉有香","钗"指《紫钗记》,"玉"指《玉合记》。梅鼎祚是汤显祖的挚友,其《玉合记》付梓时恳请汤显祖题词。看来是汤显祖把该剧推荐给宜伶演出的。

其二云:

四梦班名得得新,临川风韵几沉沦。
为君掩抑多情态,想见停毫写照人。

按:"四梦班名得得新",是说演出"临川四梦"的戏班名为"得得

---

① 2017年在抚州汤显祖学术研讨会期间偶尔发现一则黎元宽的史料,在大会发言时,我把查伊璜误说为洪昇,特借此文向与会者表示歉意。

② (清)熊文举《雪堂先生诗选·侣鸥阁近集》卷三,清康熙刻本,第27页。

新"，以"四梦"为看家戏。

其三云：

> 凄凉羽调咽霓裳，欲谱风流笔研荒。
>
> 知是清源留曲祖，汤词端合唱宜黄。
>
> （宜黄有清源祠，祀灌口神，义仍先生有纪，予拟风流配填词未绪。）

值得注意的是"汤词端合唱宜黄"这句诗，"端合"就是合适的意思。意谓汤显祖的戏曲剧本虽然也可由别的声腔来演唱，但用宜黄腔来演唱最适合。诗人写这句诗，是经过慎重考虑的。因为主人李明睿是汤显祖的门生，对"四梦"用的腔调很熟悉。李家女乐又是名班，经常演出"四梦"，水平很高，熊文举也写了不少观剧诗盛赞其演出之优秀。把李家女乐与宜伶泰生做比较，得出"汤词端合唱宜黄"的结论，必须是在场看客的共识，至少李明睿是同意的。要不然会使主人很没面子。"汤词端合唱宜黄"，证明汤显祖的"四梦"原本就是用宜黄腔来撰写、演出的。

诗注云"义仍先生有纪"，是指明万历三十年（1602）左右，汤显祖应宜黄县艺人邀请写的《宜黄县戏神清源师庙记》。这是一篇难得的戏曲论著。清源师为宜黄县艺人所供奉之戏神。这篇千字文言简意赅，举凡戏曲的本源、发展历史、流传情况、基本特征、功能价值、艺术创作与鉴赏、演员修养等戏曲学的基本命题，皆有论述，为宜黄腔的发展提供了重要的理论支持。汤显祖廉洁奉公，并无多少积蓄，辞官归里后，在沙井修建新居后，便"速贫"，无力蓄养家庭戏班。但他却可以"宜伶相伴酒中禅"，还可以派遣宜伶到外地为友人祝寿演出。这是因为他"自掐檀痕教小伶"[1]，培养了一批宜黄腔演员。汤显祖极力推介宜黄腔：广东友人钟宗望来了，可以让宜伶演剧款待，"池上新歌绕翠盘"[2]。

---

[1] 《七夕醉答君东》，《汤显祖集》，第 735 页。

[2] 《八水庵作剧送宗望》，《汤显祖集》，第 636 页。

江苏友人钱简栖来了,"离歌吩咐小宜黄"①。可以派宜伶到永新县探望友人甘参知②;派汝宁到江东为李袭美郎中祝寿,"赤县琴歌积梦思,宜伶尊酒寄新词"③。这些外派演剧活动显然对于宜黄腔的传播起了重要作用。

而宜黄腔在向外地流播的过程中,显然借助了"四梦"的号召力。宜伶泰生所在戏班为宜黄腔"得得新班",该班以擅演"四梦"而驰名。观众也是因为"四梦"而看重宜黄腔。明万历四十二年(1614),汤显祖曾派一个宜黄腔戏班到挚友梅鼎祚家乡宣城演出,盛况空前,梅氏回书表示感谢,说:

> 宜伶来三户之邑,三家之村,无可爱助。然吴越乐部往至者,未有若曹之盛行,要以《牡丹》《邯郸》传重耳。④

显而易见,在安徽宣城常有江苏、浙江昆曲戏班演出,却没有宜唱伶受欢迎,不是因为其他原因,而是观众喜爱"四梦"。

综上所述,我们从汤显祖传承宜黄腔的实践中,可以获得如下启发:

第一,传承戏曲艺术必须有像汤显祖一样的"劬于戏曲"的戏剧家努力耕耘,并从剧本创作、演员培训、理论教育等各方面做踏踏实实的工作。

第二,戏曲剧种的发展,关键是剧目建设。

汤显祖在剧本创作时,取材旧时传奇、典故,皆有所本。根据自己的美学观点改造翻新,不仅在当时具有启蒙意义,而且对后人亦有警示作用。随着时代的变化,经典戏曲剧作的改编势在必行,但必须把

---

① 《送钱简栖还吴二首》,《汤显祖集》,第750页。
② 《九日遣宜伶赴甘参知永新》,《汤显祖集》,第799页。
③ 《遣宜伶汝宁为前宛平令李袭美郎中寿》,《汤显祖集》,第757页。
④ (明)梅鼎祚《鹿裘石室集》尺牍卷十三《答汤义仍》。

握其精髓,保持本剧种的传统风格,进行革新创造。不要像臧懋循、沈璟那样力图建立自己的套路,使"四方歌者皆宗吴门",削足适履,以曲害意。在昆腔、徽池雅调盛行,海盐腔日薄西山的情势下,汤显祖坚持用宜黄腔撰写剧本。尽管当时一些吴越曲家甚至多年的朋友批评自己不懂音乐格律,但汤显祖力排众议,用自己的光辉剧作"四梦"说话,保持剧种风格,终于让宜黄腔站稳脚跟,到清初仍然存活下来。

第三,戏曲艺术的理论武装非常重要。

汤显祖的《宜黄县戏神清源师庙记》及其诗歌、题词、尺牍所论述的戏曲主张、观点,为宜黄腔的建设提供了理论保障。现在,我们保护非物质文化遗产,必须在科学理论的指导下,求真务实,不搞假古董。

作者单位:江西省艺术研究院

《牡丹亭》的创作格律、演唱声腔及其他

伏涤修

　　围绕《牡丹亭》的创作声腔,诸说纷呈。笔者以为,关于汤显祖《牡丹亭》的所谓"创作声腔",诸说存在各说自话、只顾一点不及其余的问题,误读偏题、牵强附会的情形较为严重。《牡丹亭》创作依据的是格律而非声腔,而且汤显祖创作时为了体现"意趣神色"以至于时时不顾曲韵格律,大家一味在《牡丹亭》创作声腔上争议纠缠,实际上是在"皇帝的新衣"式的伪命题上做文章,难以得到真正的结果。本人不揣浅陋,试就此问题谈谈自己的看法,不妥之处,敬祈方家指正。

　　第一,汤显祖时代,当《牡丹亭》受到不合律的指责时,汤显祖并未以《牡丹亭》是为别种声腔创作来回应、躲避这种指责,汤显祖承认《牡丹亭》不合律,但是他反对以"协律便歌"的名义修改《牡丹亭》。

　　《牡丹亭》创作完成后,一方面获得人们的极大喜爱和赞誉,另一方面围绕《牡丹亭》的争论也持续不歇。围绕《牡丹亭》争论的一个关键焦点是其是否符合曲韵格律,对于《牡丹亭》中不合律之处,是应保持曲文原貌还是按照曲韵格律予以改创。沈璟等人指责《牡丹亭》不合曲韵格律,并对《牡丹亭》进行改订。汤显祖认为戏曲创作是作家意趣神色的综合体现,不应墨守成规地受曲律的桎梏,汤显祖虽然也认识到《牡丹亭》有不合律之处,但是他反对他人增删改订《牡丹亭》。

　　一般认为,下面这支曲子典型代表了沈璟的曲学主张。沈璟《二郎神套曲·词隐先生论曲》之第一首云:

【南商调二郎神】何元朗。一言儿启词中宝藏。道欲度新声休走样。名为乐府，须教合律依腔。宁使时人不鉴赏，无使人挠喉捩嗓。说不得才长，越有才越当着意斟量。①

这首曲词，既是对何元朗曲律主张的概括，也是沈璟曲词创作核心思想的体现。围绕《牡丹亭》而起的所谓"汤沈之争"，争论焦点就在曲词创作是否应严守"合律依腔"这一原则，沈璟等人对于汤显祖《牡丹亭》的改订，出发点也是为了使《牡丹亭》能够"合律依腔"。"律"乃曲韵格律、曲词创作约定俗成之规范，"腔"乃字声句调、高低长短之腔调。"腔"有具体的音腔，虽然沈璟力主以昆腔为天下演唱之正音，但他此处所言"合律依腔"主要是强调曲词创作的原则、规范，意思是曲词创作不能只是案头读本而应当能够吟唱于厅堂场上。

以律曲正音为己任的沈璟对《牡丹亭》进行了审视勘核，他发现《牡丹亭》中乖声悖律之处甚多，于是除了对《牡丹亭》发出不满之声外，还亲自操刀进行了改订。沈璟将《牡丹亭》改编本经由吕玉绳交给汤显祖，汤显祖对改编大为不满，他将沈璟改本误当成了吕玉绳改本，对之进行了痛批。王骥德《曲律》对汤、沈主张及围绕《牡丹亭》而起的争论做了记载：

> 临川之于吴江，故自冰炭。吴江守法，斤斤三尺，不欲令一字乖律，而毫锋殊拙；临川尚趣，直是横行，组织之工，几与天孙争巧，而屈曲聱牙，多令歌者龃舌。吴江尝谓："宁协律而不工，读之不成句，而讴之始协，是为中之之巧。"曾为临川改易《还魂》字句之不协者，吕吏部玉绳（郁蓝生尊人）以致临川。临川不怿，复书吏部曰："彼恶知曲意哉！余意所至，不妨拗折天下人嗓子。"其志趣不同如此。郁蓝生谓临川近狂，而吴江近狷，信然哉！②

---

① 谢伯阳编《全明散曲》第三册，齐鲁书社，1994年，第3255页。

② （明）王骥德《曲律》卷四"杂论第三十九下"，中国戏曲研究院编《中国古典戏曲论著集成》(四)，中国戏剧出版社，1959年，第165页。

吕天成《曲品》中也有内容近似的记载：

> 吾友方诸生曰："松陵具词法而让词致，临川妙词情而越词
> 检。"善乎，可为定品矣！乃光禄尝曰："宁协律而词不工，读之不
> 成句，而讴之始协，是曲中之工巧。"奉常闻之，曰："彼乌知曲意
> 哉！予意所至，不妨拗折天下人嗓。"此可以睹两贤之志趣矣。予
> 谓：二公譬如狂、狷，天壤间应有此两项人物。①

方诸生乃王骥德之号，松陵、临川为沈、汤之乡籍，光禄、奉常为沈、汤
曾任职之官署，这里分别用沈、汤二人的乡籍、官署指代他俩。

从上述记载可以看出，面对沈璟的指责，汤显祖并未以《牡丹亭》
是为海盐腔或宜黄腔等别种声腔创作来回应和躲避责难，而是以"曲
意"作为自己应战的武器，汤显祖认为当"曲意"与"协律"的要求发生
矛盾时，应以"曲意"为更高准则，宁愿"拗折天下人嗓子"也不能不顾
曲意。这说明，不仅是沈璟，即使汤显祖本人，也承认《牡丹亭》存在词
工而律不协的情形。

汤显祖自珍其作，尤其是对《牡丹亭》至为爱惜，他将《牡丹亭》
视为不可改易的文学臻品，认为别人只知音律而不知他的意趣真
心，故反对任何"协律便歌"名义下的修改。汤显祖《与宜伶罗章二》
说："《牡丹亭记》要依我原本，其吕家改的，切不可从。虽是增减一
二字以便俗唱，却与我原做的意趣大不同了。"②汤显祖《答凌初成》
也云：

> 不佞《牡丹亭记》大受吕玉绳改窜，云便吴歌。不佞哑然笑
> 曰："昔有人嫌摩诘之冬景芭蕉，割蕉加梅，冬则冬矣，然非王摩诘

---

① （明）吕天成《曲品》卷上，中国戏曲研究院编《中国古典戏曲论著集成》（六），第
213 页。
② 徐朔方笺校《汤显祖全集》诗文卷四十九《玉茗堂尺牍之六》，北京古籍出版
社，1999 年，第 1519 页。

冬景也。其中驰荡淫夷，转在笔墨之外耳。"①

于此可见，汤显祖时代，围绕《牡丹亭》争论的焦点是其合不合律及怎样看待与处理剧中的不合律问题，汤显祖承认《牡丹亭》不合律，但是他认为"意趣神色"比曲韵格律更重要，他反对以"协律便歌"的名义修改《牡丹亭》。

第二，汤显祖精晓自然音律，不过他反对过分拘泥于九宫四声，《牡丹亭》不合律和汤显祖不谙且没有严格遵守南曲曲谱格律有关。

汤显祖不是不懂音乐，他对音乐很精通，且有精妙见解。汤显祖在《紫箫记》第六出《审音》中借鲍四娘之口表达了自己的曲学主张，他在《宜黄县戏神清源师庙记》中也有对歌唱的精妙见解。叶堂为汤显祖"四梦"不改词作全谱，也说明汤作中包含有自然可歌可以入乐的成分。汤显祖知道声律在曲词创作中的重要作用，只是他不以声律之道作为他创作的最高追求。汤显祖认为应当遵循声律的要求，但不能过于拘泥于九宫四声，尤其是当创作激情到来时，不必按字模声，不应受苛严声律的限制。汤显祖《答吕姜山》言：

> 寄吴中曲论良是。"唱曲当知，作曲不尽当知也"，此语大可轩渠。凡文以意趣神色为主。四者到时，或有丽词俊语可用。尔时能一一顾九宫四声否？如必按字模声，即有窒滞迸拽之苦，恐不能成句矣。②

"轩渠"，欢笑之状，"大可轩渠"意为大可欢笑，这说明汤显祖很是认可"唱曲当知，作曲不尽当知也"这句话。唱曲之人应当依照声音之道，作曲之人不一定尽依声音之道，曲文创作主要不应琢磨如何顾及九宫

---

① 徐朔方笺校《汤显祖全集》诗文卷四十九《玉茗堂尺牍之六》，第1442页。

② 徐朔方笺校《汤显祖全集》诗文卷四十四《玉茗堂尺牍之一》，第1302页。

四声而应是多考虑如何达到"意趣神色"的思想艺术至境。汤显祖《答孙俟居》说得更尖锐：

> 曲谱诸刻,其论良快,久玩之,要非大了者。……词之为词,九调四声而已哉! 且所引腔证,不云求知出何调犯何调,则云一体又一体。彼所引曲未满十,然已如是,复何能纵观而定其字句音韵耶? 弟在此,自谓知曲意者,笔懒韵落,时时有之,正不妨拗折天下人嗓子。兄达者,能信此乎?①

俟居乃孙如法之号。汤显祖认为,严格说来,曲谱中的又一体也是犯调,戏曲创作中的犯调比比皆是。我们对汤显祖所言"正不妨拗折天下人嗓子"这句话不能仅看字面,而应全面、辩证地理解。毛先舒《诗辩坻》云:

> 曲至临川,临川曲至《牡丹亭》,惊奇瑰壮,幽艳淡沱,古法新制,机杼递见,谓之集成,谓之诣极。音节失谱,百之一二,而风调流逸,读之甘口,稍加转换,便已爽然。雪中芭蕉,政自不容割缀耳。"不妨拗折天下人嗓子",直为抑臧作过矫语。今唱临川诸剧,岂皆嗓折耶? 而世之短汤者,遂谓其不了解音。又有劣手,铺词全乖谱法,借汤自解,拟托后尘。鄿里之形,政资一噱。②

汤显祖并非真要捩嗓乖律,只是他反对"以律害意",当然如果曲韵与曲意发生了矛盾,为保持曲意的完整准确偶尔拗嗓背律也并非不可。

另外,汤显祖酷嗜元杂剧,故更精通于元杂剧格律。明人姚士粦

---

① 徐朔方笺校《汤显祖全集》诗文卷四十六《玉茗堂尺牍之三》,第 1392 页。
② (清)毛先舒《诗辩坻》卷四"词曲"条,郭绍虞编选,富寿荪校点《清诗话续编》,上海古籍出版社,1983 年,第 92 页。

言:"汤海若先生妙于音律,酷嗜元人院本。自言箧中收藏,多世不常有,已至千种。有《太和正韵》所不载者。比问其各本佳处,一一能口诵之。"①国家图书馆藏半园(唐云客)删订本《还魂记》凡例也云:"临川仙才,度曲从元人中镕出,每喜标新不拘格律,然绳以旧谱,终难出其范围。"由于汤显祖反对以律害意,又由于他更精于元代北曲格律而不谙南曲曲谱格律,故汤显祖"四梦"尤其是《牡丹亭》确实多有不合南曲曲谱格律之处。

自《牡丹亭》问世以来,诸多曲家都指出过《牡丹亭》违背曲韵格律的问题。明代沈德符评论汤显祖及其《牡丹亭》:

> 汤义仍《牡丹亭梦》一出,家传户诵,几令《西厢》减价;奈不谙曲谱,用韵多任意处,乃才情自足不朽也。②

近代曲家王季烈评论汤显祖剧作道:

> 又如《玉茗四梦》,其所填之曲,每不依正格。多一字、少一字,多一句、少一句,随处皆是。叶怀堂制《四梦》谱,为迁就原文计,将不合格之词句,就他曲牌选相当之句以标之,而正曲改为集曲矣。③

吴梅也指出汤显祖剧作出宫犯调的舛错:

> 套式之最不可遵守者,莫如李日华之《南西厢记》及汤若士之玉茗"四梦"。……若如玉茗"四梦",其文字之佳,直是赵璧隋珠,

---

① (明)姚士粦《见只编》卷中,《丛书集成新编》第119册,影印盐邑志林本,新文丰出版公司,1985年,第655页。

② (明)沈德符《顾曲杂言》"填词名手"条,中国戏曲研究院编《中国古典戏曲论著集成》(四),第206页。

③ 王季烈《螾庐曲谈》卷二《论作曲》,台湾商务印书馆,1971年,第11a—b页。

一语一字，皆耐人寻味。唯其宫调舛错，音韵乖方，动辄皆是。一折之中，出宫犯调，至少终有一二处。①（《论南曲作法》）

自玉茗"四梦"，以北词之法作南词，而偭越规矩者多。……临川天才，不甘羁靮，天葩耀采，争巧天孙，而诘屈聱牙，歌者咋舌。②（《家数》）

不过从诸家指责可以看出，《牡丹亭》是不合一般的南曲曲谱格律，并不是符合某腔格律而不符合另一腔格律。当然，到了汤显祖时代，新昆腔成为天下正音，南曲曲谱更注重以昆腔的字音字声为规范，曲家们往往以新昆腔的韵律标准来衡量《牡丹亭》的曲韵字声，这样就发现作为传奇翘楚的《牡丹亭》不适合用新昆腔演唱。《牡丹亭》适合有些声腔演唱而不适宜昆腔演唱，这和一些声腔"依腔行字"的演唱方式和新昆腔"依字行腔"的演唱方式有关。《牡丹亭》曲词不符合南曲曲谱格律，不符合新昆腔的字韵声调要求，这只说明《牡丹亭》曲词创作有乖律失范之处，而并不意味着《牡丹亭》是用别的声腔创作。

第三，无论是早期南戏还是新昆腔传奇，无论是《牡丹亭》的删改本还是明清曲家的其他传奇剧作，也都存在不合曲韵格律的问题。

曲谱格律既是一种创作规范，也是一种约定俗成的创作总结。早期南戏由村坊小曲发展而来，顺口可歌的特点明显，若以后来的曲律反观，会发现南戏不合律现象非常多见。徐渭《南词叙录》云：

今南九官不知出于何人，意亦国初教坊人所为，最为无稽可笑。……"永嘉杂剧"兴，则又即村坊小曲而为之，本无宫调，亦罕节奏，徒取其畸农、市女顺口可歌而已，谚所谓"随心令"者，即其

① 吴梅《论南曲作法》，《顾曲麈谈》，王卫民编《吴梅戏曲论文集》，中国戏剧出版社，1983年，第30页。

② 吴梅《家数》，《曲学通论》，王卫民编《吴梅戏曲论文集》，第301—302页。

技欤？间有一二叶音律，终不可以例其余，乌有所谓九官？①

李黼平《藤花亭曲话·序》亦云：

> 予观"荆、刘、拜、杀"暨玉茗诸大家，皆未尝斤斤求合于律。俗工按之，始分出衬字，以为不可歌。其实，得国工发声，愈增韵折也。故曲无定，以人声之抑扬抗坠以为定。②

今人曾永义分析道：

> 南曲戏文初起时只是杂缀时曲小调搬演，根本无官调联套之事，而且"顺口可歌"即可，亦无所谓调律与韵书限韵。慢慢地，应当是从北曲杂剧取得师法吧！经过音乐家和谱律家的琢磨研究，才逐渐订出许多规矩来。所以如果拿出后世形成制定的森严"法律"，去挑剔前代作品的话，那么《琵琶记》只好是"韵杂官乱"了。③

实际上，不仅早期南戏普遍存在着不合律的现象，后来的新昆腔传奇也多有不合律的情形。沈德符《顾曲杂言》批评道："年来俚儒之稍通音律者，伶人之稍习文墨者，动辄编一传奇，自谓得沈吏部九官正音之秘；然悠谬粗浅，登场闻之，秽溢广坐，亦传奇之一厄也。"④新昆腔依字声行腔，要求曲腔与字的声调统一，要求通过听曲

---

① (明)徐渭《南词叙录》，中国戏曲研究院编《中国古典戏曲论著集成》(三)，第240页。
② (清)梁廷枏《曲话》，中国戏曲研究院编《中国古典戏曲论著集成》(八)，第237页。
③ 曾永义《论说"拗尽天下人嗓子"》，《曾永义学术论文自选集》(乙编·学术进程)，中华书局，2008年，第201页。
④ (明)沈德符《顾曲杂言》"填词名手"条，中国戏曲研究院编《中国古典戏曲论著集成》(四)，第206页。

唱能够辨别出字的平上去入，而传奇作家受"随口取协"习惯的影响，往往难以做到句句字字符合规范要求。这样，即使是较为规范的传奇剧作，也存在有违"依字行腔"准则的情况。明清传奇诸剧，即使是沈璟等曲律家的剧作，都程度不同地存在着韵乖调违的毛病。如王骥德《曲律》批评素讲曲律的沈璟道："生平于声韵、宫调，言之甚悉，顾于己作，更韵、更调，每折而是，良多自恕，殆不可晓也。"①既然传奇创作普遍存在用韵不规范的问题，《牡丹亭》违背谱律也就是可以理解的事了。曾永义认为无论是传奇失韵还是《牡丹亭》违律，都很正常，他分析说：

> 明人于传奇之用韵，几乎无一人无毛病。这是什么缘故呢？因为传奇作者制曲大抵"随口取协"，除了沈璟等谱律家外，未有人以北曲晚期形成的韵书《中原音韵》作为押韵的依据，而若以《中原音韵》为"斤斤三尺"加以衡量，则焉能不犯韵乃至出韵者？明乎此，那么《牡丹亭》在那"谱律"尚未建立绝对权威的时代，汤氏创作时保有南戏"遗习"也就很自然的了。而如果欲以沈璟所认定的谱律，乃至于往后因戏曲之演进更转趋森严的律法来"计较"《牡丹亭》，则其格格不入，也自是意料中事了。而如果拘泥谱律之声韵格式打成曲谱，再以《牡丹亭》之曲词以就此曲谱，则焉能不拗尽天下人嗓子？②
>
> 万历间，"南戏传奇"兴盛，正是"百花齐放、百鸟争鸣"各竞尔能的时候，纵使水磨调为多数文人所喜爱，然而未定于一尊，汤氏又崇尚自然，驰骋自家才气十声情词情之冥然融合，因之律以《南词简谱》，未能尽合，正如明清谱律家众口一词所指责者。也因此，若就谱律家的立场，必须改订字句，方能供水磨调演唱，多少

---

① （明）王骥德《曲律》卷四"杂记第三十九下"，中国戏曲研究院编《中国古典戏曲论著集成》（四），第 164 页。

② 曾永义《论说"拗尽天下人嗓子"》，《曾永义学术论文自选集》（乙编·学术进程），第 201 页。

是有道理的。①

明代格律派曲家对汤显祖及其《牡丹亭》多有指责,那么他们的删改本又如何呢? 臧懋循指责汤显祖:

> 临川汤义仍为《牡丹亭》四记,论者曰:"此案头之书,非筵上之曲。"夫既谓之曲矣,而不可奏于筵上,则又安取彼哉? 且以临川之才,何必减元人,而犹有不足于曲者,何也? 当元时所北剧耳,独施君美《幽闺》、高则诚《琵琶》二记,声调近南,后人遂奉为矩矱。而不知《幽闺》半杂赝本,已失真多矣,即"天不念""拜新月"等曲,吴人以供清唱,而调亦不纯,其余曲名,莫可考正。……今临川生不踏吴门,学未窥音律,艳往哲之声名,逞汗漫之词藻,局故乡之闻见,按亡节之弦歌,几何不为元人所笑乎?②
>
> 繇斯以评……豫章汤义仍,庶几近之。而识无通方之见,学罕协律之功,所下字句,往往乖谬,其失也疏。③

臧懋循认为《牡丹亭》等四记乖谬之处过多,根本就非场上之曲,而汤显祖个人则"识无通方之见,学罕协律之功"。应该说,无论是对汤显祖的剧作还是对汤显祖个人,臧懋循的批评极为苛严。基于这样的批评,臧懋循对汤显祖"四梦"进行了删改。臧改本通过"删削""合并",把《牡丹亭》55 出缩短成 36 出,对汤作曲词也进行了删除、修改、替换,以便于昆曲演唱。虽然臧懋循有良好的出发点,但是遗憾的是,臧改本不仅总体上无法比肩汤显祖原作,而且在具体格律上也存在犯调

---

① 曾永义《论说"拗尽天下人嗓子"》,《曾永义学术论文自选集》(乙编·学术进程),第 207 页。

② (明)臧懋循《玉茗堂传奇引》,徐扶明编著《牡丹亭研究资料考释》,上海古籍出版社,1987 年,第 56—57 页。

③ (明)臧懋循《元曲选序二》,王学奇主编《元曲选校注》第一册,河北教育出版社,1994 年,第 12 页。

拗嗓的毛病。

明代茅元仪批评臧懋循改编本《还魂记》道：

> 雉城臧晋叔，以其（按：指《牡丹亭》）为案头之书而非场中之
> 剧，乃删其采，剉其锋，使其合于庸工俗耳。读其言，苦其事怪而
> 词平，词怪而调平，调怪而音节平，于作者之意漫灭殆尽，并求其
> 如世之词人俯仰抑扬之常局而不及。①

清代陈栋《北泾草堂曲论》也批评臧改本道：

> 臧晋叔删定"四梦"，诩诩然自命点金手，无乃识不称志，才不
> 副笔。将原本佳处，反到淹没。②

臧改本《牡丹亭》第三十折《硬拷》改动了原作【雁儿落带过得胜令】，臧
氏自己也在附注中承认"此曲平仄有失粘处，歌者委曲就之可也"。

　　冯梦龙也将《牡丹亭》改编成《同梦记》，朱夏君《〈牡丹亭〉与〈风
流梦〉对勘研究——兼论汤、冯审美意趣之差异与时代动因》，将冯
梦龙改编本《风流梦》与汤显祖《牡丹亭》原作进行了详细的对勘，朱
夏君在比较后指出："冯梦龙熟习沈璟词谱，对曲牌的宫调、字格、板
眼均了然于心，所以在自制集曲方面也有着天然的优势"，但是，"从
《风流梦》的曲牌使用来看，冯梦龙对曲牌的选择和使用上远不如汤
显祖娴熟，曲牌的使用十分贪恋自己熟识的几套南曲，单支曲牌则
经常会使用既不美听又生僻的曲牌"，"冯梦龙的声律观，是建立在
词谱基础上的文字声律观，和度曲家以声乐实践为评判标准的声律
观截然不同。……冯梦龙的所谓'按律'，并不是在戏曲声乐意义上
的实际声腔而言，而是一种严守词谱格律的方法"，"冯梦龙对昆腔

---

　　① （明）茅元仪《指点牡丹亭记序》，毛效同编《汤显祖研究资料汇编》（下），上海古
籍出版社，1986 年，第 852 页。
　　② 毛效同编《汤显祖研究资料汇编》（下），第 691 页。

的实际声乐表现并不十分了解,以至于出现其使用的曲牌虽然都符合词谱的词格、板眼规律,但实际演唱起来并不好听的现象"。①朱文认为即使从曲牌及音乐使用上来看,冯改本也无法比肩汤显祖《牡丹亭》原本。

加拿大籍学者史恺悌也认为无论是臧改本还是冯改本都较汤显祖《牡丹亭》原作大为逊色,臧懋循和冯梦龙"两人都不只是简单在音乐方面对《牡丹亭》进行调整,两个改本都使汤显祖语言的独特魅力湮灭不彰,也令原作女主人公的独特性消失殆尽"②。

第四,《牡丹亭》便于宜伶演唱不代表汤显祖是用宜黄腔或流行于宜黄的海盐腔创作,《牡丹亭》问世后既有宜伶演唱的记载,也有吴伶、越伶演唱的记载。

《牡丹亭》一诞生,就演奏于氍毹。汤显祖《七夕醉答君东》诗云:"玉茗堂开春翠屏,新词传唱《牡丹亭》。伤心拍遍无人会,自掐檀痕教小伶。"石韫玉《吟香堂牡丹亭曲谱·序》载:"汤临川作《牡丹亭》传奇,名擅一时,当其脱稿时,翌日而歌儿持板,又翌日而旗亭已树赤帜矣。"邹迪光《临川汤先生传》也载:"《还魂》诸剧,每谱一曲,令小史当歌而自为之和,声振寥廓。"上述记载,虽然没有明言是以什么声腔演唱《牡丹亭》,但依据汤显祖的生平经历,可以判断出是汤显祖家乡宜黄的伶人演唱的。明末清初熊文举清顺治年间写有五首观剧诗《宜伶泰生唱〈紫钗〉〈玉合〉,备极幽怨,感而赠之》,其第五首为:"凄凉羽调咽霓裳,欲谱风流笔研荒。知是清源留曲祖,汤词端合唱宜黄。"此处直言"汤词端合唱宜黄",虽然说的是《紫钗记》,《牡丹亭》等其他汤剧也同样适用,即刚问世时由宜黄伶人演唱。另外,臧懋循改本有几处眉批还指出汤显祖"四梦"中某些曲牌有"误入弋阳腔""皆弋阳派"的情形。就此,有人从《牡丹亭》等汤剧由宜黄伶人演唱,得出结论说《牡丹亭》等

---

① 朱夏君《〈牡丹亭〉与〈风流梦〉对勘研究——兼论汤、冯审美意趣之差异与时代动因》(下),《汤显祖研究通讯》2010年第2期,第84—91页。

② [加拿大]史恺悌著,殷小鉴译,黄蓓校《臧懋循与冯梦龙:音乐基础上的改本》,《汤显祖研究通讯》2008年第2期,第31页。

汤剧也是用宜黄腔或流行于宜黄的海盐腔来创作。这种理解并不准确。《牡丹亭》等汤氏剧作不仅有宜伶演唱的记载,也有吴伶、越伶演唱的记载,即使宜黄腔存在,即使宜伶是用宜黄腔演唱《牡丹亭》等汤剧,也并不等于汤显祖是用宜黄腔来创作《牡丹亭》等剧作。

戏曲演唱,存在"依腔行字"与"依字行腔"两种方式,昆曲经过魏良辅改造后,采取"依字行腔"的方式演唱,《牡丹亭》不合曲韵之处颇多,不能依字声演唱,也就不符合昆曲演唱声律。而《牡丹亭》之所以可用别的声腔演唱,主要是别的声腔为顺口可歌的"依腔行字"的演唱方式。当然,由于《牡丹亭》中有宜黄方言,这就更为宜伶用当地人熟悉的声腔演唱提供了便利条件。

汤显祖《牡丹亭》违背曲律、不适合昆曲演唱有他方言乡音的因素,凌濛初《谭曲杂札》批评汤显祖道:

> 近世作家如汤义仍……惜其使才自造,句脚、韵脚所限,便尔随心胡凑,尚乖大雅。至于填调不谐,用韵庞杂,而又忽用乡音,如"子"与"宰"叶之类,则乃拘于方土,不足深论。……况江西弋阳土曲,句调长短,声音高下,可以随心入腔,故总不必合调,而终不悟矣。①

认为汤显祖剧作中存在江西的方言土音,以至于乖悖格律、难以合调。明代范文若《梦花酣序》中也说:"临川多宜黄土音,板腔绝不分辨,衬字衬句凑插乖舛,未免拗折人嗓子。"②

不过《牡丹亭》拗喉捩嗓主要还是他没有遵守曲律规范的原因,明代张琦《衡曲麈谭》就认为《牡丹亭》不入吴人之耳的根源在于不合新昆腔的演唱调式,只有按照昆腔水磨调的要求对它进行改造才能适于昆腔演唱。张琦说道:

---

① (明)凌濛初《谭曲杂札》,中国戏曲研究院编《中国古典戏曲论著集成》(四),第254 页。

② 蔡毅编著《中国古典戏曲序跋汇编》,齐鲁书社,1989 年,第 1364 页。

近日玉茗堂《杜丽娘》剧,非不极美,但得吴中善按拍者调协一番,方可入耳。惜乎摹画精工,而入喉半拗,深为致慨。①

应该说,剧作留下剧作家的语言特征是很自然的事。汤显祖"四梦"中既有宜黄方言,也有遂昌方言。汤显祖是江西临川人,但在浙江遂昌为官、生活了五年,故其"临川四梦"中也存在遂昌方言。鲁之平《〈牡丹亭〉中的遂昌方言》对汤显祖《牡丹亭》中的遂昌方言用词进行了分类列举,共统计有 320 个词条,鲁文指出,"四梦"中都有遂昌方言,但《牡丹亭》中的遂昌方言较之其他"三梦"更为突出,汤显祖"不仅能听懂遂昌话,并且也能够对遂昌方言进行基本的会话和运用"②。《牡丹亭》及其他"三梦"中存在江西宜黄及浙江遂昌方言,这是汤显祖语言习惯的流露,不过《牡丹亭》及其他"三梦"适合宜伶演唱或者适合用流行于宜黄的声腔演唱,这既和宜黄人熟悉汤剧语言有关,更和他们按照"依腔行字"的方式演唱有关。

另外值得注意的是,即使在《牡丹亭》昆曲谱产生之前,汤显祖《牡丹亭》也不仅宜伶能唱,吴伶、越伶也能演唱,不仅可以用流行于宜黄等地的声腔演唱,同时也可以用流行于吴越之地的昆曲演唱。明代潘之恒《鸾啸小品》卷三《赠吴亦史》诗附记记载观演《牡丹亭》的情形:"汤临川所撰《牡丹亭还魂记》初行,丹阳人吴太乙携一生来留都,名曰亦史,年方十三。邀至曲中,同允兆、晋叔诸人坐佳色亭观演此剧。"③书中还有潘氏与友人观演《牡丹亭》的记录,潘之恒《情痴——观演〈牡丹亭还魂记〉书赠二孺》文云:"同社吴越石家有歌儿,令演是记……一字不遗,无微不极。……盖余十年前见此记,辄口传之。有情人无不歔欷欲绝,恍然自失。又见丹阳太乙生家童子演柳生者,宛有痴态,赏其为解。……二孺者,蘅纫之江孺、荃子之昌孺,皆吴阊人。……不慧

---

① (明)张琦《衡曲麈谭》,徐扶明编著《牡丹亭研究资料考释》,第 110 页。

② 鲁之平《〈牡丹亭〉中的遂昌方言》,《汤显祖研究》2016 年第 1 期,第 54 页。

③ (明)潘之恒著,汪效倚辑注《潘之恒曲话》,中国戏剧出版社,1988 年,第 210 页。

抱恙一冬,五观《牡丹亭记》,觉有起色。"①《病中观剧有怀吴越石》诗附记也载:"潘生曰:余喜汤临川《牡丹亭记》,得越石征丽于吴,似多慧心者,足振逸响。"②这说明《牡丹亭》可以用昆曲演唱。蔡孟珍认为:"由上述潘氏诗文可知《牡丹亭》初付搬演(约 1599 年),潘之恒、吴允兆、臧晋叔等人同坐南京佳色亭观剧,当时演出者已是昆曲小伶,十年后珠喉宛转,各具情痴的'二孺'亦是昆伶,并能将汤剧原本'一字不遗'地忠实演出。"③还有一些笔记等资料,有吴越等地家班家乐演唱汤显祖《牡丹亭》的记载。

此外,据加拿大史恺悌《"演员中心制"环境中的〈牡丹亭〉》考察,大约在冯梦龙和臧懋循正在创作《牡丹亭》改编本的明代万历后期,折子戏选本《珊珊集》和《月露音》就都选了《牡丹亭》的折出;另外,明代崇祯年间的折子戏选本《怡春锦》和《玄雪谱》也都选了《牡丹亭》的折出。上面几种选本文本没有改动,没有舞台表演的痕迹。但晚明《醉怡情》对所选收剧作的关目内容有改动,"《醉怡情》记录了戏曲由案头之曲到场上之曲的早期转变过程"④,《醉怡情》也选收了《牡丹亭》,且对关目有改动,不过未改曲词。

无论是潘之恒《鸾啸小品》所记观剧,还是《醉怡情》收录《牡丹亭》场上选出,此时不仅清代叶堂的"四梦"昆曲谱尚未制作出来,明末钮少雅的《格正还魂记词调》昆曲谱也尚未问世。这说明,汤显祖《牡丹亭》原作虽然违拗昆曲声律之处甚多,但并非全然不合昆曲演唱要求,昆曲场上并未停止《牡丹亭》的演唱。只是昆伶们如何"一字不遗"地演唱汤剧原本,如何处理《牡丹亭》原剧中违背字声曲韵的地方,他们是用标准的"依字行腔"的水磨调新昆山腔来演唱还是用"依腔行字"的旧昆山腔来演唱,由于资料缺乏,难下断语。

---

① (明)潘之恒著,汪效倚辑注《潘之恒曲话》,第 72—73 页。
② 同上,第 209 页。
③ 蔡孟珍《〈牡丹亭〉"声腔说"述论》,《汤显祖研究通讯》2007 年第 2 期,第46 页。
④ [加拿大]史恺悌著,秦丹译,黄蓓校《"演员中心制"环境中的〈牡丹亭〉》(上),《汤显祖研究》2013 年第 2 期,第 57 页。

第五，人们为了能以昆腔演唱《牡丹亭》，或对之"改词就调"，或对之"改调就词"，这绝非以昆山土腔代替宜黄腔或海盐腔，而是为了采取"依字行腔"的雅致化演唱方式，是为了使《牡丹亭》符合传奇规范，无论是创作还是改订，着眼点是曲律规范而非声腔。

南戏有包含四大声腔在内的多种声腔，不过一般来讲，南戏剧本并不只限于某一种声腔，剧本和声腔并无限定的对应关系，一剧多腔并不少见，《琵琶记》及"荆、刘、拜、杀"同时被南戏多种声腔演唱。汤显祖时代新昆腔成为戏曲声腔主流，除了昆腔外，弋阳腔、青阳腔等也存在于不同的地区和不同的阶层，这一时期的多数剧作都被人们纳入传奇的范畴，传奇和弋阳腔、青阳腔作品，既有演唱方式的区别，也有雅俗风格的不同。汤显祖"临川四梦"无论是从演唱方式还是从雅俗风格看，都隶属于传奇，只是"四梦"的曲律不完全符合新传奇格律规范，尤其是难以用"依字行腔"的雅致方式，难以用水磨调来演唱。虽然《牡丹亭》及汤氏其他"三梦"多有违拗新昆腔格律之处，但是应该明确地指出，《牡丹亭》及汤氏其他"三梦"是按照南戏、传奇格律来写的，不是为南戏某一声腔来创作的。

在汤显祖、沈璟时代，魏良辅改良后的水磨调昆山腔最为流行，昆曲成为南戏正宗，天下南音皆宗吴声，"四方歌者皆宗吴门"，昆曲演唱最受文人、曲家推崇。新昆腔受欢迎最主要不是昆山方言乡音或者说土腔土调的作用，而是"依字行腔"和水磨调演唱方式的作用。新昆腔、新传奇确立的进程其实质是曲唱和曲创规范化的过程，是方言土音淡化、曲唱雅化、演唱方式渐趋统一的过程。文人、曲家们一方面大力提高新昆腔的演唱地位，另一方面试图把新昆腔的格律规范变成整个南曲的格律规范。沈璟在蒋孝《旧编南九宫谱》的基础上编订而成《增定南九宫曲谱》（《南九宫十三调曲谱》），既是为昆腔又不仅仅是为昆腔，也即为整个南戏、传奇制定了格律规范。沈璟新谱属于昆曲谱却不署昆曲谱，他这样做既是为了把昆曲当作南曲的唯一正宗，同时也是为了淡化乡音土调、统一南曲创作规范。

《牡丹亭》艺术水准极高，是人们心目中典型的传奇，故包括沈璟在内的文人、曲家们很希望能以水磨调新昆山腔演唱《牡丹亭》。然而令沈璟他们遗憾的是,《牡丹亭》不符合水磨调新昆山腔演唱要求的地方过多,所以他们想改编《牡丹亭》。

沈璟以"易词就律"的方式,改订《牡丹亭》曲文而成《同梦记》(《串本牡丹亭》),《同梦记》今已佚失,无法窥其全貌,三支残曲现存于沈自晋《南词新谱》。王骥德比较沈改本与汤氏原作道:"《还魂》、'二梦'如新出小旦,妖冶风流,令人魂消肠断,第未免有误字错步;⋯⋯吴江诸传如老教师登场,板眼场步,略无破绽,然不能使人喝彩。"①

臧懋循改本《还魂记》、冯梦龙《风流梦》、徐日曦《硕园删定牡丹亭》等,对《牡丹亭》"改词就调",虽然有助于《牡丹亭》的舞台演出,但割裂《牡丹亭》原作,终使人遗憾。而且各家改编本,虽然也涉及改订曲牌及曲律的相关问题,但主要是改变情节关目,和沈璟注重音律有区别。

明末钮少雅作《格正还魂记词调》,清乾隆间冯起凤作《吟香堂牡丹亭曲谱》,清代叶堂在钮谱等的基础上,制作《纳书楹牡丹亭全谱》,以"改调就词"的方式用昆腔演唱《牡丹亭》原作。虽然汤显祖《牡丹亭》原作存在笔误、拗字、拗句、不合曲韵等失律情况,叶堂还是忠于汤氏原作不改曲词。叶堂《纳书楹四梦全谱·凡例》云:

> 临川用韵,间亦有笔误处⋯⋯至其字之平仄聱牙,句之长短拗体,不胜枚举。特以文词精妙,不敢妄易,辄宛转就之。知音者即以为临川之韵也可,以为临川之格也可。②

林佳仪《论〈纳书楹四梦全谱〉如何宛转相就〈四梦〉曲文》对叶堂的改订有详细的分析,林文归纳,叶堂改订《牡丹亭》等的方式主要有改题曲名、改易曲牌、分出曲牌、重订集曲、集曲相就、新创集曲。"(叶堂)

---

① (明)王骥德《曲律》卷四"杂记第三十九下",中国戏曲研究院编《中国古典戏曲论著集成》(四),第159页。
② (清)叶堂《纳书楹四梦全谱》,《续修四库全书》第1757册,影印清乾隆年间纳书楹刻本,上海古籍出版社,2003年,第170页。

《四梦全谱》最值得珍视之处,在其处处设想以音乐来配合曲文,而非强扭曲文入律……叶堂在谱曲的过程中,对于汤显祖不合律之处,宛转包容,甚至冠以'临川格'的称呼,强调是独特的做法,非谬误。"①这自然是叶堂对汤显祖"四梦"原作的偏爱,但也可以看出,叶堂虽然着眼于《牡丹亭》的昆腔演唱,从音乐上来改订《牡丹亭》的曲牌,但还是立足于南曲格律谱,叶堂不是改动《牡丹亭》的什么创作声腔,而是使《牡丹亭》的曲牌能够符合"依字行腔"音乐演唱的需要。这依然说明,《牡丹亭》能不能用新昆腔演唱的关键点是要使它合新昆腔(即规范化的南戏)之律,而不是以昆山土腔代替宜黄腔或海盐腔。《牡丹亭》中虽然夹有宜黄方言土音,适于宜伶演唱,却不能说宜黄或海盐腔乃其创作声腔。

综上所述可见,汤显祖虽然"生不踏吴门",但是《牡丹亭》总体而言属于传奇创作体系。"在创作《牡丹亭》之前,他对新兴的昆腔唱演应留有深刻印象;因而对曲坛格律派的反对意见,他也抱持相当尊重的态度,如'寄吴中曲论良是'(《答吕姜山书》)、'曲谱诸刻,其论良快'(《答孙俟居》)"②,王骥德批评汤显祖长于才而短于法,汤显祖诚恳地接受了这一评价。沈璟、王骥德等人力主昆山腔为南曲正声,汤显祖并未对此有所异议。汤显祖对诸人评价、改编的接受与反驳,都是在接受南曲格律(后来演化为昆曲格律)为评价标准的基础上进行的。汤显祖没有以《牡丹亭》是为宜黄腔或其他某种声腔创作来回应、躲避沈璟等人的指责,这说明《牡丹亭》虽然可以用宜黄腔或其他声腔来演唱,但宜黄腔或其他某种声腔并不是《牡丹亭》的创作声腔,而只是《牡丹亭》问世不久在汤显祖家乡的演唱声腔。

作者单位:淮海工学院文学院

---

① 林佳仪《论〈纳书楹四梦全谱〉如何宛转相就〈四梦〉曲文》,《汤显祖研究》2013 年第 1 期,第 52 页。

② 蔡孟珍《〈牡丹亭〉"声腔说"述论》,《汤显祖研究通讯》2007 年第 2 期,第 47 页。

《邯郸记·仙圆》曲谱杂论

胡淳艳

一

《仙圆》，即《邯郸记》的最后一出《合仙》①。在《邯郸记》留存的清及近现代以来经常上演的几出折子戏(俗称《扫花》《三醉》《番儿》《云阳法场》《仙圆》)中，《仙圆》是改动相对比较大的一出。将其他几出曲谱本的曲牌数量与原著文本相对照，会发现要么基本保持不变，要么有所删减。比如《邯郸记》第三出《度世》，曲谱本中多分成《扫花》《三醉》二出。原著中的曲牌在《扫花》中悉数保留，未有删减。而《三醉》曲谱本则删去原著文本中的四支【白鹤子】和一支【满庭芳】。相形之下，《仙圆》的情况有些特别。《邯郸记》文本中《合仙》共 18 支曲牌，在清代、民国时的一些曲谱本②中变成了 19 支，甚至 20 支。不过，所增加曲牌并非另行创作加入，而是通过对原著文本曲牌改动形成的。其

---

① 《仙圆》是清及近现代以来对《邯郸记》之《合仙》的通称，除了《邯郸记》各文本之外，在少量曲谱本中也有称为《合仙》的，但多数还是冠以《仙圆》之称。本文也采用这一约定俗成的名称，只在个别曲谱中用原文之《合仙》名称时标出。

② 本文所述及清代、民国时期《仙圆》曲谱本主要包括:乾隆二十四年(1759)《邯郸记》二十九折之《合仙》(《傅惜华藏古典戏曲曲谱身段谱丛刊》第九册，学苑出版社，2010 年，第 151—168 页)、乾隆五十七(1792)至五十九年(1794)《纳书楹邯郸记全谱》之《合仙》、光绪十九年(1893)上海著易堂书局版《遏云阁曲谱》第四册之《仙圆》、光绪二十二年(1896)建新社石印本《霓裳文艺全谱》卷二之《仙圆》、清昇平署本《仙圆》(《故宫珍本丛刊》第 686 册，海南出版社，2001 年，第 78—81 页)、清《谦受益斋抄本曲谱》辰集上之《仙圆》、清抄本《味果轩曲谱》卷二之《仙圆》、1921 年油印本《天韵社曲谱》卷二之《合仙》(此三种参见《傅惜华藏古典戏曲曲谱身段谱丛刊》第 46、54、79 册)、1922 年(转下页)

间版本各异,情况较为复杂。

　　《邯郸记·仙圆》原著文本的 18 支曲牌中,开头三支【清江引】及一支【点绛唇】,六支【浪淘沙】,四支【沉醉东风】,除了个别字词,各曲谱本基本不变。改动差异比较大的是【混江龙】、第六和第十七支【清江引】以及最后的【尾声】,各曲谱本对这四支曲牌的处理并不一致。第六支【清江引】①在多数曲谱本中已删掉,但像《纳书楹邯郸记全谱》《天韵社曲谱》《俗文学丛刊》则保留。第十七支【清江引】和【尾声】②,《遏云阁曲谱》、《霓裳文艺全谱》、昇平署本、《谦受益斋抄本曲谱》、《增辑六也曲谱》、《与众曲谱》、《秋声馆曲谱》、《戏剧词谱》等均删掉【清江引】的最后一句和【尾声】前两句,将所留文辞合成新的一支【清江引】③;而在乾隆二十四年抄本、《纳书楹邯郸记全谱》、《味果轩曲谱》、《天韵社曲谱》、《集成曲谱》、晒蓝本曲谱、《俗文学丛刊》曲谱本中,两支曲牌则悉数保留。

　　在《仙圆》众多曲牌中,【混江龙】④是改动程度最大、差异也最多

<hr/>

(接上页)《增辑六也曲谱》("大六也")利集之《仙圆》、1925 年《集成曲谱》玉集三册之《仙圆》、1940 年《与众曲谱》第三册卷三之《仙圆》、民国晒蓝本《昆曲折子戏剧本集》一之《仙圆》、旧红格抄本《秋生馆曲谱》三之《仙圆》、旧抄本《戏剧词谱》(此三种参见《傅惜华藏古典戏曲曲谱身段谱丛刊》第 84、71、75 册)、《俗文学丛刊》第 71 册第三种《仙圆》抄本("中央研究院"历史语言研究所俗文学丛刊编辑小组编,新文丰出版公司,2001 年,第 357—372 页)。下文中所引不一一注明。另有清碧梧书屋慕莲光绪二十九年(1903)抄本《霓裳新咏谱》、清李瑞卿光绪三年(1877)抄本《遏云仙馆曲谱》、北京国剧学会昆曲研究会编印《昆曲集锦》等之《仙圆》曲谱,因故目前无法看到。

① 【清江引】看蟠花两度唐尧运,甲子何劳问。蓬山好看春,只要有神仙分。世上人,不学仙真是蠢。

② 【清江引】尽荣华扫尽前生分,枉把痴人困。蟠桃瘦作薪,海水干成晕。那时节一翻身,敢黄粱锅待滚?【尾声】度却卢生这一人,把人情世故都高谈尽,则要你世上人梦回时心自忖。

③ 【清江引】尽荣华扫尽前生分,枉把痴人困。蟠桃瘦作薪,海水干成晕。我想世界上人梦回时早把心自忖。

④ 【混江龙】这里望前征进,明写着碧桃花下海仙门。到时节三光不夜,那其间四季长春。就里这海涛中有三番十五众,鳌鱼转眼,到的那山岛上止一斤十六两白虎腾身。你道是仙人岛有三万丈清凉界全无州郡,比你那鬼门关八千里烟瘴地远恶州军。剪径的无过是走傍门提外事贪天小品,跳鬼的有得那出阳神抛伎子散地全真。有一个汉钟离双丫髻苍颜道扮,一个曹国舅八采眉眼简朝绅。一个韩湘子弃举业儒门子弟,一个蓝采和他是个打院本乐户官身。一个挂铁拐的李孔目带些残疾,一个荷犯笊(转下页)

的一支。《纳书楹邯郸记全谱》《天韵社曲谱》《秋声馆曲谱》《俗文学丛刊》曲谱本保留不动,但其余曲谱本的改动幅度较大。具体做法是将这支超长的【混江龙】文本删掉了40%多,由原来的300多字减至200多字。如《霓裳文艺全谱》、昇平署本、《集成曲谱》、《与众曲谱》、晒蓝本曲谱等,都采用的是删减之后的【混江龙】。

不仅如此,有些曲谱本还将删减的这一支【混江龙】拆分为两支曲牌:"这里望前征进,明写着碧桃花下海仙门。到时节三光不夜,那其间四季长春"与"你道是仙人岛有三万丈清凉界全无州郡,比你那鬼门关八千里烟瘴地远恶州军"为【混江龙】;"有一个汉钟离双丫髻苍颜道扮,一个曹国舅八采眉象简朝绅。一个韩湘子弃举业儒门子弟,一个蓝采和他是个打院本乐户官身。一个挂铁拐的李孔目带些残疾,一个荷犯笊何仙姑挫过了残春。他们无日夜演禽星,看卦气抽添水火,有时节点残棋斟寿酒笑傲乾坤"与"眼睁着张果老把眉毛褪,虽不是开山作祖,仙分里为尊"组成另一支曲牌。不过对这支曲牌名称的标注却又有差异。仍标为【混江龙】的有《遏云阁曲谱》《谦受益斋抄本曲谱》《秋声馆曲谱》和《戏剧词谱》;《味果轩曲谱》《增辑六也曲谱》则标为【油葫芦】。

除了既有曲牌的改动,《仙圆》曲谱本又多出两支曲牌,一支是将第三支【清江引】之后,附夹在八仙念白中的"汉钟离到老梳丫髻,曹国舅带醉舞朝衣。李孔目挂着拐打瞌睡,何仙姑拈针补笊篱。蓝采和海山充药探,韩湘子风雪弃前妻。兀那张果老五星轮的稳,算定着吕纯阳三醉岳阳回"剔出,成为独立的曲牌。乾隆二十四年抄本、《纳书楹邯郸记全谱》、《天韵社曲谱》曲牌文本与原文一致,其他曲谱本的次序略有变化,变成了"汉钟离到老梳丫髻,曹国舅带醉舞朝衣。李孔目挂着拐打瞌睡,蓝采和海山充药探。韩湘子风雪弃前妻,何仙姑拈针补

(接上页)何仙姑挫过了残春。他们无日夜演禽星,看卦气抽添水火,有时节点残棋斟寿酒笑傲乾坤。<u>虽则受生门绿眼睛红瑙子仙风道骨,也怕向修行路按尾闾通夹脊换髓移筋。你可也有福力开了头崔氏宅夫荣妻贵,无业障揭了脚唐家地荫子遗孙。可是你三转身单注着邯郸道禄尽衣绝,一睫眼猛守的清河店米沸浍浑。早则是火传薪半灶的烧残情棺柚,却怎生风鼓鞴一锅儿吹醒睡混沌? 也因有半仙之分能消受,遇着我大道其间细讲论。</u>眼睁着张果老把眉毛褪,虽不是开山作祖,仙分里为尊。按:这支曲牌中画线部分是被删掉的文本。

笊篱。兀的那张果老五星轮的稳,算定着吕纯阳三醉岳阳回"。曲牌名称多数曲谱本标为【八仙歌】,唯《增辑六也曲谱》标为【北赚】。另一支是将原著第四支【清江引】之后八仙打渔鼓筒子所唱道情①单独剔出,成为独立的曲牌。各曲谱本文字差异不多,但在所标曲牌名称上也各有不同。乾隆二十四年抄本、《纳书楹邯郸记全谱》、《谦受益斋抄本曲谱》、《味果轩曲谱》、《天韵社曲谱》、《秋声馆曲谱》、《戏剧词谱》、《俗文学丛刊》曲谱本均标为【渔歌词】;《集成曲谱》、《与众曲谱》、晒蓝本曲谱所标为【渔鼓词】;《遏云阁曲谱》、昇平署本、《增辑六也曲谱》标为【沽美酒】;《霓裳文艺全谱》则标为【太平令】。

以上五支曲谱是《仙圆》各曲谱之间差异最大的部分,从中可见这出《仙圆》曲谱的混乱程度。原样保留的曲谱相对稳定,而删改程度较大的各曲谱之间,最大的差异不是删改的具体曲牌、文字,而是新曲牌的命名。经过对原著文本之【混江龙】的删减,自"俺这里望前征进"到"仙分里为尊"止,这样仍然完整的一支【混江龙】(所特别者,曲牌后半由散板变成了一板三眼板式,这在该曲牌中属罕见),被《遏云阁曲谱》等曲谱拆成两支,且在后一支命名上又有不同,因为这两支北曲曲牌的格式的大量增句、变句灵活而导致了分歧。仍标【混江龙】者认为这部分与前半一致,当然还是【混江龙】,却忽视了仙吕宫【点绛唇】【混江龙】剧套中,【混江龙】很少重复出现;标为【油葫芦】者注意到了这一点,而且仙吕宫【点绛唇】套在【混江龙】后多接【油葫芦】为惯例。而对八仙所唱道情的曲牌命名,《遏云阁曲谱》、昇平署本、《增辑六也曲谱》标为双调之【沽美酒】,《霓裳文艺全谱》所标不是【沽美酒】,而是经常与【沽美酒】连用的【太平令】。但【沽美酒】一般格式为五句(5—5—7—4—6 或 6—6—7—4—6),【太平令】为八句(7—7—7—7—2—2—2—7),《仙圆》中八仙唱的道情文字与这两支曲牌并不吻合。道情所唱之曲,可以是宫调曲牌,也可以是小调。前述多数曲谱将这首八仙打着渔鼓筒子伴奏的合唱之曲命名为【渔歌词】或【渔鼓词】,显然更为合理。

---

① 上鹊桥,下鹊桥,天应星,地应潮。响绷绷渔鼓闹云樵,酒暖金花探着药苗。青童笑来玉女娇,火候伤丹细细的调。转河关撒手正逍遥,莫把海山春耽误了。

二

《仙圆》各曲谱本之间存在着若干不同,它们的流布情况也各异,有些使用范围较广(如《遏云阁曲谱》《与众曲谱》),有些则流传有限(比如前面所提众多世人少见之抄本曲谱);有的只在清曲中使用(如《集成曲谱》《纳书楹邯郸记全谱》以及前述众多抄本曲谱),有的则桌台、戏场两擅(如《遏云阁曲谱》)。《仙圆》曲谱的差异并不因时代的变迁而完全趋于统一,直到民国时期,各《仙圆》曲谱本仍然各行其是,完整版与删改版并行不悖。但在这种纷繁复杂的状态中,《仙圆》在清及近现代,依然有曲牌构成上大体一致的《仙圆》曲谱本。比如自清代光绪以后民间流布的抄本、刻本《仙圆》曲谱中,《遏云阁曲谱》、《增辑六也曲谱》、《谦受益斋抄本曲谱》、晒蓝本曲谱、《秋声馆曲谱》、《戏剧词谱》虽有细微差别和个别错谬,但与乾隆时代的《仙圆》曲谱本相比,缺失有了相当的删减、改动。再参照晚清昇平署所存《仙圆》曲谱,将民间与宫廷昆曲曲谱进行比勘,就可以发现,删改后的《仙圆》曲谱本较之完整版,是被各阶层受众普遍接受和熟悉的版本。这种情况一直延续到当代,比如《粟庐曲谱》外编中的《仙圆》①就采用的是删改版。以下本文对《仙圆》的分析,正是以这些流传相对较广的删减的曲谱本《仙圆》为依据而展开的。

《仙圆》曲谱主要由【双调·清江引】【仙吕·点绛唇】与【混江龙】【越调·浪淘沙】【双调·沉醉东风】组成②,北曲为主,穿插少量南曲。【双调·清江引】与【仙吕·点绛唇】和【混江龙】均系北曲,【越调·浪淘沙】则是南曲,因没有原本一(乙)、凡二音。以连续六支【浪淘沙】,"构成孤牌自套"③。【双调·沉醉东风】,《邯郸记·合仙》原著文本将第二至四支标为【前腔】,有学者认为【沉醉东风】"不是北曲而是南曲"④,但从曲

① 王正来、薛正康编《粟庐曲谱》(外编),2002 年,第 229—250 页。
② 其中唯有【八仙歌】无法定性,因为未能查到其所属何种宫调、曲牌格式。
③ 王守泰等编《昆曲曲牌套数范例集》南套(上),上海文艺出版社,1994 年,第86 页。
④ 李晓《〈邯郸记〉明万历间唐震吾刊本初探》,李晓、金文京校注《邯郸梦记校注》,上海古籍出版社,2004 年。

谱看，一(乙)、凡音在该曲牌曲谱中普遍存在，因此，至少《仙圆》曲谱中的【沉醉东风】是北曲，是"四支组成自套，其中第二至第四支分别标题为其二至其四实乃幺篇不换头"①。比较特别的是最后的【清江引】。如前所述，《邯郸记·合仙》原著文本最后一支【清江引】与【尾声】本来是两支曲子，在删改后的曲谱本《仙圆》中，【清江引】与【尾声】删改为一支【清江引】，然而这支【清江引】与开头三支【清江引】不同之处在于，它没有一(乙)、凡二音，【尾声】本就是南曲，这样删改之后的这支就变成了北曲南唱。

《仙圆》中用的宫调主要是北双调，北仙吕宫和南越调，它们各自有其对应的笛色(管色)，民国以来曲家多有论及，具体如下表②：

	北双调笛色	北仙吕宫笛色	南越调笛色
吴　梅	小工调(北)	小工调或正宫调	小工调(南)
陈　栩	正宫调、乙字调	小工调、凡字调、尺字调	六字调、上字调
许之衡	小工调	小工调、尺字调、凡字调	小工调、凡字调
王季烈	正宫调、乙字调	小工调、尺字调；"北曲亦有作正宫调者"	小工调
华钟彦	乙字调、正宫调、小工调	小工调、间用正宫	六字调或凡字调
谢也实、谢真甫	正宫调、乙字调	小工调、尺字调	六字调、凡字调、小工调、上字调
武俊达	正宫调、小工调	正宫调、小工调	小工调

从上表中所列笛色来看，各曲家之间有一致之处，但也有一定分

---

① 王守泰等编《昆曲曲牌套数范例集》北套(上)，学林出版社，1997年，第586—587页。

② 分别参见吴梅《南北词简谱》，河北教育出版社，2002年，第61、126、738页；陈栩《学曲例言》，(清)王锡纯辑，李秀云拍正《遏云阁曲谱》附，上海易堂书局，1920年；许之衡《戏曲源流　曲律易知》，中国戏剧出版社，2015年，第188—189、210页；王季烈《螾庐曲谈》卷二，王季烈、刘富梁编《集成曲谱》所附，1924年；华钟彦《戏曲丛谭》，《华钟彦文集》(上)，河南大学出版社，第47页；谢也实、谢真甫《昆曲津梁》，江苏人民出版社，1962年，第61页；武俊达《昆曲唱腔研究》，人民音乐出版社，1993年，第79页。

歧。在确定笛色时如果机械搬用上述表中的观点往往会出问题。比如双调用正宫调、小工调为多,但陈栩、王季烈、谢也实和谢真莆认为的用乙字调,其实不太合适。作为七调中最高之调,乙字调在北双调中其实很少用到。从表中看,各家较一致的笛色,北双调是正宫调,北仙吕宫是小工调和尺字调,南越调是小工调。问题是《仙圆》全曲所用宫调众多,选择一种几种宫调都适合的笛色,并非易事。其实,确定笛色时,除了考虑宫调外,还应考虑家门问题。"同一宫调两种调门,大多旦角、小生用稍高调门,老生、净角用稍低调门,这是常用的定调法。也有因戏剧情节发展,同一宫调曲牌定不同调门的……定调也须因行当、戏剧情节和曲调变化而更动,因此调门也常是定而不死的。"①因此,不必拘泥于上表中曲家所列笛色,还应考虑《仙圆》具体的戏剧情境。这出戏出场角色共九个,即卢生和八仙,卢生由老生应工,八仙中吕洞宾是小官生,汉钟离是净行,曹国舅是末,铁拐李为丑,蓝采和为老旦,正旦扮韩湘子,贴饰演何仙姑,老外为张果老。这样一出人物众多,家门各异的折子戏,在使用的笛色上应本着适应多数行当的原则。比如小工调、六字调虽然适合小生与旦行,但对老生、净行并不太适合。《仙圆》虽是八仙度脱卢生,但其中卢生的唱有很多,让老生应工的卢生唱小工调,未免太难为了一些。而用尺字调,八仙中除了韩湘子、何仙姑、吕洞宾外,其他家门也都适合唱尺字调。韩湘子、何仙姑和吕洞宾的唱,调门走低时,笛子高吹,所以尺字调的曲子,这三个角色的唱也能胜任。《仙圆》曲谱所标注的笛色是尺字调,恐怕也是基于上述考量。另外《仙圆》全出并没有大的情节和情感波动,因此也不需要转调,尺字调可以一以贯之。

《仙圆》全部曲牌的板式依次为:一板三眼(三支【清江引】)、散板(【八仙歌】【点绛唇】【混江龙】前半)、一板三眼(【混江龙】后半)、一板一眼(【渔歌词】)、散板(六支【浪淘沙】)、一板三眼(四支【沉醉东风】)、散板(【清江引】)。有近一半的散板曲,其散板曲虽依惯例

---

① 武俊达《昆曲唱腔研究》,第 79 页。

在最后采用,但开头并未按例使用;【混江龙】散板与一板三眼并用,
严整之中又富于变化;在《仙圆》后半部以六支曲牌连续用散板,这
种方式也是比较少见的。开头三支一板三眼的【清江引】和【沉醉东
风】,速度适中,穿插在众多的散板曲中,调节整出的节奏。而【渔歌
词】以渔鼓筒子打出一板一眼的快节奏,气氛活跃,场面热闹。《仙
圆》整出的板式,稳中有变,整齐而又灵活,非常适合营造"八仙度
卢"的气氛。

《仙圆》整出是八仙对卢生曾执迷于功名富贵、声色犬马的劝诫,
以及卢生对生死轮回的参悟。八仙逐个登场,家门不同,年龄、性格各
异,怎样在其基本的情感基调中又能展示几分个性,是《仙圆》曲谱设
计中的难点。

《仙圆》全曲的曲风雄健。开头三支【清江引】,八仙中除张果老和
吕洞宾外的六仙逐个登场,各唱两句表明其身份与个性,最后都以"我
想世上人,不学仙真是蠢"之合头作结。几位仙人家门不同、性格各
异,曲谱设计上注意进行了相对细致的区分,而最后的合头,三支【清
江引】的曲谱完全一致,这是异中有同,个性中又有共性的一面。须知
群仙登场,若人人相看俨然,岂不要面目模糊、雁过无声?若每个都个
性过强,又会妨碍全剧主旨的发挥,这毕竟是一出群戏。比如第二支
【清江引】中头两句是铁拐李所唱,曲词为"这拐儿是我出海撩云棍,一
步步把蓬莱寸"。其曲谱如下:

铁拐李身体残疾,走路需要拄拐。曲谱在这里很形象地描摹出铁
拐李拄拐一步一拐地走的样貌,"撩云棍"曲调繁复,透露出一点得意;
下句中的"蓬莱寸"曲调转高,显出其悠然之态。但也只是点到即止,
不做过多渲染。再后的【八仙歌】则继续前三支【清江引】,在其基础上
进一步展示八仙。

其后的仙吕【点绛唇】与【混江龙】套。自【点绛唇】起,卢生上场。【点绛唇】与【混江龙】前半支是他与吕洞宾的对话,描述卢生眼中的仙界胜景。后半支【混江龙】倒真是地道的"数八仙",将八仙的样貌、打扮、俗世出身等方面,以一板三眼的节奏,不疾不徐,娓娓道来。之后的【渔歌词】是《仙圆》中唯一的一支合唱曲牌,板起即唱(扎起),行腔高亢,朗朗上口。后面连续六支【浪淘沙】,是汉钟离、曹国舅等六仙(张果老、吕洞宾除外)逐一点醒"痴情未尽"的卢生,卢生唯唯受教。曲调转为平缓,每支【浪淘沙】中,约有三分之二的文辞都是一字一音,众仙谆谆教导的口气宛然、形神兼备。六仙各唱一支【浪淘沙】,斥责卢生"你是个痴人",最后是合头,卢生唱"我是个痴人",如此反复,比较整齐划一。但同中又有变化,前五支【浪淘沙】众仙的"你是个痴人"和卢生"我是个痴人"的曲谱完全一致,单字单音,曲调简单而低沉,配合卢生叩头,将他此时幡然醒悟,虚心接受众仙教诲的心态刻画得很逼真。到最后一支【浪淘沙】,卢生仍答"我是一个痴人",但此处曲谱有了变化。现列"你是个痴人""我是个痴人"和最后的"我是一个痴人"曲谱如下:

$$6 \ \ 2\dot{1} \ 65 - \ | \ 0 \ 62'\ 1\ \widehat{23} \ | \ \widehat{5\cdot6} \ \ 54 \ | \ 3 \ \|$$
你 是 个 痴 人　　　我 是 一 个　痴　人
你 是 个 痴 人

与前五支的最后一句"我是个痴人"相比,最后一支【浪淘沙】"我是个痴人"的曲谱,音调明显走高,显示此时被八仙轮番数落弄得昏头昏脑的卢生,情绪已几近崩溃,最后一句音调陡然转高,表达他此时嗒然若丧、懊悔前生的心情,是比较恰切的。

后面四支【沉醉东风】,是卢生先唱一句,表达自己的度脱心境,后面是众仙合唱,再次点醒卢生。从曲谱来看,这四支算是《仙圆》中曲情最为细腻的曲子。度脱的卢生回想俗世人生,斩断一切情思,安心向道,八仙则点出其前世今生之荒谬,描叙悟道后的美好境界。相对于前面曲调平稳的【浪淘沙】,四支【沉醉东风】中卢生所唱各支第一句音调普遍较高，这正好表现他在参悟后的兴奋心情。而后面众仙合唱之曲的音调相对平和，因为相对于刚刚参悟的新人卢生，八仙则已是波澜不惊了，故此音调不必有多高。最后以散板的【清江引】结束，劝解世人早早悟道。

《仙圆》在明清及近现代是常见的一出折子戏，在宫廷及民间的演出都较普遍。然而当代昆剧舞台上却已难觅完整的《仙圆》踪迹，相对于《邯郸记》中的《扫花》《三醉》《云阳法场》《番儿》等单出，《仙圆》在舞台上也已非常罕见。①究其原因，一是传承问题，二是演剧环境、欣赏习惯的变化。

直到近现代，全福班及传习所（包括后来的仙霓社）常演昆曲剧目中都包括《仙圆》。②可是国风昆苏剧团1952—1957年于杭州、上海一带演出的剧目中，就没有了《仙圆》。③此时，《仙圆》作为吉利戏，显然已经没有用武之地。更麻烦的问题是，传字辈老艺人尚未传承的剧目中，就有《仙圆》！④ 如此一来，《仙圆》的舞台演出就难以为继了。其实，即令这出戏传下来，恐怕演出的几率也不会太高，因为演剧环境与观众的欣赏习惯已经改变。首先，这样的戏如果在民国以前演出，人们会习以为常，这样的吉利戏虽不如生旦戏那样赏心悦目，但流传有自，谁会拒绝一个好意头？而中华人民共和国成立后，随着禁戏政策的推行，《仙圆》这样有宗教色彩的戏当然不宜上演。现今这虽然不再是问题，可是由于没有传承，其演出仍成问题。因为曲谱虽在，但舞台传承却是缺失的。

---

① 桌台清曲中，《仙圆》也曾是南北曲社中常见拍习的曲目，可惜现在也越来越少。
② 参见昆剧老艺人曾长生口述记录《苏州全福班及昆剧传习所常演剧目》，苏州市戏曲研究室编印《昆曲剧目索引汇编》，1960年；陆萼庭《清末上海昆剧演出志剧目》，《昆剧演出史稿》，上海教育出版社，2006年；顾笃璜《乾隆以来昆上演剧目的状况》，《昆剧史补论》，江苏古籍出版社，1987年。
③ 《国风昆苏剧团1952—1957年于杭州、上海一带演出概况》，洪惟助主编《昆剧辞典》下册，台湾"国立"传统艺术中心，第1244—1279页。
④ 《传字辈老艺人所继承，至1986年尚未传承之剧目》，洪惟助主编《昆剧辞典》下册，第1236—1239页。

　　自 21 世纪以来,昆剧开始逐渐进入大众视野。然而此时昆剧推广中的重头戏是生旦为主的剧目,退一步说,《仙圆》即使有传承,应该也是比较边缘化的存在。《邯郸记》整本戏的推出,本来对《仙圆》是个好事,然而因为剧场时间的原因,势必要进行压缩。由此,无论单出的折子戏还是全本戏,《仙圆》的舞台之路都是举步维艰。

作者单位:北方工业大学文法学院中文系

论"临川四梦"演出的两个系统

黄振林

一 "临川四梦"演出的昆腔系统

汤显祖的"临川四梦"诞生至今 400 多年来,已经成为戏剧舞台永远的经典。汤显祖创作《牡丹亭》时的明神宗万历二十六年(1598),昆山腔势力范围迅速扩大。弋阳腔、海盐腔在江浙、南京、山东等地逐渐被冷落和淡出。各地缙绅富贾蓄养的家班均为昆腔班底。像江苏太仓、无锡、南京、苏州、吴江、常熟等地的家班,争相演出《牡丹亭》和《紫钗记》《南柯记》《邯郸记》,逐渐使得汤显祖剧作成为昆曲标志性的符号。这是"临川四梦"演出的一个系统。

大约明嘉靖二十二年(1543)左右,江苏太仓曲师魏良辅别立新宗,创立"流丽悠远、调用水磨"的新昆腔清唱形式,昆山人梁辰鱼编撰以吴越战争背景下范蠡与西施的优美爱情故事为轴线的传奇《浣纱记》以新昆腔演出以来,苏州逐渐成为昆曲的演出中心,昆歌成为天下第一雅曲,按戏曲史的话说,叫"四方歌曲皆宗吴门"。万历年间,苏州的职业昆班和家庭昆班两支昆腔演出队伍迅速崛起。苏州、南京及其周边的吴县、吴江、常熟、昆山、太仓、长洲、无锡缙绅商贾蓄养家班蔚然成风。苏州最为著名的家班是申时行家班、范长白家班、徐仲元家班,史称"苏州上三班"。在汤显祖的《牡丹亭》诞生之前,申班的看家戏是沈鲸的《鲛绡记》、范班的看家戏是张凤翼的《祝发记》。尽管在万历二十四年(1596)左右,胡文焕编辑的戏曲散曲选本《群音类选》已经编定并刊行,但在整个昆腔舞台上,演出最多的传奇剧本是梁辰鱼的

《浣纱记》,张凤翼的《红拂记》《祝发记》《虎符记》,李开先的《宝剑记》《断发记》,高濂的《玉簪记》,郑若庸的《玉玦记》,吴世美的《惊鸿记》,顾大典的《青衫记》,郑之文的《白练裙》等当代戏曲新作。作者中的绝大多数都是江浙文人,特别是江苏苏州、南京等地成长的杰出传奇作者,在文坛曲坛有巨大的声誉。万历二十六年(1598)秋,弃官归家后的汤显祖,在家乡玉茗堂完成《牡丹亭》,一时间迅速在舞台上流传开来。沈德符《万历野获编》卷二十五《填词名手》中赞扬"汤义仍《牡丹亭梦》一出,家传户诵,几令《西厢》减价"的评论成为经典话语。而恰恰是昆腔流行的核心地区逐渐成为汤显祖"临川四梦"演出最为繁盛的地区。申时行、王锡爵、钱岱、沈璟、邹迪光、吴越石等都是高官厚爵,他们的家班都曾演出过《牡丹亭》和汤显祖的其他传奇。王锡爵是江苏太仓人,嘉靖壬戌(1562)赐进士第一,曾于万历十二年(1584)任礼部尚书兼文渊阁大学士,二十一年(1593)任首辅。朱彝尊《静志居诗话》曾载:"太仓相君,实先令家乐演之,且云:吾老年人,近颇为此曲惆怅。"①这个曾经是一人之下万人之上的退休首辅,都为《牡丹亭》中杜丽娘、柳梦梅生死不渝的爱情故事唏嘘,可见他的喜爱程度。王锡爵家班是较早演出《牡丹亭》的昆腔家班。无锡人邹迪光,万历二年(1574)进士,官至副使,提学湖广。罢官后醉心亭园歌舞,蓄戏班,征歌曲,命家班搬演《牡丹亭》《紫钗记》。曾特地函邀汤显祖从临川远赴无锡观看。汤显祖与邹迪光、李维桢等私交甚深,有《答邹愚公昆陵秋约二首》,其中有句云:"野兴江云月,萧条思会面。会面亦何常,百年心所遣。"②对邹迪光"期我丝竹间"的热情邀请十分兴奋。但遗憾的是,由于各种原因汤显祖并未有无锡之行。邹迪光与汤显祖不有同游览苏州灵岩、虎丘诸山川之约,但也"逡巡中辍"。不仅在江浙。约万历三十六年(1608),潘之恒《鸾啸小品》曾记载徽州吴越石家班演出

---

① (清)朱彝尊《静志居诗话》(下)卷十五"汤显祖"条,人民文学出版社,1990年,第461页。

② 《答邹愚公昆陵秋约二首》,徐朔方笺校《汤显祖全集》(一),北京古籍出版社,1999年,第700页。

《牡丹亭》,云:"同社吴越石,家有歌儿,会演是记(指《牡丹亭》)。能飘飘忽忽,另翻一局于缥缈之余,以凄怆于声调之外,一字不遗,无微不极。"从"一字不遗,无微不极"的描写中可以得知,《牡丹亭》在家班的演出频率非常高,歌妓非常熟悉,理解表演也非常到位。"临川四梦"在昆曲舞台的影响极大。到清代著名剧作家孔尚任在《桃花扇》中安排的"戏中戏",就是让李香君唱《牡丹亭》两支曲子。一支是《惊梦》中的【皂罗袍】,一支是《寻梦》中的【懒画眉】,都是广为传唱的名曲。真所谓:"金粉飘零旧梦休,凄凉往事付歌喉;《牡丹》一曲芳尘歇,建业城空水自流。"晚明折子戏渐成风气。史载,汤显祖"临川四梦"在万历末年即已通过折子戏形式演出。明清传奇体量远远超过元杂剧,大都在30至60出,像《牡丹亭》55出,《紫钗记》52出,《南柯记》44出,《邯郸记》30出,演全本最少要三个晚上。而折子戏是选择传奇中最经典的片段,时间可控,情节集中,非常适合家班、职业戏班演出。《牡丹亭》最有影响的是《惊梦》《寻梦》两折,尔后逐渐增多,《缀白裘》收录《游园》等折子戏达12折,主要有《学堂》《游园》《惊梦》《劝农》《拾画》《叫画》《冥判》《离魂》《寻梦》《圆驾》等。在清代,《牡丹亭》也是在宫中演出最多的剧目之一。《紫钗记》有影响的折子戏是《折柳阳关》《冻卖珠钗》《怨撒金钱》等;《南柯记》仅演《花报》《瑶台》;《邯郸记》则有《扫花》《三醉》《番儿》《法场》等常演不衰。为了克服吴江文人批评汤显祖传奇"不谐曲谱""用韵任意",晚明从沈璟开始,或改写、或删削,直到乾隆年间冯起凤《吟香堂曲谱》、叶堂撰《纳书楹曲谱》所订《牡丹亭》全谱,为昆曲腔格完满合律演唱"四梦"经典扫平道路。

其实,汤显祖对待昆曲的态度是非常清楚和明确的。按照传统的曲唱理论,汉字之声调为乐音之起伏,构成旋律。以字声行腔的曲唱观,特别强调字声与旋律之间的高度吻合。所以,魏良辅改造后的昆山腔,强调"五音以四声为主,但四声不得其宜,五音废矣。平上去入,逐一考究,务得中正"[1]。所以,沈璟急于制订曲谱,就是为昆曲建立

---

[1] (明)魏良辅《南词引正》,转引自钱南扬《魏良辅〈南词引正〉校注》,《汉上宧文存》,上海文艺出版社,1980年,第104页。

格律规范。格律谱的核心问题是对曲字平上去入的规范。吴中曲家不满汤显祖戏曲文辞用韵任意，不能合律依腔。而汤显祖为文率意而行，主张"凡文以意趣神色为主。四者到时，或有丽词俊音可用。尔时能一一顾九宫四声否？如必按字模声，即有窒滞迸拽之苦，恐不能成句矣"①。不管"沈汤之争"是否存在，汤显祖与吴中文人曲家的曲学见解和分歧是存在的。但是尽管如此，汤显祖并没有排斥和抵制已成天下第一声歌的昆腔及其行腔方式，这是非常清楚的事实，过去的研究者对此并没有清晰的认知和态度。万历年间，江西临川是弋阳腔的大本营和流行之地，青阳腔、海盐腔、昆山腔也到临川。汤显祖诗文中多次提到"侬歌""吴侬""吴歌""吴歈"等，指的就是昆山腔。昆腔戏班曾随官船、商船到江西。汤显祖曾经到南昌位于赣江边上著名楼阁滕王阁观看昆班演出的《牡丹亭》，并对一个名叫王有信的演员扮演杜丽娘的形象留下深刻印象，写下《滕王阁看王有信演牡丹亭二首》，诗云："韵若笙箫气若丝，牡丹梦魂去来时。河移客散江波起，不解销魂不遣知。桦烛烟销泣绛纱，清微苦调脆残霞。愁来一座更衣起，江树沉沉天汉斜。"②从诗句"韵若笙箫气若丝"分析，王有信是昆班演员，沈宠绥《度曲须知》中对魏良辅改造后的昆山腔行腔特征描述中有"功深熔琢，气无烟火"的名句。从诗句中看出王有信的扮演让在座的观众进入"不解销魂"的境界，星移斗转，不觉夜深。按照汤显祖自己的话说，他的戏曲观是追求"意趣神色"，只要能够出神入化表达人物形象的性格内涵，用什么声腔表演是不重要的。再举汤显祖一首诗证明这个观点。汤显祖熟悉的官伶中有个叫吴迎的旦角，扮演《紫钗记》中的霍小玉，在得知李益变心之后那场"怨撒金钱"戏，以恹恹病躯表达对爱情的坚贞，效果十分感人。但后来再也没有那种感情投入，汤显祖心中十分不满。他写下《寄生脚张罗二恨吴迎旦口号二首》。诗云："吴侬不见见吴迎，不见吴迎掩泪情。暗向清源祠下咒，教迎

① 《答吕姜山》，徐朔方笺校《汤显祖全集》(二)，第 1302 页。
② 《滕王阁看王有信演牡丹亭二首》，徐朔方笺校《汤显祖全集》(二)，第 838 页。

啼彻杜鹃声。不堪歌舞奈情何,户见罗张可雀罗。大是情场情复少,教人何处复情多。"①值得注意的是,汤显祖这首诗前有题词曰"迎病装唱紫钗,客有掩泪者。近绝不来,恨之"。从首句可以看出,汤显祖喜欢吴迎超过了昆曲演员。因为吴迎的装扮表演十分动人,以致"客有掩泪者"。现在吴迎变了,汤显祖真希望戏神清源师保佑,让吴迎找回"杜鹃啼血"的痴情,因为戏最重要的是情。如果演戏缺乏情,那舞台前就"门可罗雀"了。汤显祖身边的宜伶用谭纶从浙江带来的海盐腔演唱,但他在审美感觉上并没有排斥昆腔演出"临川四梦"的情绪发生。

二 "临川四梦"演出的非昆腔系统

"临川四梦"诞生的江西临川,物华天宝,人杰地灵,是江南形胜之地,才子之乡,也是明清南方戏曲的中心之一。永嘉南戏很早就流经此地,并有海盐、昆山、青阳、徽州、乐平诸腔绵延不绝,但影响最大的是弋阳腔。与江浙缙绅商贾不同的是,汤显祖弃官归家后,"游于伶党之中",但并没有蓄养家班。从他的诗文记载得知,有相当数量的一群"宜伶"聚集在他的身边。所谓"宜伶",即来自宜黄县的戏伶。从他应约撰写的著名文稿《宜黄县戏神清源师庙记》中可以得知,这些"宜伶"演唱的腔调是宜黄籍抗倭将领谭纶从浙江带回的海盐腔。可见,《牡丹亭》《邯郸记》《南柯记》完成后是在汤显祖故乡临川,首先由宜伶搬上舞台的。而宜伶唱的断不是昆腔。汤显祖曾经有与宜伶罗章二的通信,云:"章二等安否?近来生理如何?《牡丹亭记》,要依我本。其吕家改的,切不可从。虽是增减一二字以便俗唱,却与我原做的意趣大不同了。往人家搬演,俱宜守分,莫因人家爱我的戏,更过求他的酒食钱物。"②"吕家改的",是指吴中曲家,也是汤显祖的好友吕胤昌所

① 《寄生脚张罗二恨吴迎且口号二首》,徐朔方笺校《汤显祖全集》(二),第797页。
② 《与宜伶罗章二》,徐朔方笺校《汤显祖全集》(二),第1519页。

寄来的沈璟改编的《牡丹亭》,更名《同梦记》,沈璟曾在自己的家班中搬演。沈璟与汤显祖在曲学见解上有很大的差异。应该说分别支持两人曲学主张的实践基础不同,沈璟醉心昆曲,而弃官归家后与宜伶为伴的汤显祖醉心谭纶带来的与当地土腔结合的海盐腔。正因为《牡丹亭》影响太大,"家传户诵,几令《西厢》减价",又为了符合昆腔曲律,沈璟大加改窜,更引起汤显祖的极大反感,他写信给著名曲家凌濛初表达不满。与吴中文士嗜曲风气不同,汤显祖没有蓄养家班。从史料看,除了汤显祖弃官归家俸禄不高,南京、徐闻、遂昌为官积蓄不多等原因之外,汤显祖在人格上十分尊重伶工,并不愿意将宜伶"捆绑"在自己身边。此时宜伶在宜黄县已经有很大的规模。按照汤显祖在《宜黄县戏神清源师庙记》中的描述:乡贤大司马谭纶"自喜得治兵于浙,以浙人归教其乡子弟,能为海盐声。大司马死二十余年矣,食其技者怠千余人"①。小小的宜黄县,竟有上千的宜伶能唱"海盐声",说明这种外来的声腔已经在宜黄生根开花并本土化了。

汤显祖每写一戏,必躬耕排场教小伶。汤显祖有诗云:"玉茗堂开春翠屏,新词传唱《牡丹亭》。伤心拍遍无人会,自掐檀痕教小伶。"②好友邹迪光作《临川汤先生传》中云:"公又以其绪余为传奇,若《紫箫》《二梦》《还魂》诸剧,实驾元人而上。每谱一曲,令小史当歌,而自为之和,声振寥廓,识者谓神仙中人云。"③每一出戏写出来,汤显祖唯恐宜伶文化水平低,对戏剧的"意趣"理解不到位,表演不到位,总是亲自指导排演。这在晚明戏曲家与优伶之间的关系中是极少见的。逐渐地,汤显祖成为宜伶的精神领袖。宜伶在宜黄县建戏神清源师庙,特地请汤显祖题记,汤显祖写下了著名的《宜黄县戏神清源师庙记》。

宜伶在江西临川区域演出活动非常繁盛且影响巨大。查阅汤显祖年谱,得知万历二十四年(1614),汤显祖曾经派宜伶戏班专程赴同门好友梅鼎祚的家乡安徽宣城演出。梅鼎祚有给汤显祖尺牍云:"宜

---

① 《宜黄县戏神清源师庙记》,徐朔方笺校《汤显祖全集》(二),第 1188 页。

② 《七夕醉答君东二首》,徐朔方笺校《汤显祖全集》(二),第 795 页。

③ (明)邹迪光《临川汤先生传》,徐朔方笺校《汤显祖全集》(四),第 2583 页。

伶来三户之邑,三家之村,无可爰助,然吴越乐部往至者,未有若曹之盛行,要以《牡丹》《邯郸》传重耳。"①这封尺牍传递的信息是,从江西临川来的宜伶戏班带来的是汤显祖的传奇《牡丹亭》和《邯郸记》,虽然是偏僻小村,村民观看演出的热情比江苏浙江昆腔戏班来时还要高。而在20年前的万历四年(1576),汤显祖曾做客宣城,与梅鼎祚等五人游,与梅鼎祚结下深厚的友谊,即使弃官归家,仍保持密切的书信往来。20年后,汤显祖派宜伶戏班到宣城与梅鼎祚交流,在戏曲史上留下佳话。在省内,汤显祖还派宜伶戏班赴吉安永新县为甘参知演出。甘参知,名雨,字子开,江西永新人,万历五年(1577)进士,曾官至楚藩参政。万历五年,汤显祖28岁,第一次赴京试,与甘子开是江西老乡。但由于汤显祖拒绝张居正笼络遭落第,而甘子开则中进士,所以汤显祖在诗中称甘子开是"齐年兄弟"。诗云:"菊花杯酒劝须频,御史齐年兄弟亲。莫向南山轻一曲,千金曾是永新人。"②万历三十二年(1604),江苏常熟人钱简栖于八月中秋专程来临川做客。临别送行,汤显祖安排宜伶戏班为之演出。汤显祖有诗云:"中秋做客两重阳,残菊空江病绕床。归梦一尊何所属,离歌吩咐小宜黄。"③家乡人帅机是与汤显祖年龄相差十几岁的忘年好友,青年时代在临川,汤显祖、帅机、吴拾芝等俊才便在一起切磋曲文,"唱和赏音"。汤显祖称为"两人同心,止各一头"。帅机隆庆元年(1567)中进士,官至南礼部精膳司郎中、贵州思南知府、南刑部郎等职,万历二十三年(1595)卒。但帅机两个儿子帅从升、帅从龙在临川期间,和汤显祖保持亲密的关系。汤显祖也安排宜伶演戏,并有诗《帅从升兄弟园上作四首》,第三首云:"小园须着小宜伶,唱到玲珑入犯听。曲度尽传春梦景,不教人恨太惺惺。"④躬耕排场,与伶为伍,为情作使,成为汤显祖归家后重要的生活内容。

---

① (明)梅鼎祚《鹿裘石室集》尺牍卷十三《答汤义仍》,转引自徐朔方《晚明曲家年谱》第三卷,浙江古籍出版社,1993年。

② 《九日遣宜伶赴甘参知永新》,徐朔方笺校《汤显祖全集》(二),第855页。

③ 《送钱简栖还吴二首》,徐朔方笺校《汤显祖全集》(一),第644页。

④ 《帅从升兄弟园上作四首》,徐朔方笺校《汤显祖全集》(二),第786页。

　　明万历年起,昆腔在江苏、浙江、山东等地逐渐斥退海盐腔、余姚腔成就曲坛"霸主"地位后,直到清乾隆年间花部崛起,有200多年时间独秀舞台。但是,这并不是说其他声腔剧种完全寂寞消歇。很多地方声腔在一定范围内依然保持旺盛的艺术生命力。因为声腔的基本元素乃是当地方言和民间歌谣旋律,是老百姓喜闻乐见的表演形式,所以,"诸腔""杂调"等南戏各种民间地方声腔依旧盛行。比如晚明浙江文人张岱《陶庵梦忆》卷五"朱楚生"条中,曾有记载"朱楚生,女戏耳,调腔戏耳。其科白之妙,有本腔不能得十分之一者"①。这里"本腔"指的是昆腔,"调腔"就是浙江的一种地方声腔了。据载,入清之后,浙江的新昌、萧山、绍兴、嵊县均有调腔班。其中道光、咸丰年间的群玉班最为有名。会稽文人李慈铭《越缦堂日记》记载同治四年(1865)八月观看群玉班演出《牡丹亭》"入梦·寻梦",其班主玉枕扮演杜丽娘,素面色艺,十分动人。②从清代乾隆年间开始,花雅争胜,京昆合流渐成趋势。吴歈难抵梆子声。在昆曲日益衰微之时,许多京剧演员反从昆曲艺术中汲取营养。梅兰芳在《舞台生活四十年》中曾说:"到了民国二三年上,北京戏剧界里对昆曲一道,已经由全盛时期渐渐衰落到了不可想象的地步。……我一口气学会了三十几出昆曲,就在民国四年开始演唱了。大部分是由乔蕙兰老先生教的。像属于闺门旦唱的《游园惊梦》这一类的戏,也是入手的时候,必须学习的。……最初我唱《游园惊梦》,总是姜妙香的柳梦梅、姚玉芙的春香、李寿山的大花神。'堆花'一场,这十二个花神,先是由斌庆班的学生扮的,学生里有一位于斌芬,也唱过大花神。后来换了富连成的学生来扮,李盛藻、贯盛习也唱过大花神。姜六爷在一旁,又夹叙了几句:'这出《游园惊梦》,当年刚排出来,梅大爷真把它唱得红极了'。"③从民国初年到

　　①　(明)张岱《陶庵梦忆》,江苏古籍出版社,2000年,第156页。

　　②　转引自吕济琛、方荣樟《新昌调腔》,《中国戏曲剧种大辞典》,上海辞书出版社,1995年,第484页。

　　③　《舞台生活四十年》,梅绍武、屠珍等编《梅兰芳全集》,河北教育出版社,2000年,第167—170页。

1960 年,梅兰芳差不多演了近 50 年的杜丽娘。梅兰芳的老搭档、昆曲大师俞振飞曾评价说:如果说《宇宙锋》是他皮黄戏的代表作,《游园惊梦》就是他的昆曲代表作了。梅兰芳是京剧表演大师,能把《游园惊梦》演得如此空谷幽兰,如痴如醉,可见杜丽娘形象本身所蕴含的经典意义,已经超越了剧种声腔意义。

江西临川也是弋阳腔最流行的区域。弋阳腔尽管是民间兴起的地方声腔,但在明清两代曾风靡全国,并进入宫廷长期为皇室演剧,取得过与昆腔同样显赫的地位。弋阳腔属高腔系列,其特点是一唱众和,锣鼓伴奏;拍板节拍,绝无管弦。但 1949 年以后在江西几乎绝迹,仅景德镇、上饶有极个别民间戏班有弋阳腔遗存。因此,江西省文化局在左翼戏剧家石凌鹤先生带领下,在流散的艺人和班社中抢救性地进行剧目和曲谱的记录整理工作,高腔训练班应运而生。经过三年多艰苦努力,省赣剧团终于成立。赣剧是以弋阳腔为基础,吸收乱弹、皮黄、秦腔、昆腔等多种声腔特点糅合而成,成为江西省既有继承又有创新的代表性剧种。在石凌鹤抢救和扶持古老声腔遗产赣剧弋阳腔的过程中,当时中国戏曲研究院的黄芝冈先生专程从北京到江西临川、宜黄等地实地调研汤显祖的文化遗迹和资料,促成石凌鹤将精力放在"临川四梦"的研究和再创作上。1957 年他"改译"《还魂记》,由江西省赣剧院排练公演,并两次在庐山为毛泽东等中央领导演出,获得极高赞誉。特别是赣剧表演艺术家潘凤霞、童庆礽伉俪的倾情表演,达到很高的艺术水平。石凌鹤对"临川四梦"的改编,对抢救和振兴古韵弋阳腔起到了率先垂范的重要作用。到粉碎"四人帮"后,石凌鹤陆续将"四梦"改译完成,成为历史上第一位用赣剧弋阳腔完整改编"临川四梦"的剧作家。

石凌鹤是著名左翼剧作家,既熟悉古典戏曲的关目结构,更有从事话剧创作的经验。他改编《牡丹亭》有独到的见解:"第一,尊重原著,鉴古裨今;第二,保护丽句,译意浅明;第三,重新剪裁,压缩篇幅;第四,(唱词)牌名仍旧,曲调更新。"作为"传统"向"现代"的改译,石凌鹤首先清醒认识到,"四梦"中有许多脍炙人口且观众耳熟能详的经典唱词是不能动的,这是任何改译都不能触碰的底线。因此最经典和为人熟知的唱词基本是完整保存移植过来,所以观众的接受度很高,为现代戏剧改编经典起到良好的示范作用。石凌鹤对汤公剧作心领神会,充分领悟"惊梦"的价值。他的"四梦"改编对梦境的设计别出心裁,真正做到时空自由转换,人鬼相互同台,虚实回环流转,十分自然。另外,"临川四梦"也有闹热处。像《牡丹亭》"劝农""冥判"等场面,末贴净丑,巫婆鬼怪,粉墨登场,气氛酣畅。为突出赣剧演出的民间色彩,石凌鹤尽量保留"四梦"原著中豪侠、农耕、战争等有传奇色彩的情节片段,并通过赣剧独特的表现方式展示出来,让舞台既有柔情缱绻,又有刀光剑影,完整体现"临川四梦"的艺术风格。江西在挖掘、整理和改革弋阳腔等地方剧种方面取得重要成就。1956 年 9 月举行江西省第二届戏曲观摩演出大会时,已经有赣剧、采茶戏、京剧、越剧、宜黄戏、东河戏、祁剧、徽戏、汉剧、黄梅戏、青阳腔 11 个剧种的 50 多个剧团,演出了上百个剧目,对传统剧目的改造可谓如火如荼。

"文化大革命"之后,对汤显祖戏曲文化遗产的改造提升再次引起江西戏剧界的重视。汤显祖故乡临川的演剧活动也十分兴盛,本地多剧种都曾搬演"临川四梦",其中有临川采茶戏《牡丹亭》、宜黄戏《紫钗记》、广昌盱河腔《南柯记》等。2000 年抚州汤显祖实验剧团根据"临川四梦"改编四个折子戏《冥誓》《怨撒》《游园》《生寐》。"临川版"的《牡丹亭》还应邀到浙江、江苏、台湾等地演出。赣剧改编"临川四梦"的声腔探索和改造富有创意。比如,南昌大学也于 2010 年推出新版赣剧《临川四梦》,将"四梦"原来总共 182 出的篇幅压缩为四个折子戏,分别是"怨撒金钱""南柯梦寻""魂断黄粱"和"游园惊梦"。其中《紫钗记》"怨撒金钱"使用青阳腔演唱,《南柯记》"南柯寻梦"使用弹腔演唱,《邯郸记》"黄粱梦断"用今天抚州的盱河高腔演唱,《牡丹亭》"游园惊梦"则用弋阳腔演唱。赣剧音乐作曲家程烈清担任全剧的音乐设计。举例来看,青阳腔起伏变化大、帮腔衬腔多、旋律节奏快,其主干旋律用五声音阶构成,带有浓厚的民间音乐色彩,凄楚哀怨,跌宕起伏,急促悲愤,淋漓尽致地表现了霍小玉的刚烈性格。而其他相关声腔也极富地方特色。江西戏曲音乐家们注重对弋阳古腔的改革。伴奏方面,过去只有干唱和打击乐伴奏,非常单调。起初的做法是增加锣鼓在伴奏中的分量,但音量过大,演员必须大嗓门才有优势。后来尝试改用文场伴奏,即增加丝竹之音,使音乐变得柔和一些。帮腔方面,过去完全由乐队演员帮腔,后改为乐队演员和后台演员共同完成。这些都丰富了音乐色彩,提高了弋阳新腔的表现力。

2016 年是世界三大戏剧诗人莎士比亚、塞万提斯、汤显祖逝世 400 周年纪念年。抚州市汤显祖演艺中心邀请曹路生编剧、童薇薇导演改编汤显祖巨作"临川四梦",以抚州广昌孟戏高腔——盱河高腔作为骨干旋律,以"乡音版"形式演绎"临川四梦"最经典片段。有创意的是,剧作把汤显祖的人生经历和"四梦"贯穿在一起,深切表达汤显祖对人生对梦想对情感的期待和感悟。盱河高腔保留在广昌民间戏班有近 500 年的历史,主要演绎孟姜女的故事,是民间宗族祭祀戏的一种。其独特性在于属曲牌体高腔系统,演唱形式为干唱,无管弦伴奏,拍板为节,小锣小鼓过门,艺人本嗓演唱。唱腔腔句较多,一字多音,旋律多在中音区盘旋,只有唱到尾句,或有帮腔时,才突然翻高。而生旦主角很多唱腔缠绵婉转,并"杂白混唱"。在充分利用民间声腔宝贵资源基础上,音乐设计程烈清精心设计主要人物形象的主干旋律,以极富江西地方特色的音乐效果演绎"临川四梦"的悲欢离合,并在国家大剧院演出取得圆满成功。2017 年,创作团队又以盱河高腔"乡音版"方式排演《牡丹亭》,并在北京大学、清华大学、保利剧院上演,赢得一片赞扬。事实说明,汤显祖的"临川四梦"不仅是昆曲舞台标志性的符号,也可以成为非昆腔系统舞台的标志性符号。

(本文系 2017 年国家社科基金项目《传统曲谱与明清传奇关系研究》(17XZW014)的阶段性成果)

作者单位:东华理工大学抚州师范学院

"临川四梦"在明代的演出及其影响

王永恩

汤显祖的"临川四梦",尤其是《牡丹亭》问世后,迅速在舞台上流传开来,成为长演不衰、广受欢迎的剧目,无论是在宫廷中、厅堂上、园林里还是酒肆、禅院甚至道场中都有演出"临川四梦"的记载,它既可以出现在喜庆场所、家庭宴会上,也可以出现在文人雅集、民间活动中。"临川四梦"在舞台上长久的生命力正是其艺术魅力的体现。

一

"临川四梦"创作于万历年间,尽管沈璟等人认为汤显祖的创作不谐音韵,是案头之作,但实际上,汤显祖在创作时并非闭门造车,罔顾舞台效果,而是在写作之初就考虑到了舞台演出这个问题。明人邹迪光在《临川汤先生传》中说:"公又以其绪余为传奇,若紫箫、二梦、还魂诸剧,实驾元人而上。每谱一曲,令小史当歌,而自为之和,声振寥廓,识者谓神仙中人云。"①汤显祖一边创作,一边让歌童试唱,遇有不妥处便立即更改。汤显祖曾有诗云:"玉茗堂开春翠屏,新词传说牡丹亭。伤心拍遍无人会,自掐檀痕教小伶。"②这正写出了汤显祖在玉茗堂教习伶人演出演唱《牡丹亭》的情形,从诗意来看,应是唱曲活动。

---

① （明)邹迪光《临川汤先生传》,徐朔方笺校《汤显祖全集》(四),北京古籍出版社,1999 年,第 2583 页。

② （明)汤显祖《七夕醉答君东》,徐扶明编著《牡丹亭研究资料考释》,上海古籍出版社,1987 年,第 139 页。

汤显祖在《寄嘉兴马、乐二丈兼怀陆五台太宰》一诗中也提到他的戏曲活动:"往往催花临节鼓,自踏新词教歌舞。"①这说明汤显祖在为伶人排演时是按舞台正式演出的要求来的,而非仅重视唱曲。汤显祖作为作者,他最清楚作品要表达什么和如何表达,因此他会将作品的内涵和设想讲解与伶人,使之能够准确深入地理解作品。故而石韫玉说:"汤临川作《牡丹亭》传奇,名擅一时。当其脱稿时,翌日而歌儿持板,又翌日而旗亭树赤帜矣。"②这些都说明,汤显祖在创作时并没有忽略音律,只不过他所遵循的并非昆曲的音律罢了。在万历中后期,昆腔新声仍主要盛行于以苏州为中心的吴语地区,尚未能独擅曲坛。而汤显祖作为江西人,他的传奇创作,并未采用昆腔新声,而是采用融汇了江西弋阳腔曲调的海盐腔。③

明代中后期戏曲主要是由家乐和职业戏班演出的。昆曲兴起后,文人传奇在家班中演出得较多,"临川四梦",尤其是《牡丹亭》也是家班中常演的剧目。王锡爵、钱岱、沈璟、邹迪光、吴越石、阮大铖、吴昌时、沈君张等人的家班都曾演过。邹迪光约在万历三十九年(1611),致信邀请汤显祖来无锡观看他的家班演出的《牡丹亭》等剧:"所为《紫箫》《还魂》诸本,不佞率童子习之,以因是而见神情,想丰度。诸童搬演曲折,洗去格套,羌亦不俗。义仍有意鄱阳,一苇直抵梁溪,为我浮白,我为公征歌命舞,如何如何?"④但这次汤显祖却未能赴约。清初朱彝尊在《静志居诗话》中记载了王锡爵家班演出《牡丹亭》的情景:"其《牡丹亭》曲本,尤极情挚。……世或相传云刺昌阳子而作。然太仓相君,实先令家乐演之,且云:'吾老年人,近颇为此曲惆怅。'"⑤万

① (明)汤显祖《寄嘉兴马、乐二丈兼怀陆五台太宰》,徐扶明编著《牡丹亭研究资料考释》,第139页。
② (清)石韫玉《吟香堂曲谱序》,徐扶明编著《牡丹亭研究资料考释》,第189页。
③ 参见徐朔方《再论汤显祖戏曲的腔调问题》,《论汤显祖及其他》,上海古籍出版社,1983年,第63—69页。
④ (明)邹迪光《调象庵稿》,徐扶明编著《牡丹亭研究资料考释》,第140—141页。
⑤ (清)朱彝尊《静志居诗话》卷十五"汤显祖"条,人民文学出版社,1990年,第461页。

历年间,常熟钱岱的家班也曾演出《牡丹亭》,是他家的女伶擅演的十部传奇之一:"冯翠霞之《训女》《开眼》《上路》等尤为独擅。"①沈璟的家班则演过由他改编的《同梦记》。类似这样的关于家班演出"临川四梦"特别是《牡丹亭》的记载有很多,足见汤显祖剧作演出的频繁。除了家乐演出外,职业戏班演出《牡丹亭》的记载也不少。如汤显祖的《与宜伶罗章二》就是提醒罗章二的戏班到私家去演堂会时需注意的问题:"往人家搬演,俱宜守分,莫因人家爱我的戏,便过求他酒食钱物。"②"临川四梦"中的其他"三梦"和《牡丹亭》相比而言,影响小些,演出也就相应较少,但在文献中也不乏关于"三梦"演出的记载。如祁彪佳在《祁忠敏公日记·栖北冗言》中记载了他与友人一起观看《紫钗记》演出的情形:"党于姜、傅潜初、刘礽韦、郭太薇相继至,观《紫钗》剧,至夜分乃散。"③文中未提及所看的《紫钗记》是全本还是折子戏,估计多半不是全本戏。晚明的瞿有仲在《即席赠澹生仙史》一诗中也言及曾观看过《紫钗记》:"山断云垂波蘸银,闻君原是旧东邻。临川艳曲应怜霍,淮海新词合识秦。沉醉金卮情放诞,索题团扇语悲辛。襄王席上从来梦,云雨空劳作赋臣。"④诗中充满了伤感之情。明代《邯郸记》和《南柯记》的演出明显比《紫钗记》多,显然在舞台上更受欢迎。万历三十八年(1610),汤显祖请钱希言观看过《南柯记》与《邯郸记》,为此钱希言写诗留念,他在序中说:"汤义仍膳部席与帅氏从升从龙郎君尊宿叔宁观演二梦传奇作。"⑤诗中有"《南柯》似孟浪,《邯郸》太荒唐"之句,可见他对作品还是有深刻的体会的。晚明范景文写有《秋夜邓未孩冯上仙曹愚公招饮淮河楼上看演〈黄粱〉传奇》一诗:"秦淮河上低杨柳,歌舞楼中小月明。异地谁教宾作主,同襟方见弟和兄。已从

① (明)据梧子《笔梦》,丁初我辑《虞阳说苑》,虞山丁氏 1917 年铅印本,第 10 页。

② 《与宜伶罗章二》,徐朔方笺校《汤显祖全集》(二),第 1519 页。

③ (明)祁彪佳《祁忠敏公日记·栖北冗言》,毛效同编《汤显祖研究资料汇编》(下),上海古籍出版社,1986 年,第 836 页。

④ (明)瞿有仲《即席赠澹生仙史》,毛效同编《汤显祖研究资料汇编》(下),第 836—837 页。

⑤ (明)钱希言《今夕篇》,毛效同编《汤显祖研究资料汇编》(下),第 1307 页。

戏局还看梦,纵使诙谈总自清。一曲游仙催漏短,贪欢怕是听鸡声。"①这显然指的是《邯郸梦》的演出了,此诗流露出的人生幻灭之感,与《邯郸梦》是一致的。钱谦益《病榻消寒杂咏四十六首》之一亦记载了观看《邯郸记》之事:"砚席书生倚稚骄,《邯郸》一部夜呼嚣。朱衣早作胪传谶,青史翻为度曲诉。炊熟黄粱新剪韭,梦醒红烛旧分蕉。卫灵石椁谁镌刻,莫向东城叹市朝。"诗前自注:"是夕又演《邯郸梦》。"②可见钱谦益看《邯郸记》已不止一次。祁彪佳在《祁忠敏公日记·归南快录》中记道:"崇祯乙亥,五月廿五日,午后冯弓闾来,同予作主,邀张劬思、柴云倩、严公威观《南柯记》。"③这样的记载不少,充分说明"二梦"的演出虽不及《牡丹亭》多,但也还算得是舞台的常演剧目。

"临川四梦"中的《牡丹亭》《紫钗记》等均篇幅冗长,演出所需的时间很多,这就使得完全依照原本演出的情况不是很多,但文献中也不乏全本演出的记载。汤显祖曾在写给伶人罗章二的信中说:"《牡丹亭记》要依我原本,其吕家改的,切不可从;虽是增减一二字,以便俗唱,却与我原做的意趣大不同了……如今世事总难认真,而况戏乎?"④罗章二是与汤显祖交好的伶人,从信中来看,罗章二所在剧团演出的应是全本,并得到了汤显祖的指点。不仅职业戏班,家班中也有演出《牡丹亭》全本的。如徽州吴越石的家班以训练演员严格著称,著名戏曲家潘之恒曾指导过吴氏家班。吴家的戏班约在万历三十六年(1608)演出过《牡丹亭》,潘之恒评曰:"余友临川汤若士,尝作《牡丹亭还魂记》,是能生死死生,而别通一窍于灵明之境,以游戏于翰墨之场。同社吴越石家有歌儿,令演是记,能飘飘忽忽,另番一局于缥缈之余,以

① (明)范景文《文忠集》卷九,四库全书本。

② (明)钱谦益《病榻消寒杂咏四十六首》,毛效同编《汤显祖研究资料汇编》(下),第 1309 页。

③ (明)祁彪佳《祁忠敏公日记·归南快录》,毛效同编《汤显祖研究资料汇编》(下),第 1341 页。

④ 《与宜伶罗章二》,徐朔方笺校《汤显祖全集》(二),第 1519 页。

凄怆于声调之外。一字无遗,无微不极。……乃今而后,知《牡丹亭记》之有关性情,乃为惊心动魄者矣。"①从文中所言的"一字无遗,无微不极",可知吴氏家班演出的《牡丹亭》当为原本。

二

　　《牡丹亭》等剧问世之后,改本甚多,有的是因为音韵的问题,有的是嫌其篇幅太长进行删减,有的则是认为原本有瑕疵需修正,这些改动都引起了汤显祖的不快,这其中对《牡丹亭》的改本是最多的。《牡丹亭》长达 55 出,在实际演出中要把全本完整地演完,需要很长的时间,这无论是对于演员还是观众来说在精力上都难以承受。《牡丹亭》的语言尽管精美,但也存在语义晦涩,用典过多的问题,读之尚有难度,演起来就更令观众费解了。此外,汤显祖"临川四梦"并非专门为昆腔所作,而是按传统曲牌填词的,因此用昆腔来演唱就难免有不谐之感。在这种情况下,《牡丹亭》出现了多种改本,它们将《牡丹亭》的长度缩减,对曲牌的格律进行规整,并将曲词通俗化,以便使《牡丹亭》更好地在昆曲舞台上演出。著名的戏曲家吕玉绳、沈璟、冯梦龙、徐日曦等都曾改编过《牡丹亭》,其中吕玉绳的改本引起了汤显祖的强烈不满,他曾针对此改本说:"虽是增减一二字,以便俗唱,却与我原做的意趣大不同了。"②吕氏的改本今已不存,从汤显祖的话来看,吕本的改动似乎不大,但却损害了作品的意旨。沈璟将《牡丹亭》改为《同梦记》,对不合昆曲音律之处进行了改订,以利于昆腔演唱,但沈本全本已佚,唯余两曲,收于《南词新谱》。清人编纂的《传奇汇考标目》中著录了沈璟改编的《新钗记》,并注明这是"紫钗记改本",但这个改本如同他的《牡丹亭》改本一样没有流传下来。臧懋循将"临川四梦"都进行了改编,收录在他的《玉茗堂四种传奇》中。臧懋循曾在《玉茗堂传

----

①　(明)潘之恒《情痴——观演〈牡丹亭还魂记〉书赠二孺》,《亘史·杂篇》,汪效倚辑《潘之恒曲话》,中国戏剧出版社,1988 年,第 72 页。
②　《与宜伶罗章二》,徐朔方笺校《汤显祖全集》(二),第 1519 页。

奇引》中指出汤显祖作品的问题:"今临川生不踏吴门,学未窥音律,艳往哲之声名,逞汗漫之词藻,局故乡之闻见,按亡节之弦歌,几何不为元人所笑乎?予病后,一切图史悉已谢弃,闲取《四记》为之反复删订,事必丽情,音必谐曲,使闻者快心而观者忘倦,即与王实甫《西厢》诸剧并传乐府可矣。"①这显然也是臧懋循要对汤显祖作品进行修改的原因。臧懋循的《牡丹亭》改本,改动比较大,将原著的 55 出删并为 36 出,篇幅大幅减少。臧懋循对原著的曲文宾白进行了压缩,原作有 434 支曲,臧本删减后为 241 支曲。此外,臧懋循还调换场次,改动了词曲,将之通俗化了,使观众容易看懂。臧懋循的改本立足于舞台,既重格律,又重搬演,是较为适合舞台演出的。臧懋循不满意《紫钗记》的烦冗,他在《紫钗记》的总评中说:"然近来传奇已无长于此者,自吴中张伯起《红拂记》等作,止用三十折,优人皆喜为之,遂日趋日短,有至二十余折者矣,况中间情节非迫促而乏悠长之思,即牵率而多迂缓之事,殊可厌人,予故取玉茗堂本细加删订,在竭俳优之长,以悦当筵之耳。"②可见,汤显祖的作品基本都存在着篇幅过长不利演出的问题。臧懋循将长达 53 出的《紫钗记》删改为 37 出,删除了原作中的《许放观灯》《妆台巧絮》等场次,并将一些场次合并,如将《计哨讹传》《泪烛裁诗》合并为《裁诗》,将《玩钗疑叹》和《花前遇侠》合并为《遇侠》等。这样的改动使得结构更为紧凑,适于舞台搬演。对于臧懋循的改本,今人吴梅有着中肯的评价:"吴兴臧晋叔删削泰半,虽文逊义仍,而配置角目,点窜词句,颇合户工之嘌唱。"③尽管臧懋循的改本在文采上逊色于汤作,但确实更适合舞台演出。臧氏的改本虽更利于演出,但却并未被舞台采纳,舞台上演出的仍是汤显祖的原作。臧懋循在对《南柯记》的修改中,把累赘的场次删除,还将一些场次合并,删去了与情节无关的念白,对曲律进行了较大的改动。但臧氏的《南柯记》改本却没有获得太高的评价,清人刘世珩甚至认为:"臧吴兴任意改窜,直

① (明)臧懋循《玉茗堂传奇引》,徐扶明编著《牡丹亭研究资料考释》,第 57 页。
② (明)臧懋循《紫钗记·总批》,国家图书馆善本。
③ 吴梅《暖红室刊紫钗记跋》,毛效同编《汤显祖研究资料汇编》(下),第 806 页。

似与清远为仇。"①看来,臧懋循虽把舞台放到了创作的首位,但是对汤显祖的意趣神色尚未有透彻的领悟。冯梦龙也曾改编过《牡丹亭》和《邯郸记》。冯梦龙把《牡丹亭》改为《风流梦》,在卷首的《风流梦小引》中,冯梦龙写道:"若士先生千古逸才,所著四梦,《牡丹亭》最胜。……独其填词不用韵,不按律,即若士亦云:吾不顾捩尽天下人嗓子。……识者以为案头之书,非当场之谱,欲付当场敷演,即欲不稍加窜改而不可得也。……余虽不佞甚,然于此道窃闻其略,僭删改以便当场,即不敢云若士之功臣,或不堕音律中之金刚禅云尔。"②这就是他改动《牡丹亭》的用意所在,其目的还是为了便于舞台演出。《风流梦》全剧 37 出,将《牡丹亭》中的枝蔓删除,使得内容情节更加紧凑。冯梦龙还在剧中增加了不少舞台动作和表演提示,经过冯梦龙的修订,《牡丹亭》确实更利于用昆腔演唱。如今昆曲舞台上常演不衰的折子戏《春香闹学》《游园惊梦》《拾画叫画》等,都有采用冯梦龙定本的地方。冯梦龙认为《邯郸记》"曲不协律""通记极苦极乐,极痴极醒,描摹尽兴;而点缀处亦复热闹,关目甚紧。吾无间然。惟填词落调及失韵处,不得不为一窜耳"③。《邯郸记》原本 30 出,冯梦龙改编后为 34 出。冯梦龙将原作中较长的场次分为两出,将场与场之间衔接不够紧密的地方加戏,这样全剧的结构更为流畅,也便于演员演出。冯梦龙还对《邯郸记》的曲词做了较大幅度的修改,原作中的 230 支曲子只有 50 支被保留了下来。但冯梦龙对曲词的改动却并不是十分成功的,他只重协律,却少了文采,往往有点金成铁之处。硕园居士徐日曦的《牡丹亭》改本,删除了九出戏,共 43 出,将部分场次进行合并、改动,还删去 20 多支曲子,每出曲文都有不同程度的删改。徐日曦的改本被晚明著名的戏曲选本《六十种曲》收入,影响较大,这也是一个舞台演出本。除了文人对《牡丹亭》的改动外,还有不少艺人在演出实践中

---

① 吴毓华编《中国古代戏曲序跋集》,中国戏剧出版社,1990 年,第 665 页。
② (明)冯梦龙《风流梦引》,毛效同编《汤显祖研究资料汇编》(下),第 1080—1081 页。
③ (明)冯梦龙《邯郸梦总评》,毛效同编《汤显祖研究资料汇编》(下),第 1305 页。

也对作品进行了改造加工。

"临川四梦"的改本众多,这说明在许多曲家看来,汤显祖的原本确实存在着不谐吴音,结构散漫,语言艰涩的问题,这些都是不利于舞台演出的。为了能够让《牡丹亭》在昆曲舞台上演出,改编者大多采取了删减场次、修正音律和使通俗化的方式,尽管每个改本和原著相比都存在着种种不足,但"临川四梦"经过改编后确实更适合演出。

《牡丹亭》的改本出现后,被职业戏班和家班广泛采用。前文所言的臧懋循改本、冯梦龙改本以及徐日曦等的改本都是较为适合舞台演出的剧本,如冯梦龙的剧本还有很多的舞台提示,显然是为舞台演出考虑的。而后来艺人的演出也较多地参考了冯梦龙的剧本,由此可以推知,艺人的舞台演出是在文人改本的基础上经过不断的艺术实践后逐渐形成的。文人的改本不仅可供职业戏班所用,自然也会运用到家班的演出中,如沈璟的家班"自选优伶,令演戏曲",主要是演主人创作的剧本,沈璟的改编本当率先让自己的家班演出。晚明人朱隗曾在《鸳湖主人出家姬演〈牡丹亭记〉歌》一诗中记载看浙江嘉兴吴昌时家班的情形:"幽明人鬼皆情宅,作记穷情醒情癖……归时风露四更初,暗省从前倍起予。"[1]从诗中所写来看,吴氏家班所演《牡丹亭》,不到一日便演完了,且情节较为完整,应是删节本。明末李明睿曾选女乐在他所筑的沧浪亭上演出《牡丹亭》,吸引了众多名流前往观看,李元鼎在为这次观演所写的诗歌前言中道:"……宴集太虚宗伯沧浪亭,观女伎演《牡丹》剧,欢聚深宵,以门禁为严,未得入城,趋卧小舟。"[2]看《牡丹亭》到深夜便结束了,可知演的应是一个情节完整但经过删节的本子。当时在庙会节令时演出的多为职业戏班,也有演出《牡丹亭》的记载,如王稚登《吴社篇》记苏州庙会,就有"东方朔偷桃,牡丹亭梦交,望湖亭新作"的人物装扮。与家班多演出折子戏不同,职业戏班在农村市镇中的演出多为全本戏,但这种全本戏不是按照传奇原封不动地

---

① (明)朱隗《鸳湖主人出家姬演〈牡丹亭记〉歌》,徐扶明编著《牡丹亭研究资料考释》,第149页。

② (明)李元鼎《诗四首》前言,毛效同编《汤显祖研究资料汇编》(下),第1168页。

搬演,而是经过删节的情节完整的全本戏。虽然关于家班和职业戏班演出《牡丹亭》究竟用的哪种改本,文献中缺乏具体的记载,但可以肯定,依照原本演出的情况比较少,绝大多数都是经过删改的。

三

晚明时,折子戏的演出十分普遍,"临川四梦"也常是以折子戏的形式演出的。汤剧虽是家班和戏班中常演的剧目,但囿于人力和精力,演全本戏的情况并不是太多,多是演出折子戏,家班就更是如此了。从明代折子戏的选本中便可以看到四剧折子戏演出的情况。《紫钗记》的前身是《紫箫记》,是汤显祖早年的作品,后因汤氏对此作不满意,于是重新修订,便是《紫钗记》。但在《紫钗记》出现后,一些选本如胡文焕所编的《群音类选》和明代凌虚子编撰的《月露音》等,依然只选了《紫箫记》的曲目。《群音类选》中选录了《紫箫记》中的《霍王感悟》《小玉插戴》《洞房花烛》《讯问紫箫》四出,这说明《紫钗记》修订后未能取代《紫箫记》,《紫箫记》由于演出时间长,故而在相当一段时间里还是观众更熟悉和认可的剧目。《词林逸响》最早选录了《紫钗记》中的《议允》和《盟香》两出,此后周之标编的《增订珊珊集》选录了《侠评》一出。《紫钗记》在明代被选录的折子戏不多,说明此戏的演出并不活跃。明代选本中《南柯记》和《邯郸记》的折子戏也不算多,《月露音》中选了《南柯记》中的《尚主》《之郡》《粲诱》《生恣》四出,《邯郸记》中的《极欲》。《增订珊珊集》中选了《邯郸记》中的《梦悟》,《怡春锦》中选了《南柯记》中的《度世》。《醉怡情》中选了《邯郸记》中的《打番儿》。而《牡丹亭》却是当时几乎所有的选本都会选用的作品,《月露音》《万壑清音》《怡春锦》《缠头百练二集》《乐府先春》《玄雪谱》《醉怡情》《增订珊珊集》《乐府遏云编》《南音三籁》等选本中,选录了《惊梦》《寻梦》《玩真》《幽媾》《硬拷》《写真》《闹筋》《魂游》《冥判》《拾画》《闺塾》《诊祟》等多出,由此足见《牡丹亭》受欢迎的程度。

由于《牡丹亭》受到观众的欢迎,因此演出便十分频繁,也因此涌现出了一批以擅演《牡丹亭》著称的演员。潘之恒便记载过不少这样的演员,如他在《鸾啸小品》卷三《赠吴亦史》一诗的注中写道:"汤临川所撰《牡丹亭还魂记》初行,丹阳人吴太乙携一生来留都,名曰亦史,年方十三。……亦史甚得柳梦梅恃才恃婿、沾沾得意、不肯屈服景状。后之生色极力模拟,皆不能及,酷令人思之。"①在《牡丹亭》流行之初,一个13岁的演员便能把柳梦梅的神情刻画得如此生动,实属不易。若干年后,潘之恒再见吴亦史演出柳梦梅,认为他的水平有了进一步的提高:"又见丹阳太乙生家童子演柳生者,宛有痴态,赏其为解。而最难得者,解杜丽娘之情人也。夫情之所之,不知其所始,不知其所终,不知其所离,不知其所合;在若有若无、若远若近、若存若亡之间。其斯为情所必至,而不知其所以然;不知其所以然,而后情有所不可尽,而死生、生死之无足怪也。故能痴者而后能情,能情者而后有写其情。"②十年后,《牡丹亭》已是舞台上常演的剧目,因演《牡丹亭》闻名的演员更多了,技艺也在不断地提高。潘之恒在《情痴》一文中也赞扬了吴越石家班中的演员江孺和昌孺演出《牡丹亭》时的准确表演。潘之恒评曰:"江孺情隐于幻,登场字字寻幻,而终离幻。昌孺情荡于扬,临局步而思扬,而未能扬。政以杜当伤情之极,而忽值钟情之梦,虽天下至情,无有当于此者。柳当失意之时,忽逢得意之会,虽一生如意,莫有过于此者。或寻之梦而不得,寻之溟漠而得,其偶合于幽而不畅,合于昭昭而表其微。虽父母之不信,天下莫之信,而两人之自信尤真也。"③潘之恒对两位演员所演的杜丽娘和柳梦梅给予了很高的评价,两人能深入到角色之中,准确地把握角色的情感世界,因而能塑造出栩栩如生的人物形象。张大复在《梅花草堂笔记》中记载了当时著名的串客赵必达,称赞他扮演的杜丽娘演出了人物的精神气质:"赵必达扮杜丽娘,生者可死,死者可生,譬之以灯取影,横斜平直,各相乘除。

① (明)潘之恒《赠吴亦史》,汪效倚辑《潘之恒曲话》,第210页。
② (明)潘之恒《情痴——观演〈牡丹亭还魂记〉书赠二孺》,《亘史·杂篇》,汪效倚辑《潘之恒曲话》,第72—73页。
③ 同上,第73页。

又如秋夜月明,林间可数毛发。"①明末著名诗人钱谦益对以演《牡丹亭》闻名的串客徐凤仪也评价颇高:"云间道人(即徐凤仪),锡山徐氏子。少工笔札,妙解书翰。精于《牡丹亭》乐府,搜狄隐亘,宿工老师,莫能置喙。"②赵必达和徐凤仪虽非职业演员,但能演出剧中人物一往情深的内涵,说明是用心揣摩角色的,否则难以达到如此境界。更有甚者,如杭州女伶商小玲,简直和角色融为了一体,以至于在舞台上感伤而死。

演出频繁的背后是观众对于汤剧的喜爱。当时迷恋《牡丹亭》的观众不在少数,文人士大夫更是不乏对此倾倒之人。潘之恒对《牡丹亭》情有独钟,多次在吴越石家和丹阳太乙生家观看《牡丹亭》的演出,他五观《牡丹亭》后写道:"临川笔端,直欲戏弄造化。水田豪举,且将凌铄尘寰,足以鼓吹大雅,品藻艺林矣。不慧抱恙一冬,五观《牡丹亭记》,觉有起色。信观涛之不余欺,而梦鹿之足以觉世也。"③看《牡丹亭》竟可以使久病之身恢复健康,实在是神奇,潘之恒对《牡丹亭》迷恋之深可见一斑。

作者单位:中国传媒大学艺术研究院

---

① (清)张大复《梅花草堂笔记》,徐扶明编著《牡丹亭研究资料考释》,第145页。
② (明)钱谦益《有学集》卷三十二,徐扶明编著《牡丹亭研究资料考释》,第145页。
③ (明)潘之恒《情痴——观演〈牡丹亭还魂记〉书赠二孺》,《亘史·杂篇》,汪效倚辑《潘之恒曲话》,第73页。

影响传播

杨宪益、戴乃迭英译《牡丹亭》研究

赵征军

一 引 言

《牡丹亭》在中国戏剧史和中国文学对外传播史上,可谓千古独有。它如"百顷绿波之涯,杂草乱生"中的一株芙蕖,"临水自媚"[①],"一举而遂掩前古"[②]。在英美文化系统中,该剧也被称为中国戏剧典籍的象征性符号,是西方世界了解中国文化和中国戏剧的完美切入点。[③]然而当下的《牡丹亭》译介研究关注的多为译本的比对和品评,如刘重德[④]、汪榕培[⑤]、郭著章[⑥]、孙法理[⑦]、张政[⑧]、蒋骁华[⑨]、魏城璧/李忠庆[⑩]等,其焦点多为白之(Cyril Birch)、张光前、汪榕培等的全译本。对于译本之外的世界、译者与翻译影响因子之间的互动与关联

---

① 郑振铎《插图本中国文学史》下卷,人民文学出版社,1957 年,第 858 页。

② 俞平伯《牡丹亭赞》,http://www.douban.com/group/topic/5854541/。

③ Daniel S. Burt, *The Drama 100: A Ranking of the Greatest Plays of All Time*, New York: Facts On File, Inc, 2008, p.184.

④ 刘重德《〈牡丹亭·惊梦〉两种译本的比较研究》,《外国语言文学研究》2001 年第 1 期,第 2—55 页。

⑤ 汪榕培《〈牡丹亭〉的英译及传播》,《外国语》1999 年第 6 期,第 48—52 页。

⑥ 郭著章《谈汪译〈牡丹亭〉》,《外语与外语教学》2002 年第 8 期,第 56—59 页。

⑦ 孙法理《评汪译〈牡丹亭〉》,《外语与外语教学》2001 年第 2 期,第 44—46 页。

⑧ 张政《文化与翻译——汪榕培〈牡丹亭〉英译本随想》,《西安外国语学院学报》2004 年第 1 期,第 42—44 页。

⑨ 蒋骁华《读者的选择性适应与适应性选择:评〈牡丹亭〉的三个英译本》,《上海翻译》2009 年第 4 期,第 11—15 页。

⑩ 魏城璧、李忠庆《委婉与彰显——论〈牡丹亭〉情欲描写的英译》,《翻译季刊》2011 年第 62 期,第 1—31 页。

等因素多有忽略。而且,从文本存在形态的角度而言,推动《牡丹亭》对外传播的不仅限于全译本,还有选译本和编译本。其中,最为重要的文本之一当属杨宪益、戴乃迭《牡丹亭》选译本。它不仅是英美文化系统公认的三大选译本之一,影响着后续译本的生产,而且其"译出"形式和当下中国文化"走出去"之下的诸多翻译文化出版工程有着惊人的相似之处:二者都是以国家赞助推介的形式向外传播着中国文化,其行为都服务于复兴中华文化、改变国家形象的民族诉求。但较为可惜的是,目前针对杨译本所展开的研究基本上处于缺失的状态,更遑论其价值在当下的应用了。因此,本文拟以杨译本所在"一体化"时代为背景,参照文化学派翻译理论,采用宏观与微观相结合的方法,探讨赞助者、意识形态、诗学等因素与译者主体的交互过程,总结杨译本的规范,以期对当下中国文学的对外译介提供某种借鉴。

二 "一体化"时代之下的戏剧文化构建

杨宪益、戴乃迭《牡丹亭》选译本最初刊登在我国政府对外宣传刊物《中国文学》1960 年第 1 期上。这一时期是中国的文化、文学建设"逐渐被政治化、计划化、纯洁化,并最终在多种复杂因素的合力之下走向封闭统一"的"一体化"时代。①1942 年的延安文艺座谈会就曾指出,文艺必须服从于政治;中国人民的文化战线必须坚持为工农兵群众服务的方向;所谓的文艺普及和提高就是面向工农兵群众的普及和提高。②1951 年政务院提出的"三改"方针明确规定"戏曲应该以发扬人民新的爱国主义精神、鼓励人民在革命斗争与生产劳动中的英雄主义为首要任务。凡宣传反抗侵略、反抗压迫、爱祖国、爱劳动、表扬人民正义及其善良性格的戏曲应予以鼓励和推广;反之,凡鼓吹封建奴

---

① 吴秀明等《当代中国文学六十年》,浙江文艺出版社,2009 年,第 9 页。

② 《毛泽东对文学艺术的批示》,洪子诚主编《1945—1999 中国当代文学史·史料选》(下),长江文艺出版社,2002 年,第 512—513 页。

隶道德、鼓吹野蛮恐怖或猥亵淫毒行为、丑化与侮辱劳动人民的戏曲应该加以反对"①。但是中国戏剧源远流长,其发展历程承载了不同时期的文化内涵,深深打上了不同时代政治观、历史观和审美观的烙印,而这些观念未必与中华人民共和国成立之初"民族的、科学的、大众的"的文化标准相一致。因此在"一体化"时代,大批传统戏剧因阶级立场、民族、伦理道德等问题,沦为改造和禁止的对象。例如《九更天》《四郎探母》《游龙戏凤》《醉酒》在 1948 年就被列入"禁止或大大修改"的名目。②而此后成立的"戏曲改进委员会"则完全禁止了《杀子报》等 26 部传统曲目的上演。据相关学者的研究,"禁戏"名目的出台本是为规范此前各地方政府大量禁戏的现象,试图说明唯有这 26 部在可禁范围之内,其他需谨慎考虑。但是在全国"改戏、改人、改制"的大潮中,"禁戏"实际上被解读为全面改造或禁止中国传统戏剧。③此后虽然中央政府和文化部不断以会议和文件的形式"纠偏",但随后的"文化大革命"则将中国戏剧推入史上最长的"禁戏"时期——除"样板戏"之外,其他戏剧都被禁止上演。中国戏剧文化建设进入了名副其实的"一体化"时代。

三 "一体化"时代对《牡丹亭》版本的
选择及主题意义的解读

"一体化"时代之下的戏剧文化构建也深深影响着戏剧文学的对外传播。常规而言,中国戏剧文学的对外译介应当服务于目标语文化系统的需求。但中华人民共和国成立之初东西对抗的历史格局使得当时的文学译介活动具有服务性、服从性和鲜明性特征。"它的服务性,即服务于人民的审美需求;服从性,即服从中国共产党的理论需

---

① 林一、马萱《中国戏曲的跨文化传播》,中国传媒大学出版社,2009 年,第 69 页。
② 参见《有计划有步骤地进行旧剧改革工作》(社论),《人民日报》1948 年 11 月 23 日。
③ 傅谨《二十世纪中国戏剧导论》,中国社会科学出版社,2004 年,第 238 页。

要;鲜明性,即鲜明的阶级性。"①虽然《牡丹亭》的英译属于戏剧文学"译出"范畴,它与发轫于目标语文化系统"译入"有着本质区别。但在"以内定外"对外宣传原则指导之下,中国文化系统之内的"译出"行为基本上服务于改变异域中国形象、重塑民族身份的一种诉求,其目的在于"突破以美国为首的西方国家对新中国采取的经济和信息围剿"②,让世界了解新中国所发生的一切变化。在《牡丹亭》对外译介过程中,它首先表现为意识形态对原文版本的选择。

据现有的史料来看,在 1960 年以前,史上曾出现过怀德堂本《牡丹亭》、明朱墨刊本《牡丹亭》、毛晋六十种曲本《牡丹亭》、格正还魂记词调《牡丹亭》、吴吴山三妇评本《牡丹亭》,以及沈璟改本、臧懋循改本、硕园改本、冯梦龙改本等。即使在"大跃进"时期出版的毛晋《六十种曲》也包含着两种版本——卷四收录的《牡丹亭》55 出通行本,卷十二刊载的硕园删定版《牡丹亭》③。杨译本原文选择了硕园删定本。杨氏夫妇抛弃其他,单选硕园删定版,原因何在? 在政治意识形态压倒一切的"一体化"时代,译者对于自己所要翻译的作品似乎没有多大的选择余地,"不幸的是,我们俩实际上只是受雇的翻译匠而已,该翻译什么不由我们做主,而负责选定的往往是对中国文学所知不多的中国编辑,中选的作品又必须适应当时的政治气候和一时的口味"④。若将硕园本和通行本进行比较,便能初见其中端倪。

硕园改本与通行本相比而言最大的特点是"删""合""调"。吕硕园将原作中的《怅眺》《劝农》《肃苑》《慈戒》《虏谍》《缮备》《道觋》《诇药》《御淮》《闻喜》十场悉数删除,将《腐叹》《延师》《闺塾》三出合并为一折,将《诀谒》《牝贼》《谒遇》《闹殇》分别调到《寻梦》《写真》《诊祟》

---

①　孟昭毅、李载道《中国翻译文学史》,北京大学出版社,2005 年,第 277 页。

②　习少颖《1949—1966 中国对外宣传史研究》,华中科技大学出版社,2010 年,第 15 页。

③　《硕园删定牡丹亭》,(明)毛晋编《六十种曲》,中华书局,1958 年,第 1—114 页。

④　薛洪时译《杨宪益自传》,人民日报出版社,2010 年,第 25 页。

《旅居》之前。这样汤显祖原本 55 出变成了 43 出。按照当今学者的解释，其原委是"删除原作的糟粕，淘汰冷闲场子，同时，调换场次之后可以使生、旦的上场有间歇，以省演员之力"①。表演需要的成分固然存在，但这些场次绝非糟粕，而是为刻画人物形象和推动故事情节发展而为。倘若没有《劝农》这一出，杜丽娘绝无机会去游园，也不会有后续《惊梦》和《寻梦》的故事情节。即便是文中"低下的情愫"描写，也是为刻画人物形象而为——某些人物角色语言的"低下"反而衬托出主要人物语言的艳丽，平添一种生活的情趣。例如在《肃苑》一出，花郎的唱词"小花郎看尽了花成浪，则春姐花沁的水浇浪，和你这日高头偷喱喱，嗟，好花枝干鳖了作么朗！"以双关的形式表达了自己对春香的喜爱；《道觋》一出也是仿千字文对石道姑生存状态的一种描述。删除这两出直接动因在于它们以低俗、直白的方式影射到了"性"，触犯了当时的社会道德，这也是"一体化"时代的政治风尚所不齿的。《中国文学》采用了硕园版，则意味着对其过滤的认可，以及对"戏改"标准的认同。但令人庆幸的是，吕硕园不是吴人，"对昆曲的格律不大了解，他不像臧晋叔、冯梦龙那样自命为吴中戏剧专家"②，随意添加改写曲文，而只是压缩原剧。最后流传下来的词曲、念白基本上是汤显祖的原作，这从某种程度上保留了原作的艺术性。

政治意识形态的"选择"也使得《中国文学》对《牡丹亭》的描述别具特色。在译后跋中，译者将汤显祖定性为 16 世纪中国最伟大的戏剧家，其作品"《牡丹亭》与《西厢记》《红楼梦》并称为中国 13—18 世纪中国三大浪漫主义作品之一"③，这是符合《牡丹亭》艺术价值描述的。但在背景和人物介绍中，"封建势力""阶级""斗争"却成为出现频率最高的词语。杜丽娘被介绍为资本主义逐步发展、封建势力日趋衰落时进步女性的代表。"在这个时代，封建统治阶级愈加迫害人民，妇女常

---

① 周育德《汤显祖剧作的明清改本》，《文献》1983 年第 1 期，第 21—41 页。

② 同上，第 36 页。

③ Yang Xianyi and Gladys Yang, "The Peony Pavilion", in *Chinese Literature Monthly*, 1960, vol.1, p.90.

常成为封建迫害的牺牲品。统治阶级要求妇女以夫为纲,幽居闺房;倘若夫君因故而亡,必须守寡节义,其父、兄也可令其殉情……明代女道士昙阳子就是《牡丹亭》故事的原型。"①《牡丹亭》则鼓励封建社会的读者"追求解放、热爱生活、追求自由,勇于同扼杀青春与渴望的封建势力作斗争";"汤显祖用浪漫主义的手法激励人们为了理想幸福而奋斗,即使丧失生命也在所不惜"②——明明是以浪漫主义方式描写爱情的戏剧却被贴上了"理想""自由""阶级""斗争"的标签。在跋结束之际,译者还提醒读者《牡丹亭》包含着许多对封建社会的讽刺与攻击,科举考试中考官擅长的是鉴宝而不是文学,这是对政府官员和统治阶级无情的批判。可见,在政治和艺术的交锋中,艺术仍然服从于政治。

四 杨氏夫妇英译《牡丹亭》过程中的改写与操控

从上文可见,作为人类交际行为而存在的翻译的确受到了赞助者、意识形态等因素的影响,翻译是外部因素控制之下的一种改写行为。③但是在政治意识形态与作品艺术性的强大张力之间,译者并非淹没于翻译活动中抽象的主体、机械被动的反光之物,而是同时混合两种或两种文化以上的信仰和实践的主体。深受中西文化熏陶的杨氏夫妇虽然无权决定翻译什么,但对于如何翻译却拥有自身理念和精神追求。针对当时中国文学对外译介过程中死搬原文形式的做法,杨氏夫妇甚为不满,认为其荒唐可笑,完全不适合国外读者的需求;在翻译山东一位教授编写的古代文学简史时,杨宪益甚至冒着政治风险,将书中每一章节结尾整段引用毛主席的话语悉数删除④。在英译硕

---

① Yang Xianyi and Gladys Yang, "The Peony Pavilion", in *Chinese Literature Monthly*, 1960, vol.1, pp.90-91.

② Ibid., p.94.

③ Andre Lefevere, *Translation*, *Rewriting and the Manipulation of Literary Fame*, Shanghai: Shanghai Foreign Language Education Press, 2004.

④ 薛洪时译《杨宪益自传》,第 239 页。

园版《牡丹亭》时,杨氏夫妇逆流而动,采用了一种面向译语系统、以可接受性为主导的翻译规范。

这种翻译规范最明显的表现形式之一是对硕园版内容本身的再次选择。受期刊版面的限制,《中国文学》绝无可能全文照译《牡丹亭》,只能以有限的空间扼要地展现这一中国古典文学的魅力。在43出中,杨氏夫妇单单选择了《标目》《闺塾》《惊梦》《寻梦》《写真》《诘病》《闹殇》《拾画》《幽媾》《回生》《婚走》这十一出。倘若抛开硕园版原文可以发现,杨氏夫妇的翻译实际上是按照西方爱情小说的固有模式来叙述中国的古老传奇。杜丽娘因梦生情,寻梦不得,忧郁而疾,丹青留后,撒手人寰;柳梦梅则因缘拾画,艳遇倩魂,开棺救女,收获姻缘。这个故事基本上是按线性推进,绝无旁枝错节。其中最具意味的是译者对《幽媾》和《婚走》这两出的保留。前者实际上是对恋人精神和肉体之爱结合的肯定,后者则是按照西方爱情故事"私奔"(elopement)这一浪漫结局改写东方传奇——恋人无须得到封建礼教的认可,只要两情相悦即可。这在某种程度上极大迎合了西方读者的心理预设。

也正是抱着"适合国外读者需求"这一理念,杨宪益、戴乃迭还以西方戏剧诗学的标准对《牡丹亭》戏剧形式进行了去中国化的处理。我们知道,中国戏剧起源于传统的说唱艺术,具有程式化的特征。人物上场,必先自报家门,吟诗作曲一番,才切入正题。这也是"唱、念、做、打"在文本层面最粗浅的表现形式。而且,剧中角色有生、旦、净、末、丑等之区分;角色表演,亦宾亦白;每种曲牌表情达意,内涵各异;等等。而西方戏剧虽也起源于祭祀性的舞蹈,但其在发展过程中却完全抛弃了歌舞结合的形态:或依靠台词,或只歌不舞,或专舞不歌。在"一体化"时代中西长期隔离的前提下,当西方读者接触到中国戏剧这种特殊的艺术形态时,势必产生强烈的陌生化效应。接受与否,值得怀疑。因此杨氏夫妇在英译《牡丹亭》时删除了每场的词曲牌名、下场诗,并将生、外、末、旦、贴等表演行当名转换成具体的角色名称,以减少对西方读者的干扰。在"唱""念"关系的处理上,则按西方话剧的形式进行处理,"唱""念"不分,将唱词和诗文统一以诗来对待,以减少诗学差异给西方读者造成的冲击。例如《闺塾》一出篇首：

【双劝酒】（末老儒上）　　　　　　杨氏夫妇译文

灯窗苦吟。	CHEN: *I Study hard by the lamp beside the window*,
寒酸撒吞。	*A poor pedagogue who has failed*
科场苦禁。	*Time after time in the examinations.*
蹉跎直恁。	*Alas! My reading has availed me nothing*,
可怜辜负看书心。	*In recent years I have been a prey to asthma*
吼儿病年来进侵。	*Always coughing*, *seldom able to touch wine*;
咳嗽病多疏酒盏。	*While the low fees paid me by the village children*
村童俸薄减厨烟。	*Mean a smokeless kitchen chimney.*
争知天上无人住。	*Since no man can dwell in the skies*,
吊下春愁鹤发仙。①	*The lonely*, *white-haired saint must abide on earth.*②

　　虽然毛晋《六十种曲》沿用的是古体竖排方式，但编者还是对原文进行了断句，并用不同大小字体区分诗文和唱词：前六行为唱词，后四句为诗文。在通行本中，徐朔方、杨笑梅除了用字号大小区分之外，诗文则直接加了引号。③但杨宪益、戴乃迭在翻译的时候，首先删除了曲牌名【双劝酒】，之后的舞台指令和表演行当名"末"直接转化成了CHEN 这一角色名；原文的唱词和诗文在译文中基本上无法识别，译者仅以斜体将之与普通叙述和对白加以简单区分。当然，如果我们细读译文，还可以发现译者对待唱词和诗文翻译的基本态度，即以达意为要旨，不太讲究译文的格律和形式。"灯窗苦吟，寒酸撒吞"译者将

---

① 《硕园删定牡丹亭》，(明)毛晋编《六十种曲》，第5页。

② Yang Xianyi and Gladys Yang, "The Peony Pavilion", in *Chinese Literature Monthly*, 1960, vol.1, p.44.

③ 参见1963年人民文学出版社《牡丹亭》(徐朔方、杨笑梅校)第16页相关内容的版式。

之合为一句,"村童俸薄减厨烟"却又翻译成英文的两个诗行,而且整个唱词诗文既不押韵,也不套用英语古诗歌的抑扬或扬抑格。杨宪益后来在回忆录中总结道:"各国文字不同,诗歌规律也不同。追求诗歌格律上的'信',必然造成内容上的不够'信'。我本人也曾多次尝试用英诗格律译中国作品,结果总是吃力不讨好。现在许多人还在试图用英文写抑扬格的诗,这是很可惜的。"①可见,"适合国外读者需求"的"达"是杨氏夫妇贯彻始终的唯一标准。

以目的语为导向的可接受性原则还表现在译者对原文文化意象和典故的处理。《牡丹亭》深深根植于中国传统文化,其语言必然会受到中国传统文化的影响,具有中国文化特色的意象和典故因此频频巧妙地出现在诗文、唱词以及一般的叙述语言之中,这也是汤显祖剧作得以成功的重要原因之一。许多描写和叙述场景,作者无须多言,特定意象和典故的出现便能激起拥有相同文化预设读者的感触,其中隐含意义自然而解。例如在《幽媾》一出中,当柳梦梅以仰慕之情欣赏杜丽娘画像,准备入睡之时,丽娘游魂扮作艳丽女子,深夜造访柳生住所。这使柳梦梅万分诧异,一方面他仰慕女子之美,"他惊人艳,绝世佳,闪一笑风流银蜡"。但读书人的礼仪道德又迫使他不得不仔细询问女子的来历,于是就有了如下一段对白:

【红衲袄】杨氏夫妇译文

（生）莫不是莽张骞犯了你星汉槎。　　LIU: *Are you the Weaving Maid from the Milky Way*?

莫不是小梁清夜走天曹罚。　　*A Fairy fallen from the ranks of angels*?

（旦）这都是天上仙人。怎得到此。　　LINIANG: How could immortals from heaven venture here?

①　薛洪时译《杨宪益自传》,第340页。

（生）是人家彩凤暗
随鸦。

（旦摇头介）

（生）敢甚处里绿杨
曾系马。

（旦）不曾一面。①

LIU：*Are you a lovely young wife*
Flying in secret from an ugly
husband?

（Liniang shakes her head)

Or have we met by chance
Under some green willows?

LINIANG：We never met before.②

在这一对白中,柳梦梅使用了四个典故委婉地询问了杜丽娘的来历。"张骞犯了你星汉槎"暗指《荆楚岁月记》中汉朝张骞乘水上浮木到银河的神话故事;"小梁清夜走天曹罚"指《太平广记》所记载织女侍儿梁玉清和太白金星逃往下界的传说;"彩凤暗随鸦"实指杜大中之妾抱怨嫁不到好丈夫,作《临江仙》一阕之事;"绿杨曾系马"则来自宋姜夔《月下笛》"曾游处,但系马垂杨,认郎鹦鹉"一句。③这些典故和暗含的意象一起编织了丰富的文化内涵。但对于很少接触中国戏剧文学形式的西方读者而言,这些庞大的信息涌现极有可能造成过度的文化负载。对于普通大众读者而言,他们阅读的目的在于乐趣。④倘若以详尽的注释讲解典故和意象的含义,将极大影响阅读的效果。因此在翻译的过程中,杨宪益、戴乃迭或套用英美读者熟知的文化意象,如"the Milky Way""angels"等;或删除具有强烈中国文化色彩的意象词,如"张骞、星汉槎、梁清、彩凤、鸦";或舍形取意,以意译的方式扼要表达原文含义,如"Are you a lovely young wife/Flying in secret from an ugly husband?",其目的都在于满足预期大众读者的阅读需求。毕

---

① 《硕园删定牡丹亭》,(明)毛晋编《六十种曲》,第52页。

② Yang Xianyi and Gladys Yang, "The Peony Pavilion", in *Chinese Literature Monthly*, 1960, vol.1, p.80.

③ (明)汤显祖著,徐朔方、杨笑梅校《牡丹亭》,人民文学出版社,1963年,第171页。

④ Cyril Birch, "Reflect of a Working Translator", in Eugene Eoyang and Lin Yao-fu, *Translating Chinese Literature*, Blooming and Indiapolis: Indiana University Press, 1995, p.9.

竟,此前只有艾克顿(Harold Acton)英译过《春香闹学》译本,英美文化读者对《牡丹亭》知之甚少。

杨氏夫妇对可接受性的考量当然不仅仅局限于上文所述范围。当原文表达方式与作者审美习惯、传统伦理相冲突,或者说忠实的翻译等同于"非译"的时候,他们甚至抛开原文,直接在译文中扮演目标语系统作者的角色,对原文进行改写。在整个《牡丹亭》十出译文中,杨氏夫妇对《惊梦》柳生和丽娘幽会场景的改译最为醒目:

【鲍老催】	杨氏夫妇译文
单则是混阳蒸变。	*All changes follow with nature;*
看他似虫儿般蠢动把风情扇。	*And lusty youth with passion*
一般儿娇凝翠绽魂儿颤。	*Makes tender buds burst open;*
这是景上缘。想内成。因中见。	*Spring fosters illusion, illusion kindles love;*
呀。淫邪展污了花台殿。①	*Their wantonness stains the blossoms.②*

这是通过花神之口所进行的最直接的性描写。"花神"这一上苍之神角色定位使得作者摆脱了人世俗礼的纠葛,用比喻的方式描写了二人缠绵的场景,其间夹杂着道教和佛教的思想。"混阳蒸变"即阴阳交合之意。"景"通"影",它与"想""因"都是佛家的说法;"见"通"现"。③"景上缘,想内成"比喻婚姻短暂,是不真实的幻境;"因中见"反映的也是一切皆由因缘造合而成的佛家思想。"虫儿蠢动""扇""娇凝翠绽"这些字眼则细致入微地刻画了春宵一刻的梦幻场景。杨氏夫妇在翻译此段唱腔时明显采取了回避和改写的态度。"虫""扇""颤"这些生动极具想象力的意象词悉被淹没在"*lusty youth with passion makes tender buds burst open*"这一委婉的比喻表达之中。唯一可行的解释在于它触犯了译者自身的道德伦理,羞于提性;或者受到了当时"一体化"时代意识形态的影响,刻意回避。对于唱词中带有强烈道佛思想的成分译者也是淡化处理:以"nature"替换阴阳概念,"*Spring fosters illusion, illusion kindles love*"对应"景上缘,想内成,因中见"。实际上译者也只是翻译了前半句"这是景上缘",对于后者"若想修得圆满,还得看因缘(想内成,因中见)"则完全弃之不译。

五　结　语

综上所述,"一体化"时代之下的《牡丹亭》译本实际上是官方意识形态和知识分子学术追求互动的产物。作为外文出版社雇用的"翻译匠",杨氏夫妇虽然无权决定译什么,也无法定夺翻译何种版本的《牡丹亭》。但在具体翻译的抉择过程中,他们却如游走于中西文化边界的精灵,以西方读者的需求为要旨,按照西方诗学的习惯对《牡丹亭》的各章节进行编排、重组、翻译,进而最大限度地摆脱政治的钳制,传达原文的文学审美价值。一部描写封建社会青年男女爱情的戏剧竟然与毛泽东《送瘟神》等其他作品同时出现在《中国文学》杂志 1960 年第 1 期,实属难得。杨氏译本刊登之后,立刻引起了英美文化系统汉学家的注意。例如美国文化系统第一个《牡丹亭》选译本就是在杨氏夫妇译文基础上编译而成,许多唱词、诗文、对白的翻译基本上是全文照搬。①著名汉学家宣立敦在盛赞白之《牡丹亭》全译本时,依然客观指出杨宪益、戴乃迭译文是《牡丹亭》三大重要的选译本之一。②"一体化"时代杨氏夫妇英译《牡丹亭》的成功提示我们:在中国文学作品的

---

① Ch'u Chai and Winberg Chai, *A Treasury of Chinese Literature: A New Prose Anthology, Including Fiction and Drama*, New York: Appleton-Century, 1965.

② Richard Strassberg, "Review of *The Peony Pavilion* by Tang Xianzu; Cyril Birch; *The Romance of Jade Bracelet and Other Chinese Operas* by Lisa Lu", in *Chinese Literature: Essays, Articles, Reviews*(CLEAR), 1982, vol.4, no.2, p.276.

对外译介过程中务必关注目标语读者的需求。虽然当下的时代背景和中华人民共和国成立初期不可同日而语,但正在实施的诸多翻译文化出版工程要旨基本相同,即服务于复兴中华文化、改变中国国家形象的民族诉求。倘若以佐哈尔文化构建论来解释的话,它们实际上是以翻译为手段对英美文化系文化形式库的一种"规划"或"干预"。对此,有些学者指出:"撇开译者的英语能力和对英语文学与文化的各种规范的掌握是否足够不谈,这种在译入语文化以外策动的翻译活动,并非应主体文化需求或期望而产生,因此它们进入主体文化的机会就非常低。"[①]但倘若"译出"活动的发起与目标语系统需求相结合,译者能够像杨氏夫妇那样捕捉目标语读者需求,抛弃贪大求全的做法,采取灵活的方式处理,中国文学"走出去"或许是另外一种场景。

作者单位:三峡大学翻译研究中心

---

① 孔慧怡《翻译·文学·文化》,北京大学出版社,1999 年,第 107—108 页。

《牡丹亭》英译中外译者文化风格研究

曹迎春

一 引 言

在世界多极化、文化多元化的全球一体化新时代,国际交流日益深入,我们在不断了解和吸收各国优秀文化和先进科技的同时,还应当大力继承和发展中华民族的优秀传统文化,让世界真正了解中国。在这样的形势下,典籍英译的重要意义显而易见,把中国传统的优秀文化译为英文,对于参与世界文化建构、弘扬民族文化、促进东西方文化融合、保持中国文化身份等都有着十分重大的现实意义。因此,对典籍英译中外译者的文化翻译风格进行研究,有利于了解典籍英译的模式,更有效地促进传统中国文化的对外传播,找到更适合"讲好中国故事"的模式。本研究在描述翻译学的框架下,以个案研究的方法探讨译者的文化翻译风格。论文选取《牡丹亭》中国译者许渊冲和美国译者白之(Cyril Birch)的译文,通过文本分析软件对不同译本进行定量的语言分析,结合英汉语言对比对译文进行定性的语言分析,并结合文化理论对译者的文化翻译风格进行归纳性描述。

二 译者文化风格

根据《辞海》的解释,"风格"是指"作家、艺术家在创作中所表现出来的艺术特色和创作个性。作家、艺术家由于生活经历、立场观点、艺术素养、个性特征的不同,在处理题材、驾驭体裁、描绘形象、表现手法和运用语言等方面都各有特色。这就形成作品的风格"。《罗贝尔法语辞典》上说"风格是一个作家对作品表达方式的体现。就风格而言,伟大的作家可以达到这种境界,即在保留着风格的一般特点外,还打上了作家个性的烙印。因此,风格就突出表现在作家表达手法的一致性,在句子中词语搭配的一致性,在文章中句子组合的一致性,以及形象选择和作品节奏的一致性"。每个作家其不同的表现手法、语言特色、观点立场、艺术修养、个人的气质和个性都构成了风格的要素。既然作者有自己的风格,那么译者是否可以存在个体的风格呢?

风格的可译性问题一直是学界研究的话题。周小玲在其博士论文中把"译者风格"表述为"译者文体"。译者文体作为文学文体的一种特殊形式,既具有与文学创作文体类似的特征,也具有其鲜明的独特性。就本质而言,译者文体指译者在译文中所凸显的译者自身的语言表达习惯以及译者在特定的历史文化语境下为了特定的翻译对原文进行操控而留下的创造痕迹。译者文体是译者无意识的语言表达习惯与译者有意识的文体选择的统一体。影响译者文体形成的因素既包括译者独特的语言表达习惯等微观层面的因素,也包括译者自身的学识修养、翻译观念、翻译策略等中观层面的因素,还包括意识形态、社会规范、文学观念、读者期待等宏观层面的因素。这些因素反映在译者的翻译文本中,形成译者独特的文体特征。译者文体的存在具有客观性与合理性。[①]译者是原作者的影子,但是通过语言转换、文化转化这个投射的过程,影子和原来的镜像并不完全是一致的。译者在译文中会流露自己的特点风格,正如"文如其人"一样,也会有"译如其人"。不同的译者翻译同一作品时会产生不同的翻译风格。译者一定要把原作的风格体现出来,但是又不可避免地附加了译者的风格,以往学者的研究证明译者的风格是存在的且是合理的,不同的译者有不同的风格,当然,最好译者的风格跟原作者的风格是接近的。这如同

---

① 周小玲《基于语料库的译者文体研究——以理雅各英译中国典籍的文体为个案》,湖南师范大学 2011 年博士论文,第 2 页。

不同的演员在演同一个角色时会有不同的风格一样,每个演员有自己的表演风格和艺术个性。比如演莎士比亚的哈姆雷特,有一千个演员就有一千个哈姆雷特;每个演员有自己的表演风格,但是归根到底还是莎士比亚的哈姆雷特,而不可能是另外一个东西,所以是演员和作者结合在一起的风格,千变万化,但是万变不离其宗,翻译亦是如此,译者和作者的关系就如演员和电影、文学作品中的人物一样。

译者的风格不仅体现在语言上,也通过语言表现出其文化风格特色。译者的文化风格特色是指译者在翻译过程中由于不同的文化背景,不同的文化修养和不同的翻译思想而产生的文化信息的处理模式和体现的文化态度,以及译者对翻译与文化的认识。文化通过语言表现出来,因此在分析译者文化风格特色时,我们也是从文本(语言)入手,此外考察形成译者独特文化风格的非语言因素。笔者试图从文本内因素和文本外因素两个视角建构译者的文化风格模式分析框架。如下图所示:

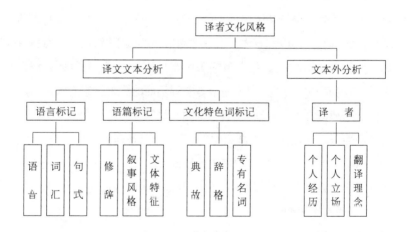

首先是文本内因素,主要通过译文中的语言标记、语篇标记和文化特色词标记三个要素来分析文本,通过文本的分析了解译者的文化翻译特色。语言标记主要借鉴语言学分析模式,从语音、词汇、句子三个方面对译文的文本进行考量和分析。语篇标记主要考察译文的修辞、叙事风格和文体特征。文化特色词或文化专有名词,主要是考察

典故、辞格和各类专有名词。通过以上三个方面的分析和描述能基本了解译者的文化翻译特色。

其次是文本外因素，主要有译者个人身份、经历，包括其教育、生活、工作经历等；译者个人的文化立场和翻译观念；译者所处的社会历史文化背景。这些文本外因素是译者独特的文化风格形成的基础。

三　中外译者文化风格案例分析——以《牡丹亭》为例

《牡丹亭》早在 17 世纪就已远传海外，至今有 300 多年了。自 20世纪以来，各种外文译本相继问世。国内目前《牡丹亭》的英译主要有两个全译本：1994 年中国科技大学张光前教授的英语全译本由旅游教育出版社出版；2000 年大连外国语学院汪榕培教授的英汉对照全本英译《牡丹亭》由上海外语教育出版社出版。在国外，1980 年由印第安纳大学出版了白之全译本，2002 年又由该出版社修订后再版。2008 年北大教授许渊冲和许明合译的《牡丹亭(舞台本)》汉英对照本由中国对外翻译出版社出版。本文选取许渊冲和白之这两位分别处于不同文化背景的译者进行研究，从文本内和文本外两个大的层面，延伸和拓展《牡丹亭》文本研究，系统探讨和建构译者的文化风格研究，从中探索两位译者的文化风格表现。

典故蕴涵着民族文化的精髓，以其生动形象、行文简洁、表现力丰富的特点深受人们的喜爱，被广泛地用于各种文体。"典故"一词有两层含义，一指典制和掌故；一指诗文中引用的古代故事和有来历出处的词语。①《现代汉语典故大词典》以及《典故词典》把典故定义为"诗文等作品中引用的古代故事和有来历出处的词语"。我国汉英辞典专家对典故的释义不尽一致，但都倾向于将"典故"释为英语中的"allusion, literary quotation"。据《韦氏新大学词典》，"allusion"在英语中意为"an implied or indirect reference, esp. when used in literature"。换句话讲，典

---

① 辞海编辑委员会编《辞海》(文学分册)，上海辞书出版社，1981 年。

故多为生动形象的故事浓缩而成,行文虽然简洁,内涵却十分丰富,有着较强的表现力,以不同语体(书面的或口头的)大量存在于文学作品、科技著作、商品广告、新闻报道等文体中,深受人们的喜爱,同时,由于语言所基于的社会环境、文化历史背景不同,英汉语言中的典故都有着各自浓郁、独特的内涵意义,因而不为对方的读者或听者所熟悉。

《牡丹亭》的语言创作具有鲜明的艺术特色,既有古典诗词的语言精华,又广泛融汇鲜活生动的民间口语,运用各种语言修辞艺术,把口语和古典诗词杂糅在一起,创作出优美动人的曲词,文风既典雅又质朴,曲词惟妙惟肖地展现了每个人物的性格特点。

论文选取对第一、二出的典故的译文进行对比分析,这两出共用典故七处,详见下表:

原　文	白　译	许　译
1. 红烛迎人	"with red candle I welcomed friends"	Even in candlelight
2. 于此赴高唐	Found at this Gaotang his dream of love*	And bring her back to life
3. 刮尽鲸鳌背上霜	The successful scholar "ride the giant turtle" but I have merely scraped frost from its back	I study hard till frost on tortoise's back is lost
4. 且养就这浩然之气	I yet maintain my "overflowing breath"*	What can I be but a man right and free
5. 能凿壁,会悬梁	Drill the wall for light, hair tied to beam in fear of drowsing*	Borrowing light and pricking my thigh
6. 必须砍得蟾宫桂,始信人间玉斧长	And soon the ax of jade to prove its worth must fell the cassia high in the moon's toad palace*	I do not know if my arms can cut the tree down, till I have won the laurel crown
7. 无萤凿遍了邻家壁	Possessing no fireflies I have riddle with holes the neighbor's wall*	I bore a hole for the fireflies

(加 * 号标示在原文中有脚注)

第一例引自《全唐诗》中韩翃《赠李翼》:"王孙别舍拥朱轮,不羡空名乐此身。门外碧潭春洗马,楼前红烛夜迎人。"白之直译字面意思,并加引号标示该句为引用,许译本则只表明了这里用该典故的意思是表示夜深了,但并没有意译为"late at night"而是用"in candle-light",这样译文仍然具有相应的隐喻性,不至于过于直白。例二"赴高唐"典出故事传说,见《高唐赋》。楚怀王游高唐和一美人交欢,临别时,这美人说她是巫山的南面,"且为朝云,暮为行雨。朝朝暮暮,阳台之下"。后高唐、云雨、巫山、阳台、楚台被用来指代男女欢会。白之音译"高唐"两个字,并加了脚注解释其含义。许译文改编了原文,没有把典故意思体现出来,直接关注与后文的互文性。例三典故意思是尽管很努力但是还是没有占到鳌头。白译直译,但是通过增加"the successful scholar 'ride on the giant turtle'"与后文的"scrape frost from its back"形成互文语境,因而该句的典故没有注释也能明白意思。许译直接采用陌生化的手段。后面几例中白之译文都是直译典故的字面意思,并在注解中加以解释,许译文则侧重典故意义的传达。

汉语研究者认为典故有三个要素:典源、典面和典义。典源指"典故的原始出处及其意思"[①],典面指典故以短语形式固化的语言表达形式,典义则指作者使用典故时要表达的意思,有时完全等同于原典之义,更多的情况下是引申或改造后的原典之义。从以上对典故翻译分析可以看出白之译本侧重于把典源、典面和典义都尽可能表达出来,产生文化的好奇感和神秘感,让目的语读者在阅读的过程感受异域风情;许渊冲译文对典故的翻译侧重典义的传达,力图让目标读者了解典故所传达的意义,在有充分上下文语境的情况下,也适当使用陌生化的手段,增强译文的信息密度和文学性。

---

① 罗积勇《用典研究》,武汉大学出版社,2005 年,第 299 页。

四 中外译者文化风格比较

(一)深度描写与浅度描写

从文化描写层面来看,白之译本注重的是文化的深度描写,而许渊冲则注重的是浅度描写。深度描写与浅度描写是文化描写的两种方法。深度描写是美国当代著名文化人类学家克利福德·格尔兹(Clifford Geertz)在其《文化的解释》一书中所提出的。深度描写是文化人类学研究的重要方法,与文化象征符号理论一起,构成了格尔兹阐释人类学的主要内容。格尔兹认为,文化是一个符号学的概念,是各种符号的集合。人生活在文化的符号中,而不是生活在具体的文化事件中。生活在特定文化中的人从小就理解和习得了这些文化符号。人们使用这些符号来交流思想感情,表达对世界的看法和抒发对生活的感受。格尔兹借用马克斯·韦伯(Max Weber)有关文化是"意义之网"(web of significance)的理论,提出"所谓文化就是这样一些由人自己编织的意义之网,对文化的分析不是一种寻求规律的实验科学,而是一种探求意义的阐释科学"①。格尔兹将文化界定为符号的系统,认为要获得对一种文化的真正认识,必须主动、细致地分析该文化中的各种符号体系以及符号之间的意义关联,从而建构关系中意义的指向,而且这些意义不是静止的,意义会随着时间的变化而发生转变,因而研究也是动态的。因此,文化人类学家通常采用民族志的方法来研究他族文化,例如参加其他族的文化活动,实地进行考察,细致地记录其他民族的各种现象。但是,他们所获得的理解和对他族文化的解释并不是对他族文化的直接认识和解释,而是基于他族文化持有者对本族文化阐释之上的,这是一种深度的描写或阐释。

在深度描写的基础上,阿皮亚(Kwame Anthony Appiah)提出了

---

① Clifford Geertz, *The Interpretation of Culture*, New York: Basic Books, 1973, p.5.

"深度翻译"(亦称"厚语境化"[thicker contextualization])的概念。深度翻译是指翻译文本中,通过添加各种注释、评注和长篇序言,将翻译文本置于丰富的文化和语言环境中,以促使被文字遮蔽的意义与翻译者的意图相融合。①阿皮亚在《深度翻译》一文中,以非洲加纳的口传文学如何被翻译成英语,如何被英语读者所接受为例,指出文学翻译中意义的隐蔽性和不确定性一方面是由于语言结构的不同而导致的语义差异,另一方面则是意识形态的原因。阿皮亚批评了分析哲学的语言意义观所采取的形式逻辑推理,肯定了奥斯汀(J.Austin)的言语行为理论和格赖斯(H.P.Grice)的会话含义理论对意义研究的积极作用。同时,他对格赖斯理论中有关意义可以通过基于作者的意图进行推导而获得的观点表示了异议。阿皮亚认为深度翻译方法能使读者回到翻译文本产生的时代,理解文本产生时的社会文化背景,从而尊重并理解边缘文化。作为一种翻译方法,深度翻译为目的语读者了解源语文化提供了一条新的路径,那就是在翻译文本中尽可能列举各种注释和评注,尽力去重构源语文本产生时的历史氛围,帮助目的语读者更好理解源语文化,并由此产生对他族文化的敬意。

英国翻译理论家西奥·赫曼斯(Theo Hermans)认为跨文化理解是一个复杂的、无止境的阐释过程,理解和翻译是紧密地联系在一起的。深度翻译为跨文化的翻译提供新的思路,是减小跨文化误读和翻译难度的有效方式之一。一个文本从一种语言和文化翻译到另一种语言和文化时,通常意义会受到一定程度的消减。赫曼斯认为,深度翻译说明了完全的翻译是不可能的,它突出了译者的主体性地位,否认了翻译是透明的或中性的描述,并将一种叙事语言带进描述中,从而使描述具有了明确的视角。②这个视角就是译者主体感受、译者文

---

① Kwame Anthony Appiah, Thick Translation, in Lawrence Venuti ed., *The Translation Studies Reader*, Routledge, 2000.

② Theo Hermans, *Cross-cultural Transgressions*: *Research Models in Translation Studies* II: *Historical and Ideological Issues*, Beijing: Foreign Language Teaching and Research Press, 2007, p.5.

化价值的体现。

深度翻译是译者再阐释的一种手段,它通过在译本中增加按语和注释,构建文本产生时的历史语境。但这种历史语境的重建"并不是把历史看作是阐释的稳定基础的逻各斯中心模式,认为历史是由客观规律所控制的过程,文学作品的语境,具有文学作品本身无法达到的真实性和具体性"①。新历史主义文论所提出的历史和现实的关系表明:"任何理解阐释都不能超越历史的鸿沟而寻求所谓的'原意',相反,任何文本的阐释都是两个时代、两颗心灵的对话和文本意义的重释。"②翻译文本中按语和注释的添加,并不是对作者的原意和作者的世界观实证性的追溯,而是探索"文学文本周围的社会存在和文学文本中的社会存在"③。翻译是在一定时空中的具体的文化实践,会受到社会存在的规范,但同时在文本中又创造社会存在。深度翻译并不是仅仅只是增加翻译文本的"厚度",而是通过按语和注释构成一个与翻译文本互动的空间,让读者在文本和社会存在之间的相互作用中,更好地阅读文本、理解文本和阐释文本。

《牡丹亭》白之译本不仅逐词逐句对原文进行翻译而且运用了大量的注解。在前言中对《牡丹亭》的故事情节和主题思想做了详细的介绍,例如前言关于主题思想的介绍:

Qing is the word I translate as "love" in the above quotation from Tang's preface. A more extended equivalent would be "feeling": joy and sorrow, fear and anger, desire and hate are all part of the feeling side of the dichotomy Qing versus Li, Qing standing for the spontaneous affects of the heart and Li for the powers of reason and the conventions of the coldly rational. For Tang Xian-zu, Qing in its highest development, as true love between man

---

① 张京媛《新历史主义与文学批评》,北京大学出版社,1993 年,第 4 页。
② 张进《新历史主义与历史诗学》,中国社会科学出版社,2004 年,第 165 页。
③ 张京媛《新历史主义与文学批评》,第 5 页。

and woman, embraces sexual attraction, physical passion, but also sentiment, empathy, devotion—the virtues of that broader love that exists also outside the sexual relationship.①

　　这段文字介绍了"情"和"理"在当时的历史语境下的对立,原作者创作的目的是赞美"情"反抗"理",通过译者的介绍,英语读者能对当时的历史背景有所了解,进而能有效地解读翻译的文本,更好地了解源语文化。

　　白之的深度翻译还体现在他使用了大量的注释,有时注释比剧本的文本还长,对剧中的文化现象做了详尽的解释和说明,使剧本的篇幅显得很厚实。例如第一幕"标目"中,剧本正文字数为 278 个,而注解字数为 401 个,共有 9 条注解;第二幕"言怀"中,剧本正文字数为737 个,注解字数多达 399 个,共 12 条。这些丰厚的注释为翻译文本建构了一个文本产生的文化、历史语境,为读者阅读文本,理解文本,阐释文本提供了依据。但是,过度的阐释有时也可能产生文化上的误读,例如在《惊梦》这出戏中,杜丽娘出场后的念词:"晓来望断梅关,宿妆残。""梅关"是指大庾岭,广东、江西交界的地方,宋朝在此设有梅关。这是说杜丽娘清晨起来,带着隔夜的残妆遥望梅关。作者借剧中人之口,向观众介绍一些剧中的主要情节。柳梦梅家住岭南,他从广东到江西来,必经过大庾岭,"望断梅关",暗指杜丽娘日后朝思暮想的意中人就是柳梦梅。

　　许译:I'm lost in gazing on Mume Pass at dawn,
　　　　Still in night gown.
　　白译:like one "eyeing the apricot flower to slake her thirst"
　　　　At dawn, cheeks with last night rouge,
　　　　I gaze at Apricot Blossom Pass.

① Cyril Birch, *The Peony Pavilion*, Indiana University Press, 2002, p. Ⅹ.

白之译本,此处理解为"like one 'eyeing the apricot flower to slake her thirst'(望梅止渴)"是文化上的误读,由于不熟悉中国古代的地域名称,白之可能并不了解"梅关"是江西和广州交界处的大庾岭,没有了解作者在此处为下文做铺垫的目的。但是译文并没有给整体的语义带来错误的曲解,因为后文中还是把地点"梅关"直译为"Apricot Blossom Pass"。

许渊冲的译文中没有使用注解,对文中的许多文化现象和概念采用意译或者直译依靠上下文的互文性理解文本的语用意义,但是对于文本的文化意义,尤其是原作创作时的历史文化背景知识体现得较少,主要是通过言语理解剧本故事情节和主题思想。根据贾尔斯(Howard Giles)的"言语调节理论"(Speech Accommodation Theory),我们在说话时的言语调节分为两种情况:一是"同化现象"(convergence),即讲话者将自己的讲话调节到与其对话者的语言相近似的语言;二是"趋异现象"(divergence),即在有些情况下讲话者把自己的讲话调节为与其对话者的语言相异的状态。即在对话过程中当信息理解或解读存在困难时,我们会在互动中修正或试图重新建构整个互动以帮助双方理解讯息的含义。正是通过这种言语调节,我们把文化变成可以加以制造的存在。在这个意义上,言语调节促进了跨文化传播。许渊冲的译文虽然文化背景介绍不多,但是通过言语调节,主要是趋同即归化的语言,使译文能起到良好的跨文化交际效果。

（二）文化的相对性与文化通约性

通过对《牡丹亭》文本的详细分析和研究,可以看出两个译本体现了两位译者不同的文化价值观。白译本体现的是一种文化相对论,而许译本体现的是文化的通约性。

文化相对主义的核心观念是尊重差别并要求相互尊重,强调多种生活方式的价值。这种强调以寻求理解与和谐共处为目的,而不是去批判甚至摧毁那些与自己原有文化不相吻合的东西。在翻译实践中的体现就是尽可能保留源文文化,使目的语文化的读者有机会了解并尊重他者文化。这与东方主义不同,东方主义是西方对东方的"构想"。在西方人面前,东方以他者形象出现,通过建构"东方学"的话语系统,对东方进行言说。此处的东方,不同于地理上的存在意义,而是西方人为了便于主宰、控制东方而对其进行的构想。西方通过替"无语"的东方言说,强化自己的价值观、对外政策和世界观。在翻译策略上,文化相对主义既体现在对源语文化的深度描写上,也体现在对源语文化的陌生化手段上。"'陌生化'是通过采用某些语言策略引起我们对相应语言形式的注意。随着作为语言符号的语言形式和通常意义之间的对应关系被打破,听众就会花更多心思考量使用该语言形式背后的意义。"①例如,白之将原文关于性描写的词语"云雨"直译为"cloud and rain",保留了汉语对于性描写的隐晦表达,也能给译文读者带来陌生化的审美感受。

许渊冲以文化的通约性或普遍性看待文化,认为文化之间都是相通的,人类的普遍情感都是类似的,因而他的译文尽可能使译文的读者同样感受戏剧文学带来的审美体验,忽略由于地理、历史、社会不同带来的差异性,强调的是戏剧文学所要表达的文学思想的同一性和通约性。在翻译策略上体现为关注文本的可读性,为了行文的流畅和减少读者的阅读障碍,在翻译原著中大量的文化信息时,最大限度地淡化译文中的异质性。没有选择插入注释,而是将其文化融入故事中,使用适当的变通来替换原作中的文化表达,以增强译作的可读性。

五 结 语

文本分析反映了许渊冲和白之两位译者整体的文化翻译风格:许渊冲注重交际效果,通过创造性和概括性的翻译,使译文简洁易懂,大量使用口语化句式的表达,淡化文化的特色性,但在特殊文化词语的处理上适度陌生化,既保留恰当的异域性,又突出不同文化之间的共

---

① 转引自朱纯深、张峻峰《"不折腾"的不翻译:零翻译、陌生化与话语解释权》,《中国翻译》2011 年第 1 期,第 70 页。

性和会通性,体现了许渊冲文化普遍性的文化价值观以及积极融入世界文化的文化自觉,其译本适合普通大众读者阅读,从故事情节中了解源语文化,是普及古典戏剧文化的较好文本。白之译本注重文化因素,译文词句结构相对复杂,极力模仿原文的表达,试图充分地保留语义,并通过深度翻译方法,即通过注释、序、跋等副文本,向目的语读者介绍和解释中国文化,体现了白之文化相对主义的观点,即充分认识文化的差异性并尊重不同的文化。白之译本是系统型、学术型的翻译模式,适合学者与文学、文化爱好者阅读。

作者单位:江西师范大学外国语学院

《牡丹亭》传播的一条特殊渠道
——以《牡丹亭》之作"戏中戏"为例

江巨荣

　　《牡丹亭》问世后,其传播渠道既多样而又深入。概而言之,其渠道有版本流传,有舞台演出,有文人题咏、国际交流之类。细而言之,版本流传又有多种刊本、改本。舞台演出又有全本、原本、折子戏,古代演出、近代演出和当代演出及多剧种演出。文人题咏则包括了万历以后,自明至清诸多文士、诗人所作的序跋和诗作。其量既多,而评介亦高屋建瓴而又细致入微。这些方方面面,历来研究都很重视,论著不少,而且成绩卓著,不容置疑。笔者这里拟从另一个比较薄弱而少注意的侧面,即从《牡丹亭》作为"戏中戏"的角度,来观察《牡丹亭》的传播和影响。这在戏曲传播中是一条可见而又比较特殊的传播方式,故名之为"一条特殊渠道"。这里笔者并没有全面地整理作为"戏中戏"的《牡丹亭》的相关剧作,只是从所见的比较突出的几个剧目的情况做举例性的说明,吁请方家批评指正。

　　所谓"戏中戏",就是在正戏中穿插其他剧作的某出或某个片段,用以推动剧情或衬托人物。例如李玉的《占花魁》,正戏是表现花魁莘瑶琴与卖油郎秦钟的爱情经历,却在第二十三出《巧遇》中穿插了恶少强逼莘瑶琴演出《党太尉赏雪》等戏,因为受到恶少多般凌辱,使花魁体认到秦钟的真诚与善良,花魁才向卖油郎表白:"妾身得侍君子,布衣蔬食,死而无憾。"这是衬托情景和推动剧情的成功例证。再如李渔的《比目鱼》,正戏演书生谭楚玉与"玉笋班"女伶刘藐姑间的曲折爱情,二人在戏班日久生情,假戏真做,姻事受父母阻挠,又受钱万贯逼迫,藺姑乃借演出《荆钗记·投江》,借题发挥,痛斥孙汝权,跳江寻死,成"戏中戏"。这是把"戏中戏"与正戏融为一体的很好范例。

《牡丹亭》问世后,由于新锐的剧旨、奇巧的构思、精妙的文采,以至家弦户诵,普天四海传其薪火,其思想艺术影响遍于社会生活及艺术创作中。因此,它也成为后代作者引入剧作时常见的"戏中戏"。下面即列数事以见一斑。

一 《桃花扇》中的《牡丹亭》

《桃花扇》穿插的"戏中戏"《牡丹亭》首先出现在第二出《传歌》里。这是李香君首次出场的一出。这时香君在媚香楼,还藏在深楼人未识,养母已请昆曲家苏昆生为香君拍曲,拍的曲子就是《牡丹亭》。因为杨龙友来访,苏昆生借机请杨老爷指点,就让香君唱了《游园》中的【皂罗袍】"原来姹紫嫣红开遍"、【好姐姐】"遍青山啼红了杜鹃"两支曲子。香君一面唱,苏昆生一面指点:何字下板,何字相连;何处对,何处不妥;何字务头,如何唱出务头;等等。唱完一折,杨龙友极力称赞。

这一段《游园》虽然是清唱,但在香君人生经历中十分重要。一是显示出香君的聪明伶俐,二是显示出香君的艺术素养,三是成为杨龙友为之牵线侯方域的开始。这一场景也告诉我们,《牡丹亭》很早就传入烟花场所,而那些聪明美丽、富有素养的名妓也以演唱这样的名剧为时髦。这种传播存在于此后不少堂名寓所中,成为检验艺人色艺高低的一项指标,对传播剧目影响很大,不能忽视。

《桃花扇》第二十五出又有一段《牡丹亭》。剧写福王贪图享乐,征召歌姬,马阮之流为讨福王欢心,大搜旧院名妓,给福王点缀太平,作声色之奉,李香君又被征为内廷女乐。在正月灯节,被强行串戏。香君不肯学《燕子笺》,唱了《牡丹亭·寻梦》的【懒画眉】。这里所唱不单是杜丽娘的无奈和怨恨,也是李香君被迫与方域分离,受尽诸多磨难的无奈与怨恨,从中反映了李香君出于污泥而不染的品格。宋荦《观演桃花扇传奇漫题六绝句》中写道:"新词不让长生殿,幽韵全分玉茗堂。"(《西陂类稿》卷十七)诗人听着这样的演唱,不能不从《桃花扇》的演唱中感受到《牡丹亭》深含的幽韵。这是局部、片段的《牡丹亭》演唱,是一段《牡丹亭》"戏中戏"的穿插。

二 《红楼梦》剧中的《牡丹亭》

小说《红楼梦》多处写到《牡丹亭》,徐扶明《红楼梦与戏曲比较研究》详细胪列了小说涉及《牡丹亭》的有十一、十八、二十三、三十六、四十、五十一、五十四各回。实际上以《牡丹亭》介入《红楼梦》情节的有:十一回贾政寿辰,凤姐点了一出《还魂》;十八回元妃省亲,元春点了《离魂》,龄官加演了《游园》《惊梦》;二十三回"牡丹亭艳曲警芳心",黛玉到梨香院听十二个女孩唱了《游园》的片段;五十四回荣国府元宵开夜宴,史太君批评过才子佳人小说的陈词熟套,又演了热闹取胜的《八义记》后,命芳官唱了《寻梦》。

如果说大观园是一部结构精美、内容丰富的社会剧、爱情剧,那么《牡丹亭》就是其中多种多样的"戏中戏"的一部分,也是其中反复出现、闪亮光彩的一部分。依小说改编的《红楼梦》剧的"戏中戏"《牡丹亭》,有万荣恩的《潇湘怨》传奇、吴兰征的《绛蘅秋》传奇、朱凤森的《十二钗》传奇、吴缟的《红楼梦散套》、陈钟麟的《红楼梦》传奇、孔昭虔的《葬花》、仲振奎的《红楼梦传奇》、许鸿磐的《三钗梦》、朱凤森的《十二钗传奇》、周宜的《红楼梦佳话》。

在以《牡丹亭》为"戏中戏"的剧作中,以取材《红楼梦》二十三回"牡丹亭艳曲警芳心"为最多。如《潇湘怨》的《警曲》,《绛蘅秋》的《词警》,《红楼梦散套》的《警曲》,陈钟麟《红楼梦》传奇的《读曲》,都有"戏中戏"《牡丹亭》的描写。这些《警曲》《词警》《读曲》,都在表现宝玉厌倦儒家陈腐说教、喜爱新鲜活泼的思想与个性,从而表现出与年轻人的喜怒哀乐密切相关的心理,也表现出宝玉对黛玉的感情追求,表现了宝黛爱情在美的共赏共鸣中翻开了新的一页。因此《牡丹亭》在原小说和红楼戏剧中占有重要的地位。

在原小说和红楼戏中,《西厢记》是作阅读处理的,但在描述《牡丹亭》时却突出了演唱。《牡丹亭》本是宝玉偷偷带给黛玉看的"淫词艳曲"之一,但宝黛二人既读了《西厢记》,再读《牡丹亭》就显得手法重复、单调了,所以曹雪芹便写葬花之后,黛玉经过梨香院回房,就听见十二个女孩从墙角传来《游园》的戏文。这虽然看似无意巧合,恰是贾府家乐小班训练和演唱《牡丹亭》的情景。

这些"警曲",吴绡《红楼梦散套》、吴兰征《绛蘅秋》、万荣恩《潇湘怨》、陈钟麟《红楼梦》都做了详略不同的表演,且都是用"内唱"形式出现的暗场戏,所唱也都是《牡丹亭》曲文,并不见扮成杜丽娘的优人登场表演。这种处理首先是曹雪芹的高明处,小说作者只是通过宝黛读《西厢记》《牡丹亭》,听梨香院传出的乐曲,在若隐若现间,表达"牡丹亭艳曲警芳心"的效果。红楼剧作家体会到小说的妙处,虽在戏剧中,他们也以这种暗场的方式来穿插《牡丹亭》的《游园》,这种戏剧结构既达到小说所设定的效果,又避免在舞台上眼花缭乱,喧宾夺主。所以,《牡丹亭》在这里不用明场而用暗场,也是红楼剧作中以之为"戏中戏"的一种艺术方式。

还有一种"戏中戏"的处理方式,是在小说和戏剧中只点出剧名,而不出现任何唱段,更不见何表演场面。譬如陈钟麟的《红楼梦》有元妃省亲的情节,出名为"送驾"。元妃驾临大观园,贾府准备女乐一部,请元妃点戏。小说中元妃点了《一捧雪·豪宴》《长生殿·乞巧》《邯郸梦·仙缘》《牡丹亭·离魂》。陈著《红楼梦》中也保留了这四出戏。不同的是,小说用"一个个歌欺裂石之音,舞有天魔之态,虽是妆演的形容,却作尽悲欢情状"做侧面概括的描写,戏剧则有简略的场面提示:

> (太君)吩咐女乐们,请娘娘点戏。
>
> (旦执戏本上。元妃)我最喜的是《豪宴》《乞巧》《仙缘》《离魂》四出。
>
> (太君)极好,女乐们认真唱来。(众旦四出随意唱一套下)

这一场面显示，这四出戏在剧作中是有而无，在舞台上却是无而有。就是说，陈氏剧本有四出戏的名目，却没有四出戏的演出。因为这四出戏是热门戏，剧文点到，戏班可以演出，就省略了。文本不必把四出戏的演出穿插进剧中，可见文本是"有而无"。但到舞台上，如果史太君命戏班把四出戏"认真唱来"，为了不使太君的吩咐落空，那就需要以舞台方式一一展示和呈现，至少要各唱一套，而不能如小说那样用文字带过，那就要真演出。所以陈氏剧本虽无具体文字而到舞台上则有真演出了。作为"戏中戏"，这种情形也很常见。因此《牡丹亭·离魂》在陈著《红楼梦》中实际上可能有明场的"戏中戏"。如脂砚斋所言，这出《离魂》埋伏了元春死亡征兆，也即预示了贾府由鼎盛而衰亡的结局。陈钟麟的《红楼梦》虽只提示"众旦四出随意唱一套"，这就要求明场上有或多或少的演唱。这种明场演唱，将更容易引起观众的联想，衬托出贾府衰亡的征兆。

三 《小青传》与"戏中戏"《牡丹亭》

明末清初，因演唱与阅读《牡丹亭》而与杜丽娘命运一样，引发生生死死感情共鸣的故事和文学作品层出不穷。不少小青故事都有"冷雨幽窗不可听，挑灯闲看《牡丹亭》。人间亦有痴于我，岂独伤春是小青"诗，因此小青命运便与《牡丹亭》息息相关，《牡丹亭》之为小青故事的"戏中戏"，便有了充分的构思空间。

朱京藩的《小青传》更多记叙了小青阅读《牡丹亭》的细节及抒发的感慨，他的剧作《风流院》叙说广陵才女冯小青与杭州秀才舒洁郎共历生死爱情，经南山老人之助而团圆的故事。其中穿插了冯、舒二人与杜丽娘、柳梦梅的交接纠葛。其情节穿插于九、十四、十八、十九、三十一各出。

戏剧中的"戏中戏"，本指正戏中穿插其他剧作中的一个片段，在朱京藩的《风流院》中，并没有穿插《牡丹亭》某一折或某一曲，而是把全剧的主要人物引入到自己的剧中，成为全剧重要的剧情，推动关目的演进,与正剧的剧情融合为一。我们或许觉得它与常见的"戏中戏"不一样,但无法否定它有着《牡丹亭》主旨和人物的穿越。《风流院》不是一部立意新颖、结构谨严、文辞优美的戏剧,其组合散乱、文辞粗糙,随处可见,只是从与《牡丹亭》的关系来说,或许也是构建"戏中戏"《牡丹亭》的一种特殊方式。

四 《临川梦》中的《牡丹亭》

直接把《牡丹亭》串入新戏的代表作当数蒋士铨的《临川梦》。蒋士铨瓣香玉茗,私淑清远,仰慕汤显祖的道德文章。所撰《临川梦》,概述了汤显祖一生坚守气节、不附权贵、忧愤国事、关心民瘼的政治经历,也描述了汤显祖创作《牡丹亭》《紫钗记》《邯郸记》《南柯记》的过程,作者把这两方面的内容有机地交织在一起,塑造了汤显祖高尚的人品和无与伦比的文学才华所构建的完整人物形象。

为了显示《牡丹亭》对俞二姑精神的影响,《临川梦》穿插了《牡丹亭》四个情节作为"戏中戏"。

其一叙俞二姑拿着曲本,废寝忘餐,朗诵低吟,她想着柳生、丽娘,又痴迷着填词才子,在感叹杜丽娘"不合菱花照,容光自怜"开始游园时,不由蒙胧睡去。这时剧中有"睡魔神引柳生、杜女上场,立定,睡魔先下,柳杜顾盼迷离携手下"的舞台提示。蒋士铨在这里提示其剧一旦演出,此时舞台上需要穿插《惊梦》里睡魔神引导杜柳相会,并转过芍药栏前,靠着湖山石边,"那答儿讲话去"的场景。也就是把《惊梦》的主要片段与俞二姑的蒙胧睡意做穿插演出,成为其中一段"戏中戏"。

其二、三叙俞二姑醒来,从暗自伤怀"梅边柳边",又想到杜柳二人,死后生前,杜丽娘九泉下为情求生,"一灵未歇";柳梦梅虽知道"幽期密意,不是人间世",仍"宁做偷香窃玉劫坟贼",开坟挖窟,助丽娘回生等等情状。思前想后,俞二姑劳累伤神再次伏案而睡,蒋士铨在这里又穿插了"疙童荷锄,柳生持香,石姑、春香扶旦绕场下"及"生、旦携手引春香、石姑,舟子摇船绕场下"的两段过场戏。《牡丹亭》两段表演让俞二姑醒来,内心兴奋,道:"咦咦咦,杜丽娘真个活转来也!""今番真个成了夫妻,向杭州去也。"这是把《回生》《如杭》作为《临川梦》的又一段"戏中戏"。剧中人俞二姑,与梦中人杜柳等人,时隐时现,明场暗场迭出,演出了杜柳爱情向人间情的转折。

第四段叙丽娘回生后,再次经历了战事的磨难,杜宝的阻挠,最后万岁开恩,陈最良受命照镜,证实杜丽娘确是人身,赐婚团圆。《临川梦》在俞二姑蒙胧思念杜柳结局时,穿插了《圆驾》表演:"扮杜宝、柳生冠带同行,陈黄门捧镜,退行照丽娘冠带绕场下。"这场大团圆的"戏中戏",给俞二姑鄙弃迂腐,赞美坚贞爱情的机会,她一边说道:"好笑那杜平章与黄门官一对蠢才,全没些儿见识哩。"一边唱道:"朝同坐,夕共眠,成人后,情更颠……说什么天公不老月难圆,只要寸心坚。"结合这段"戏中戏",剧作把俞二姑阅读批注《牡丹亭》的体认充分地释放出来。

《临川梦》这四段"戏中戏",只是正戏的穿插,虽有原剧人物的出场,但并不具体演绎《牡丹亭》原场次人物情节的戏剧过程,所以只是过场戏。虽是过场戏,读者和观众依然可以借助这些舞台穿插,领会《牡丹亭》的魅力。

五 《蝶归楼》与《牡丹亭》

清嘉、道间,黄治撰有传奇《蝶归楼》,叙东村王五姐与谢招郎的爱情故事。黄治是汤显祖戏曲"至情"观的自觉继承者。他在《蝶归楼》的《自序》中公然声称"玉茗我导师"。故其《蝶归楼》自始至终继承《牡丹亭》重情的思想,还多处模仿《牡丹亭》的情节关目。《蝶归楼》主线是王五姐和谢招郎的爱情离合,而引起彼此萌发爱情的源头则是观演《牡丹亭》。为了突出《牡丹亭还魂记》对剧情发展和剧中人物行为的影响,黄治把《牡丹亭》设置为《蝶归楼》的"戏中戏"。王五姐二八年华,正值春情难以排解,恰遇东村河边演戏,所演即《牡丹亭还魂记》。

戏分两日演出,前一日五姐在阁楼看了半本,演出了《惊梦》《寻梦》《闹殇》《冥判》等由生入死的爱情经历,五姐当场感同身受,感叹天下如杜丽娘的不少,只怕自己就是场上之人,因而悲从中来。表现的是青春少女五姐看演《牡丹亭》内心情感的共鸣。

第二日继续看演后半本,写男主角招郎也到东村看戏。招郎多情,自然也是个戏迷,他熟悉《牡丹亭》这个剧目,见东村竟然演出《牡丹亭》,不由惊叹说道:"乡村里倒晓得演这种好戏。"这部戏强烈吸引了这个渴求爱情的青年。招郎看戏时沉浸在梦梅与丽娘的爱情离合之中,五姐在楼上看见,知道他是同自己一样的情痴。两人同心同感,才展开了一段神女蝴蝶与青年士子的奇异的爱情。

《蝶归楼》以《牡丹亭》为"戏中戏",前后两本剧情不同,前后两场重点各异。前半本的叙说强调"玉有芽,花有芭,有个天公注定他",是爱情的自主萌发与备受摧折,丽娘已成"碎玉飞花",由人成了鬼。第二日演《牡丹亭》的下半本,则突出串演《还魂记》第三十二出《冥誓》。《冥誓》突出杜丽娘因为一片至情感动天公(地狱判官),又得柳梦梅誓死相爱的表白,成为杜丽娘死而复生关键。由死而生,《蝶归楼》渲染这样的场次,预示了五姐与招郎相似的命运和结局。

《蝶归楼》以《牡丹亭》为"戏中戏"所取的表演方式基本上也是暗场处理,即舞台上并没有杜丽娘与柳梦梅在柳郎书舍吟诗话旧、拈香设誓的场景,只在后场穿插式地唱了《冥誓》中的一支【闹樊楼】和一支【啄木犯】,这是与前述"红楼"戏相似的暗场穿插方式。不过《蝶归楼》在后场演唱《冥誓》中有场上人与场内人两两相应,加大了想象空间,弥补了暗场的不足。这种呼应,把《牡丹亭》表达的情绪与《蝶归楼》人物的情绪混为一体,互相衬托,互相表白,让"戏中戏"把本戏的思想凸显出来,起到加深人物情感的作用。

通过以上五种剧目,可以看到从明末至清末,从朱京藩到蒋士铨,从陈钟麟到黄治,他们都喜爱《牡丹亭》,熟知《牡丹亭》,因此在撰写爱情剧,在塑造玉茗形象的时候,都引用穿插《牡丹亭》的人物、情节、语言,来加深自己剧作中的人物形象,加强剧作抒情效果,因此《牡丹亭》就成为这些剧作家采用的"戏中戏"。这一"戏中戏"的结构方式,无形中已形成《牡丹亭》传播系列。通过这些剧作,通过观众的欣赏、接受,更扩大了《牡丹亭》的思想艺术影响和社会文化影响,这无疑是《牡丹亭》传播中值得关注的戏剧文化现象。

作者单位:复旦大学中文系

从中英版《邯郸梦》看跨文化戏剧创作的有机链接

赵天为

　　"跨文化戏剧"来自 1980 年西方出现的文化互涉剧场。20 世纪 90 年代,法国巴黎大学戏剧学者帕维(Patrice Pavic)将其定义为某些表演者或剧作内容从"多于一种以上"的文化和传统取材的、已跨过文化边界的戏剧形式。这种戏剧形式面对不同种族文化的相遇和交流,让不同文化的观念和人物在舞台上展开碰撞而产生火花。自 20 世纪末起,这种"跨文化戏剧"在欧美被视为一个重要的创作新方向,成为东西方剧场文化交流的重要趋势。

　　2016 年是东西方两位戏剧巨擘汤显祖和莎士比亚逝世 400 周年,人们都在纪念汤莎,比较他们的不同,也寻找他们的关联。汤莎有着相同的时代背景,相似的人生经历,但是不同的文化差异又造成汤莎对于一些问题的不同认识和处理。首先,他们有共同的时代特点。汤莎所处的时代都是对"人"的发现和解放的时代。莎士比亚所处的英国伊丽莎白一世时期从中世纪转向文艺复兴,从以"神"为中心转向以"人"为中心;汤显祖所处的中国明朝则从"存天理,灭人欲"转向陆王心学兴起,人文主义勃兴。其次,他们有同样的丧子之痛。汤莎在几乎同一时期经历了丧子之痛。1596 年,莎士比亚 11 岁的儿子哈姆雷特夭折了,这对他是一个无比沉重的打击,他穷极一生也未能忘掉这份哀愁,笔下许多悲剧都有这段经历的影子。比如同年写的《约翰王》中的少年王子亚瑟,再如最著名的王子复仇记《哈姆雷特》。而且此后,莎士比亚的戏剧创作也从喜剧与历史剧为主,而转为更专注于悲剧与悲喜剧。四年后的 1600 年(明万历二十八年),汤显祖的长子汤士蘧在参加南京乡试时病亡,时年22岁。据载汤士蘧3岁能读经,5岁能背文,8岁能作诗,可谓餐英披秀,凤冠人群,汤显祖对他极为赞赏,寄予厚望,倾心要将其打造成王佐之才。何况汤士蘧当时已经入国子监,而且颇得祭酒郭正域的青睐。他的不幸亡故使汤显祖颇受打击,曾作悼念诗32首,仍无法释怀,之后的创作也转为出世主题。但是,由于不同的文化背景和习俗积淀,汤莎面对共同的困惑,却表现出不同的处理方式。比如同样面对"失去",汤显祖选择了逃避。得到时有多幸福,失去时就有多痛苦。他后期创作《南柯记》《邯郸记》都是选择求助于佛、道来逃避这种痛苦。然而躲又无从躲避,忘又无法忘怀。佛、道是其逃避的选择,也是不能忘怀的另一种表达,显现出更隐晦、更个人、更孤独也更无奈的深情。面对"失去",莎士比亚则用死亡来解脱。就如莎剧《奥赛罗》中奥赛罗掐死深爱的妻子,他是痛苦的,所以最后只有选择死亡来解脱。同样罗密欧与朱丽叶也是用死亡来解脱对失去爱的不能承受。因为西方悲剧具有理性特征,每一个悲剧人物的倒下,都是努力追求的失败,他们应对失败,成就英雄,是面对而不是逃避。这不同于中国的乐感文化,追求成佛成仙或者大团圆。因为比躯壳的不团圆更甚的是灵魂的孤独。

在这样的背景下解读中英版新概念昆剧《邯郸梦》,更能够看出创作者的勇气和良苦用心。中英版《邯郸梦》由中国和英国艺术家合作创作演出,选取汤显祖《邯郸梦》中的《入梦》、《勒功》、《死窜》(改题《法场》)、《生寤》四出为主体,在中间拼贴了莎士比亚剧作《麦克白》《李尔王》《亨利五世》《亨利六世》《雅典的泰门》《辛白林》《皆大欢喜》《第十二夜》等作品的片段,共同探讨欲望、生死等人生主题。前文提到的法国帕维教授曾提出"沙漏理论",认为在进行跨文化改编的时候,从东西方的跨文化领域而言,第一个要面对的就是在艺术与文化上的磨合,即如何结合西方的艺术观点与东方的艺术思考为相得益彰的一体。朱芳慧《跨文化戏曲改编研究》提出改编者必须去建构整合这个外来文化与自我文化的有机链接,融合到作品之中。那么如何构建两种文化中的有机链接,又如何实现不同剧作之间的有机融合,以达到相得益彰? 中英版《邯郸梦》做了颇有意义的实践尝试。

中英版《邯郸梦》的跨文化有机链接体现在表演形式和精神内涵两个方面。先来看表演形式方面的链接,有三种方式:

其一,运用戏剧语言实现链接。比如中英版《邯郸梦》第一折的夫妻对话。卢生高中状元荣耀归来,和崔氏谈起如何考中的情况。此时接入莎剧麦克白夫妇关于弑君篡位的对话。崔氏和麦克白夫人两位都可谓女中豪杰,为使丈夫出人头地而不择手段。崔氏不惜行贿朝贵换取丈夫的状元及第;麦克白夫人更是不惜亲自出马刺杀国王邓肯将丈夫送上王位。其根本原因都是夫荣妻贵的观念在作祟。同是夫妻,国别不同,但用心相通,语言相似。两段对话的剪接同时为中英观众提供了参照系,大大有利于剧情的理解。再如第四折卢生和李尔王的对话。一边是卢生为儿子讨封荫,嘱咐高公公照应他五个儿子。另一边是李尔王要分封三个女儿。于是二人相遇时互相高喊:"五个儿子!""三个女儿!"语言的链接既融合了剧情,表达了无论中外"都是为儿为女"的题旨,同时又形成了有趣的剧场效果。又如第三折《法场》,卢生将被斩首时插入莎剧《亨利六世》中亨利的叔父葛罗斯特被冤杀之前的一段独白:"啊呀,圣明的主公,这时代实在是太危险了。正人君子都被野心家扼杀了……"帮助百口莫辩的卢生阐明了千古奇冤的心境,起到了很好的诠释效果。还有第二折《勒功》,卢生带兵征战的场面插入莎剧《亨利五世》《亨利六世》中国王王后激励士兵的语言,也起到与之相同的作用。

其二,运用戏剧动作实现链接。比如中英版《邯郸梦》第四折,爱子心切的卢生作为幻象参与了李尔王分封的整个过程。卢生先是和李尔王并肩而坐,看他分封国土,还因此享受了二公主爱的吻手礼;再就是李尔王分封后失去了领土和权力,女儿态度大变,卢生也被推来推去,感受着世态炎凉;最后李尔王被赶出宫廷,在暴风雨的荒野中愤怒地独白,卢生则伴随他同在风雨中狂舞,并用昆剧身段将李尔王这种内心的情绪外化,特别是髯口功的运用,激烈飘洒的白须恰到好处地宣泄出一位老父亲内心的愤怒与悲凉,也迎来观众阵阵的掌声。再比如最后,卢生醒来,领悟到六十年繁华都是黄粱一梦。这时英国女演员用英文轮诵莎剧《皆大欢喜》中的"人生七阶段",扮演店小二的昆剧演员则用昆剧身段演绎出诵词中的婴孩、学童、情人、军人、法官、老叟和人生最后时刻等,让观众可以形象感知到七个阶段的变化和寓意,文化不同,人生一样,强化了戏剧对人生的感悟。

其三,运用舞台道具实现链接。戏剧舞台上的道具既可以作为辅助演出的工具,更可以作为重要的线索来塑造人物、深化主题、交代环境等,起到画龙点睛的作用。中英版《邯郸梦》在《法场》一折比较突出,运用了"盘碟"和"刀"两种道具的传递建立链接。卢生被押赴法场,将正典刑,蓬席之下,皇帝照例赐下酒宴。但这酒宴非同一般,乃是黄泉路上送行的酒宴。此时插入了莎剧中另一场非同一般的酒宴,乃是《雅典的泰门》中的白开水宴。雅典贵族泰门在富有时慷慨好施,但家财散尽之后换来的却是昔日"朋友"们的白眼。所以他再次"设宴"请客,特设了一桌非同寻常的白开水"宴席",待旧日的朋友来"赴宴"时,把大碗的水泼在这群忘恩负义者的脸上,咒骂他们泯灭了人性的良知,最后用盘碟将他们打跑,以此来羞辱、惩罚那些不义之徒,表达心中的怨愤。朋友们跑了,泰门落寞地下场,舞台上盘碟狼藉。此时押解卢生的刽子手上来看看盘碟,道:"爷,趁早受用些,时辰将至也。"然后卢生领寿酒。同样的道具——"盘碟"(代表宴席)链接了中英两场不同寻常的宴席,无论是丰盛还是寡淡,它带给主人的都是同样的落寞与悲愤,宴席有异,心境相通。同折稍后,卢生正要被砍头时,莎剧《麦克白》中的女巫上场,递过一把刀给卢生,要他"夺过刀来弑杀君王",选择别样的人生,引起卢生的惊恐彷徨。最后卢生没有接受,这把刀被麦克白拿走。这里则是用道具"刀"链接卢生和麦克白,也对比了两种行为导致的不同的人生命运。同样作为道具链接,中英版《邯郸梦》开始的"枕头"和结尾处脱下的"戏服",绾合了中英双方的演员表演和剧情的起、结,也有可圈可点之处。

　　再来看精神内涵方面的跨文化链接,主要有四种方式:

　　其一,运用烘托的方式实现链接。"烘托"通常是通过侧面描写使所要表现的事物鲜明突出。比如第一折《入梦》。卢生要打个盹,店小二拿来枕头让他美滋滋睡一觉。接下来便是梦境的开始,也是虚幻人生的开场。中英版《邯郸梦》在此让莎剧《麦克白》的预言者女巫出场,嫁接了第四幕第一场的台词:"女巫甲:斑猫已经叫过三声。女巫乙:刺猬已经啼了四次。女巫丙:怪鸟在鸣啸,时候到了,时候到了……"莎剧的场景发生在山洞中,麦克白前来向女巫们探问自己弑君为王的预言。在这里与《邯郸梦》链接,它告诉观众,后面将开启预言,走向不同的人生。女巫们的语言则烘托渲染了神秘的气氛,预示着重大事情将要发生,从而让观众对卢生的梦境也充满了神秘的期待。再如第三折《法场》,卢生已被押送到云阳市,将被斩首,心中无限恼怒和哀怨,但是又无从表述,只能挣断绑索,以头抢地表示不满。这时莎剧《辛白林》中的哀歌唱起。这首哀歌出自《辛白林》第四幕第二场,原叙吉德律斯和阿维古拉斯兄弟找到伊摩琴公主时,见她昏迷过去,以为她已经死了,二人悲痛不已,只得轻轻地将公主放进坟墓,周围装点鲜花,为她唱起了哀歌。这是兄弟为亲人所唱的哀歌,诉说了"人天一别,埋愁黄土"的悲哀,声情凄婉,显示了生命的脆弱和无奈。这恰恰也是卢生此时心境的真实写照,其自叹自怜无以表达,人物情绪都在哀歌的烘托中突显出来了。可见,烘托方式的链接运用不在于情节的相似,而在于气氛的吻合。

　　其二,运用反衬的方式实现链接。在修辞上,"反衬"指的是利用与主要形象相反、相异的次要形象,从反面衬托主要形象;主要事物(本体)与陪衬事物(衬体)有相反的特点或不同的情况,用衬体从反面衬托本体,通过对比而更加鲜明地表现主题。《法场》一折中卢生和麦克白的链接就是很好的例子。卢生战功卓著,位兼将相,却在顷刻间被诬陷通敌卖国,图谋不轨,立刻绑赴法场明正典刑。这是每一个正常人都难以理解和接受的,卢生当然也不例外,从他一路上的悲啼哭号就能看出。此时除非圣上格外开恩赦免他,否则他只能引颈受戮,死路一条。这无疑是令人非常同情和惋惜的。他能不能有其他的选择呢？中英版《邯郸梦》这时安排了莎剧《麦克白》中的女巫上场，她递一把刀到卢生面前，说："夺过刀来弑杀君王，该由你做君王，报仇雪恨。"卢生惊讶地看看女巫，推开刀。女巫又绕到左边再次递刀给卢生，说："夺过刀来弑杀君王！"卢生慢慢接过刀，又惊恐地将刀扔到地上。在女巫第三次"夺过刀来弑杀君王"的叫喊声中，卢生颤抖着手将刀拾起，双手拿在胸前，若有所思。这时麦克白上场，他握住刀柄，和卢生对视，卢生猛然松开手，并把麦克白推开，逃走。这里道具"刀"的加入其实是故意触发了卢生的内心矛盾，从而引起中西方对于功名、欲望的思考。当然，作为儒家文化熏陶出的中国士大夫，卢生不可能想到弑君犯上。但是抛开文化背景，从人性的本来出发，他能否像莎剧中的麦克白一样，选择一条不同的人生道路？如果那样，会不会有不同的结局？中国的卢生战功赫赫，却遭到诬陷，人之将死，固然可悲；英国麦克白也战功赫赫，他相信了预言，选择弑君自立，并获得成功。这是更好的选择吗？戏剧的结局总是出人意料，幸运的卢生在大刀将要落下的一刹那终被赦免，官复原职；麦克白最后却难逃良心的谴责，落得个枭首以终。可见，无论中外，道德的评判都是一致的。麦克白的人心不足反衬出卢生的善良温厚，更彰显出剧作者对人性的对比与思考。可惜的是，中英版《邯郸梦》将女巫递刀的情节安排在了卢生被圣旨赦免之后。既然已经被赦免了，卢生应该对皇帝感恩戴德，怎么可能还想要弑君呢？这样的处理使得卢生接刀的举动和内心的矛盾失去了存在的依据，有些遗憾。按照逻辑，卢生知道自己必死，内心恐惧，突然有人递刀过来并指出另一条出路，他才有可能决心一试；看到麦克白弑君自立的成功，他才会内心纠结、蠢蠢欲动；但看到麦克白最终枭首的下场，他又会惊恐而退缩，回到现实；此时圣旨下，他才幡然醒悟，汗如雨下。因此，笔者以为递刀的情节放在圣旨到来之前会更加妥当，也更加符合逻辑。

其三，运用反讽的方式实现链接。反讽来自"对立的均衡"，通常表现为互相冲突、排斥甚至互相抵消的方面结合为一种平衡状态。中英版《邯郸梦》第四折《生寤》中李尔王的情节就体现出这样的反讽。一方面,卢生位极人臣,荣耀无限,但年事已高,死期将近。他最不放心的还是小儿子卢倚,虽然已经注选尚宝中书,但他认为还是不够,他还要在临死前再为这个最爱的儿子讨个荫袭。天下父母,爱子之心全都一样,莎剧中的李尔王也不例外,这是卢生和李尔王的相同之处,也是重要的链接点。但是父母之爱是否都能得到相同的回报呢? 小儿子卢倚对卢生的回报不得而知,李尔王却得到了现世的教训。他将国土分封给两个女儿后,自己失去了王国和权力,女儿们对他态度大变,甚至将他赶到荒郊野外。孤苦的李尔王只能在暴风雨中无助地呼号。现实的残酷对于至死还要为儿子讨封的卢生来说无疑是巨大的反讽。卢生目睹了这一切,也感受了这一切,他能有所领悟吗? 正如《红楼梦》中《好了歌》所唱:“世人都晓神仙好,只有儿孙忘不了! 痴心父母古来多,孝顺儿孙谁见了?”这也是剧作要留给中外观众的深刻思考。

其四,运用诠释的方式实现链接。“诠释”是对事物的讲解、证明。比如第二折《勒功》,因为时间和演员的限制,昆剧部分主要表现了主帅的交战和勒石记功,并没有展现战争的情况。创作者在此插入了莎剧《亨利五世》中英王亨利五世在英法战争中对英格兰士兵勇往直前、击退敌人的鼓励,以及《亨利六世》中玛格丽特王后在玫瑰战争中安慰战败的大臣,激励他们战胜眼前的失败,鼓起勇气再战的语言,并且亨利五世和玛格丽特王后随后一起和挑衅者交战,最终杀死敌人。以此来揭示卢生的军队进行了艰苦卓绝的战斗才取得了最后的胜利,对勒功前的征战做了比较充分的诠释。由于汤莎对人生的思考是同样深刻的,因此在剧中有的地方可以实现一种难得的“互释”,突出的表现在最后。卢生梦醒后,发现刚才的一生荣华不过是一枕华胥,睡觉前的黄粱饭还没有熟,才明白“六十年光景,熟不得半箸黄粱”①,从而若有所思。这时英国女演员起身朗诵莎剧《皆大欢喜》中的“人生七阶段”:“最初,是婴孩,在保姆的怀中啼哭呕吐⋯⋯”这段道白在原剧中

---

① 钱南扬校点《汤显祖戏曲集》(下),上海古籍出版社,1978 年,第 844 页。

是流亡公爵的从臣杰奎斯所诵,他是一位人生的讽刺家,他讽刺一切,但他说的每一句都是事实。他总结的"人生七阶段"蕴含着他对人生深深的思考,此时也同样勾起了卢生对人生的深深思考,是对卢生内心所思所想的诠释。朗诵结束时,响起了昆曲《邯郸梦》中的【浪淘沙】:"什么大功臣?……你个痴人。"这是汤氏原剧中六位仙人对卢生梦中追求功名、享乐、家族荣耀等欲望的警示与点化,让卢生不如忘却世事、远离烦恼,做个无牵无挂的仙人。【浪淘沙】是对"人生七阶段"进一步的诠释和升华,因为人不但要知道人生究竟是怎么样的,还应该知道人生究竟应该怎样度过。这是对卢生的警示,也是对世人的警示。此时卢生才真正醒悟了,他感叹:"人生眷属,亦犹是耳,岂有真实相乎?其间宠辱之数、得丧之理、生死之情,尽知之也。"警钟敲响的时候,他脱下戏里衣冠,一步步走下舞台,走回现实。戏剧结束了,但人生还没有结束。谢幕时,艺术家们唱起了莎剧《第十二夜》中小丑费斯特的歌谣"当初我是一个小儿郎"。这首歌谣被誉为"有史以来最有思想深度的丑角歌谣"①,因为它揭示了走出戏剧的现实世界并不那么圆满,貌似快乐诙谐,实则发人深省。可以说这首歌谣又是对《邯郸梦》中【浪淘沙】的进一步诠释和升华:认清了人生的真谛,生活仍要继续。如此,汤剧和莎剧的互释升华一步步完成了从梦里到梦醒、从戏里到戏外的人生解悟,留不尽之意给观众返思,剧场效果极佳。

以上可见,中英版新概念昆剧《邯郸梦》拼贴了汤显祖原剧和莎士比亚剧作的诸多片段,虽然每个部分都是原有的,但是将这些原有的不同部分巧妙地整合在一起,呈现出了与原作大不相同的面貌和气质,变成了全新的作品。中英版《邯郸梦》通过表演形式上的语言、动作、道具以及精神内涵上的烘托、反衬、反讽和诠释等方式,完成了作品各部分的有机链接,构建了两种文化、不同剧作之间的有机融合,使之相辅相成、相得益彰,在实现跨文化戏剧创作的有机链接方面做出

---

① Charles Knight ed., *The Comedies*, *Histories*, *Tragedies*, *and Poems of William Shakespeare*, Vol.III, second edition, AMS Press, 1968, p.243.

了有益的实践与尝试。当然,此剧仍然存在一些有待改进的地方,比如汤莎剧作转换时还有些生硬,舞台呈现还存在东西方戏剧因叙述节奏不同所带来的割裂感等,这些还需要在今后的演出中不断磨合提升。但是,中英版《邯郸梦》无疑是一次大胆的尝试和创新,它不仅呈现了两种戏剧之间的交流和碰撞,更呈现了东西方文化之间的交流和碰撞,这在中外文化交流的平台上无疑令人充满期待。

作者单位:东南大学艺术学院

域外汤学

中日三种鬼戏比较论

——南戏《朱文太平钱》、汤显祖《牡丹亭还魂记》与 "日本莎翁"近松门左卫门《倾城反魂香》

[日]田仲一成

一　问题之所在

　　汤显祖《牡丹亭还魂记》一剧,从鬼戏的角度来看,说到底还是书生住宿书馆时出现了女鬼,书生与女鬼私奔做了夫妻,后来书生考上科举,皇帝赐婚,获得团圆。这类情节的戏曲,在汤显祖以前,最有代表性的莫过于《南词叙录》所录的鬼戏《朱文太平钱》。我认为汤显祖继承了之前的鬼戏南戏旧作,加以斧斤而创造传奇《牡丹亭还魂记》,尤其是牡丹亭女鬼出现以后的情节,以《朱文太平钱》为蓝本的可能性很大。那么,汤显祖在哪些方面改编了旧篇呢?本文先从这一观点,拟将《太平钱》与《牡丹亭》进行比较,然后论及日本最为杰出的近世戏曲家,被称为"日本莎翁"的近松门左卫门(Chikamatsu Monzaemon,1653—1724)的作品《倾城反魂香》,从而探讨在中日鬼戏之间"死而复活"式演进过程的异同。

二　南戏《朱文太平钱》

　　徐渭《南词叙录》"宋元旧篇"之条录有《朱文太平钱》如下:

　　　　……秦桧东窗事犯,王孝子寻母,冯京三元记,朱文太平钱,薛云卿鬼做媒,吕洞宾黄粱梦,贾似道木棉庵记……

该戏明代《永乐大典》卷 13989 戏文 25 有著录,题作《朱文鬼赠太平钱》,其剧本早就散佚不传,不能据原本探究其情节。但明代万历二十二年(1594)刊《百家公案》有《一捻金赠太平钱》(第 99 回),窥视其情节的原貌如下:

东京人氏李春,用尽家财,流浪到河南,投宿于杨婆子店内,夜深按拍唱曲,忽然来了一女子,自称店主杨婆子女儿一捻金,要求教给唱曲。李春见女姿色妖娆,就许之。遂于与她同枕席。以后女人早去暮来。不久,一捻金把装入太平钱的钱篮送给李春,李春受之。一日李春带着钱篮在茶坊请杨婆吃茶,杨婆一见钱篮和太平钱,得知其为三年前去世的女儿的同葬落墓的随葬品,追问李春。李春方才得知一捻金为女鬼,害怕不已。

此夜女人再来,李春质疑她,但被女人说服,仍旧同宿一夜。次日,李春更为害怕,跑到十里之远,但女人追赶,斥责他负心,李春被色欲所迷,乃带她去郑州,女人在此开了勾栏以赚钱。忽一日,勾栏里来了李都纲,认得一捻金,向李春透露,杨婆曾将女儿许他为妾,后又以她死去为理由,不履行其约。现在看到她活着,分明就是自己的妻妾。李都纲向李春要求还人。李春不知情由,拒绝他要求。二人争闹,包公决狱,派遣人调查女人坟墓,但里面没有女尸,包公认为杨婆骗取聘礼,将女儿判与李都纲,李春没办法,一人回东京。但出城二十里,女人又追来,二人和好,仍旧做夫妻。一日夫妻去东岳庙烧香,进入庙内,鬼使抓住女子,加以拷打。此时李春才知一捻金为女鬼,奔走回家,但半月后,得重疾而死。①

这故事的情节,极为相似于梨园戏《朱文太平钱》:女主角的名字一捻金,接近梨园戏《朱文太平钱》的一摄金;男主角名字虽然不同,喜好唱曲的性癖相同;女鬼缠绕男人的情形相同;做夫妻以后跑到别的

---

① 关于这文献,中国人民大学中文系吴真博士给笔者教示其存在且提供原文。

地方做生活也相同；女鬼将太平钱馈赠男人，导致女为鬼魂的秘密露出来，这情节也相同。要之，总情节之中，百分之八十可说是相同。但其间有极大的差别，就是后者夫妻被牵惹于诉讼，当法官的包公不允许女鬼还魂，令鬼使逮捕而押到阴间，男人也病死，夫妻如此被拆散而终。我认为这是古老的情节。明初小说，瞿佑《剪灯新话》中的《牡丹灯记》，男人乔生脱不了女鬼符丽卿缠身而死，女鬼也被铁冠道人抓住而受拷打，押到冥界，是一样的结局。《南词叙录》和《永乐大典》所录的《朱文太平钱》，其故事情节很可能属于这一套。

不过，在泉州梨园戏剧本之中，现有一种旧抄本的残本，是清代道光年间闽南七子班艺人的演出本《朱文走鬼》，残存五出，其结局跟上述《百家公案》中《朱文太平钱》完全不相同，女鬼一摄金成功地还魂而与男人做夫妻。这也是南戏《朱文太平钱》的另外一个变形的可能性，或其情节更为演进之新形态的可能性。其情节如下。

（一）佚名出目；或云《宿店点灯》或云《赠绣篚》

（上缺）东京人氏朱文，赴治州探亲，途上住宿在西京一个旅店（可能是烟花旅店，主人称为王行首），晚上依着唱本唱着歌儿时，出来一个小姐，来借灯火。小姐要求朱文教她唱曲，种种戏弄朱文，最后关上门户，打灭灯火，却声称朱文关门灭灯意欲强奸她。朱文无法辩解，进退两难，小姐看着朱文窘态，反而向他求欢。朱文吓了一惊，急忙拒绝。小姐就向他要求选择官休或私休。朱文问她：官休是什么，私休是什么？她回答，官休，托付爹妈打官司，让他受罪；私休，两人当下做夫妻。朱文没办法，选择私休，小姐高兴，暂时离开。朱文这才惊觉当时门户仍然关着，怀疑她怎么离开此处，未知是否鬼魅。不久，小姐回来户内，朱文质问门户关闭，她何以出入，她以带有钥匙为由，不令朱文进一步质询。又馈赠给朱文一个绣篚，当作订婚表记，上有白牡丹装饰，而且装有五百文的太平钱。朱文家境贫寒，获得大金，高兴不已，决定在此滞留三五年，之后再上京赴考。

（二）《试茶续认真容》

旅店主人王行首夫妻开设茶店，邀请朱文喝茶，朱文对开店表示庆祝之意,给他们奉送五百太平钱,无意将绣箧落下。王行首拾起绣箧,发觉此为他死去的女儿一摄金的坟墓同葬的东西。朱文回来时,王行首质问他怎么样获得此物。朱文为了隐瞒自己与小姐的私事而回答是老家带来的。王行首更为追究,提出一起去见官,举报朱文盗掘坟墓,朱文不得不坦白冥暗私事,绣箧为小姐给他的表记。王行首方才得知染病而死的女儿冤魂不灭,加害生人。他向朱文透露女儿为鬼的秘密,朱文不信,王行首从神龛箱内抽出女儿一摄金的画像,让他对照,朱文确认正是那个深夜来访的小姐,害怕被她害死。王行首让朱文即时逃往他乡。

(三)《朱文走鬼》

朱文离开西京,才跑了四五铺路,女鬼一摄金就追上来了,她见到朱文,责怪他负心不义。朱文想要摆脱鬼魂缠身,拼命挣扎,声称她非真人,人和鬼不能做夫妻。为了证明一摄金是鬼魂,朱文质问:你身为女人,为什么识得远方之路?她回答:这边有庙,曾过来烧香。她又说:鬼行无影,衣裳无纹,但我有影有纹。朱文一检查,果然有影有纹,不能反驳。她又说:原自非王行首公婆的亲生女儿,乃是烟花簿上被录的义女,公婆为了提防我与爱人结缘,玩弄智略,破坏夫妻姻缘。朱文听到此话,被一摄金所打动,慢慢相信她了。女鬼又说:人一叫一近,鬼一叫一远;人会笑,鬼不会笑;人面摸会热,鬼面摸会冷。每一件,均让朱文检验,每件都与人的特点一样。朱文遂相信此为活生人。一摄金让朱文先离开,她随后追上,如此二人私奔离乡了。

(四)《相认》

朱文上京赴考,考上状元,皇帝赐婚,跟一摄金结婚团圆。

梨园戏《朱文走鬼》故事,大旨是书生滞留旅店,女鬼出来,结成姻缘,后来得知女子实为鬼魂,书生逃跑,女鬼赶来,叱责他忘恩负义,又说明自己并非鬼魂而是生人,书生半信半疑之中,逐渐相信她为活人,两人私奔他乡,后来书生赴考,考上状元,皇帝赐婚,二人团圆。这一故事情节模式,基本上相似于《牡丹亭》,而且比《牡丹亭》更为符合人性自然。下面研讨这个问题。

三 《牡丹亭》与《太平钱》的异同

两者之间的异同,可以比较如下。

(一) 女主角的差异

《牡丹亭》以大官的家庭为地点,太平钱以烟花旅店为地点。环境设置差距较大,一为贵族世界,一为商人世界。杜丽娘为朝廷大官家里的千金小姐,性格内向贞淑,一直对男人采取被动的态度,经常依靠侍女春香导引。《太平钱》的女魂一摄金作为烟花旅店的妓女,性格活泼俏皮,对应机灵,带有春香的气息,一直对男人采取积极进攻的态度。两者之间,相差如此遥远,但是作为女鬼的立场是一样的,亦即她们不是依靠神佛的宗教救济,而是依靠自己的执念和男人的帮助,得到脱离冥界而在阳界复活的新命运。在这一点上,无论是杜丽娘还是一摄金,她们的境遇是完全相同的。

(二) 被救济的契机

《牡丹亭》与《太平钱》,女主角都是通过死后的遗留品,得到男人的救济。杜丽娘的自画像被男子拾取,导致男子挖掘坟墓而救出她,最后复活。一摄金将陪葬的绣箧送给男子作为定情表记,虽然暴露出她是女鬼,最后还是私奔而获得团圆。在《牡丹亭》中,杜丽娘梦里在牡丹亭偶遇男子,收到他手里的一枝柳条,她留下遗嘱死后埋在柳树下,暗示着柳梦梅之字。三年后,果然柳梦梅来到此处,于太湖石下发现小匣,里面装有杜丽娘的画像,二人遂得结缘。小匣放在太湖石下,是不太自然的情节安排,《太平钱》的情节更为自然。一摄金死后,父母将绣箧与她同葬墓中,画像奉祀在神龛内。女魂先将装有太平钱的绣箧拿出来送给男人,然后父母拿出龛内画像让男人确认女鬼之相貌,这样的情节发展较为合理。

(三) 男人初次遇到女鬼时,是否害怕女鬼

《太平钱》的朱文,独居旅店,门户关闭,忽然来了女人,看到她

随意出入,怀疑她为鬼魂,有些害怕。与此相对,《牡丹亭》的柳梦梅对于女鬼丽娘,一点也没有害怕的表现。作为鬼戏,有些不自然之处。

(四)男人如何将女鬼认为活人

《牡丹亭》的柳梦梅,自己挖掘坟墓而让横卧墓中的杜丽娘苏醒复活,因此自然地将她认为活人,剧情设计上没有令观众产生强烈紧张感之处。与此相对,《太平钱》的朱文始终怀疑一摄金是人还是鬼,尤其是得知一摄金实为已死的女鬼,非常害怕她,立刻逃出旅店。女鬼追来,朱文更为害怕,通过种种试验,才倾向于一摄金为活人,但还是不免于半信半疑的迟疑迷惑,最后才干脆决心一起私奔。这一系列情节充满鬼魅气氛,作为鬼戏,显得紧张有趣,可说比《牡丹亭》更为精彩。

(五)双亲对于女鬼的看法

在《牡丹亭》中,杜丽娘的父亲杜宝始终不肯承认女儿还魂的事实,对柳梦梅也冷眼看待。《太平钱》的王行首夫妇对于女儿一摄金也保持冷淡的态度,说她生亦害人,死亦害人,似乎对她一点儿同情也没有。如此,在两个作品中,双亲对死去的女儿十分歧视,因此年轻恋人陷于孤立,不能得到圆满的幸福。围绕着这样的矛盾,剧情显出曲折。

(六)依靠皇恩解决问题

在《牡丹亭》,柳梦梅赴考而考上状元,皇帝给他赐婚,允许娶杜丽娘为妻,杜宝也无法反对,问题就解决了。在《太平钱》,末出《相认》残缺,只是保存开头 13 个字而已。如下:

手下上,内唱皇恩,出了□□□□(下缺)

据"皇恩"二字,可以推测朱文赴考及第,皇帝给他赐婚,允许与一摄金结婚。可以推测最后父母也对一摄金另眼相看,不看作鬼魂而认同为女儿(真正的人),如此到达团圆的结局。

四 汤显祖的修改

汤显祖撰写《牡丹亭》时,如果参阅《太平钱》的话,可以说他一定改编了情节。其改编的方向是什么? 我认为有三个方向:减弱鬼魂的鬼魅性;排除神秘性而追求合理性;关于救济鬼魂怨气的主体,与其依靠神佛的他力拯救,宁可提倡"自力拯救"。

下面顺次讨论这三个方向。

(一) 减弱鬼魂的鬼魅性

《牡丹亭》的杜丽娘慕色而死,成为女鬼,冥界受审,被允许还魂,三年后,获得柳梦梅帮助,复生阳界,以后就不是女鬼了。杜丽娘作为女鬼只是三年而已,但夜里出现在柳梦梅面前时,还是带有阴森的鬼魅气息。当时柳梦梅正在灯下展玩丽娘自画像,忽然吹来一阵风,灯花飞散,几乎令画像着火。此时鬼魂敲门而入,与他共枕席,这一出戏文描写突出了杜丽娘浓厚的鬼魅性。但不久柳梦梅发掘坟墓令她苏生以后,就没有鬼魅气氛了。与此相对,《太平钱》的一摄金始终保持鬼魅性。她初次出现在朱文面前,虽然门户关闭,却忽然闯入,要求他分给灯火,后来暂时离开而去拿绣箧,回来时门户也是紧闭,她却能够出入自在,显出神出鬼没的本领,这就让男人害怕。以后王行首夫妇让男人知道她为死去女儿的鬼魂,朱文跑到四五铺外,但女魂赶来,发挥鬼魂本事,令朱文在半信半疑之下被她迷惑,同意跟她一起远走高飞,但她并不立刻同行,而令他先单独出发,约定后来赶上。这个描写也是反映她仍然保持鬼魂的鬼魅性。如此《太平钱》始终保持鬼魅性,与此相对,《牡丹亭》比《太平钱》大大地减少了鬼魅性。

(二) 排除神秘性而追求合理性

在鬼戏的故事中,最为关键的情节在于怎么样安排鬼魂出现在阳界。《太平钱》的一摄金,据婆娘说生亦害人,其所谓害人的意思没有交代,但她生前为妓女,可能为了赚钱积累五百太平钱,一染病就死故,但一魂不灭,看上朱文,从坟墓出现在阳界,这是死前的怨气(冤气)使然。然而从朱文的角度来说,女鬼来访,莫名其妙,无法得知鬼魂为什么缠绕他,也不知女子的真正身份,后来王行首将一摄金的生前画像展示出来,朱文才得知其为女鬼。从女鬼出现到朱文逃跑,其间充满神秘性。

与此相对,在《牡丹亭》中,杜丽娘死前将纳入画像的小匣放在太湖石底下,三年后,柳梦梅发现,据此知道女鬼就是画中人,情节较为合理,缺乏神秘性。不过,小匣是否能够装入画像也属于疑问。故人的画像本来应奉祀在家里祖坛,方便让家属想念故人,杜丽娘临死特意遗嘱将装入画像的小匣放在太湖石底下,这样才有了柳梦梅后来拾取,而将误以为是观音大士的画像挂在壁上烧香膜拜。那么,画像的尺寸不会太小,我怀疑小匣是否可能装入那么大的挂像。而且为了保密,檀香小匣纵使放在太湖石底下,也不会令其露出地面,柳梦梅为什么这么容易找到它呢?细细考究的话,种种疑问顺次涌出来。如此可见,汤显祖追求更为接近现实生活的情节合理性,虽然《拾画》一出有些勉强之处,但这恰恰反映了汤显祖站在儒生的立场上有意减少"鬼戏"的神秘性。

另外值得注意的是《冥判》一出,特地说明杜丽娘为什么会还魂的理由,而且向观众预告未来恋人柳梦梅的名字和以后故事的展开。当剧中人物还未出现的时候,跳出全剧的设定时空,忽然出现了全知全能的神鬼,向观众告知以后的剧情,并改变情节的发展,这是南戏常有的叙事套路,就是所谓 Deus EX Machina(天外救星,古希腊戏剧中,当剧情陷入胶着,困境难以解决时,突然天降拥有强大力量的神灵将难题解决,令故事得以收拾或出现剧情大逆转)。全知救星的出现,破坏戏剧的统一性和紧张性,令剧情陷于单线的无味,后世尊重戏剧逻辑的欧洲人最为忌讳这一点。但这类布置却可以令观众自然地接受情节的奇异性、逆转性。女鬼是否可能自主地回归阳界跟男人做夫妻,就是一大难题,在普通的观念上,像上述《百家公案》中的《太平钱》,或瞿佑《剪灯新话》中的《牡丹灯记》那样,其结局一般为女鬼被鬼使勾引而再次被押到冥界,男人也落得惨死的下场。汤显祖特意设置《冥判》一出,就是属于 *Deus EX Machina*,预先保证女鬼会成功地还魂。其刻意编排的匠心露出于此,可以说是属于汤显祖追求合理性的手段之一。

(三)关于救济鬼魂怨气的主体

孤魂祭祀演进而转化为戏剧,是世界戏剧产生于祭祀仪式的普遍性原理。孤魂通过僧侣道士的镇魂仪式被神佛救出来,从而升天或复活。这种仪式逐渐演进为以英雄烈女为主人翁的古代悲剧。初期的戏剧,在镇魂仪式影响下,神佛是救济主人翁的主体,比方元杂剧里最后安镇英雄烈女魂灵的角色主要是神佛,至少也是半神半人像包公那样的超能力者。但随着时代发展,重视理性的现实主义合理精神发达起来,观众不满意观看这类超能力者救济主人翁的戏剧,而是期待主人翁通过本身的努力奋斗来自我拯救。

元杂剧还处于神佛救济悲剧主人翁的戏剧阶段,南戏虽然开始演进为个人努力自救的阶段,但还是有些依靠神佛帮助。比如,《琵琶记》的赵五娘埋葬公婆而筑坟时,神灵派遣阴兵帮助,就是一个例子。进入明代中期,才出现主人翁不依靠超能力者的帮助,自己努力脱离悲剧性困境的戏曲。汤显祖的《牡丹亭》就反映了这类时代精神。

五 结论——与日本戏曲史比较而论

从孤魂祭祀产生出来的戏曲,通过几个阶段,从带有浓厚的仪式性或宗教性的初期戏曲,演进到脱离宗教性而带有人间性(现实性)的成熟戏曲。日本的戏曲,初期的能乐剧始终离不开依靠神佛的宗教性阶段,等到歌舞伎才脱掉宗教性而进入富有人间性的成熟阶段。

比如,在能乐剧中最具有代表性的所谓"梦幻能",结构上分为两个部分,前段行旅中的一个僧侣上场,村民告诉他此处有幽灵出来,僧侣因而睡觉了,梦里出现阵亡武士的冤魂或冤死的女魂,讲述自己生前的故事,随后消失。在下半段,前段出现的冤魂又现身,僧侣依靠神佛的神通,向冤魂拼命地念佛号,终于让冤魂退散,剧终。

17—18 世纪出现的净琉璃以及歌舞伎之中,有些类似《牡丹亭》的戏曲,那就是近松门左卫门(1653—1724)的《倾城反魂香》。宝永五年(1708),这部剧作为人偶净琉璃作品初次搬上舞台。之后改编为歌舞伎。"倾城"指妓女而言,"反魂"谓还魂,题目很像《牡丹亭》或《太平钱》,其梗概如下①。

画院画家土佐光信穷于生活,把女儿卖给北陆的妓院,艺名为"远山"。年轻画家狩野元信出入于妓院,与远山相爱,二人订终身之约,元信盟誓赎回远山从良。但远山由于拒绝接客,被转卖于各地妓院,流浪到京都妓院。远山在此得知元信跟千金小姐银杏订婚,悲痛不已。此时远山跟元信分别已过四年了,不过,正当此时,流浪的元信偶然出现在京都妓院,两人相认,相抱不离。远山深知元信被恩人好友推动不得不与银杏订婚的缘由,但儿女之情,不堪忧郁,得病卧床,病势越来越重了。银杏出嫁于元信之日,忽然出现了装扮新娘的远山,要求银杏把新娘的地位借给她七天,银杏仗义听从她的要求,远山代替银杏嫁给元信。至此,元信与远山新婚快乐,相偎相抱,一如胶漆。七日之间,远山要求家人一直烧香,不许断香。远山又要求元信在屏风上画出"熊野三山"风景,因为他们曾盟誓,新婚后一起到熊野旅行。远山看到画,就满足了平生之愿望了。但新婚第五天,忽然来了妓院主人,告诉元信及家人,"远山七天前病死了,眼前的新娘一定是亡魂了",家人才了解远山为什么令他们保持香火,因为亡魂只有在香火之中,才能维持还魂的状态。元信当夜梦里跟远山双手相携,一起狂游熊野三山,极为欢乐。但此时忽然看见远山倒立在香火之中,姿态渐渐离开而升天,元信就醒悟到她已经不是阳界的人了,悲痛之余,连续大声叫着她名字,那时,朦胧香火掩映着姿态的远山,向元信讲述自己

① 关于近松门左卫门的《倾城反魂香》,笔者在下面的论文之中曾介绍并讨论过一次。《〈牡丹亭〉的"死而复活"式的构思——试论其与日本近世戏曲的类似性》,华玮主编《昆曲·春三二月天:面对世界的昆曲与〈牡丹亭〉》,上海古籍出版社,2009 年,第397—410 页。这次将其内容浓缩,重新讨论其在戏曲史上的意义。

一辈子的苦情,然后慢慢消失了。元信茫然自失,伏地哭泣不已。

这部作品的全体情节中,有些部分与《牡丹亭》相似。至少可以指出三处。

（一）还魂

女主角远山的冤魂在还魂之后,必须在香火之中才可以维持,这种香火被叫作"反魂香",因此这作品题为《反魂香》。还魂这一点,就跟杜丽娘相同,但有些不同之处。远山的还魂,只是七天而已,不如杜丽娘一辈子的还魂。在道教思想之下,杜丽娘通过冥判,得以回归阳界。远山在佛教思想之下,据着亡魂在七天之内还没有丧失其生命力的说法,得到七天的还魂(中国道教也有死后七天,亡魂回煞,暂时返乡看望亲人的说法)。远山跑到恋人处,本来可以享受七天快乐生活,但提前两天被妓院主人叫破,只能享受五天而不得不分手离别。这样的结局令观众觉得惋惜,悲剧性更为浓重。

（二）肯定欲望

《牡丹亭》的杜丽娘慕色而亡,可见作者肯定女人肉体的欲望。《反魂香》里,银杏知道远山的欲望,特意让她享受七天,但提出条件,不能太贪欢而让男人精力耗尽,应该让他存留余力,令她也可享受。二人围绕对男人的欲望做一种分割享受的协商,是极为露骨的肯定肉欲的情节,这里可见全面肯定肉欲的日本近世的时代精神。这与同样肯定情欲的《牡丹亭》所处的晚明时代背景,有一些相似。

（三）不依靠神佛

杜丽娘和远山都依靠自己努力,得到还魂,而以前的鬼戏之中,冤魂都依靠神佛才能解脱苦境。两个作品显出明显的人间性,主角的自我努力成为推动剧情发展的主要动力。可说是这两部作品反映了时代的进步。但两者之间有些差异。日本戏曲史,前面有依靠神佛之救济的能剧,后面有依靠个人自我救度的歌舞伎,这类阶段性的跨越非常明显,相比之下,中国宋元鬼戏和明代传奇《牡丹亭》之间的演进与差距没有日本戏曲那么明显。

上面讨论了两国戏曲在"死而复活"这一原始观念的处理办法上

的异同。值得注意的是,日本能剧属于傩戏,保留了古老的神佛救济孤魂的仪式形式,与此相对,宋元鬼戏已经没有傩戏的痕迹,减弱了神佛救济孤魂的宗教性,两者之间的差别,大致基于保持傩戏的程度深浅的差异。这是本文的结论。

作者单位:日本东洋文库图书部
(文章由中国人民大学吴真博士批改)

莎士比亚戏剧与汤显祖戏剧中的音乐

[英]蒂芙尼·斯特恩著　邵祎宁译

　　莎士比亚(1564—1616)与汤显祖(1550—1616)都是著名剧作家，所著作品各具特色，却也有着惊人的相似之处。前人对其相似处的研究大多为以下两个方面：两人的作品都热衷于描写"爱"与"梦"，以及超自然世界对人类世界的影响；两人都改写了自己曾读过的故事，使之变得丰富曲折。但是，对二者作品中音乐层面的关联却鲜见研究。原因可能在于，人们常认为汤显祖的戏剧多为唱词，而莎士比亚的戏剧更像是念白。笔者认为，莎士比亚的诗文远比想象中更具音乐性，因而该研究两者作品中另一个相似点：音乐。

　　莎士比亚剧作中有一些经典唱段，表演者在念白结束后便开始歌唱，在《奥赛罗》中就有此类呈现。女主角苔丝狄梦娜在唱歌前说到自己从母亲的仆人那儿学了首歌，这首歌讲述的是各个时期不同阶层的女性的悲伤与男性的无情：

　　　　　　我母亲的仆人名叫巴巴里，

　　　　　　她恋爱了，爱上了一位疯男子；

　　　　　　她有一支古老的《杨柳曲》

　　　　　　正好说中了她的命运：

　　　　　　她到死的时候，嘴里还在唱着它。

　　　　　　[歌唱]

　　　　　　可怜的她坐在枫树下啜泣，

　　　　　　　歌唱那青青杨柳：

她手捂着胸膛，她低头靠膝，

唱杨柳，杨柳，杨柳。

清澈的流水吐出她的呻吟，

唱杨柳，杨柳，杨柳。

她的热泪溶化了顽石的心。

唱杨柳，杨柳，杨柳。

（《奥赛罗》第五章第一节）①

有趣的是，这首歌并不是莎士比亚创作的，而是当时伦敦地区广为传唱的一首歌谣。大报上印有歌名、曲名、图片、歌词以及标题——"一位抱怨自己被爱人抛弃的男人"，歌曲最初讲述的就是一位男性哀叹自己被爱人狠心抛弃。莎士比亚借用了这首歌谣，但将故事主人公的性别调换了，从而改变了歌曲的受众。为何如此呢？我想是为了让观众有出其不意的感觉。音乐和歌词间的紧张感让观众感受到苔丝狄梦娜与她的丈夫奥赛罗之间的不和。另一个原因在于激起观众们对男性的悲伤：其实苔丝狄梦娜的忧郁和她丈夫的悲伤互为呼应。

旧曲新词在中国戏剧中颇为常见。但莎士比亚和汤显祖都是特立独行的存在，因为在当时看来，他们的剧本与乐曲似乎不太相符合，诗文与谱曲、声调等常常不够融洽。就拿《牡丹亭》为例，在开场时唱的是【蝶恋花】：

百计思量，没个为欢处，白日消磨断肠句。

（《牡丹亭》第一出）②

---

① William Shakespeare, *Othello*, in *Arden Shakespeare Complete Works*, London: Thomas Nelson and Sons Ltd., 1998, p.971.

② Tang Xianzu, *The Peony Pavilion*, in Wang Rongpei and Zhang Ling eds. *The Complete Dramatic Works*, London: Bloomsbury China, 2018, p.417.

　　"蝶恋花"字面意思是蝴蝶被花吸引了,在这里表示的则是压迫和忧愁。汤显祖特意刻画了词曲间的紧迫感,这也与莎士比亚的作品如出一辙,而吕玉绳改编的《牡丹亭》却将这一点"修正"了。为此,汤显祖批评其违背了自己的初衷,抑制了想象,结果破坏了一个好的作品。莎士比亚和汤显祖二人都充分展现了词曲结合时所创造出的优柔寡断氛围,从而吸引观众,使他们不得不分析这一新词旧曲的奇怪搭配。

　　莎士比亚还利用音乐强化戏剧,改变其进度和氛围,这在《第十二夜》中有很好的体现。《第十二夜》包含四首完整的歌曲以及大量歌曲小段。从很大程度上来说,这部戏剧的中心就是音乐,贯穿整个故事的叙述。故事发生在伊利里亚(Illyria)国一个叫作里瑞的地方,类似于竖琴的名称"lyre"。主人公叫薇奥拉,类似于一种叫作"viol"的乐器,是西方小提琴的前身,六根弦,用弓演奏。剧中其他重要人物的名字也有类似的文字游戏,例如"Malvolio"和"Olivia"。在这部充满音乐元素的戏剧中,台词里也包含许多"音乐"。

　　《第十二夜》是唯一一部以音乐开场并结尾的莎士比亚戏剧。在剧中,音乐先于台词出现。我们都知道,公爵奥西诺出场后给出了这样一个评论:假如音乐是爱情的食粮,那么奏下去吧。在奥西诺演讲时一直伴有配乐,并且他还要求循环播放这首音乐。此外,他还给出了具有音乐性的描述:啊,它经过我的耳畔,就像微风吹拂一丛紫罗兰,发出轻柔的声音,一面把花香偷走,一面又将花香送。(《第十二夜》第一章第一节)①公爵奥西诺在本剧中可以称得上是音乐的化身。

　　奥西诺公爵在形容音乐时的用词值得我们思忖一二:音乐"甜蜜"地飘进了耳朵。"甜蜜"可以用来形容味觉、嗅觉和听觉上的感受,就像是在紫罗兰花圃里深吸一口香气,风将香气吹远的同时却能带来更多的芬芳。一方面,他将嗅觉和听觉通感化,美妙的音乐就像无意捕捉到沁人芳香那般让人喜悦。另一方面,紫藤花的名字也体现了

---

　　①　William Shakespeare, *Twelfth Night*, in *Arden*, p.1193.

"viol"这种乐器,观众在欣赏花儿时还能回忆起令人陶醉的音乐。作者将"微风"与"甜蜜呼吸"结合,以一种略带情欲的方式体现了其脑海中的想法。对他来说,音乐就像是花朵,芬芳扑鼻,也像是爱人的味道。因此,戏剧中的音乐也是描写爱情的一种方式。

而在《牡丹亭》中,男主人公柳梦梅也有相似的唱段:

> 莺逢日暖歌声滑,人遇风情笑口开。
>
> 一径落花随水入,今朝阮肇到天台。
>
> (《牡丹亭》第十出)①

在此处,柳梦梅一边听鸟儿吟唱,一边追逐溪流中的花瓣。和奥西诺一样,将视觉上的花朵描写成了嗅觉上的芬芳,即音乐到花朵,再到芬芳,最后到爱人和爱情。这两位相距遥远的诗人,都从花这个意象(由音乐引出)衍生出了热情奔放的爱情。为什么音乐可以带来这些? 也许,这两个不同的例子有着同种实际目的。两者的创作主要服务于以声音为导向的场景,因为在剧院里,声音的创造力远高于表演。事实上,两人开始从事戏剧创作的时期,眼镜还未能发明,近视的观众更像是听众。所以,配乐和音乐在汤显祖和莎士比亚的作品中都处于核心地位。

最后要分析的是既在音乐上连接两者却也似乎是使之分离的因素:对白。在汤显祖的戏剧中,对白大多以吟唱方式呈现,而在莎士比亚的英语戏剧中,则以说的方式呈现。但英语学者们往往会忽视的一点就是,莎士比亚戏剧尤其是其中的诗词的发音与一般的英语发音不一样,特别是在研究当时戏剧家描写舞台表演声音之后,这种差异会变得更加明显。例如,威廉·卡姆登(William Camden)认为"舞台表演中说话部分应该带有悲痛的基调"②,而这里所说的基调也具有音

---

① Tang Xianzu, *The Peony Pavilion*, p.454.

② William Camden, *Britain*, 1637, p.78.

乐性,因为在西方的乐理中,基调表示声调和音准。克洛普(John Collop)也曾提到表演者们呈现相似的动作,以及动人的音调①,音调同样也是西方音乐中的元素,它表示某种有着固定音准、音色和强度的声音。弗莱克诺(R.F.Flecknoe)在描述一位表演者时曾说:"她很高,说话音调十分动人,就像是金牛宫里高贵的女王一样。"②金牛宫是当时著名的表演场所,即使是在最本土的剧院里,舞台表演时的念白也和一般说话不同,而大多以歌曲风格呈现。和同时代大多戏剧一样,莎士比亚的戏剧服务于许多不同音调和基调的发音。这一特点并不仅存在于莎士比亚时期的戏剧中。最早记录 18 世纪著名表演者大卫·盖瑞可(David Garrick)主演《哈姆雷特》时说的"生或死,这是个问题"的是乔休尔·斯特里(Joshua Steele)。他将这句台词记录在五线谱上,这说明即使是 18 世纪盖瑞可主演的《哈姆雷特》也有着丰富的音乐性。③即使在莎士比亚一些高雅又刻意的戏剧片段中,对白部分的表演远比想象中更偏向于音乐层面,这点也与汤显祖戏剧中唱白的形式很相近。

我节选了莎剧和汤剧中音乐性较强的章节进行比较,两部戏剧都与梦有关联。前者是《仲夏夜之梦》,后者是《紫箫记》。《仲夏夜之梦》结尾时,唱的是奥布朗之歌。其中他歌颂了夫妇们第一夜的爱以及之后的生活:

> 现在,直到天光破晓,
> 让每个小仙都在这屋里逍遥。
> 我们将去最好的婚床上,
> 在那里接受祝福;
> 在这里创造出的,
> 只有财富。

---

① John Collop, *Poesis Rediviva*, 1656, p.36.
② R.F.Flecknoe, *Fifty Five Enigmatical Characters*, 1665, p.63.
③ Joshua Steele, *Prosodia Rationalis*, 1779, p.40.

> 三对爱侣，
> 真爱永恒。
>
> 　　　　　（《第十二夜》第五章第一节）①

　　这首歌的歌词有着和谐的韵脚，一句结束另一句又重新开始，歌颂了三对情侣间的真爱。借此，奥布朗想表达的是忠诚、真挚又永恒的爱。

　　《紫箫记》剧终时，众人齐唱【短拍】，这首歌与奥布朗演唱的歌曲有着相似的意图及内容：

> 彩襻连心，彩襻连心，香缄燕尾，限良宵没得些时。浪得巧名儿，却不解把郎心系？问何似人间密意？笑背着银缸纵体，推绣枕下罗帷。

之后，唱起【尾声】：

> 捺香方胜同心记，对星河长久夫妻。从今后岁岁相缠五色丝。
>
> 　　香思年年度翠梭，从今无复恨分河。
> 　　休夸天上灵欢少，自是人间喜事多。
>
> 　　　　　（《紫箫记》第四十三出）②

　　这首歌同样歌颂了新婚夜，祝福了爱的延续，并在最后对真爱进行了总结。在莎士比亚的诗文里同样也潜藏着"真爱"，但没有完全指出：尘世的爱虽五味杂陈，却比超自然的爱情或者故事中的爱情有着更多回报。由音乐衍生出爱，确切地说，衍生出真爱——才是对汤剧

---

① 　William Shakespeare, *A Midsummer Night's Dream*, in *Arden*, p.910.
② 　Tang Xianzu, *The Peony Pavilion*, p.674.

和莎剧最合理的总结。

正如之前所说的,音乐、词语和内容都将汤显祖和莎士比亚联系了起来。三翁花园为二者提供了一片共享的乐土以研究自然原声,同样也加强了二者的联系。如果汤剧和莎剧能由同样的演员同时在舞台上呈现,且以昆曲的形式演绎,那么也许中国戏剧的表演形式能照映出莎士比亚戏剧中的音乐元素,让西方听众重新认识莎士比亚作品。

2015 年,习近平主席在访问英国时将汤显祖誉为"东方莎士比亚"——意味着两者不论是在成就、人性、理念或是在对语言的喜爱程度上都十分相近。但汤显祖在音乐表现上要比莎士比亚更为成熟。三翁花园首次通过音乐将两者连接在一起,并希冀今后西方人民在谈及莎士比亚时能将其誉为"西方汤显祖"。此外,我们应该做更多的学习从而进一步研究这两位伟大戏剧家间千丝万缕的联系。

作者单位:伯明翰大学莎士比亚研究所

《邯郸记》与当代人生观

[匈]姑兰著　邵祎宁译

　　《邯郸记》是汤显祖"临川四梦"中的最后一部作品,故事情节丰富,充满人生哲理。故事前身可以追溯到刘义庆(403—444)所编的志怪小说集《幽冥录》中焦湖庙祝的故事。在这个故事里,庙祝有一个枕头(瓷枕,当时中国的枕头由坚硬物质做成,并非软枕),枕头背面有一个小孔。一位正在求福的商人进到了枕头洞里,发现了一个美丽的新世界。他在那里结婚后做了高官,并没有打算回到原来的世界。直到遭遇不幸,庙祝才将他从枕头中带出。商人意识到自己已经在枕头里度过了多年,而现实世界才过去了几分钟。在这里,我想从一个不同寻常的角度谈谈这个故事的现世意义:可否将其看作对相对论理论的早期猜测?但可以确定,故事讲述的是人生的不确定性,同时也有对人生价值的戏谑。

　　这个故事后经唐代作家沈既济(750—797)改写成《枕中记》,堪称唐朝戏剧经典。两者仍有着相同的哲学思想:多年的荣耀与试炼,喜乐与悲伤只不过是一场梦。这个故事的主角是一位名叫卢生的穷困书生,在邯郸的一个小客店遇到了仙人吕洞宾。卢生抱怨自己命运不济,吕仙则给了困倦的卢生一个枕头入睡,让他进入枕头,实现雄心壮志。卢生做了一个梦,自己娶了贵族崔氏的女儿,高中状元后身居高位;在陕西挖凿了八十里运河,后率兵打仗,大获全胜。但因其遭人嫉妒,流言诽谤加身,而被迫流亡多年,直到皇帝召回,才重新入仕。卢生官复原职之后,又遭诽谤。这时他才明白,在邯郸路上才是自己最快乐的时光,于是便自杀了,却被妻子救起。多年以后,皇帝才认识到自己的愚昧,再次召回卢生。卢生的五个儿子和十个孙子曾显赫非常,也都经历过人间疾苦。晚年的卢生给皇帝写信,责怪自己有负皇恩,要求告老辞官。卢生死后又醒来,发现自己仍在邯郸的客店中,店主蒸的小米还没有熟。听过吕洞宾给的教诲,卢生拜谢后离去。

在汤显祖的《邯郸记》中,动人的音乐和有趣的场景再次升华了这一故事;同样的情节,并没有多少起起落落,剧本的结构很清晰,每个场景都精心布置。卢生凭借自己的才能和社会人脉,不论是在和平或战争时期,都获得了巨大成功。他的兴与衰(位居宰相,却被流放三年)不仅体现了沈既济所描述的世事无常,还突出了社会等级制度的运作方式,以及忠诚和友谊的价值,等等。在本剧结束时,卢生醒来发现,自己没有妻子、儿子和孙子,仍是在邯郸路的客栈内,而非荣耀贵气的府邸,他终于意识到那些功绩和荣耀都是空的。卢生放弃了考试,听过吕洞宾的教诲后离去,从此潜心修道。

研究本剧的哲学思想,我们可以发现有两层理念:故事的框架表明,渴望成功,争夺高位或是参与社交活动等都是徒劳的,完美的生活方式应该是远离世界和人,只关心自己的个人发展。恰恰相反,枕头里的故事——比方说戏剧里出现的"入仕"或"追梦"——却暗示了传统社会载体的优点,体现了儒家思想的主要道德价值观,尽管儒家对这一载体的暴行有着强烈的批判。

如果要用当代人生观来分析这部 16 世纪戏剧,讨论它对当代情感的影响和关系,那就必须分析《邯郸记》里的两层哲学暗示。

在我看来,焦湖庙祝的故事只停留在"框架层面",即人生价值的相对性观念。尽管《枕中记》包含了"入仕""追梦"的概念,但这些场景仅仅描述了世俗载体的起伏,并且作者完全同意道教徒吕洞宾"无为"的思想。然而,汤显祖的观点却不同。在《邯郸记》中,戏剧的"框架"只占三十出的五分之一。汤显祖着重描写了卢生梦中和现实的情景,表明他接受社会关系这一现实,却拒绝相信其梦幻般的作用。

在这里,我想将汤显祖的《邯郸记》与西班牙著名剧作卡尔德隆(Pedro Calderon de la Barca, 1600—1681)的《人生如梦》(La Vida Es Sueno)

做比较。这部剧与《邯郸记》有着相似的人生哲学，但从戏剧的角度来看，它们却截然不同：卡尔德隆戏剧的主角——塞贡斯顿多，他只相信生活环境的改变是由于梦，他相信自己从囚徒变为国王只是一个梦。而事实上，他的父亲——老国王将其麻醉之后，他便昏睡了过去，醒来时就变成了国王。而在接下来的场景中，他又变成了一个囚犯，无法区分两个世界。相反的是，卢生真的是从睡梦中醒来，然后意识到他的一生都是活在梦中，吕洞宾在梦里帮助他实现了愿望。

这两部戏剧的哲学都包含了人生的梦幻色彩。我们可以发现，卡尔德隆和汤显祖一样，都接受社会现状是真实的、不可避免的，这位西班牙作家或多或少受到了佛教思想影响。事件、人际关系和行为被卡尔德隆视为主角成功的梦幻载体，能够教育人改变行为，成为一位善良而正义的国王。

《邯郸记》对传统社会的每个阶梯都进行了详细的描述，每一个场景的描写都极具艺术性，每一个角色都给予了重视。我们猜想，从某个角度来说，作者对卢生的努力持肯定态度，但从另一个角度来看，他也认同社会生活的无常。比如，作者用讽刺的语言描述了吕洞宾的高雅生活的乐趣——卢生梦中的儿子和孙子都是客店里的鸡狗变的，吕洞宾将卢生转化成了道教徒，并将他带入梦幻般的修仙修道之旅。

《邯郸记》是对人类追求财富和奢华的道德探索，也是对追求过程中的陷阱的道德探索。我们也许可以说：这种悲观的生活观与我们当代人的生活态度和人生观没有任何关系。但是，如果真的有关系呢？如果古代的科举考试与现在的考试毫无关联呢？如果当今世界人人都只追求财富和奢华呢？如果被同事嫉妒而遭诽谤，遭诽谤的人会因此被定罪吗？当然，不会有人为此被送上断头台，但却会轻易被贬职到偏远地区。反观剧中积极的一面，假设才智超群的人被派去处理难题，难道他会被派去修河道吗？如果一些年轻人只是渴望成功而并非其他呢？我们中会有人太过失望而远离社会追求自我吗？我认为，《邯郸记》中的两层思想在当今社会将会有追随者。

这部中国古典戏剧对中国国内以及国外的观众来说都是十分真

实的。可能西方的观众会觉得,自己被《邯郸记》的故事"唤醒"了,但在中国,《邯郸记》却是另一种境遇:昆曲表演往往只是部分场景,并没有呈现整个剧本。剧院是一个奇怪的媒介:舞台上的表演大多讲述的是现代故事。所以,当你决定表演一部像莎士比亚、塞万提斯、卡尔德隆或是汤显祖的古典剧本,并且希望对观众产生一定影响时,结果可能不是预期的那样。

中国古典戏剧——昆曲或京剧,一直以来都备受西方观众的追捧,但靠的仅仅是其本身的戏剧特色:浪漫的或梦幻的故事;精巧的动作;优美的歌曲和丰富多彩的服饰,却始终不是因为所体现的哲学或道德观念。

如果想将汤显祖戏剧等中国古典戏剧杰作搬上西方的舞台,吸取中国古典戏剧和西方戏剧元素并创造出一种新的风格(例如莎士比亚风格或卡尔德隆风格),我们需要一种新的表现观。

2016 年,在莎士比亚和汤显祖去世 400 周年之际,中国戏剧表演涌现了一些新的方式和新的观点。《邯郸记》在伦敦考文特花园上演,表演者有中国和英国演员,部分莎士比亚人物还被引入到汤显祖的戏剧中(人物麦克白和李尔王出现在舞台上,扮演戏剧里对位的角色)。我没有机会看到这样的表演,但据评论家称,中国演员的表演压过了英国演员(我认为可能是因为这是昆曲表演)。此外,关东艺术家还以散文诗形式在圣彼得堡表演了《邯郸记》,同样取得了巨大的成功。

最后,我有一个观点:如果将汤显祖的《邯郸记》与莎士比亚戏剧比较,我们可以在《暴风雨》中找到类似的思想。普洛斯佩罗用他的魔法改变了之前欺骗他的人们的想法和意图,戏剧结尾处他唱道:

> 我们的狂欢结束了。我们的演员,
> 正如我说的那样,将精神和灵魂融入空气中,
> 融入到稀薄的空气中,就像轻薄的布料一样。
> 那层云覆盖的宝塔、华丽的宫殿、圣殿庙宇、伟大的地球,

是的,这一切都将烟消云散。

当梦想成真时,也许我们正处于睡眠中。

中国的"魔法"——就像普洛斯佩罗的那样,可能是吕洞宾,他幻化出的事情也许会改变你的人生观。

姑兰,匈牙利汉学家

学术动态

文化传承和创新国际论坛

——"三翁"戏剧文化研讨会部分专家学者发言(摘要)

2017 年 9 月 25—26 日,文化传承和创新国际论坛——"三翁"戏剧文化研讨会在江西省抚州市召开。大会发言共分为四个阶段,第一阶段发言由商务印书馆(上海)有限公司贺圣遂总经理主持,广州大学康保成教授点评;第二阶段发言由香港非物质文化遗产咨询委员会郑培凯主席主持,武汉大学邹元江教授点评;第三阶段发言由北京大学廖可斌教授主持,福建闽江学院邹自振教授点评;第四阶段发言由上海戏剧学院教授叶长海主持,温州大学俞为民教授点评。叶长海教授做大会发言的小结。①

第一阶段

周锡山 上海艺术研究所研究员

我的发言题是《戏曲经典传承与创新》。戏曲的传承与创新是 21 世纪中国和世界这一代学者应有的任务,我们应该为当代的青少年读者和当代作家艺术家提供戏曲经典传承与创新的教材和文本。本人在这方面做了一点尝试,在此做一个简短的汇报。在在座的赵山林、叶长海、周育德诸先生以及蒋星煜先生等戏曲权威专家的支持下,我做了两个国家级的资助项目,一个是《西厢记》注释汇评,一个是《牡丹

---

① 说明:本发言(摘要)根据录音整理,除特别注明者以外,文稿都送发言者本人进行了审阅;已送交论文文本并收入本刊,以及与会议主题偏离或因录音故障无法整理的发言未编入本发言(摘要)。

亭》注释汇评。此外,我还选择《长生殿》写了一本专著,用这三个经典
戏曲的文本提供一个尝试。所谓注释汇评,就是把元明清《西厢记》的
所有评论都汇集在一起,明清《牡丹亭》所有的评论都汇集在一起,通
过这样的方式给大家提供一个传承创新的文本基础。我们研究古代
的经典文本,就是要我们这一代人在前面已经出版的成果的基础上往
前推进。

我对这三个剧本提出了系列性的新观点,这里举一两个例子。我
觉得《西厢记》在世界文化史上首创了一个新的爱情模式,这个爱情模
式是知音互赏式的,就是两个人互相欣赏,对艺术、对社会、对文化、对
爱情有一个共同的高度的认识。他们心灵的结合超越了一般人的爱
情的结合。而这样的爱情他的求爱方式不是用语言,而是用艺术手
法。《西厢记》用的是琴声和诗歌,《牡丹亭》继续发展,生死相隔的两
个男女情人,杜丽娘用自画像和自画像的诗歌来表达爱情,柳梦梅来
领会爱情。《长生殿》继续把知音互赏式的爱情往前推进一步,把普通
的帝王和后妃的爱情转化为两个艺术家的知音互赏的爱情。他们通
过《霓裳羽衣曲》的创作——一个是音乐的创作,一个是表演的创作,
李隆基亲自击鼓,杨贵妃跳舞——这样的一种方式来表达跟巩固他们
的爱情。我觉得我们戏曲在世界上有许多独特的伟大的创造,像这样
知音互赏式的爱情,西方的作品基本上写不出来。而《长生殿》又发展
了第二个新的爱情模式。这个模式就是爱情背叛者的后悔与痛苦的
模式。这个模式的爱情西方有一部分作品写得还是不错的。鲁迅的
《伤逝》、曹禺的《雷雨》等少量的作品也能够写出背叛者的痛苦。这样
的爱情模式也是很不简单的。

我们除了在戏曲文本上做研究之外,还要在戏曲美学上有所推
进。中国美学史上有三大高峰,《文心雕龙》、金圣叹和王国维。我个
人的尝试是重点研究金圣叹和王国维。我在 35 年前就出版了《金圣
叹全集》,得了全国古籍优秀图书奖二等奖,然后又出了 180 万字四卷
本的《王国维集》,在这么两个大型本子里,收录了他们的戏曲美学的
所有著作。而后撰写了《金圣叹文艺美学研究》以及《王国维美学思想

研究》,分别是世界级和国家级的项目。近年进了中国社会科学院,他们的国家级项目给我出版增订本,在这两部研究著作中,我把他们戏曲理论全部收入,即将出版的是《王国维戏曲论著全集》释评本。

中国古代美学在戏曲方面当然也有很大的研究成果,比如《吴吴山三妇合评牡丹亭》。《三妇评本》是指吴吴山这一位著名的文学理论家、文学家,先是他的未婚妻,未婚妻过世以后是他的妻子,他的妻子过世以后是他的继室,三个人前赴后继为《牡丹亭》作了世界上第一部妇女写的戏曲评论专著和美学专著,这在世界文学史和美学史上是一部划时代的经典作品,里面有很多精彩的东西。其中之一就是在世界上首次有才女来评论战争。汤显祖胸怀家国,在明代海疆有倭寇,北方有蒙古人入侵这样的形势下,他时时刻刻没忘记用战争来保卫祖国,因而"临川四梦"有两条线,一条是爱情,一条是战争。《牡丹亭》里面的杜宝在淮阳前线抵挡金兵南下,其中战争描写随处可见。《三妇评本》这三位女性批评家非常重视《牡丹亭》在战争方面的描写,在其间有许多非常精彩的观点。三个闺阁妇女能观照战争,说明中国女性批评家,她们的胸怀、她们的眼光、她们的精神境界是非常了不起的。

2016 年中国和英国在上海举办中英高级别人文交流机制第四次会议期间有纪念汤显祖和莎士比亚逝世 400 周年研讨会,其中有七位学者出席了会议,发表了观点,抚州汤显祖国际研究中心有两位参加,一位是吴凤雏主任,一位是在下。我在这个会议上发表的论文是《用中国古代美学对经典著作的四个最高标准来评论汤显祖与莎士比亚》。中国古代美有哪四个最高的标准呢?第一个标准叫笔补造化。造化就是自然,文人作家用笔来补充大自然、社会、人生不可能发生的故事,不可能产生的人物,要写出这样的人物和故事就是笔补造化。《牡丹亭》就写出了鬼和人的爱情,人可以战胜死亡。第二个就是艺进乎道。就是艺术到了最高水平已经到了哲理哲学和宇宙的层次,这是第二条标准。第三条标准是悲天悯人。用非常宽广的胸怀写我们非常悲惨的人生,悲惨的故事。第四个是大器晚成。2016 年逝世 400周年的大家汤显祖,他是在晚年才创作出《牡丹亭》和《南柯记》《邯郸记》三部经典著作的。莎士比亚早期的历史剧不很成熟,这点批评家批评很多,到了晚年他才创作了最成熟的作品,四大悲剧和传奇剧。塞万提斯则是在他生命的最后十年写出《堂吉诃德》。因此大器晚成也是指一个艺术家在高度成熟的晚年时回顾人生、回顾社会所写的东西。

郭绪欠 新加坡华族艺术中心创始人

很荣幸有机会与大家分享和交流我们在戏剧传承及发展方面的努力。新加坡华族艺术中心自 2013 年成立,至今已近五个年头;五年来,我们肩负着传播及弘扬华族文化及传统艺术的使命,可谓是披荆斩棘、精益求精。新加坡是一个多民族融合,多文化共存的国家。在文化艺术冗杂的大环境下,想要推广华族艺术的发展面临着各种挑战,比如市场贫瘠、资金匮乏、人才短缺,等等。五年来,我们一路探索,一路改革,一路尝试,一路创新,走到了今天。

要说对华族戏剧的传承,首先要从孩子开始。新加坡的孩子成长在多民族的环境之下,从小学习多种语言,了解多种文化,对中国戏剧和文化的学习和感受相对浅显匮乏。在这样的情况之下,我们就先从他们的兴趣入手,比如《西游记》里的故事,就是他们比较熟悉的。在此基础上,再打磨作品,比如把传统京剧《三打白骨精》《三借芭蕉扇》等改编成孩子们能看懂能理解的表现形式,再加上演出前的讲解,演出后的互动。这样的活动在本地孩子中获得了极大的反响,以此在文学上和艺术上形成共同的熏陶与渗透。

除了改编传统剧目,我们也做了因地制宜的原创剧目。比如儿童剧《我是英雄武松》就是借用了传统故事中的人物,编写了全新的儿童故事,这样的剧目,既有"何为英雄主义"的价值观传达,又有京剧和古典文学元素的普及,也深受新加坡小朋友们的喜爱。另外就是根据本地文化做有针对性的原创作品。比如为缅怀新加坡建国总理李光耀先生及庆祝新加坡建国 50 周年特定的剧目《狮城由来》。这部剧就是具有本地特色和时代意义的作品,讲述了新加坡"狮城"的传说,也深受新加坡孩子尤其是家长的认可。

在新加坡,为了促进艺术发展,鼓励文化创新,政府也实施了一系列的政策。从资金上,国家艺术理事会和教育部设置了一系列津贴,针对不同门类、不同性质的演出和文艺活动进行补助。在此政策之下,我们既需要有战略性地争取津贴,又要合理地分配和善用津贴,以使得我们在贫瘠的市场条件下保证运作。比如艺术理事会和教育部的津贴鼓励结合学生课本内容的活动,我们就从学生课本里摘选故事,进行编创。再比如"文化随意门"津贴,是鼓励学生走出校门,进入剧场感受舞台表演的氛围及魅力,我们就会精心创作,打造精品,致力让我们的华族表演艺术在舞台上发挥到极致。

除此之外,公司也招收学员,开展课程,做戏剧相关的培训和讲座。比如,2017 年我们最新开展的"小童星培训计划"的课程,就是针对学龄前儿童的表演培训。在第一期的课程中,我们教授了戏曲中猴戏的基本表演,课程结束后,也让小孩子们参与到了《三打白骨精》的演出当中,深化了他们对华族戏剧的感受和体验。再比如"画脸谱"的活动,在本地也广受欢迎。通过简单的京剧脸谱绘画,让孩子接触了戏曲,学习了基本的小知识,也获得了绘画的乐趣。此外,我们也有面对整个市场的商业运作,但在剧目的选择上也是慎重考量。例如,中心在 2015 年精心创作的京剧《龙宫借宝》,就是一场专业水准的传统京剧剧目。这个剧目耳熟能详,以武戏为主,简单易懂、老少咸宜。本剧 2016 年 1 月在新加坡黄金千人剧场成功上演,获得了极好的反响。此外,我们也多次举办国际交流活动,比如,2016 年 12 月我们在中国文化中心举办了首届"新加坡专业戏曲折子戏精品晚会"活动。这场活动是我们请到了国内多位专业的艺术家及优秀青年演员,通过中英双语讲解加示范的形式所做的一场折子戏的普及展演。通过这样的形式,不但让新加坡的观众得到了精神愉悦及体验,同时也有效推广和普及了华族文化及舞台表演艺术。

在新加坡这个寸土寸金的国家,中国戏剧艺术的发展可以说是步履蹒跚,但我们有义务更有责任积极传承,不断创新,让华族戏剧戏曲艺术在海外的发展更蓬勃,更繁茂!

曹树钧　上海戏曲学院教授(本人审阅件未回复,视同默认)

我的发言题目是《让年轻人热爱昆曲、热爱汤显祖》。以白先勇先生为总策划,祖国大陆与港台地区共同打造的青春版《牡丹亭》,是一个让祖国古老的艺术焕发青春的崭新的创意,是一个让优秀传统文化走向世界的非常成功的创意。以青春靓丽的青年演员来演出《牡丹亭》,让全人类观众接受这个艺术瑰宝,这是青春版《牡丹亭》创意的第一个特色。青春版《牡丹亭》有多个版本,但是白先勇这个版本是一个非常独特的新的创意。2001年世界最高文化机构对昆曲艺术的美学成就、重要地位的认可,更加增强了白先勇先生爱护、传播昆曲艺术的使命感。所以他后来特别强调,他的这个版本里都是年轻演员,因为它的基本观众定位是青年观众,目标是努力培养年轻一代对古老艺术的兴趣和热爱,我觉得这是他的一个很大的创意。剧本的生命在于演出,剧场的生命在于观众,一切戏曲都是为了给观众看的。我是研究曹禺的。曹禺非常重视观众,他有很多论述都是谈到观众的。他在1936年就提出来:我推崇我的观众,我视他们如神仙、如佛、如先知,我献给他们以未来先知的神奇。他对青年剧作家说:要了解观众,这是我的一个体会,如果我们写戏的,观众不了解、不欣赏、不来看你的戏,那不什么都完了吗? 有一位著名的电视连续剧制作人谈到自己的创作经验,他说电视连续剧要让二老满意,哪二老呢? 第一,要让老干部满意,就指审查片子的领导。第二,要让老百姓满意,老百姓就是观众。在戏曲剧目的演出中间,有一个怎么让领导认同,又让观众喜欢的问题,这是非常实际的。从艺术的生命力的检验这个角度来看,这个二老哪一个是主要的呢? 曹禺早在1936年就明确地做了回答:观众和时间的洗涤是最重要的。如果你的作品经不起时间的考验,那么这个丑陋的东西就会被淘汰掉。所以老干部的话如果符合观众的意愿,那么就是对的。如果他的观点是跟观众的意愿相违背,那么他的话也要被淘汰。所以我觉得白先勇先生提出的这个观点是非常有道理的。他说真正的好的艺术是百无禁忌的,如果有人不能够欣赏,那么说明我们做得不好,如果你做得好,观众一定会理解。我觉得事实也是这样。年轻人并不是天生不喜欢昆曲,只是对历史背景、文化典故缺乏了解。昆曲确实有的时候难以为观众所了解,但是我们认真地做工作,这些外部的障碍都可以消除。这里我举两个例子。我读高中的时候,语文课本有一个《桃花扇》的选段,当时我对这位语文老师印象特别深,她教这个《余韵》的时候就唱了,她一唱我就觉得这个唱词太美了,《桃花扇》这个作品确实不错。高中的时候我根本没有看过昆曲,听老师这一唱觉得确实很好。后来进了大学,在戏剧文学系,我听过赵景深先生讲课,听过陈古虞先生讲课,他们讲课都有一个特点,一边讲解一边唱。赵景深先生唱《长生殿》,陈古虞先生唱《单刀会》,他们这么一唱、一讲解,给我印象很深,我就感觉昆曲确实是一个好东西。这样我从一个对昆曲不了解的中学生,慢慢对昆曲就很喜欢了。2000 年的时候,当时我已经是教授了,我们教授一般是不带班的,我们系主任叶长海教授跟我商量,说现在年轻人很忙,问我能不能带一个班,我说可以,我也想了解现在的观众。我在带班的时候就尝试引导学生热爱昆曲。他们在进来的第一个礼拜就看了五台昆曲,包括《牡丹亭》,我还让他们记笔记。后来我看他们的笔记,年轻学生原来没有看过昆曲,后来一看确实很美,观后笔记写得很好。我就觉得昆曲是可以让观众了解的,关键是我们怎么来做工作。我的论文是讲《牡丹亭》的崭新的创意,我从文本的创意、表达的创意、舞台美学的创意、艺术管理的创意四个方面进行论述,请大家批评指正。最后我想说一下,习近平同志在 2016 年建党 95 周年的大会上将文化自信和道路自信、理论自信、制度自信并列,扩展成为四个自信,并且强调文化自信是更基础、更广泛、更深厚的自信。传承中华的优秀文化就是坚定民族文化自信的重要方面。汤显祖的《牡丹亭》是前人留给我们的文化瑰宝,青春版《牡丹亭》的文化创意为传承、弘扬这一文化瑰宝做出了重要贡献,这个创意也为把文化遗产的优势转化为文化产业积累了重要的经验,我们可以预计,包括青春版在内的各种各样的《牡丹亭》在今后的岁月里,必将在国际舞台上为弘扬美的艺术、弘扬中华民族的优秀文化做出新的、更大的贡献。

康保成　点评　广州大学文学思想研究中心特聘教授

我讲三句话。第一句话,几位发言人的发言都非常精彩,我印象最深的是匈牙利的汉学家,她讲《邯郸记》和当代人生观,我印象最深的四个字,无论西方还是中国,都有一个"人生如梦"的观念。第二点,我们今天下午的发言,有中国学者、英国学者、匈牙利学者、新加坡学者,为什么我们能坐在一起谈论莎士比亚和汤显祖?很简单。我们之所以能够对话,就是因为我们有共同的情感、人性、价值观。莎士比亚能穿越时空影响中国人,汤显祖能穿越时空影响英国人。但是我觉得似乎有一种力量在否定共同的人性,所以我要提出来这一点。第三句话,戏剧交流。上午中国人民对外友好协会的纪先生讲到中西文化交流的三个阶段,其中说到第三个阶段从 1840 年开始,到现在还没有完成,我非常同意这个说法。具体而言,从 1840 年西方人用炮舰打开了中国封闭的大门之后,我们就自觉不自觉地被推上了一条路,就是中国戏剧向西看,接着由于我们中国人把中国戏曲带到新加坡、带到欧美,特别是梅兰芳的访苏、访美、访日引起了西方戏剧向东看。中国戏剧向西看和西方戏剧向东看是一个大趋势,但是请不要担心,中国戏剧永远也变不成西方戏剧,西方戏剧也永远变不成东方戏剧。中西方戏剧你是你我是我,永远不会完全走到一条河流当中。所谓的全盘西化只是一种提法而已,永远也化不了我们,中华文化有它自身的产生、发展、强大、存在的理由。

第二阶段

郑志良　中国人民大学人文学院教授

我提交的论文还是讲汤显祖诗文集的版本问题。徐朔方先生《汤显祖年谱》附录有一篇文章《汤显祖诗文赋集考略》,介绍汤显祖诗文集的版本及存佚状况,这是徐先生笺校《汤显祖集》时所做的工作。后来在《汤显祖全集编年笺校凡例》中,徐先生再次提到他所见及所用的汤显祖诗文集版本,但是,存世的汤显祖诗文集还有一些版本,徐先生未曾寓目,因此,也就不能用来校勘,而有些版本对汤显祖诗文的校勘有重要价值。我举两种来说明:

一种是《玉茗堂文集十卷》,此书现藏山东省图书馆,为存世孤本。卷首《义仍先生文集序》,署"万历丁巳春正虞山后学钱谦益纂",万历丁巳为万历四十五年(1617);另有《义仍先生文集序》,署"吴郡门人许重熙子洽撰"。目录之后有"徐锡祚、孙胤加、龚本立、沈春泽、陆瑞征、瞿式耒、杨彝、顾谔纂辑",正文署"临川汤显祖著,海虞顾大章、许重熙校"。根据钱、许的序言可知,万历四十三年(1615,汤显祖去世前一年),许重熙到临川拜谒汤显祖,汤显祖把文集十卷交给许重熙让其刊行。万历四十五年(1617,汤显祖去世后一年),许重熙与常熟友人合力将它刊刻出来,算是一种纪念。此书在汤显祖诗文校勘上有重要价值,举例来说,《玉茗堂文集十卷》本仅收尺牍四封,分别是《与司吏部求免北征书》《答凌初成书》《答钱受之书》《寄许子洽书》,这四封书信与徐朔方先生笺注《汤显祖全集》中书信都有不同程度的差异,徐先生未见此书,当然不能用它来校勘。如《答凌初成》是汤显祖很有名的一封书信,信中汤显祖提到自己的《牡丹亭》"大受吕玉绳改窜",对此汤显祖表达了强烈的不满,此信广为称引。在《玉茗堂文集十卷》本中,此信的第一句话作"不佞生非吴越通都",通行本作"不佞生非吴越通",少一"都"字。虽是一字之差,但意思却有了天壤之别。"吴越通"类似于"中国通","中国通"往往指外国人,但对中国的很多事情都通晓;而"吴越通"应该指吴越之外的人,但对吴越一带的事情都通晓。如果汤显祖说自己"生非吴越通",是指他说自己生来就不是通晓吴越的人。而"生非吴越通都",是指汤显祖并非出生于吴越一带大都市的人。在明代,吴越一带的城市如南京、苏州、杭州、嘉兴、湖州,在当时人们的眼中都是通都大邑,有点类似于今天的北上广深等一线城市。笔者认为,"不佞生非吴越通都"是正确的表述,汤显祖的意思是:我不是一个出生于吴越一带大城市的人,因而眼界见识都很浅陋。这样的表述,意思更通畅。

另一种是《玉茗堂尺牍六卷绝句二卷》,此书现藏中国国家图书馆,万历四十六年(1618)南丰朱廷诲刻本,尺牍及绝句的内容是汤显祖第三子汤开远所提供,有极高的版本价值,笔者曾从中辑出不见于天启刻本《玉茗堂全集》的尺牍十四篇。除了辑佚之外,它对于汤显祖诗文的校勘及汤显祖研究资料的汇集也很有作用。《玉茗堂尺牍六卷》前有序言两篇、题跋两篇,这四篇文章沈际飞编《独深居点定玉茗堂集》都收录了,但两者比较,可以看出沈际飞对原文都做了修改,有的修改到了令人惊诧的地步。徐朔方先生笺校《汤显祖全集》收录尺牍序言根据的是沈本,并不准确。

康保成 广州大学文学思想研究中心特聘教授

距今 105 年前,公元 1912 年,有一位潮州潮安人叫陈子栗,在新加坡成立了一个余娱儒乐社,是专门保存、演出外江戏的业余戏剧团体。什么是外江戏? 简单地说就是现在的广东汉剧、闽西汉剧,他们的源头是湖北的汉剧。湖北的汉剧叫汉调,早先又叫楚调,是京剧的前身之一。于质彬先生写过一本书叫《南北皮黄戏史述》,但是他没想到皮黄这个剧种在 100 多年前竟然漂洋过海到了新加坡。余娱儒乐社抄的那些剧本现在藏在新加坡国立大学的中文图书馆,我们到现场去看,有厚厚的这么一叠,剧本是 145 种,我们初步看了一下剧目,它和现在车王府的皮黄本有比较高的重合度。但是它的细节,包括情节、唱词、咬字,都有很大的差别,非常有研究价值,有对比意义。我们现在正在做这个工作。我在 2012 年拿了一个国家社科基金重点项目,就叫《新加坡藏外江戏剧本的搜集与研究》,已经到了尾声,我的博士生参与了其中的一部分工作,我自己现在正在做。我发现他们叫"儒乐社",当时广东、华南地区崇北,以北方话为官话,以北方文化为雅正,以自己的白话、方言为俗文化。一边是雅一边是俗,汉剧、外江戏是雅的,而白字戏,用广东话、潮州话演的戏是俗的,这个观念是我们应该注意的。第二,他们抄这个剧本主要不是为演出,而是为了在异国他乡保存祖国文化。这里的一个证据就是《四郎探母》。按照情节和演出先后,本来《回令》在后面,如果为了演出的话,应最后抄写。但它不是的,《回令》抄写的时间在先,而《坐宫》反而在后面,这说明它并不是为演出而抄写。这批剧本后面都有抄写时间和抄写人,这就是它的价值所在。最早的本子抄自1914年、1916年,最晚抄自1939年。1939年就是日本占领新加坡的前两年。珍珠港事件后,新加坡就被日寇占领了,余娱儒乐社的活动也就被迫停止。这些抄本字体非常漂亮、非常工整,有很多比车王府的本子抄得好。所以中山大学黄仕忠教授在做海外藏中国戏曲俗曲这个项目的时候,我告诉他这个消息,他很想把这批剧本列入他的项目在中国大陆影印出版。当然版权是否存在问题,是否必须征得收藏单位的同意还不知道。这是我要说的第二点。最后,这一批剧本不单是抄写、保存,他们还要演出,而且全部是业余演出,不挣钱的。业余演出有两个场合,第一,赈灾。哪个地方发生了自然灾害他们就举行赈灾演出。特别是中国大陆,1928年发生了非常大的风灾。他们赈灾义演,募捐了十几万银圆。第二,尊孔演出。每到孔子诞辰的时候,他们都要沐浴更衣、行礼,对着孔子像演戏,还有祭孔的时候要演出。就这两个场合。而且一开始是清唱,后来彩唱、演折子戏,偶然也演大戏。这样一种现象就非常值得我们关注。海外的华人,他们对于中国文化的这种依恋、认同,这是值得我们很好地研究的。

徐国华 东华理工大学文法学院院长兼江西戏剧资源研究中心主任

对汤显祖应该进行全方位多角度的观照,让世人认识这样一位在多领域均取得杰出成就的文化巨匠。那么今天我想讲的是目前我正在做的关于20世纪汤显祖研究学术史的课题。一百余年来,尤其是20世纪80年代以来,一大批学术前辈的颇有成效的研究,为我们留下了十分丰硕的汤学成果。如果我们能认真摸一摸前辈学者留给我们的学术成果,那么我们就有可能更好地把握汤学发展的脉络,真正站在学术的前沿,使我们研究工作的起点有所提高,汤显祖研究工作中低水平的重复现象自然会有所减少。正是基于这么一种思考,我认为应该对20世纪汤显祖研究学术史进行一种学理性的概述。学术史的研究是以前人的研究为对象,是研究之研究,它的基本方式就是一种学术的淘汰,也是学术的积累。它总是以不间断的减法来弃置那些陈旧的一般化的材料,保留那些有价值的、应该传承的学术资源。而后人的研究工作就是要凭借着前人的那些学术资源而进行。汤显祖研究已经历经了百余年的沉淀累积,具有相当充实的学术基础,但是是否能够作为具有独立学科形态的汤学来构建?20世纪80年代以来,举办了关于汤显祖研究的若干次讨论会,那么要不要在学术史中详加介绍?由此想到当代的汤显祖研究,经过历史的积淀,能否作为独立的阶段进入学术史之中?这些问题我想学界向来是有不同的意见。那么在进行汤显祖研究学术史这个课题的时候,我想应该尽可能地运用多元互补的学术眼光,为百余年来的汤显祖研究学术史勾勒出多元并存、多元交流、多元融合的丰富而生动的格局。考虑到汤显祖研究格局的复杂性,对各种学术见解也应放在多元视野下,进行实事求是的评述,是其所当是,非其所当非;摒弃一元化的思维模式,尽可能展示多元共存、多元互补的学术生态,使学术史的描述能够更公正、更客观,也更符合历史的真实面貌。

吴凤雏　抚州汤显祖国际研究中心主任

我今天要提出的是关于汤公人格问题的讨论,即探讨汤显祖从赤子到君子到大君子的人格轨迹。我说三句话:第一,中国人崇尚君子,"做君子不做小人"已经内化为我们中国人的一种集体人格。但是君子是有缺陷的。按一位学者的说法,君子人格的缺陷在于,过于在乎自己而容易陷入"我执"之苦。这一缺陷怎么来补救呢?佛教可以补救。为什么可以呢?因为佛教的空性主张能够让君子之道得以升华,升华到大君子这个境界,涵养出不应不入也不避的这么一种处世之道,从而排解"我执"之苦,使生命重新获得清朗自在,心性得以完善。所以真正的大君子,他一定是既有君子的人格,又亲近佛教。以此来考究汤显祖,可得出一个新判断:汤显祖真大君子也。为什么这么说呢?这就是我要说的第二句话,说汤显祖是大君子,其内在逻辑是:从赤子,到君子,到大君子。其人生修成轨迹是:从天机冷如,到意气慷慨,到蹭蹬穷老,到达人返虚。关于汤显祖从天生赤子到凛然君子的例子,大家都很熟悉,我就不说了。晚年作为大君子的汤显祖,他已经修炼到不应不入、不避不趋的层次即不应世、不入世、不随俗;并且,有灾难来了,他不避,坦然面对,人生的一些东西,他不趋求。晚年的汤显祖真的到了这个境界。这时候他的眼中无贫无富,无穷无达,无失无得。他既是茧翁,又是清远道人,更是玉洁冰清的玉茗先生。第三句话,汤显祖这个大君子,应该对我们当代有哪些文化启示呢?如果说汤公的当代意义,当然首先是作为艺术经典的"临川四梦"的当代意义,但今天只讨论他的君子风骨。常闻一种慨叹,说当今已经没有了大师。我觉得很悲哀。这种观点对与否,在这里不加评论。但是它反映出现在的人们盼望出真正的大师,出大君子。因为时代需要有魅力的人格,时代需要前卫的思考者,而汤显祖就是他那个时代的前卫思考者。他的贵生说、言情观具有深刻的时代意义,特别是他的言情、至情观,体现了对个体意识的重视,对人生原则和信念的至死不渝的追求,体现了当时的前卫思潮。汤公是主张者,也是践行者。汤公君子风骨的当代文化意义,我认为起码表现在:第一,他的独立人格。第二,他的自爱精神。第三,他的坚守毅力。他的独立人格是不依不傍不随流俗;他的自爱精神是达则兼济、穷则独善;他的坚守毅力是一生都坚守民本,坚持至情,坚持独立人格。汤显祖的独立人格、自爱精神和坚守毅力,至今都有其独特的时代魅力。

邹元江　点评　武汉大学哲学学院教授

我们这一场很多专家贡献了很多智慧,给我很多启发。首先,作为学者的一个最重要的能力,就是要有善于发掘问题的眼光。任何发掘都是学术研究的前提和基础。郑志良教授、康保成教授两位为我们提供了他们最新发掘的前沿的东西,开拓了我们的眼界。第二个是作为学者,在发掘的基础上,要有一种明辨的能力,也就是不断地进行重组、重构。这是学术增值最重要的一个切入点。赵山林教授谈到关于汤显祖赋的问题,这是他第二次谈。其实关于赋,可以反映出吴凤雏老师刚才讲的汤显祖人格的特别重要的一面。赵先生所关注到的这两篇赋都是我评论过的,一个是《嗤彪赋》,一个是《庭中有异竹赋》,可以说这是体现汤显祖精神人格的非常重要的赋。第三个是比较。我们有两位老师都提到比较的问题。可问题是,我们常说一提到比较就让上帝发笑,因为我们学界长期都搞不清楚比较的前提在哪儿?比较的门槛在哪儿?这是目前中国学界一直昧而未明的地方。我们究竟为何比较?比较什么?我们需不需要对某一门国外的语种有非常精深的理解,对自己本国的学术又有非常精深的研究?这才是建立比较的一个最重要的前提。对这个问题在国内实际上一直有人质疑,所以,我们还可以继续就这个问题加以讨论。第四是跨文化传播。江苏省昆剧院的新概念昆剧《邯郸梦》在 2016 年到英国演出前,我参加了柯军他们组织的宣传活动。我也专门为这个剧目写了一篇文章。这里面的核心问题就是跨文化传播,我们要确定一个什么样的主旨。我的想法是跨文化传播一定要有自己的主体性。我们现在很多跨文化传播,尤其是戏剧演出的跨文化传播,实际上是丧失了自己的主体性,或者偏离了自己的主体性。几年前,福建京剧院与法国合作《司卡班的诡计》,莫里哀的喜剧用我们的京剧来演。我当时在座谈会上很得意,说:哎,你看,原本对中国观众而言不那么好看的一个戏,被我们京剧唱念做打一演就活灵活现的。我的话音未落,法国的导演安澜(Alan Boone)就很不高兴,说:"莫里哀的喜剧当时就是像你们的戏曲这样演的,只是现在我们不知道当时莫里哀的喜剧是怎么演的,但通过看你们的戏曲表演让我们意识到,哦,莫里哀的喜剧当时就是应该这样演的。"显然,他的主体性非常明确。德国柏林自由大学戏剧系主任、大德语区戏剧家协会主席艾丽卡·费舍尔-李希特——这位理论家的著作最近被翻译到国内——她专门讲到这个问题,也就是跨文化戏剧的"文化殖民主义"。这个问题是要引起我们警觉的。西方的艺术家他可能出于艺术的目的,也有可能是出于欧洲中心论,甚至出于隐性的"文化殖民主义"意识。我们缺少对自己本民族文化的主体的意识自觉。我们有一些艺术家,甚至是一流的艺术家长期在海外,甚至就蹲点在人家的剧院里指导西方的戏剧家学习中国戏曲的精髓。可是从来没有哪一位西方的戏剧家承认这是来自中国戏曲的启示,他们有他们明确的主体意识。第五个是吴先生所谈的汤显祖的人格问题。这让我想到这么多年和吴先生的接触,我非常地敬重他。他这次为大会做出了极大的贡献,尤其是他写的关于新发掘的汤显祖所撰的墓志铭的探索文章,对于我们很有启发。

第三阶段

俞为民 温州大学人文学院教授

我觉得我们要继承传统,特别是这些经典,又要敬畏,又要打破这种传承不能动、不能大改的思维定式。汤显祖的"四梦"应该说无论在文学史上还是戏剧史上都是经典。文人创作文学作品的目的,一个是表达自己的志趣,一个是表现自己的才华,他们的意图是很明确的。然而也可能过于注重才华,曲词很漂亮,但是舞台性很差。我们衡量一部戏,最重要的标准还是它的舞台效果。戏曲的舞台性有两个,一个是它的矛盾冲突,有没有高潮。比如我们通常所讲的矛盾高潮、逻辑高潮、情感高潮。《牡丹亭》里也通过自然的情与理设立了高潮。这个冲突应该催人泪下,或者引起强烈的看下去的欲望。《离魂》是这部戏的矛盾冲突的高潮。但实际上看到这个地方还不能引起我们的感动,我们看到这里可以就此结束也可以看下去,没有一定要看下去,死掉就死掉了。另外就是观众没有这个经历的话也不会有强烈共鸣。还有,这出戏的一个主要问题是它没丑角,丑角的戏很少。我最近正在做一个陕西地方戏《琵琶记》,那就不同了。关于《琵琶记》,我们记得蔡伯喈和赵五娘之间是没感情的,但是有的戏里就加了一场《夜读》。蔡伯喈为了科举深夜读书,赵五娘在边上陪着,蔡伯喈读到睡着了,赵五娘就把衣服脱下来披到他身上,蔡伯喈醒了以后,发现自己披着衣服,这就说明他们两个有感情基础。然后蔡伯喈把赵五娘抛弃,这样一个对应关系就把矛盾冲突体现出来了。另外这个《琵琶记》里面有两个丑角,不仅仅有一个小骗子,还增加了一个大骗子,共同去骗蔡伯喈。所以《琵琶记》能够在各个舞台上面都演,如川剧、湘剧、粤剧,包括藏剧、豫剧、曲剧,各种地方都有五花八门的改编。它就是从舞台的角度去改经典。那么汤显祖的《牡丹亭》,它是文学经典、戏剧经典,但是它不是舞台经典。我们衡量一部戏,标准不是它的文学语言,它的思想价值,首先是它的舞台表演。所以我们说一部戏,特别是文人的作品,有一个经典性,不像艺人。那么对于这些文人和创作,我们只有从舞台的角度加以改进。但实际上我们现在看的一些作品,包括昨天看的,基本上没大变动,包括唱词、其他的人物形象、角色体制基本都没有动,只是在结构上筛选一下。为什么?因为大家都为保持汤显祖,不敢打破。这样就造成了舞台效果不够经典。所以我想我们对待经典,既要敬畏又要从舞台出发,不能凡是经典就不能动。而且我们讲这个也不违背联合国所保护的这个非物质遗产代表作。因为这是两回事。他们现在所做的是传奇,不是昆曲。这个是我的观点。这些剧目汤显祖主观上有可能是为昆曲做的也可能不是。我们历史上只有南曲和北曲,没有昆曲。所以汤显祖的"四梦"是传奇,不一定是昆曲。而联合国保护的是昆曲,不是传奇,这样的概念很清楚。所以我们说对于文学,对于文人创作的一些经典,如果演出的话,要打破这种传统的不能动的观念,还是要实事求是,从舞台实际出发。

顾侠强 原《昆曲之友》主编

我发言的题目是《汤学正名考》。"汤学"这个命题,可谓由来已久。早在 20 世纪五六十年代就有个别学者提出过,但几乎没有引起任何反响。1983 年 3 月,著名的戏剧理论家郭汉城先生在为江西文学研究所编辑的《汤显祖研究论文集》所作的序文中,就提出了"汤学"这个命题。20多年前,上海戏剧学院学术委员会主任叶长海教授发表了《汤学刍议》的文章。自昆曲入选世界非物质文化遗产以来,也有个别学者在不同场合提出过"汤学"这个命题。由于受到时代、政治、社会、文化等诸多要素的影响与制约,上述当事人还没来得及系统地、详尽地阐述"汤学"产生必要的实践基础、理论依据与基本举措等;还没有主动地、有意识地用"汤学"理念来指导汤显祖研究的实践活动。迄今为止,还没有任何一个国家级的权威学术机构与组织,在正式的学术会议上宣布"汤学"为一门新的人文学科,在社会科学领域内更没有被认可。

综上所述,"汤学"目前只能说是人们提出过的一个命题。在某些相关活动中,有关人员也有意或无意地提出过汤学的某些理念或观点,但还没有将其作为一种系统的思想理论武器,有意识地用来指导当下汤显祖研究的实践活动。对此,笔者想站在诸位前辈的基础上,谈谈自己对汤学的一些认识与见解。

汤学不仅仅是一个新名词、新概念,更重要的是它代表着一个新学术领域的横空出世。汤学的提出与实践,标志着汤显祖研究开始进入了新的历史阶段。

汤学——顾名思义就是研究汤显祖的一门学问,但是我们不能简单地理解为"汤学"即研究汤显祖生平历史及其著述的一门学问。汤学这个新的学术概念有着较为宽泛的外延与深厚的内涵。

汤学的外延:汤学指有关汤显祖在戏剧创作以及诗词文赋、仕途风云、师友往来、年谱考证、家谱研究等方面的成就、意义、作用以及影响,等等。根据系统论的理念,汤学如同当今之"红学",都属于学术领域最末端层次,不可再细分的具体的人文学科。

汤学的内涵:汤学的内涵呈现出一种同心圆的结构模式,其中包含着四个层次。核心层次是指汤显祖的以昆曲"四梦"为代表的舞台实践、文本研究、传承流变、古今评论及其所蕴含的艺术价值、人文价值、社会意义,等等;中间层次是指汤显祖的除了昆曲"四梦"以外的其他各个剧种的艺术实践、文本研究、古今流变、传播途径与方式、相关评论及其所蕴含的艺术价值、人文价值、社会意义,等等;次外围层次是指已经问世的汤显祖的学术论著、政坛策论、诗文作品等方面的著述以及所蕴含的学术价值、人文价值、思想意义、社会意义,等等;外围层次是指汤显祖的官宦仕途、交友实录、家庭状况、家谱考略、年谱考略,等等。

众所周知,"红学"是以《红楼梦》为主要研究对象的一门人文学科,对此我们切不可望文生义,简单地、机械地将"汤学"认为是以汤显祖本人生平以及各种著述作为主要研究对象的一门人文学科。

笔者对汤学的定义为:汤学是以昆曲"四梦"研究为核心,以其他各个剧种"四梦"研究为辅佐,兼顾汤显祖各种著述以及个人生平等,呈同心圆发散型组织建构的一门人文学科(其组织建构见上述四个层次)。

值得一提的是,我们切忌望文生义,错用扁平式的直线思维,将汤学简单地理解成研究汤显祖生平活动、思想、政绩、著述的一门人文学科。

对此,我们不妨进行一下逆向思维,假如没有汤显祖之"四梦",汤显祖还能在 2015 年被联合国教科文组织推举为共同纪念的世界三大文化伟人之一吗? 还能被称之为"东方戏圣"吗? 答案是显而易见的。

从宏观的文化思维角度来看,当下汤显祖研究基本上是沿用了一种直线的思维方式,扁平的研究模式,偏离了大方向,并没有真正突出汤显祖是明代戏剧家这个要点,更没有重点突出汤显祖研究必须以昆曲"四梦"为核心的这个关键,犯了战略性的错误,对此我们应当予以纠偏。

从战术层面来考量,我们当前的汤学研究可以算作是成功的,确有不少作品是可圈可点的。

但从战略层面来考量,我们当前的汤学研究则是失败的,用系统论的观点来分析,那就是偏离了系统发展的基本导向;用矛盾论的观点来分析,那就是并没有抓住主要矛盾,犯了战略性的错误。

汤学产生的八项实践基础,其中社会要素六项:戏曲文化底蕴、研究历史积淀、互动效应结果、良好文化生态、国家行政推力、国际组织号召;个人要素两项:坎坷人生、出色才华。

汤学产生的七项理论依据:老三论(信息论、系统论、控制论);新三论(耗散结构、协同说、突变论);雅俗文化交融论;神秘现实主义和神秘浪漫主义;梦幻题材的思想与理论;新三教融合论;由人本思想到贵生学说。

汤学形成与发展的七项基本方略:第一,厘清"汤学"的各种要素,努力促使"汤学"早日问世;第二,运用"文化思维"的战略方针与战略目光来审视当今之"汤学";第三,明确汤学研究的基本原则与基本方针;第四,明确纵、横交错的基本发展思路;第五,辨明矛盾的特殊性,善于抓住主要矛盾;第六,跨界合作——取得一加一大于二的"互动"效应;第七,循序渐进——求真务实、逐步推进,从而形成真正意义上的"汤学"。

段江丽 北京语言大学教授(本人审阅件未回复,视同默认)

我今天要讲的题目是《情与理的和解》,从杜宝谈起。在我们平常的文学史和我们的理解里边,杜宝都是作为一个封建礼教的代言人被质疑被批判的,但是作为一个案头的阅读的话,我觉得杜宝这个形象其实是非常正面的。在中国古代文学里面很少有这样一个丰满的正面的男性形象。作为一个官员,他是非常典型的勤政爱民、智勇双全的形象。无论是在太守任上还是后来在战场上,他都是忧国忧民的。就像昨天吴凤雏先生说的,他是一个大君子的形象。然后作为一个父亲,我们以前看到的是他严厉的一面,而其实他也不失慈爱的一面。《牡丹亭》里面有很多的细节都表现了他对女儿的那种爱,甚至于有研究者,像著名的汉学家李威德先生就说他甚至是溺爱的。他对女儿的那种教育那种约束,其实是为了让她的人生变得更完满。我们可能像读《红楼梦》一样,在不同的年龄阶段读来感受是不一样的。我们作为年轻人,在青春的梦想的年代,可能更加欣赏那种男女的自由的爱情。

但是我们作为家长,会觉得父亲那样一种教育,就是在当代人的立场,也是有部分可取的。这是作为一个父亲的形象,具体文本里面有很多细节,因为时间的原因,我在这里就不详细说了。另外还有一点,他作为一个丈夫,其实也是很难得的,也是个重情重义的丈夫。他只有一个独生女儿,在"不孝有三无后为大"的传统社会里,却并没有那种重男轻女的思想,也没有为了子嗣就要纳妾。当然从文学的角度来说,这是作者的一种构思。但是我们说分析人物的形象,有三个不同的维度,一个就是把它当作虚构世界里的真实的人。另外就是主题的意义,还有就是文学结构的意义。但是至少我们把他当作一个真实的人的这一面,他没有重男轻女的思想,对这个女儿也是满心的疼爱。后来当独生女儿完婚之后,他的夫人是主动提出来,要他找一房妾来传后,两次他都婉言拒绝了。当然他有他的理由,但是这里面也不乏对他夫人的一种尊重。所以我认为他作为丈夫、作为官员、作为父亲相对来说都非常符合传统封建礼教,甚至整个人类文明对男性形象的一个期许。就这样一个形象,把他放在跟他女儿的矛盾关系里面来考察,最后我的结论就是《牡丹亭》它写了一种至情,同时也写了一种至理,这种至情和至理是两种不同的价值体系。而这两种价值体系都有它存在的意义,都有它存在的正确性。《牡丹亭》把这两种冲突的双方都写到了极致,然后来看这两方面的冲突。那我们回过头来看我们人类的文明史,人类文明的本质就在于克制欲望,要建立一种秩序。人与猿相区别,人的一个本质特点就是人是有理性的,从这个角度,如果我们否定一切的理性,否定一切的规范,那人类跟动物就没有什么区别了。最后这对父女达成了一种和解,这种和解不能片面地说是一方战胜了另外一方,而是各自都有一个退让,都有一个妥协。作为追求情的杜丽娘一方,她作为鬼的时候,可以自由自在地不受任何礼法约束地去爱,但是当她死而复生之后,就要把自己的行为再次自觉地拉回到这种理性的秩序,她要寻求父母的这种认同。最后是一个超越他父亲的权威的更高的权威,就是圣旨的认同,这个就是作为情的一方的退让和妥协。而作为理的一方,其实这个文本细节很有趣,就是当杜宝一再确认之后,甚至圣旨都下了之后,他其实还是不同意原来的婚姻,但是这样一来他的女儿就再一次晕厥过去了。在这样一个细节中,他就马上说"啊,我的儿",把他女儿抱起来了。其实这个时候他的这种父女天性与他所坚守的这个理,就发生了一种理和情的和解。而我们更广阔地去看,《牡丹亭》里面有一点是非常值得关注的,但古代文学作品里面很少写到,那就是科考时文章的内容。他写到柳梦梅的科考,当时的试题是金兵犯境,问考生是主战、主和,还是主守,柳梦梅提出了一个意见,他的意见得到了主考官的认可,就是说这个战是为了更好的守,守是为了和。我就觉得汤显祖也有这样一种主动的思考,即对于情与理的冲突,冲突的双方要怎么样去达成和解的情形。这是我阅读《牡丹亭》的一种体验。

邹自振　点评　福建闽江学院教授

首先说说吴书荫老师的发言。吴老师是我们非常尊重的前辈学者。他刚才从几个切入点,如汤显祖与张居正的关系、汤显祖政治上的失意等方面,讲述了成就汤显祖作为伟大戏剧家的过程。吴老师还讲到了"临川四梦"版本的来龙去脉,让我们很受启发。已故蒋星煜先生 1982 年 10 月在抚州纪念汤显祖逝世 366 周年学术研讨会上提交过汤显祖与张居正关系的论文,称得上是一篇宏论。蒋先生是明史专家,研究汤显祖,一定要熟读明史,否则只能是一知半解,所以确实越研究汤显祖越觉得汤显祖的博大精深。接着就是周华斌老师的发言,他进入到汤显祖人生经历的几个阶段,讲到他的佳丽情结、侠义情结和盛唐文学的关系,和佛道的关系等,认为汤显祖是善终的。确实,一个人若不经过磨难,很难在文学上艺术上有大的成就。

我在此也发个言。我认为汤显祖他自己原本是不想成为戏剧家的,他和清代的李渔是不一样的,李渔生来就是要做戏剧家的。李渔在他的戏班子里,自己就是经纪人,作为"班头",他要到处去打秋风,到处去演出,他的那些戏曲像《风筝误》之类,是即兴就可以演出的,乃至充满喜剧色彩,使舞台满堂生春。汤显祖则不一样,他作为一个戏剧家,实际上是力图通过他的戏剧,展现他所生活的时代、他的"情"与"梦"、他的思想意蕴。"临川四梦"就是他的一生追求和全部生命历程的展现:《紫钗记》是希望的春天之梦;《牡丹亭》是炽热的"仲夏夜之梦";《南柯记》是失落的霜秋之梦;《邯郸记》是绝望的寒冬之梦。"临川四梦"满满表现的是汤显祖的时代面貌和生活情趣。汤显祖的戏剧无疑是中国戏剧史、文学史乃至文化史上不可逾越的经典。由此我想到了汤显祖说的四句话:"不乱财,手香;不淫色,体香;不诳讼,口香;不嫉害,心香。"我们应该从汤显祖所秉承的家风、家训,从汤显祖的坎坷人生、高尚节操、绝世才华诸方面深入了解汤显祖的人品、人性,这样才能真正进入汤显祖的内心世界,做到"知人论世",全面研究汤显祖。

顾侠强老师提出一个汤学的概念,这个他可以提、可以思考,这是一个很大的问题,政治学的问题。毕竟有红学在先,这个可以讨论。还有就是段江丽教授,她切入到杜宝形象。因为我注意到她在明清小说尤其是《红楼梦》研究上非常有成就,尤其我想到了汤显祖说的四句话,"不乱财,手香;不淫色,体香;不诳讼,口香;不嫉害,心香",这样才能更好地进入汤显祖的世界。最后说说徐永明教授,他每次发言都比较短,但给我们很大的思考空间。永明兄在美国哈佛大学做了几年研究,也到国内的多所大学讲学。他的《汤显祖戏剧在英语世界的译介、演出及其研究》《中国古典文学研究的几种可视化途径——以汤显祖研究为例》给我们许多启发。永明将相关的数据库和软件运用于汤显祖研究所作的介绍与演示,让大家耳目一新。

第四阶段

龚国光　江西社会科学院研究员

关于汤显祖与莎士比亚戏剧我仅谈以下三个问题:第一,有关半部《紫箫记》。这是汤公在南京闲来无事写的,由于辞藻过于艳丽,又有暗讽张居正之嫌,于是搁笔,因此大家对这半部作品不太重视。现在看起来,这半部《紫箫记》是很重要的,可以说,汤公如果没有这半部《紫箫记》的练笔,也就没有"临川四梦"那么成熟的经典问世。吴书荫教授讲得非常好:汤显祖在南京仅是个闲职,在这时期读了大量的书,又结识了大量的戏剧家,于是便有了"写个戏玩玩"的动念。不想这一玩就玩出了一个世界级的伟大的戏剧家。我就想到歌德,歌德和席勒早年的作品也是不够成熟,这个事实足以说明了灵感与少年热情不可分的看法是错误的。只有到了成熟的年龄,歌德和席勒这两位天才才创作出了一流的诗歌。第二,有关汤公与莎翁戏剧的"念白"。"临川四梦"特别注重念白,这个念白比元曲还要多,但是有些大段的念白,却比元人还要出色。在《邯郸记》中,宇文融有一大段独白,讲自己要怎么样陷害卢生和他的妻子及儿子,并要斩草除根,置卢生于死地而后快。我们再看看莎士比亚《奥赛罗》中,伊阿古在场上表演怎么样陷害奥赛罗的妻子苔丝狄梦娜的那一大段独白。如果我们把这两大段独白放在同一时间来阅读,真有"同出一个作者之技法"的感觉。汤公与莎翁的独白处理,是在角色与观众之间,用一个推心置腹的方法来跟观众慢慢交流,这是汤莎戏剧中一个很大的特点。最后,谈谈汤公与莎翁的演出场所。这非常巧合,巧合在什么地方呢?我们玉茗堂什么时候建的?万历二十六年(1598),是汤显祖弃官归隐以后在家乡建的。那么刚好,环球剧院也是建于万历二十六年(1598)。那时,泰晤士河畔的郊区还是一片沼泽,始建者资金也不够,发动五个小股东集资,莎士比亚是其中的一个,就把环球剧院建起来了。我们玉茗堂的首演是《牡丹亭》,环球剧院的首演则都是莎士比亚的剧作。更奇怪的是,就在1613年,汤公和莎翁去世的前三年,玉茗堂遭遇火灾,环球剧院也在是年遭遇火灾。这的确是个很蹊跷的话题。这样就把汤显祖和莎士比亚这两位巨人的人生计划全打乱了。三年以后即1616年,两个最伟大的戏剧巨星去世了。在这里,我仅谈谈自己的一些肤浅的想法。

仝婉澄 广州大学人文学院副教授

我近年在做日本的中国戏曲研究资料的收集和整理工作,今天借这个机会,我想谈一下《牡丹亭》在日本的传播与接受的问题。

我们现在可以看到的关于《牡丹亭》最早的传入记录是在清代的顺治三年(1646),即汤显祖逝世 30 年之后。那么,《牡丹亭》在日本的传播与接受可以从这个时候算起。在江户时期(1603—1867)汉学家的阅读书目中,我们可以看到有关《牡丹亭》的记载。明治维新之后,一批有着汉学基础的日本文人阅读《牡丹亭》,并据此创作了咏剧诗,如森川竹蹊的《雨夜读牡丹亭传奇》七律三首。这一时期著名的汉诗人森槐南在 17 岁和 20 岁的时候公开发表了他用汉语创作的戏曲作品《补春天》和《深草秋》,有意思的是,这两个剧本都与《牡丹亭》有关,前者是利用冯小青的故事敷演而成,后者是模仿《牡丹亭》中《惊梦》一出的曲牌来讲述小野小町和深草少将的故事。大正年间(1912—1926)是日本翻译中国古典作品的高峰时期,两套翻译丛书《国译汉文大成》和《中国文学大观》中都收入了《牡丹亭》的译文,不过两者的翻译方式不同。

研究方面,1898 年 4 月,笹川临风的《汤临川》一书问世,这是日本学界关于汤显祖研究的第一本专书,其中点出《牡丹亭》寄寓了作者的哲学思考。青木正儿在他的《中国近世戏曲史》(1930 年)中介绍评价了《牡丹亭》,并将汤显祖与莎士比亚并提,成为汤莎比较研究的首创者。八木泽元在《牡丹亭》的版本研究方面做出了贡献,并关注到了《牡丹亭》初稿和修订的时间差异问题。1970 年 1 月,岩城秀夫以《汤显祖研究》获得京都大学博士学位,他对《牡丹亭》的文本进行了细致的解读,探讨了《牡丹亭》中梦境与现实的问题。根山彻的《明清戏曲演剧史论序说》(2001 年),实为《牡丹亭》研究的专书,书中对《牡丹亭》的版本系统进行了详细的划分。

当然,不仅仅是文本层面的传播,江户时期中国戏曲的演出已经传到日本,但是局限在长崎一地,仅有极少数的日本人有机会观看中国戏曲表演。1919 年,梅兰芳的访日公演拉开了中国戏曲赴日公演的序幕,其五个常演剧目之中就有《游园惊梦》。2008 年 3 月,日本国宝级的歌舞伎演员坂东玉三郎与苏州昆剧院合演的中日版昆曲《牡丹亭》在日本京都南座剧院进行首次公演,这次演出是《牡丹亭》在海外传播过程中十分值得关注的事件。关于《牡丹亭》在日本传播及接受的经典案例和素材还有很多,期待今后进一步深入地研究。

许爱珠 南昌大学新闻与传播学院教授

我讲《牡丹亭》和我们江西的戏剧艺术之间的关系。《牡丹亭》有如今的声名,昆曲毫无疑问是首功,但是我们江西戏曲对于《牡丹亭》的推动和发展其实也一直在努力,当代的高峰第一个要归功石凌鹤先生。石凌鹤先生在新中国成立初期,将江西遗存的四大声腔弋阳腔、青阳腔、海盐腔、弹腔整合成赣剧这一崭新的剧种。其中最重要的贡献就是把弋阳腔挖掘整理出来,不仅在舞台上做了一个还原,而且拍成了戏曲电影《还魂记》。刚才那位陈金博士谈到了,我不知道您说的《牡丹亭》最早是哪一部,江西这部是 1960 年长春电影制片厂拍成的彩色戏曲电影。当时,在极偶然的情况下,我们江西发现了弋阳腔这个古老的声腔遗存,当时还以为是乐平腔,但是最后经过多方的专家考证之后还是倾向于认为是弋阳腔,当时只留了一个折子戏,叫《江边会友》,非常的古朴,它是典型的民间戏,土腔土调。在这个基础之上,我们江西省成立了赣剧院,然后开始来全力挖掘。其中一个重大的成果,就是 1959 年新成立的江西省文艺学校整理出了整本的弋阳腔曲谱,大概有 200 多支曲子,其中最有意思的就是大部分的曲子都是《目连戏》这出戏的音乐曲牌。所以说,弋阳腔作为高腔,在舞台上还原了《牡丹亭》,做得非常好,当时影响很大,其中一折折子戏就叫《游园惊梦》,1959 年庐山会议的时候汇报给毛泽东主席及其他首长看,当时毛泽东主席给了一个评价,说是"美秀娇甜"。所以说我们江西传承《牡丹亭》的创作方面,弋阳腔做得非常好,只不过因为各种时代的原因逐渐衰落和边缘化了。当年江西戏曲振兴的第一波是因为省委省政府的高度重视,如今这第二波也得益于市委市政府的高度重视。重新领略我们江西地方戏曲的这种声腔艺术,高腔和《牡丹亭》的完美结合是可以再重新去梳理和发展传承的。

俞为民　点评　温州大学人文学院教授

这么多人不可能每一个人都点评到,我挑一些我印象深的。第一个是龚国光先生提出的问题。汤显祖在很多方面都有很高的成就,应该说他的诗远远超过了他的"四梦",但是他的《牡丹亭》太出名了,就把他诗文的成就掩盖掉了。同样的他的"四梦",由于《牡丹亭》成就高,把他的其他戏剧尤其是《紫箫记》,也掩盖了。龚先生提出一个作家的最高写作成就从不成到成的过程。《紫箫记》是他的写作基础,如果没有《紫箫记》的话,也不会有其他三部。我们在重视研究《牡丹亭》的同时,也要重视研究其他的。遂昌的蓝部长说,明年要举办第八届汤显祖文化节,我觉得遂昌和抚州相比,是有自己的特色的,虽然汤显祖在那边的时间不长。那边的纪念活动,我想我可能了解的不多。我是 1983 年第一次去,跟蒋星煜先生、洛地先生一起,因此最早是 1983 年就开始了。在那次启动以后,可以说它没有中断过,只是规模没有这边大。所以两个地方各有特色。我们很高兴看到各个地方对汤显祖的重视。另外就是童老师提出的《牡丹亭》在日本的传播,这个有很好的现实意义,对于怎样把中华文化尤其是戏曲文化传播出去。我们也在做一个课题,就是南戏在域外的传播。我们找到了 1864 年的一个《琵琶记》译本,最早是由一个传教士翻译的。《牡丹亭》有日文本、英文本、俄语本、西班牙语本等多种译本。中国戏曲一直在国外流传。另外,李伟教授提出了怎么样系统地出版汤显祖的研究成果。我觉得他们有一个共同的地方,他首先不是从出版的角度,而是从学术的高度来出版汤显祖的原著,来出版汤显祖的研究成果,所以无论是出版汤显祖的原作,还是出版汤显祖的研究成果,都能有很高的水平。其他以前出版的他们说了,但是现在出版的更高更完善。

叶长海　小结　上海戏剧学院教授

这里只谈谈个人的一些感想。

现在上海已经进入了秋天,但是到了抚州我们从火车车厢一出来,马上感到原来这里还是火热的夏天。不过,一眼看去,到处张灯结彩,"原来姹紫嫣红开遍",却又还是春天的景象。所以我们到了抚州就有特别的感触。我们这一次的讨论会和以往的可能会有很大的不同,这次会议只是一个非常隆重的盛典中间的一部分。这里正在举办的是汤显祖戏剧节和国际戏剧交流月。我们的研讨会是其中一部分,叫作"文化传承和创新国际论坛"。这就是我们这次会议的一个特点。

我们在首场广场演出中不仅看到了芭蕾舞,而且还看到草裙舞、桑巴舞等,所以说是各种风格的艺术展现。我们不仅听到了大歌剧《茶花女》,而且还有音乐剧,听到了《猫》,还有《妈妈咪呀》,我觉得这也许是抚州这个艺术节的特点。上海的国际艺术节,就只有前面部分,就是大歌剧、芭蕾舞等"高雅"艺术。而这里除了这个,还有许多我刚才说的音乐剧、桑巴舞等通俗艺术。更大的特点是抚州贡献了自己地方的有历史的戏剧,这就是盱河高腔。而且让川剧、京剧、评剧这些中国传统演艺也在这里展示。这就使这一次活动让人产生了一些特别的感觉。所以那天晚上我同别人一样,"今夜无人入睡",就是非常激动吧。那位哈萨克斯坦男高音很轻松地唱出的那个高音C,一直在我的胸中盘旋,令我热血澎湃。我在这里看到了热情,看到了特色。这也是个艺术节,是与上海艺术节很不相同的艺术节,祝福它以后能够越办越好。

今年这个研讨会和去年有很大不同,今年好多人是不写论文到这里来发言的,发言时间限定八分钟。似乎每位发言者说到最后总是欲罢不能,为什么? 大家心中有许多话要说,不是一篇论文能够完成的,更不是八分钟能够说得了的。不过八分钟也有它的好处,会把最精粹的东西说出来,而且可以让更多人发言,这也是我们这次会议的一个特点。我们到了这个地方,一看,前面坐的全是国际友人,为什么? 因为这次会议主办者之一是中国人民对外友好协会。这是一次真正的国际论坛。这个时候有人不免要说这一句话:"汤显祖是中国的莎士比亚。"这让我想起一件事。20世纪90年代,我在台湾参加一个国际会议,一个纪念关汉卿的会议。在那次会议上,一位中国学者发言说,关汉卿是中国的莎士比亚。他的话音刚落,一位外国学者就站起来,他说这位学者的说法不合适。关汉卿比莎士比亚早几百年,应该说莎士比亚是英国的关汉卿才对。说话的是一位俄罗斯的学者。这件事对我触动很大,今天我们将汤公与莎翁相比较的时候,又遇到了这个问题。我认为,在不了解汤显祖的人面前说话的时候,你可以这样说,汤显祖是中国的莎士比亚,使别人比较容易理解。就像我们50年代向全世界放映第一部彩色电影《梁山伯与祝英台》的时候,外国人哪里知道这个故事。周恩来总理就说,梁山伯与祝英台就是我们中国的罗密欧与朱丽叶,外国人就听懂了。也就是说当别人还不懂汤显祖,而莎士比亚已很普及的时候,你说汤显祖是我们东方的莎士比亚,别人就听懂了。但是当大家知道汤显祖是怎么一回事了,大家都比较熟悉了,那就不必说汤显祖是中国的莎士比亚了。特别是中国人,应该是了解汤显祖比了解莎士比亚更多才对,这个时候就不要说汤公是东方的莎士比亚了。当然现在也没有必要说莎士比亚是英国的汤显祖。所以说,在这一句话中我们就可以发现许多有关跨文化交流的一些值得探讨的问题。

这一次研讨会虽然只有一天半时间,但是提出了许多新的问题。这些问题,有的教授他自己做了回答,有的教授他不回答。刚才冯教授提出两个问题,我就一个也答不上来,还是请冯老师自己先作答,大家最后再参加讨论。就像曹路生老师把《牡丹亭》推上江西地方戏的舞台,到底这种演出好在哪里,还有什么不足,大家以后可以讨论。今天大家看到徐永明教授做了一个非常有意思的展示。在这样的一个高科技日新月异的时代,可能会有许多新的方法出现,这些新方法对于我们来说,可能花比较少的时间就可以掌握以前要抄好多天小卡片才能做的事情。我们可以把许多时间节省出来去思考一些更大的问题。比如说,中国的文化如何走向世界?如何增强我们的文化自信?

我们的汤学该如何发展前进？等等。我们的"汤学"，已经由《牡丹亭》研究走向"四梦"研究，走向完整的汤显祖研究。而这个汤显祖研究，不仅是研究他的戏剧，还要研究他的诗文，而且要研究由此引出来的许多有关中国文化的问题，我们姑且称之为"汤显祖文化"。

我来参加这场活动的时候，曾经引一句话，这是《牡丹亭》中杜丽娘的一句唱词："最撩人春色是今年。"昨天第一天看演出，第一首主题歌题目叫《我在牡丹亭等你》。可见抚州人们非常热情，他们张开双臂欢迎来自世界各地的朋友。希望我们明年后年再来唱"袅晴丝吹来闲庭院"，再来看"原来姹紫嫣红开遍"。

盱河高腔·乡音版《牡丹亭》研讨会

——《中国文化报》"艺海问道"文化论坛专题发言（摘要）

2018 年 1 月，江西省抚州市的盱河高腔·乡音版《牡丹亭》先后在北京大学、清华大学和保利剧院上演，获得了青年学生的热烈欢迎。就此，1 月 21 日，中国文化报社邀请康式昭、周育德、王安葵、傅谨、郑雷、吴凤雏、谢雍君、陈均、池浚等著名戏曲专家，抚州市委常委、宣传部部长傅云，抚州市副市长徐国义，抚州市委宣传部副部长陈菊莲，抚州市文广新局局长谭玉英以及乡音版《牡丹亭》总导演童薇薇、编剧曹路生、主演吴岚等在中国文化报社，对乡音版《牡丹亭》的艺术特色与舞台得失进行研讨。专家们对于抚州精心打造汤公故里乡音版《牡丹亭》的努力与探索给予了高度肯定，对于抚州市委、市政府挖掘传统戏曲文化、弘扬东方艺术审美、推动地方文化建设、充满自信走向世界的一系列措施与行动表示赞赏。尽管在艺术创作与舞台呈现上还有不断修改提高的必要，但乡音版《牡丹亭》彰显地域文化特色、吸引青年学生踊跃观看，已经起到了很好的文化传播效应。会议由中国文化报社副总编辑徐涟主持。

用文化自信的眼光重新"发现"汤显祖

徐　涟

本期"艺海问道"文化论坛，以乡音版《牡丹亭》作为主题。江西抚州是汤显祖的家乡，有非常深厚的文化底蕴。如果说在莎士比亚的

《罗密欧与朱丽叶》中,爱情可以冲破种族、冲破仇恨,那么,在东方的文化巨匠汤显祖的《牡丹亭》中,真爱则可以冲破生死,达到一种人性的自由。从这个角度上来看,东西两位大家在思想上可以比肩。然而,汤显祖在世界上的推广和传播远远不够,还远没有达到他的思想所达到的高度。

2015年10月21日,习近平主席在访英期间提议,中英两国可以共同纪念这两位文学巨匠,以此推动两国人民交流、加深相互理解。2015年由此成为一个重要契机。不是我们重新发现了汤显祖,而是我们重新用一种不同的眼光,一种带有文化自觉和文化自信的眼光,来重新看待这位东方思想伟人。

因为种种原因,从20世纪80年代以来,抚州戏曲中有很多很好的东西没有得到很好的保存,这是一个很大的遗憾。但是这几年来,戏曲传统在江西抚州开始得到传承弘扬。大家可能注意到了,这出戏进京演出是抚州市委、市政府来牵头主持,这充分表明地方政府的重视程度。江西省文化厅副厅长黄小蓉说,抚州市委、市政府拿出很大的决心,除了戏曲创作、演出之外,还做了大量基础工作,比如说人才培养,比如经费支持,而且重视落实、落细、落小。举一个小细节,刚才听到抚州市委常委、宣传部部长傅云跟该剧执行导演张磊老师握手祝贺时,张老师介绍演出结束后的情况,傅云部长说:"我都知道,我就在你们主创演出团队的工作群里!"

《牡丹亭》里有一句"月落重生灯再红",可以说,有领导重视,有专家支持,有经费保证,有人才队伍,抚州戏曲传承发展充满了希望!

从2014年开始,中国文化报社理论部发起主办"艺海问道"系列文化论坛。论坛广泛邀请文化艺术界专家、学者、艺术大家,采取沙龙、笔谈、对话、研讨等灵活多样的形式,针对文化艺术界关心、关注的普遍现象、焦点话题,各艺术门类发生、发展、交融的现状及其本质规律,和大众文化生活中的热点难点问题等,进行较为全面和深入的理论探讨。至今,"艺海问道"文化论坛已成功举办了18期,有比较广泛的社会影响,参加文化论坛的专家学者先后有哈佛大学教授伊维德、香港著名艺术设计师叶锦添、著名戏剧评论家季国平、文化学者田青、相声表演艺术家姜昆、中国作协副主席吉狄马加等。中央电视台、《人民日报》、《光明日报》、凤凰网、新浪网、腾讯网等多家媒体对论坛进行了报道和转载。

将江西抚州打造为集学戏、看戏、演戏、评戏、写戏为一体的中国戏都

傅　云

汤显祖是江西抚州人,是中国古代文化艺术史上的耀眼明星,是联合国教科文组织评选出来的百位世界文化名人之一。他创作的"临川四梦"是时代的扛鼎之作,是中国古代戏剧的集大成之作,具有永不褪色的艺术价值。400 多年来,以《牡丹亭》为代表的"临川四梦"一直以不同的剧种、不同的声腔、不同的艺术形式在中国和世界舞台上展现,散发出璀璨的艺术光芒。

2015 年 10 月 21 日,习近平主席在英国访问时,提议"中英两国共同纪念汤显祖和莎士比亚逝世 400 周年,以此推动两国人民的交流、加深相互理解"。根据习近平总书记的重要提议和江西省委、省政府的部署,2016 年,抚州市紧紧抓住共同纪念这一千载难逢的契机,策划了 44 项活动,广泛宣传中国优秀传统文化,积极促进中外文化交流,唱好、唱响汤显祖这出大戏,向世界讲好抚州文化、中国故事。2017 年,以中英建立大使级外交关系 45 周年为契机,我们又成功举办了汤显祖戏剧节和国际戏剧交流月活动。2017 年 12 月,抚州代表团还参加了在英国兰卡斯特宫举行的中英高级别人文交流机制第五次会议,与英国斯特拉福德区签署了合作交流协议,并与剑桥康河出版社、英国保护濒临消失的世界基金会签署了《共建"临川四梦——汤显祖国际文化保护项目"合作意向》。

同时,我们积极推动戏曲进校园、进教材、进社区、进群众,努力把抚州打造成集学戏、看戏、演戏、评戏、写戏为一体的中国戏都。在抚

州职业技术学院开设地方戏曲表演(器乐)班,在全市中小学校推广戏曲广播体操;编写出版了中小学地方性系列教材《品读临川文化》;启动了剧场建设项目,玉隆万寿宫古戏台等 3 个室内剧场改造、上顿渡剧场等 3 个新建室内剧场、体育休闲广场戏台等 5 座新建露天戏台建设进展顺利,为百姓搭起一座座"家门口的戏台"。坚持申办汤显祖国际戏剧节,力争把国际戏剧节办成汤显祖戏剧展示的舞台、中华传统优秀戏剧展示的舞台、中外戏剧特别是汤显祖和莎士比亚戏剧交流的舞台。

我们重点打造了四部大戏,第一部是抚州乡音版《临川四梦》。抚州乡音版《临川四梦》第一次将汤显祖的四部剧作《紫钗记》、《还魂记》(牡丹亭)、《南柯记》、《邯郸记》合为一体,将原本需要演几天几夜才能演完的全本 182 回,高度浓缩,摘选精彩片段重新编排演绎,使观众在两个来小时的时间里,就能领略"临川四梦"的大概,欣赏到汤公名剧的非凡魅力。唱腔采用的是盱河高腔,原汁原味地展现"临川四梦"最初的演唱形态,上演后在国内外引起很大轰动。

第二部是与上海音乐学院联合打造的音乐剧《汤显祖》。这部戏第一次将视角投向汤显祖生平,在尊重历史和忠于史实的基础上,有意借鉴汤公写梦境的手法,将汤显祖一生几段重要的经历,巧妙植入他的"临川四梦",并通过古今穿越的手法,探求现代人对汤显祖的解读。

第三部是抚州市文旅投公司联合阳光媒体集团共同打造的一台主题游园式实景演出——《寻梦牡丹亭》,今年 5 月将与观众见面。《寻梦牡丹亭》创新性地将传统名曲以更加生动鲜活的方式带上舞台,让观赏者和剧中人共同入梦、惊梦、寻梦、游梦、圆梦,让游客在行走中,亲身感受杜丽娘与柳梦梅的缠绵哀婉,亲临"良辰美景奈何天,赏心乐事谁家院"的动人场面。

第四部就是乡音版《牡丹亭》。这部戏由乡音版《临川四梦》的原班人马主创,众多知名艺术家加盟,倾尽了很多专家和演职人员的心血与汗水,可以说是一部呕心沥血之作。但金无足赤、人无完人,天下没有十全十美的东西。该剧肯定还存在一些缺点和不足。大家已看过了演出,今天就是希望大家畅所欲言,多提真知灼见。我相信,各位极具思想性、指导性和操作性的宝贵意见,必将对我们进一步树立文化自信,不断将乡音版《牡丹亭》打磨成精品佳作,进而推动汤显祖和该剧走进群众、走向全国甚至走向世界产生积极的促进作用。

汤显祖的艺术成就和家乡密不可分,相依相成。汤显祖 67 年的人生中,52 年在家乡度过,"临川四梦"有三部半在临川完稿和排演。可以说,是临川文化的深厚积淀、赣东大地的优美生态抚育了汤显祖,造就了一代戏剧大师。没有抚州这块神奇的土地,就没有这位伟大的旷世奇才。

汤显祖的家乡抚州,位于江西省东部,现有人口 400 万人,辖 9 县 2 区和 1 个国家高新技术开发区,总面积 1.88 万平方千米。抚州的基本情况,可概要为四句话:一是才子之乡、文化之邦。二是赣抚粮仓、"三宜"天堂。三是海西近邻、红色苏区。四是产业新城、中国戏都。

我诚挚邀请大家到抚州各地走一走、看一看,体验一下汤公笔下"远色入江湖,烟波古临川"的韵味和魅力。

《牡丹亭》有抚州乡土味特色

观看盱河高腔·乡音版《牡丹亭》让我很震撼,这部剧让我强烈地感受到了中华民族传统文化的博大精深和独特的艺术魅力。

盱河高腔·乡音版《牡丹亭》不同于我们平时看的昆曲版《牡丹亭》,它既有刚烈的一面,又有委婉的一面,而且能将两者自然妥帖地结合起来。从剧情来说,剧本采取"只删不改"的方式,力求将原汁原味的汤公原著呈现给观众;从音乐来说,盱河高腔很动听,与汤公原著的文学风格很契合;从人才队伍培养来说,这部剧锻炼了队伍也积累了剧目,还获得了更多的新老观众;从舞美方面来说,运用了很多现代科技,更加注重年轻观众的审美情趣。因此,我认为这部剧是值得肯定的。

我最看重的是盱河高腔·乡音版《牡丹亭》所体现的文化意义,它具有厚重的艺术分量,将我们民族文化当中的优秀部分展示给当代观众,这是具有非凡意义的。习近平总书记一再强调传承和弘扬中华民族优秀传统文化,有关部门也采取了一系列有力措施,出台了很多扶持振兴戏曲发展的政策,我欣喜地看到——我们迎来了戏曲艺术的春天。

根据汤显祖自己的文字记载,"临川四梦"最早的演出就是用的海盐腔。海盐腔目前没有完整地保存下来,但是它的大部分内涵还保留在盱河高腔也就是广昌孟戏里。第一次看盱河高腔演绎的乡音版《牡丹亭》,感觉风格和味道完全不同于昆曲《牡丹亭》,具有浓郁抚州乡土特色。

抚州推出乡音版《临川四梦》《牡丹亭》给了我两次惊喜,我被其强烈的艺术魅力所震撼。看了乡音版《牡丹亭》以后,我觉得乡音版的《牡丹亭》已经超越了乡音版的《临川四梦》。从剧本来说,曹教授非常尊重原著,用了一个减法,而这个减法的结果,让我们看到了相对完整的《牡丹亭》。

你们现在通过走乡音版这条路,既锻炼了队伍,又积累了剧目;不但获得新的老的观众,而且已经走出国门,产生了世界性的影响。这是非常值得祝贺的。从更大的意义上说,就是把我们民族文化当中优秀的部分展示给现在的观众,这个意义是非凡的。

实现了创造性转化和创新性发展

中国戏曲学院原院长、中国戏曲学会汤显祖研究分会会长、教授
周育德

汤显祖剧作应该以一个最理想、最美妙、最精彩的艺术形式出现在当代的戏曲舞台上;乡音版《牡丹亭》找到了比较合适的音乐形式、戏曲声腔,那就是盱河高腔。通过盱河高腔的演绎,这部戏实现了创

造性的转化、创新性的发展，这个意义非常重大。通过"四梦"和《牡丹亭》的演出，盱河高腔这个国家非物质文化遗产也实现了创造性的转化和创新性的发展。实际上，盱河高腔已经濒临灭绝，创排《临川四梦》《牡丹亭》让它焕发了生命力。

我对乡音版《牡丹亭》提出三点小意见：序幕中杜丽娘少了句"人儿不如鸟儿"的深沉的感叹；二是杜丽娘做梦不是在"牡丹亭"里做的，是回家做的梦；三是在音乐方面还不够理想，多个场次要增加打击乐器量。总之，乡音版《牡丹亭》这部戏唯有立得住、传得开、留得下，才能保持永恒的魅力。

昨天演出成功，改编和缩编很不容易，曹教授也花了很多工夫，功不可没。整个看，演出很美丽，汤显祖的《牡丹亭》给了人们一种美好的感觉，因为很流畅。这么一个大部头剧作压缩至两个多小时很不容易。游园完了本来是回到家里，在牡丹亭就做了梦，这个也可以，你需要衔接得快，这么衔接也不觉得什么。另外，写真写得很自然，很流畅，这个很不容易。音乐确实很好听，盱河高腔有乡土味但不土气，有时代的那种气息。我对音乐唱腔抱着开放的态度，从学术研究的角度往往会说是不是腔，我是不赞成这个说法的。非得说跟明代的一样那是不可能，也是不需要的。总书记讲创新性转化、创新性发展，唱腔必须有这种体现。在说明时可以讲得更婉转，比如说，在我们江西流传的什么古老唱腔的基础上如何发展，保持一定的关系。

总而言之，这个戏演出意义重大，希望盱河高腔·乡音版《牡丹亭》能立得住、传得开、留得下。

这部作品是青春、爱情、生命之歌

中国艺术研究院研究员、中国艺术研究院戏曲研究所原所长　王安葵

看了这个演出之后，确实对汤显祖的《牡丹亭》有进一步的、更新的理解。我觉得《牡丹亭》应该是青春之歌、爱情之歌，歌颂青春、歌颂爱情，也是歌颂生命。

乡音版《牡丹亭》的演出,让人们了解了抚州文化,了解了汤显祖,意义重大。过去常看昆曲《牡丹亭》,但《牡丹亭》也适合其他剧种改编演出。乡音版《牡丹亭》就很美丽很流畅,盱河高腔有乡土的味道,但并不土气。

原著特别表现了杜丽娘临死前对生命的那种真爱,那种留恋。到《幽媾》,不仅是表现个人情感的一种交流,更主要表现她对生命重生的渴望。杜丽娘小小年纪二八青春,由生而死,由死而生。一般人由生而死经历过,但是由死而生谁经历过?杜丽娘经历过,所以这样的生命历程让老年人看到也很惆怅,大概是这个深刻的意义。《幽媾》这场戏中的"梦、魂、活"深刻体现了生命的感染力。

有可能的话,建议抚州要把"四梦"分开来创排。

文化传承与传播不可偏废

中国文艺评论家协会副主席、教授 傅 谨

一个伟大的经典应该有不同的存在方式,我们要提倡文化的多元发展。谢谢抚州送来这个乡音版《牡丹亭》。它一方面进一步推进了抚州的文化发展,另一方面也是一种文化传播。

汤显祖的《牡丹亭》应去怎么演绎,可以怎么去演绎?要找准文化传承与文化传播的定位。一个伟大的精品,应该有多种存在方式。

看《牡丹亭》的过程中,我在想一个问题,这样一个写得如此深邃、如此雅致的作品,其实跟千百万观众审美是有距离的。怎么样让更多的人知道,让更多的人了解?以这个乡音版的《牡丹亭》为例,我把它看作旅游版作品,里面有很多架构方式、很多元素都有旅游版的趋向,我相信它是非常符合游客的心理。一个游客到了抚州,他所期望的是什么?我相信他所期望的一定是乡音版的《牡丹亭》。这个作品以这样的方式存在,我想就是发展抚州地方文化,发展旅游,推进文化建设一个重要手段。这个作品以这种方式存在,从这个角度看蛮有意义,蛮有价值。文化传承和文化传播是两个不同的文化底蕴,是两个不同的概念，如果用文化传播的思路去保文化传承大概也会伤害我们的传统。所以文化传播和文化传承不可偏。我相信我们这样的经典作品可以有不同的方式做传播，对于整个社会文化发展是一个好事情。

关于乡音版的问题。我们要用乡音版去演绎《牡丹亭》，怎样去挖掘乡音，怎么样用外地人能够听得懂又有江西味道的语音去唱这个戏？我接触乡音版《牡丹亭》时确实很疑惑，这是传承传播的一个冲突。其实在这个语音上，古人给我们做了很好的榜样。古代很多地方戏是用地方官话唱，有误解以为他们都是用方言唱，其实都是地方官话唱。地域文化的传承要找到一个比较好的均衡点，这是我们要努力去寻找的问题，我想可以往江西方言上带一带。

关于海盐腔的问题、旴河高腔的问题。旴河高腔或许曾经是高腔，但是它留下的东西微乎其微。从目前的音乐来看，我说它不是高腔一点都不是在批评，这个音乐是 20 世纪 80 年代流行歌曲风。你要说那个时代历史也值得保留我也同意，但是要说我们在唱旴河高腔，对不起，不是，因为整个音乐风格完全不是高腔，那个和声也不是高腔。所以做一个传播的作品很好，但是我们在说明书上，说得那么死就有问题。

关于孟戏。20 世纪 60 年代我们发现，孟戏基本上构成我们想象中旴河高腔的大部分。但是它有曲牌也有一些唱法，这个唱法跟海盐腔之间的关系实在是太微弱了。我知道抚州这些年发展传统文化非常有力，非常用心，但是宣传主管部门的领导们对此要有一个基本判断。发掘传统文化，对外宣传要经得起推敲。从传承角度说，汤公戏曲是一篇值得做的大文章。希望我们能权衡好文化传播与文化传承之间的关系，让传统文化更好地前行。

正确认识汤显祖的情和理的问题

中国艺术研究院戏曲研究所副所长　郑　雷

汤显祖的思想是以情反理，创排汤公作品要正确认识汤显祖的情和理的问题。

大家都认为《牡丹亭》是汤显祖戏剧创作最高峰。但是从思想上看,后来的两部戏,《南柯记》《邯郸记》,两者可能更高一筹,因为四部剧作的前两部讲情的来处,后两部讲情的去处。

《牡丹亭》里出现不少神鬼。但是我们要了解汤显祖笔下的神鬼不同于别的神鬼,实际上很大程度是一种预言性的书写,这个神鬼有时候还充当他的代言人。那个时候适应传播的需要,为了一般的农商市民能够观看,发展到 12 月花神。昨天我数出来 20 个花神大概没有什么道理了,恐怕还是应该讲究一下。至于放烟,我们从戏曲的角度来看,多多少少对表演体系是会有损伤的,《牡丹亭》原来他是通过表演来入梦,不是放烟。

戏里头的鬼神特别是判官和鬼神,他和那套轮回报应无关,汤显祖的观念就是生可以死、死可以生。如果出现鬼来勾他或者来送他,可能跟汤显祖的原意还有点距离。而且按照我们一般的理解,即使是勾魂也是黑白无常出面,判官从来不亲自出面的。

还有《拾画》中的画像,恐怕还是原样的仕女图为好。

还有一个问题,咱们这个盱河高腔除了音乐以外,表演身段有哪些传承?我不知道这个盱河高腔本身有多少身段可以编排下去,如果想要编排细腻的话相对来说有传承的东西会简单一些。

因为缩编,整个戏看起来比较匆忙。没有一定时间长度,观众没有心理准备的话,他很难入戏跟着感动,只能跟着这个戏一路奔下来。我想这个戏要是太长恐怕也不行,适度增加半个小时可能要好一点,因为确实有三个小时的戏。

一戏占两功——既演绎了经典又传承了非遗

抚州市人大常委会原副主任、抚州汤显祖国际研究中心主任、
研究员 吴凤雏

这部戏值得肯定,值得祝贺。它占有两功:既演绎了经典,又传承

了非遗,拯救了盱河高腔这一非遗,而且故事完整。

首先,该剧在编、导、演、音乐等诸多方面都有可圈可点之处。比如编,只减不加,只在必要处加进一些连接性语言。剧本改编时有许多智慧在里面,如序中,门户窗帘一扇扇打开——打开了禁锢牢笼,可惜舞台体现不够充分。编剧曹路生兄还注意了静与动、庄与谐、雅与闹的节奏。童导很棒,综合把控,雅俗、张弛以及传统与现代的糅合、拿捏等,非常用心费力;演员吴岚带病表演,既见功底又见心血;至于音乐,几百年前的高腔音乐,当年的演出没有录音,口口相传至今留下的资料,碎片化不完整。现在探索着向这个方向走,就是保护、抢救的进行时,值得肯定。至于目前,确实离正儿八经的高腔有距离。最早海盐腔伴奏是没有丝弦,只有武场檀板打击再加帮腔的(也许当年的打击乐种类比现在要丰富些,比如钹就有好几种),现在许多帮腔变成合唱了,等等,都有待改进、可以改进。我想,完全可以尝试选用一场,《冥判》或《幽媾》,全用当年海盐方法,用打击乐伴奏,尝试着更贴近当年。至于舞美,今年我也觉得不怎么满意,有些浓了、实了、满了,与古典、浪漫、写意的总基调相岔。总之,对这个戏,前面各位提的都是非常好的爱护的意见和学术分量很高的真知灼见。

当然,问题是存在的——正在两边摆:又想讨好现代观众,又想还原传世经典。关键在于怎么定位?对此,决策和主创者,确实要清醒、清晰,确实自己要明白:我们是还原古典,还是靠近现代?如果我们是走现代的路、普及的路,则应该是另一个编法、导法、演法、表现法。两边摆必然会露出破绽、不落好,而且风格难统一。重要的是,怎么改都一定要不违背、不丢失汤显祖的原著旨意和精髓。

总之,我们不是不可以走普及的现代的路,也不是不可以走高雅的传统的路。但要确定好这出戏走哪条路。然后就舍得舍不得,坚持该坚持,按照既定的路去打造,走下去。我认为《牡丹亭》找到了盱河高腔就是一大收获。就"临川四梦"而言,不管哪一"梦",如果我们走传承的路,就演高腔;我们走普及的路,就演采茶戏。坚持打磨,都能出彩和成功。

以乡音版《牡丹亭》挽救盱河高腔意义重大

中国艺术研究院戏曲研究所研究员　谢雍君

我想说三个观点。

一个观点是,这次乡音版《牡丹亭》进京演出,媒体做得相当好。在北大、清华上演的时候,有十家媒体直播。我好像是第一次看到地方戏进京演出有这么多媒体、网络去直播,而且是两次,这个宣传做得很好,很有气魄,也有大气。为什么这么说? 咱们戏曲界利用网络来宣传这方面太弱了,甚至都没有做好。《牡丹亭》在演出如何与网络相结合方面做了一个尝试,我觉得提供大家一个新的思路,我非常赞赏。

第二,编剧方面,我们怎么改编? 盱河高腔《牡丹亭》在传承挖掘戏曲传统经典的时候,保留经典原作的风貌,现在看是一种可行的方式,这种尝试,我觉得还是不错的。剧作的底色很好,保证了整个剧目的完整性,也能够完整配景,这种改编方式可以做的。

另外,乡音版的《牡丹亭》赋予了经典剧目新的生命力。这次给我的最大启发就是:盱河高腔,既是一个稀有剧种也是一个小剧种,如果说盱河高腔已经是濒危了,我们通过创作乡音版《牡丹亭》,延续了盱河高腔的生命,这个意义非常重大。

导演对整个剧目的定位是非常高雅的,把《牡丹亭》的诗情画意呈现出来了。现在说雅俗共享,我觉得俗的地方还不够。如果 12 个花神可以按照江西民俗那种装扮方式体现出来,是不是更能表达盱河高腔这个地方戏的特点。

还有一个问题就是部分人物性格把握得不对。比如陈最良,前面好像都能表现出迂腐,但与道姑对戏的时候,这个迂腐、古板的人物不至于在道姑面前撒娇。这个人物在戏中表现得很好笑、很可爱,但是不符合《牡丹亭》原著的意思。总体来说,这部戏还是挺好看的。

古典美学和地方戏色彩要相结合

北京大学艺术学院副教授、北京大学昆曲传承与研究中心副主任

陈　均

我个人对这部戏特别期待。与昆曲相比,乡音版《牡丹亭》唱出了另外一种味道,是特别有意思的一种实践。

《牡丹亭》除了昆曲外要怎么去演绎?乡音版《牡丹亭》提供了昆曲版《牡丹亭》之外不一样的版本。我相信这部戏创排期间,昆曲的《牡丹亭》也是很重要的参照。比如说,对剧本做"减法"只删不改,保留汤显祖原著风貌;另外,保存了汤显祖的原词,通过不同的搭配,也可以显示出和汤显祖原著不同的风貌。我们在看昆曲《牡丹亭》的时候它也存在不同的版本。

关于剧本结构,乡音版《牡丹亭》是从《游园》开始,到《回生》结束。在有限的时间里面能够将《牡丹亭》经典的折子都容纳在里面,很不容易。

从舞台造型上看到有一些借鉴,判官、花神的造型,其实都是青春版《牡丹亭》造型,也是非常突出的方面。在舞美方面,整体是有牡丹花的造型,运用了投影,投影和表演之间有一个对比化关系,这就有一点现代剧场的概念,我觉得可以再深入。还有一些场景编排,比如说里面有一场戏,陈最良的表演比较诙谐,我觉得有地方文化的色彩。虽然不尽符合汤显祖原著中陈最良的形象,但是观众很喜欢,这就增加了一种地方色彩。

总之,创排汤公剧目,要把古典美学和地方戏色彩结合起来,突出地方特色,传承地方文化。

乡音乡情唤起乡愁

国家京剧院创作中心副主任、国家二级编剧、故宫博物院博士后　池　浚

作为汤显祖的家乡人,我看乡音版《牡丹亭》时感到特别亲切,唤

起了我的乡愁。

这个戏体现一种旧戏的余韵,但又是新戏的面貌,有现代的审美。主创追求的是雅俗共享,这种兼顾、这种追求,我们都能感受到,既保持优雅的古典风格,又体现出时代的气息,这个辩证关系已经做到了。从整体面貌来讲,是个21世纪的戏,体现现代人对汤显祖《牡丹亭》的一种解读,有它的新意有它的时代感。我觉得传承的方式有很多,像这种创造性的时代性也是一种传承的思路。

乡音版对《牡丹亭》的演绎不同于昆曲。《牡丹亭》属于世界,但是他首先属于汤显祖,属于汤显祖的家乡。乡音版《牡丹亭》让世界认识了汤显祖故里的《牡丹亭》,给汤显祖故里长了志气。这个戏的面貌是清新雅致,有小技巧小艳丽,而且有一种抑制不住的勃发生机,很鲜明很生动活泼地体现汤显祖家乡剧种的特色。我看这个戏,乡音、乡情唤起了乡愁。如果汤公在天有灵的话,也会感觉很亲切,很欣慰,或许也能唤起汤公的乡愁。

这个戏运用多媒体手段,实现了舞台的进一步烘托。比如说,在屏幕上出现灵魂出窍的画面,我觉得这个是很得体的,用这种手段把体和魂的关系体现到位。我与梅葆玖先生交流过,他对以现代手段烘托新剧表示完全能接受。我想他的这种判断也适合我们今天在《牡丹亭》所用的多媒体的手段。其实我们通过这种手段,可以让舞台更加空灵写意,也能为观众营造出更有视觉的氛围。

有几个地方跟各位老师请教:

1.我认为重生的是精神,传承的也是精神,所以不必宣称面貌上的重生。2.每一个自成体系的剧种,要以我为主,要敢于坚守凸显剧种的个性。3.整个戏里面人物的形象和性格过多依靠观众自己本身对原著和其他版本《牡丹亭》熟悉和了解。4.在唱腔上,我们不必守旧,但是我们都要有戏曲思维,要以戏曲为美。5.对于抚州本土元素的使用,要做更广泛、更深刻的地域文化融合,而不是拿地域文化去做样子,做个说辞。乡音版的东西应该是骨子里的东西而不是面上的东西。

要对乡音版《牡丹亭》进一步打磨

上海越剧院艺术室一级导演、乡音版《牡丹亭》导演　童薇薇

排这个戏我心里也很忐忑。

我看过很多版本的《牡丹亭》，从 10 岁就演《游园惊梦》，也跟话剧学过，上海昆剧团的三本我也去看了，各个地方的《牡丹亭》看了很多次。创排乡音版《牡丹亭》时，自己一直在想怎么办？如果是按照昆曲的路子走，那就没有排的意义了；如果全部是俗又怕它太过。所以在这个方面自己还没有把它嫁接好。但是我的创作思想中，首先一个观念是要能够吸引青年观众，能让他们坐下来看，让他们觉得美。我先达到这个目的，然后再进一步去完善它。所以我们整个创作班子是反反复复修改，包括曹老师的剧本不知道删改了多少次。这个戏在创排时，规定在两个小时之内要演完，现在已经超过了，所以创排的难度很大。当然关键是自己的艺术功底问题。今天听了这么多意见，回去后要好好反思一下，把定位定准确，再进一步打磨。

大事记

（2017 年 1 月—2018 年 5 月）

▲ 江西出台《关于振兴江西地方戏曲的实施意见》

2017 年 1 月 10 日，江西出台的《关于振兴江西地方戏曲的实施意见》明确指出：大力挖掘以汤显祖为代表的江西戏曲历史文化资源，从作品排演、学术研究、宣传推广等方面入手，打造"汤显祖戏剧节"品牌，使其成为具有全国影响力的戏曲品牌。

▲ 上海音乐学院原创歌剧《汤显祖》在布达佩斯上演

布达佩斯当地时间 2017 年 1 月 16 日晚，"欧洲青年歌剧节"在匈牙利李斯特音乐学院开幕，上海音乐学院原创歌剧《汤显祖》应邀做开幕演出，引来了在场观众经久不息的掌声。早在 1 月 13 日，《汤显祖》还应邀在捷克亚纳切克音乐与表演艺术大学做访问演出。捷克国家广播电台和欧洲中文媒体均对该剧进行了报道，还有观众特地驱车两小时赶来看演出。

▲ "汤显祖研究书系"列入国家出版基金资助名单

2017 年 2 月 20 日，一套向纪念汤显祖、莎士比亚逝世 400 周年献礼的丛书——汤显祖研究书系"，出现在"2017 年度国家出版基金拟资助项目"公示名单中。在文学类 60 个资助项目中，"汤显祖研究书系"名列第 6 位。

"汤显祖研究书系"一共集纳了四部汤显祖研究专著，分别为邹自振的《汤显祖与"临川四梦"》、罗迦禄的《汤显祖与罗汝芳》、徐国华的《汤显祖与蒋士铨》、张玲和付瑛瑛的《汤显祖与莎士比亚》。"汤显祖研究书系"由福建省闽江学院中文系邹自振教授主编，江西高校出版社有限责任公司策划。

▲ 文化大家郑培凯考察汤公故里

2017 年 3 月 28—30 日，香港著名文化学者郑培凯先生专程到明代戏剧家汤显祖的故里——抚州进行文化考察。

郑培凯先生此次来抚州，先后考察了汤显祖故居所在地文昌里、抚州市博物馆、汤显祖纪念馆，访问了抚州汤显祖国际研究中心，并欣然同意担任抚州汤显祖国际研究中心荣誉研究员。郑先生赞扬抚州在团结海内外汤学专家方面做了大量卓有成效的工作，并表示愿意为传播、弘扬汤显祖文化尽一份努力。

▲《文学遗产》发表论文《来自汤公故里的新发现：读最新出土两篇汤显祖撰墓志铭》

2017 年 3 月，抚州汤显祖国际研究中心研究员吴凤雏在权威文化学术期刊《文学遗产》2017 年第 2 期发表论文《来自汤公故里的新发现：读最新出土两篇汤显祖撰墓志铭》。

文章称，2016 年 11 月，抚州市区的汤显祖故里文昌里在进行历史文化街区改造过程中，发现了汤显祖家族墓葬群，并出土了包括汤显祖为其祖母撰文并书丹的《祖母魏夫人迁祔灵芝园墓志铭》、汤显祖为其英年早逝的妻子吴夫人撰文的《明敕赠吴孺人墓志铭》等六方墓志铭。其中，《魏铭》对汤显祖祖母魏夫人的出身家门、生卒年时、生平行状等提供了许多直接而准确的资料；对汤显祖与祖母之间的关系，披露了新鲜信息和生动细节。《吴铭》就吴氏夫人的出身家世、生卒年时、子息生养以及城乡"三徙""克祔祖姑"等，提供了崭新而准确的资料，颠覆了汤学界关于吴夫人亡故时间和汤公诗作误断谬传许久的一些说法。2017 年 8 月，《文学遗产》再度在网上推出了这篇论文，反响热烈。

▲ 江西抚州代表团应邀参加斯特拉福德纪念莎士比亚诞辰 453 周年盛大游行活动

2017 年 4 月 23 日是英国文学家、戏剧大师莎士比亚诞辰 453 周年和去世 401 年纪念日，抚州代表团应邀参加斯特拉福德纪念莎士比亚诞辰 453 周年盛大游行活动。这是抚州代表团第二次受邀参加莎士比亚纪念活动。2016 年在纪念莎士比亚逝世 400 周年之际，来自抚州的演员表演了汤剧精选选段以及抚州市非物质文化遗产南丰傩舞和金溪手摇狮，赢得当地媒体广泛赞誉。

▲ 莎士比亚和汤显祖塑像在莎翁故居揭幕

2017 年 4 月 23 日是英国文学家、戏剧大师莎士比亚诞辰 453 周年和去世 401 年纪念日。当天下午，来自斯特拉福德和中国江西抚州的代表共聚莎士比亚故居花园，为莎士比亚和中国明代著名戏剧家汤显祖的合体青铜塑像举行揭幕仪式。

据悉，这尊塑像由抚州市 2016 年向莎士比亚出生地信托基金会赠送，被安放在莎士比亚故居花园，另一尊同样的塑像则竖立在抚州市汤显祖纪念馆，作为中英两国文化交流的见证。

▲ 上戏叶长海教授一行来抚进行文化考察

2017年6月15日至16日,上海戏剧学院教授叶长海一行7人在抚州进行了为期两天的文化考察,商谈在抚州建立上戏实习创作基地问题。

叶长海教授一行在抚期间,专程访问了汤显祖故里——文昌里,详细考察了位于文昌里的汤显祖文化遗存,叶教授还即兴创作了一首诗《寻梦抚州》;参观了汤显祖纪念馆、抚州市博物馆、汤显祖大剧院以及与汤显祖文化相关的梦岛、名人园,并专程到抚州汤显祖国际研究中心与本地汤学专家交流学术,与当地有关部门商谈了在抚州建立上戏实习创作基地问题。

▲ 汤显祖国际戏剧交流活动新闻发布会在北京举行

2017年7月14日上午,由江西省人民政府、中国人民对外友好协会、中国戏剧家协会主办,抚州市人民政府、江西省文化厅、江西省外事侨务办公室、江西省戏剧家协会承办的汤显祖国际戏剧交流活动新闻发布会在北京人民大会堂举行。

据悉,于2017年9月24日至10月底在抚州举办的汤显祖国际戏剧交流活动,精心设计了国际戏剧交流演出、汤显祖国际戏剧交流活动开幕式暨戏剧嘉年华、第二届文化传承和创新国际论坛、"永恒的汤显祖和莎士比亚"主题戏剧坊、"总领事看抚州"文化旅游推介、"文化走出去"、《抚州文化大讲堂》、第二届"寻梦——汤公故里抚州行"摄影系列活动、中俄油画名家"画说抚州"作品展等11项主要活动。

▲ 汤显祖墓位置基本确定

2017年8月28日,江西省文化厅、抚州市人民政府召开新闻发布会,宣布抚州市临川区文昌里灵芝园汤显祖家族墓园中的汤显祖墓位置基本确定。

根据国家文物局的批复,文昌里灵芝园汤显祖家族墓园自2017年5月开始发掘至今,共发现明清时期墓葬42座,出土了明代墓志铭6方,其中一方是由汤显祖亲自撰文而成。汤显祖为他的祖母魏夫人撰文、书丹,以及为他的结发妻子吴夫人撰文的墓志铭,是汤学研究的珍贵资料。此外,这6方墓志铭行文、体例基本一致,主要包含人物生平、族谱关系、重要的家族活动以及人物评价等内容,具有巨大的历史考古价值。

▲ 毛佩琦受聘抚州汤显祖国际研究中心荣誉研究员

2017年8月27日,著名明史专家毛佩琦先生愉快地接过了抚州汤显祖国际研究中心的聘书,成为该中心的荣誉研究员。

毛佩琦先生为中国人民大学历史系教授、博士生导师,北京大学明清研究中心研究员,中国明史学会常务副会长,中央电视台科教频道《百家讲坛》"明十七帝疑案"主讲学者。他的主要著作有《明成祖史论》、《永乐皇帝大传》、《郑成功评传》、《明清行政管理制度》、《中国明代政治史》(合著)、《中国明代军事史》(合著)等。

▲《汤显祖临川四梦传奇故事集》问世

2017 年 9 月初,由汤学专家吴凤雏、万斌生、邹自振、黄建荣编写的汤显祖文化普及型书籍——《汤显祖临川四梦传奇故事集》问世。有专家认为,该书的出版,是普及宣传汤显祖文化的一次有益尝试和突破。

▲《汤显祖学刊》创刊号问世

2017 年 9 月初,汤显祖戏剧节暨第二届文化传承和创新国际论坛开幕前夕,集高端学者、高端编辑和高端出版于一身的《汤显祖学刊》创刊号问世。这是海内外公开出版的关于汤学研究的首份专业性学术集刊,由商务印书馆出版。

经汤学领域专家学者共同倡议,由汤显祖故里抚州主持、由海内外众多汤学研究专家共同携手,《汤显祖学刊》应运而生。《汤显祖学刊》创刊号既刊载了周育德、叶长海、华玮、曾永义、康保成、王永健等重量级学者的论文,又发表了郑志良、程芸、刘赛等汤学新生代学者的新作;既有史恺悌、雷威安、郑元祉等海外境外学者的论述,又有吴凤雏、万斌生、刘昌衍等抚州学者的佳作,发表高水平汤学论文达 28 篇。加上发刊词、学术动态及编后记,全书近 30 万字。

▲《汤学聚珍》出版发行

2017 年 9 月初,《汤学聚珍》由上海古籍出版社出版发行。本书为抚州汤显祖国际研究中心主编的 2016 年中国·抚州汤显祖剧作展演暨国际高峰学术论坛论文集,共刊载汤学论文 88 篇。

根据入选论文的研究方向,本书将全部内容分为"生平""思潮""传奇""诗文""比较""演剧""传播"等栏目,吸纳了多年来汤显祖相关研究的最新成果,不少论文有较高的学术价值,反映了近年来汤显祖研究的最新动态。《汤学聚珍》全书共计 130 万字。书名经过众多汤学专家集思广益,最终采纳了香港中文大学华玮教授的建议,定名为《汤学聚珍》。

▲ 首届汤显祖戏剧节暨第二届文化传承和创新国际论坛开幕

2017 年 9 月 24—26 日,江西抚州首届汤显祖戏剧节暨第二届文化传承和创新国际论坛在江西省抚州市隆重开幕。汤显祖戏剧节由江西省人民政府主办,抚州市人民政府承办;文化传承和创新国际论坛由中国人民对外友好协会、江西省人民对外友好协会、抚州市人民政府主办,抚州市外事侨务办公室、抚州汤显祖国际研究中心、抚州市社会科学界联合会、东华理工大学江西戏剧资源研究中心承办。

这一戏剧节暨国际论坛对弘扬汤学、推动汤显祖文化走向世界,起到了良好促进作用。

▲ 郑培凯教授举办讲座《汤显祖对创新国际的启示》

2017 年 9 月 23 日上午,著名文化学者、香港非物质文化遗产咨询委员会主席郑培凯先生在东华理工大学举办题为《汤显祖对创新国际的启示》的文化讲座,受到该校师生热烈欢迎和高度评价。

▲ 周育德教授举办讲座《永远的汤显祖》

2017 年 9 月 26 日上午,中国戏剧学院原院长、中国戏曲学会汤显祖研究分会会长周育德教授在江西省抚州市行政会议中心为市委中心学习组和市直机关领导做了以《永远的汤显祖》为主题的文化讲座,并以电话会议形式直播到该市各县区,在全市领导干部中引起了巨大反响。

▲ 郑培凯教授书法展"书写汤显祖"开幕

2017 年 9 月 24 日上午,著名文化学者、香港非物质文化遗产咨询委员会主席郑培凯先生在江西省抚州市博物馆举办了"书写汤显祖"书法展开幕式和书、音、画雅集。书法展主题突出、形式新颖,受到热烈欢迎。

▲ 抚州汤显祖国际研究中心召开首次年会

第二届文化传承和创新国际论坛举办期间,抚州汤显祖国际研究中心于 2017 年 9 月 26 日下午,召开了中心首次年度工作会议。参加论坛的荣誉研究员、客座研究员及特约研究员出席了会议。年度工作会上,汤研中心向新聘的 14 位客座研究员和 21 位特约研究员颁发了聘书;接收了刘享龙先生资助出版的《四库未收书辑刊》一套(共 300 余册)以及周锡山等专家的赠书;抚州汤显祖国际研究中心主任吴凤雏做了中心年度工作报告;与会者就汤研中心今后的发展展开了热烈讨论,并积极发言献策,提出了许多极有价值的意见和建议。

▲ 盱河高腔·乡音版《临川四梦》走出国门

2017 年 11 月 1 日,盱河高腔·乡音版《临川四梦》走出国门,在新西兰奥克兰市惊艳开唱,深受当地观众喜爱。

▲ 抚州市与英国斯特拉福德签署合作交流协议

2017 年 12 月 7 日,在英国兰卡斯特宫举行的中英高级别人文交流机制第五次会议上,抚州市和英国斯特拉福德区签署了《抚州市与斯特拉福德区合作交流协议》,与莎士比亚出生地基金会签署了《三翁小镇项目合作谅解备忘录》,并取得了复制莎士比亚故居和新居授权。三翁小镇将作为中国和英国、西班牙文化交流的基地。

▲ 抚州市与英签署汤显祖文化交流合作意向

2017 年 12 月 8 日,抚州市与剑桥康河出版社、英国保护濒临消失的世界基金会签署了《共建"临川四梦——汤显祖国际文化保护项目"合作意向》,并推动在剑桥大学国王学院院士园中建造一座牡丹亭。

▲《永远的〈牡丹亭〉》专题讲座在北大清华开讲

2018 年 12 月 27—28 日,抚州汤显祖国际研究中心主任吴凤雏应邀来到北京,分别在北大和清华举办《永远的〈牡丹亭〉》专题讲座。汤显祖文化和临川文化在京城受热捧。吴凤雏结合他 35 年读汤研汤的阅历,用通俗而生动的语言和独到的理解,从关目(结构)之妙、主旨之妙、人物之妙、刻画之妙、语言之妙五方面,分析了《牡丹亭》是一部怎样的传奇戏剧,受到热烈欢迎。

▲ 盱河高腔·乡音版《牡丹亭》亮相京城

2018 年 1 月中旬,来自汤显祖故里江西省抚州市的盱河高腔·乡音版《牡丹亭》亮相京城,在北京大学、清华大学和保利剧院上演,吸引了近 6 000 名观众观看。1 月 19 日晚,央视《新闻联播》对此播发稿件《盱河高腔·乡音版〈牡丹亭〉走进北大清华》。

此剧是抚州市继创排盱河高腔·乡音版《临川四梦》之后编排的又一出大戏。盱河高腔是广昌孟戏的主要声腔,广昌孟戏距今已有 500 余年历史,是江西省抚州市首批国家级"非遗"项目。乡音版《牡丹亭》力图展现汤显祖剧作 400 多年前初演时的古朴原貌,音乐唱腔采用了盱河高腔,表演上融入抚州南丰傩舞等地方艺术元素,令观众能更多感受汤公家乡的艺术魅力。

▲《光明日报》发表文章《还原〈牡丹亭〉四百年前首演原貌——盱河高腔新编大戏惊艳首都观众》

2018 年 1 月 29 日,《光明日报》发表署名韩业庭的文章《还原〈牡丹亭〉四百年前首演原貌——盱河高腔新编大戏惊艳首都观众》。文章称,日前,江西抚州精编大戏——盱河高腔·乡音版《牡丹亭》晋京演出,让观众领略了四百年前《牡丹亭》的"原始风貌",传承了汤公的艺术价值,推动盱河高腔焕发光彩。

▲ 中国文化报社邀请专家研讨乡音版《牡丹亭》

2018 年 1 月 21 日,中国文化报社邀请康式昭、周育德、王安葵、傅谨、郑雷、吴凤雏、谢雍君、陈均、池浚等著名戏曲专家,抚州市委常委、宣传部部长傅云,抚州市副市长徐国义,抚州市委宣传部副部长陈菊莲,抚州市文广新局局长谭玉英以及乡音版《牡丹亭》总导演童薇薇、编剧曹路生、主演吴岚等会聚一堂,共同研讨乡音版《牡丹亭》的艺术特色与舞台得失。

专家们对于抚州精心打造汤公故里乡音版《牡丹亭》的努力与探索给予了高度肯定,对于抚州市挖掘传统戏曲文化、弘扬东方艺术审美、推动地方文化建设、充满自信走向世界的一系列措施与行动表示赞赏。

▲ 吴凤雏系列讲座《东方戏圣汤显祖》开播

2018 年 3 月 18 日,抚州汤显祖国际研究中心主任吴凤雏主讲的《抚州文化大讲堂》系列讲座《东方戏圣汤显祖》在抚州市广播电视台播出第一集《汤氏宁馨儿》。《东方戏圣汤显祖》共有 18 讲。该讲座通过社交平台同时在网络流传。

▲《琴赏牡丹》京城梦幻上演

2018 年 4 月 8 日晚,由中国文化网络传播研究会"诗书礼乐艺术团"出演的一场剧作经典与古典音乐交织的《琴赏牡丹》琴歌艺术音乐会,以独特的舞台表现形式,在北京天桥剧场上演,受到爱好者的热捧。

▲ 校园传承版《牡丹亭》首演

2018 年 4 月 10 日晚,在北京大学百周年纪念讲堂,由北京大学昆曲传承与研究中心作为演出方,江苏省苏州昆剧院提供演出支持,以北大为首的北京 16 所高校学生昆曲爱好者共同演绎的校园传承版《牡丹亭》精彩上演。这群风华正茂的大学生,将《牡丹亭》的多出折子戏,包括《游园》《寻梦》《言怀》《道觋》《离魂》《冥判》《幽媾》等,完整上演。演出效果超出想象,到场观看的北大等高校师生及著名作家白先勇和昆曲名家蔡少华、汪世瑜,都给予了高度的好评。

▲《光明日报》发表文章《经典可有更多现代演绎》

2018 年 4 月 14 日,《光明日报》在第 12 版发表作者严佳的文章《经典可有更多现代演绎》。文章称,汤显祖的名作《牡丹亭》,继昆曲、越剧、芭蕾舞剧之后,又被汤公故乡的剧种盱河高腔搬上了舞台,演绎为乡音版《牡丹亭》。这些不同剧种的搬演,使这出名剧影响更为广泛,也使更多的观众得以欣赏到这出"人鬼情未了"的感人剧作。

▲ 校园传承版《牡丹亭》全球巡演首站在抚州演出

2018 年 4 月 21 日晚,校园传承版《牡丹亭》在抚州市汤显祖大剧院进行全球巡演首站演出。著名作家白先勇接受了专访,并为首站演出录制了祝贺视频。他说,这次在抚州的演出,是 420 年后《牡丹亭》在汤公故里的又一次"还魂"。

▲ 全国首台游走式实景剧登陆抚州

2018 年 5 月 11 日,全国首台游走式实景剧登陆抚州——《寻梦牡丹亭》游走穿越式实景剧,使人置身于"梦中有戏,戏中如梦",情景交融的梦幻爱情之中。该剧在江西省旅游产业发展大会召开之际隆重献演,提高了抚州品位。

▲ 乡音版《牡丹亭》应邀参加广州艺术节

2018 年 5 月 17—18 日晚,抚州市文化艺术发展中心盱河高腔·乡音版《牡丹亭》剧组应邀参加"第八届广州艺术节·戏剧 2018"演出,在广东省演艺中心大剧院连演两场乡音版《牡丹亭》。这是抚州地方戏曲首次应邀参加广州艺术节演出,也是江西省唯一参加"第八届广州艺术节·戏剧 2018"的演出剧种。在此期间,剧组还应邀到香港表演了乡音版《牡丹亭》片段。

▲ 郑培凯在上海戏剧学院开讲座

2018 年 5 月 21 日,香港著名文化学者郑培凯教授在上海戏剧学院紫藤庐举办讲座《昆曲与晚明戏剧雅化》,反响热烈。

故里情深话汤公

——东方戏圣汤显祖展览简述

导　语

汤显祖(1550—1616),字义仍,号若士,别署清远道人,江西临川(今江西抚州市临川区)人,中国明代伟大的戏剧家、文学家,是与英国莎士比亚"同出其时"的"东西剧坛伟人",亦于 2000 年被联合国教科文组织认定为世界百位文化名人之一。汤显祖在中华民族文化史上树立了一座丰碑,其艺术经典是人类共同的文化遗产,他一生坚守民本,坚守至情,坚守独立人格,其人格气节,令人钦敬。2016 年在其逝世 400 周年之际,抚州市汤显祖纪念馆精心策划"东方戏圣汤显祖"展览,该展览充分运用国内外学术界"汤学"研究的最新成果,为目前国内唯一全景式展现汤显祖生平履历及其光辉成就的专题性展览,并在当年全国众多精品陈列展项中脱颖而出,获 2016 年全国博物馆十大陈列展览精品推介优胜奖。成绩来之不易,借此机会感谢各界特别是学界对我馆的厚爱和支持,在此对我们的工作做个简单回顾。

一　情之所起——关于选题立意

2015 年 10 月,习近平主席出访英国期间提出共同纪念汤显祖与莎士比亚两位"同出其时"的东西方剧坛伟人,以此作为加强两国人文交流的重要举措。为响应这一倡议,在汤显祖逝世 400 周年之际,作为汤公故里的江西抚州将在海外、北京、抚州三地举办系列大型纪念活动,作为主活动场地之一的抚州市汤显祖纪念馆也在精心策划一场高水平的展览,与公众共同缅怀这位享誉世界的文化巨匠。

展览主题是陈展的核心所在,只有确定好主题,才能围绕其展开后续工作。拜访和咨询众多业界资深学者,并经策展专家组多次商议后,我们最终确定展览主题为"东方戏圣汤显祖"。众所周知汤显祖以毕生心血创作的"临川四梦"展现了中国传统戏剧的最高境界,代表作《牡丹亭》中惊世骇俗的浪漫奇情成为中国戏剧史上难以逾越的旷世经典,其艺术成就在世界戏剧史上堪与莎士比亚比肩,在这个主题的引导下,我们力求全面多角度地展示汤显祖其人、其事、其情,希望能以新颖的叙述方式,独特的展示手段,全新的观展体验,引人思考的解析语境,在寓教于乐中让观众感受汤显祖的伟大与中华戏曲文化的无穷魅力,同时秉承本民族的文化责任与自信,向世界展示这位东方剧坛伟人,使其成为中西方文化交流的载体。

二 情归何处——关于展览内容

确定主题后,该用什么内容来承载我们所要表现的主题?策展专家组特别是后期吴凤雏主任花了大量的时间和精力来梳理国内外关于汤显祖研究与展览的最新资料,在吃透了汤显祖精神内核后,才敢做进一步的内容规划和取舍。

展览内容牢牢把握汤显祖的"文章"与"品节"两个关键词,按照汤显祖的人生轨迹,分为了求学、入仕、居家创作三个时期,使其成为整个展览娓娓道来的清晰"故事线",文本大纲以其人生历程为主体脉络,后世传播影响加以辅助说明,进行内容与文字设计。

在对汤显祖的一生进行深入而细致的梳理后,制定出的展览框架为:

第一单元 星耀临川 才子蹭蹬

第二单元 浮沉宦海 名臣铿锵

第三单元 堂开玉茗 临川终老

第四单元 情铸四梦 传奇辉煌

第五单元　东方戏圣　汤学播扬

前三个单元主要追寻汤显祖的基本人生轨迹，将其归纳总结为"少时扬名于文坛，中年失意于官场，晚岁功铸于曲苑"。第四单元主要展示汤显祖的剧作"临川四梦"（《牡丹亭》《紫钗记》《南柯记》《邯郸记》）的情节主题与艺术成就，淋漓尽致地描摹戏中人生，将戏中之梦和梦中之情予以生动展示。第五单元主要梳理明代以来汤显祖与其戏剧的重要影响，20世纪以来国内外"汤学"研究热潮，彰显汤显祖与其剧作的历史地位。

整个展览内容紧紧扣住汤显祖生平和以"临川四梦"为代表的戏曲文化两部分内容，以"人生如戏、戏如人生"的主线巧妙将两者有机贯穿起来，系统展示了汤显祖坎坷而灿烂的人生经历与"临川四梦"所揭示的亦真亦幻的戏中之梦和梦中之情，从而折射出汤公的高尚人格和旷世奇才。

该展览是目前国内唯一全景式展现汤显祖生平履历及其戏剧成就的专题性展览。展览展品齐、规格高、系列全，涵盖古籍、服饰、乐器等多个类型 500 余件展品。

展品是展览的灵魂所在，我馆主要通过前期积累和后期征集两种方式获得。陈列布展中我们对藏品精心选择，准确定位，并挖掘了不

少新的材料。比如在一楼的汤显祖生平陈列部分,我们选用了国家二级文物,由汤氏直系后裔捐赠的清同治七年(1868)《文昌汤氏宗谱》,它对于汤显祖世系繁衍的研究有重要的参考价值。另一件重要的展品是清康熙三十三年(1694)汤氏家传木刻版,1979 年在汤氏后裔居住的村落进行民间调查时发现,其珍贵之处在于此件藏品由汤显祖后裔刻版收藏,共计 29 块,它对汤显祖作品在家乡创作并传播等领域的研究是极为重要的佐证。此外还有 1982 年在抚州举办纪念汤显祖逝世 366 周年纪念活动时,由资深学者石凌鹤捐赠的明代版本《汤显祖集选》《汤显祖尺牍》,以及参会学者当时留存下的一批珍贵字画,同时还有明清时期"临川四梦"的各类版本、近现代国内外出版发行的汤显祖及戏剧研究专集、古代戏剧人物服饰等各类馆藏,其中珍贵文物就达 134 件,对于一个名人专题纪念馆来说,可谓是"重器"连连。

三 梦之视觉知觉——关于陈展、科技、设计亮点

确定展品与展览内容之后,需思考以怎样的方式或手法呈现汤显祖,也就是如何增强展览的效果,充分利用人体的视觉知觉多角度、多方向、多视域地欣赏并体悟汤显祖"至情""梦境"的精神世界以及其对国内外戏剧文化的影响,并借此表达抚州以及全国人民对这位东方戏圣的深情缅怀和景仰。

首先我们在吸取中国传统戏剧起、承、转、合观念的基础上,精心设计展厅空间。一楼进行了巧妙的分割组合,拓展空间容量,以一条不规则的富有造型感的墙体,把展厅布置成一个前后贯通,左右勾连,变化多姿,意境深远的艺术空间,营造出"山重水复疑无路,柳暗花明又一村"的陈展效果;二楼巧妙利用错层,营造峰峦叠嶂之势,"牡丹亭"雄踞山峰之巅,整个空间移步换景,腾挪多姿,使每个"梦"都有一个诠释的空间;三楼搭建圆形空间,做层次处理,形成独特的观展平台,供观众尽享"汤公"带来的视听盛宴。

在设计风格上我们借用戏剧"虚""实"并用的手法,注重审美意境

的营造,突出清雅深幽的空蒙之境,使汤显祖人生境遇的超然与"临川四梦"的唯美浑然一体,虚实互映,层层推进,产生一种曲径通幽,绰约迷离的幻象之美。借鉴古典园林、赣东民居建筑和戏剧的元素,以抽象写意、抒情诗化的形式呈现简约、精致、恬静的人文气息。色彩从青春版《牡丹亭》服饰中提炼与展览契合的色系,清新淡雅的主色调中配以嫣红、粉绿等色彩的装点,形成明朗清雅有如暗香袭来的韵致。

在陈展亮点方面,我们通过科技手段的运用与创新,达到文化与科技的充分融合,使观众在沉浸式的展示环境中实现与传统文化的对话。在此试举几例说明:

其一,幻影成像。通过幻境与实景的结合向观众讲述了汤显祖卧薪觅句的故事,通过多次镜头切换,让观众深入了解作者与剧中人物悲欣与共的创作情感。

其二,《牡丹亭》。我们充分利用建筑错层,以景观形式精心营造令人难忘的后花园。园中春色盎然,桃花嫣红,荷池涟漪,聚光灯定格在主人公杜丽娘、柳梦梅身上,此时昆曲《游园惊梦》的音乐声慢慢响起,中心舞台渐渐旋转,随着曲调的播放,动静之间串连起柳、杜之间超越阴阳两界的生死之恋,背景大型投影与巨幅淡彩画融合演绎《游园惊梦》中杜丽娘、柳梦梅至情至爱的生死之恋。顶部设置轻纱帷幔,灯光柔美变化只为衬托出那惊天动地的爱情绝唱。

其三,《紫钗记》。我们运用了微缩半景画方法,再现剧中"拾钗、还钗"的著名桥段,还配置有剧中片段视频演出,加深观众对汤显祖"真情、卓识、灵性"文学主张的了解。

其四,《南柯记》用景观的形式,设置一个不规则的如原始洞穴般的屏幕,以此来塑造蚂蚁王国的虚幻场景,观众可在现场感受到那破落的草堂,颓败的大槐树,入梦的失意书生,从而再现了"南柯一梦"的经典场景以及汤显祖对荒唐的人生,对腐败的社会的深刻讽喻。

其五,《邯郸记》重点营造了卢生"黄粱一梦"的场景,小酒馆、仙人吕洞宾、枕瓷入梦的卢生与背景投影中的梦境画面,共同揭示出人生如梦,现实荒诞的戏剧主题。

在运用科技亮点方面,我们与陈展设计施工单位多次磨合、想尽办法,把最新科技与展览结合起来,以增强展览艺术效果,在此试举几例说明:

（一）弧形环幕投影

通过五台高清投影机投射剧中人物的动态画面,观众可以从左至右观看如《惊梦》《写真》《拾画》《幽媾》等《牡丹亭》多个不同桥段,场景的唯美浪漫叹为观止。

（二）大数据互动拼接屏

观众通过点击屏幕了解昆曲等剧种的相关知识,延伸展览内涵的同时满足了观众的求知欲。

（三）360°全屏互动体验台柱

该展项实施难度较大,技术难点多。柱面、圆台面采用四台高清高亮激光投影机实现无缝拼接融合画面。沿着柱子自上而下流动的溪水中散落着花瓣(玉茗花,象征汤显祖的高洁),花瓣包裹着一张张"四梦"演出的照片,当照片流动到桌面时,观众可以点击想要观看的画面,画面会自动转换为二维码,滑动至观众前方,观众用手机扫描二维码可观看相关画面的视频介绍和照片,获取来自世界各地的"四梦"演出信息。

为增强观众的互动娱乐性,我们特别设置了一个游戏环节,即观众可以通过二维码把现场的图片转发至微信朋友圈,还可以借助自己的微信系统上传自己的照片到圆柱与圆台互动桌面系统,如此观众便可在流动的花瓣中抓取到自己的照片,并成为他人欣赏的一部分。这种互动的装置,吸引了大量的青年朋友,特别是80、90后自媒体一族,可谓真正做到了科技与自媒体互动的统一。

以上只是我们科技运用的亮点举例,像这样的新媒体、新材料、新工艺和艺术手段的融合,几乎遍布在各个展厅,这也是我们策展形式上的积极尝试。

此外我们在光源设计、展板展柜设计、人物形象塑造、展览节奏设计等方面也是精雕细琢。力求做到松弛有度,开合呼应,逻辑严谨,形式多样。例如在人物的形象塑造上,力求还原现实,追求逼真。如表现汤显祖在科举考试上拒绝张居正势力的笼络时,我们便采用了硅胶蜡像,仿真人蜡像等大型雕塑技术,取得了很好的展示效果。

　　整个展览,我们还注重立足本土,突出临川地域特色。如在视听体验区内,"四梦"里的人物唱词与汤显祖生活的赣东临川方言结合密切,很多经典折子戏采用临川方言、俗语、谚语等行腔与念白,可谓赣味十足,这种用方言演绎名剧的形式也深受当地老百姓的喜欢。

四 梦圆天下惊艳——关于展览的社会效益与影响

作为临川故里纪念汤显祖逝世 400 周年重要活动之一,经两年多的改造提升,全新的汤显祖纪念馆,在中央省市各级领导及近 10 个国家 20 多位驻华使馆官员、港澳台等四百余位嘉宾的见证下于 2016 年 9 月正式开馆。

正如展览序言所诉,东方戏圣汤显祖源于临川,彪炳中国,光耀世界,我们希望借助这一平台,向公众讲好中国故事,促进本民族的优秀文化与世界范围的相互交融,让更多的人了解汤显祖及其不朽名著,这也是家乡人民对这位杰出乡贤最好的纪念。据抚州市宣传部门统计,2016 年新馆开馆后,当年前来抚州采访的媒体约有 180 余家,报道转载抚州相关纪念活动的媒体达上万家,报道文章约 270 篇。该展览开展迄今接待观众人数已超百万人次,现为江西省十大名人纪念馆之一、江西省爱国主义教育基地、井冈山干部学院教学基地、抚州市研学教育基地等,配合抚州市委市政府圆满完成了众多重大接待任务,赢得良好的口碑,取得了广泛的社会效益。我们希望以"东方戏圣汤显祖"展览为契机,充分发挥汤显祖纪念馆的社会教育功能,使其成为宣传中国优秀传统文化的亮丽名片,高层次、高规格的汤显祖戏剧文化展示舞台,构建中西方戏剧文化长期交流的基地。汤显祖是中华文化的一座丰碑,我们将更加积极做好汤显祖文化的推广和传播,同时也期待各界给予我们更多的关注和支持。

抚州是一个有梦有戏的城市,欢迎大家来到抚州,文化寻根、故里探梦,了解汤显祖深情吟诵的"烟波古临川",了解我们的汤公、世界的汤公!

执笔:饶芳,抚州市汤显祖纪念馆

编后记

《汤显祖学刊》第二、三辑合刊收录论文二十五篇,学术动态四则,依照来稿内容,分为"汤学时谭""艺文哲思""文献文物""案头场上""影响传播""域外汤学""学术动态"等栏目,延续了创刊号学术立场和办刊风格。

本合刊所收论文主要选自 2017 年 9 月在中国抚州举办的首届汤显祖戏剧节暨第二届文化传承和创新国际论坛上提交的论文,有部分选自 2016 年 9 月举办的"纪念汤显祖逝世 400 周年剧目展演暨国际高峰学术论坛"上的论文,还有几篇为约稿,大体体现了两年来汤显祖研究所取得的最新成果。

近年,中国抚州汤显祖国际研究中心与汤学界广大同仁一道,积极参与配合、竭力推广和扩大汤显祖及其剧作在当下的影响力,"学术动态"栏目刊登的"大事记",记录了从 2017 年 1 月至 2018 年 5 月在各地举办的多项活动,展现出汤学理论研究和实践活动的最新动态。第二届文化传承和创新国际论坛部分专家学者发言、《中国文化报》主办的盱河高腔·乡音版《牡丹亭》研讨会上专家发言也在动态栏目刊出,以便读者进一步学习和了解。

诚挚感谢商务印书馆上海分馆对本刊出版发行的大力支持。

诚挚欢迎戏剧界、学术界的同行、学者关注本刊,并不吝赐稿,大家同心协力,为推进汤显祖研究在新时代的发展、促进社会主义文化繁荣而做出贡献。

《汤显祖学刊》编辑部

2018 年 8 月 8 日

稿约

一、本刊刊发有关汤显祖的研究性论文。

二、来稿一般以 20 000 字以内为宜。

三、来稿使用标准简体字,可以保留必需的繁体字、异体字与俗字。

四、来稿请用 A4 型纸单面打印,正文用小四号宋体字,行距为1.5倍;引文用小四号楷体,行距为 1.5 倍,左缩进两格。

五、来稿注释请采用当页脚注,注释当页连续编号,下页另起,均用阿拉伯数字加圆圈号表示(即①②……)。注释用小五号宋体字,行距为 1 倍。

六、关于注释格式。

注释书写格式:①作者(含编译者),古代作家注明朝代,使用()符号,外国作家注明国籍,使用[ ]符号;②书名;③篇名、子目或卷次;④版本(含出版机构、出版年份);⑤页码(影印本出新编页码,线装书或影印无新编页码者出原书页码)。如:

《汉书》卷九九《王莽传》,中华书局,1962 年,第 4121 页。

(明)张禄辑《词林摘艳》卷一,影印明嘉靖四年刻本,《续修四库全书·集部》(1740),上海古籍出版社,2002 年,第 4 页。

(清)李斗著,周光培点校《扬州画舫录》卷五,江苏广陵古籍刻印社,1984 年,第 107 页。

李零《中国方术正考》,中华书局,2006 年,第 52 页。

[瑞士]卡尔·古斯塔夫·荣格著,储昭华等译《象征生活》,国际文化出版公司,2011 年,第 151 页。

如引用报刊,则格式为:①作者(含编译者);②篇名;③报刊名;④刊物出版年份及期次、卷次或报刊出版日期(年、月、日)。如:

孙作云《敦煌画中神怪画》,《考古》1960年第6期。

范宁《〈桃花扇〉作者孔尚任》,《光明日报》1951年11月10日。

七、来稿请发电子版本,于文末注明作者工作单位(如××大学××系)、通讯地址、邮政编码、联系电话、电子邮箱。

八、来稿文责自负;本刊有权对文字来稿作文字修改。如不同意修改,请在稿件上注明。

九、联系方式:

中国·江西省抚州市竹山路规划展示馆三楼(1—7信箱)

抚州汤显祖国际研究中心《汤显祖学刊》编辑部

邮　　编:344000

电　　话:(86)794-8266279;13767644276(李娟)

电子邮箱:jxfztxz@163.com

网　　站:www.fztxz.cn